JN074825

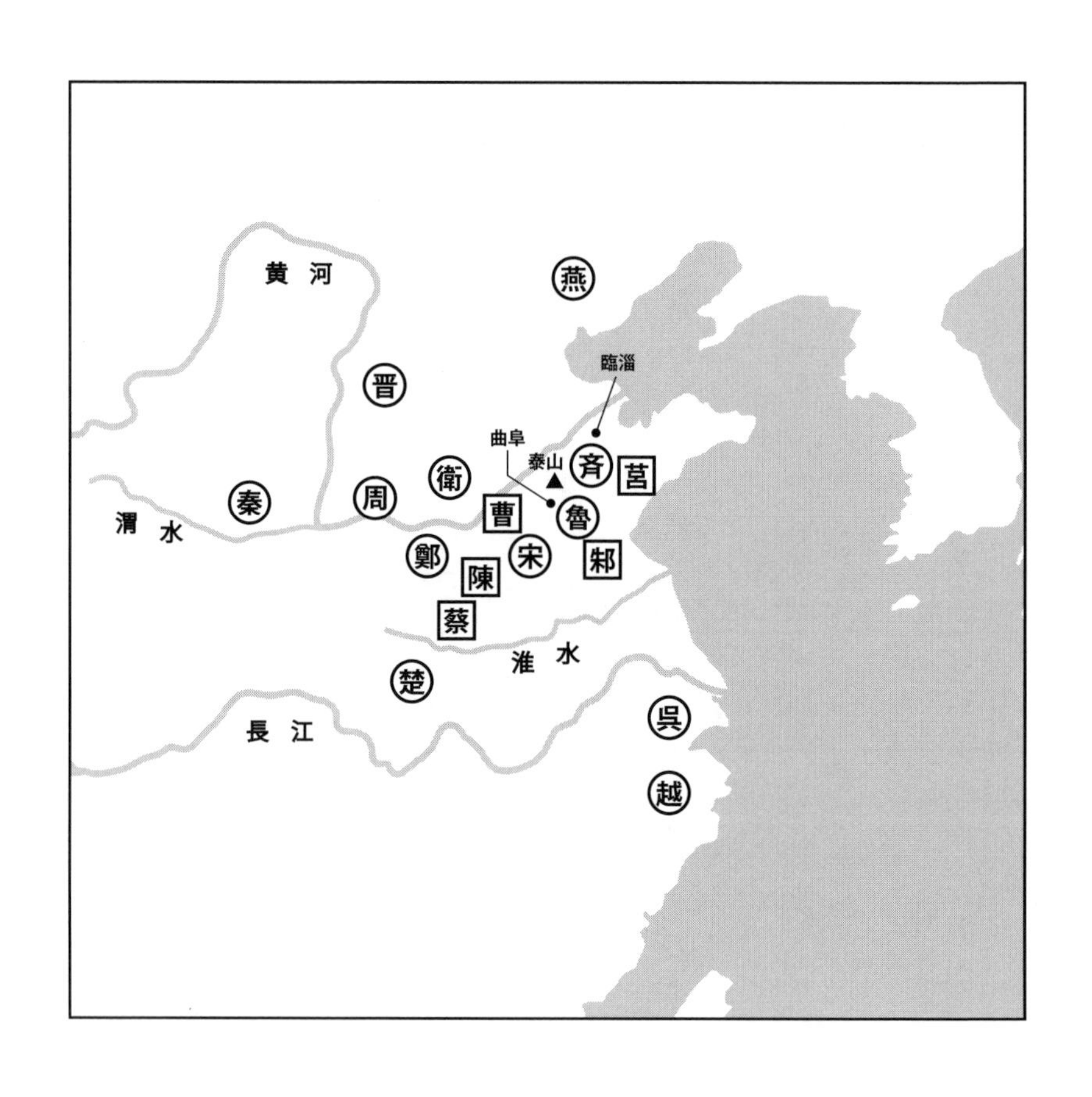

孔子の生きた春秋期の中国

目次

第一の物語　未明篇「若き宰予、孔丘に入門す」——5
第二の物語　白夢篇「諸国放浪と喪制をめぐる対立」——171
第三の物語　晩鐘篇「孔門出奔の後と、斉国の大夫へ」——255
「孔子・宰予関連年表」「参考資料」——430

装幀　横山典子
本文DTP　虻川陽子

第一の物語　未明篇

「若き宰予、孔丘に入門す」

中国古典の『論語』には、読み進んでいくと、奇妙な重複がいくつかあることに気づく。その代表例が「学而」と「陽貨」の二篇に同じ発言で、こうある。

「巧言令色、鮮なし仁」

また、関連して、こうもある。

「巧言令色足恭、丘（孔丘）亦之れを恥ず」（公冶長）

「足恭」とは、度の過ぎる、わざとらしい「恭しさ」のことを言うのである。

さらに、関連して「巧言、徳を乱す」（衛霊公）ともある。

また、その孔丘によって「巧言令色、鮮なし仁」（学而、陽貨）の対句のように語られているのが「剛毅木訥、仁に近し」（子路）であろう。

「剛毅」とは、意志が強くて、何事や何者にも屈しない態度のことである。一方「木訥」とは、飾り気が無く、口下手なこと、である。

「仁」という行為に厚いかどうか、その割合が多いか少ないか、または「仁」という概念に近いか遠いかで、この「巧言令色」と「剛毅木訥」は二極両端に対比され、双方が対置されている、と理解されよう。

この『論語』からの対比語句は、じつに二千年余もの間、人びとの日々の生活のなかにまで根付き、永年に亘（わた）って、人びとの成人男子に対する見方を偏向させてきた。

「巧言令色」は、男子の理想というよりは、逆の「剛毅木訥」こそが成人男子の人生の在り方としては、つねに建前として上位に置かれてきたのは、この『論語』の記述のせいでもある。

漢和辞典によると、巧言とは、一般的に言説の巧（たく）みなことを指すが、巧とは元来の意味は木工道具、つまり鑿（のみ）や差し金、木板を削る彫刻刀といったような「工具」のことを言った漢字であった。

人類の進歩が道具の発明と、その使用と改良によってもたらされたとするならば、工具を巧みにあつかうがごとく、言語を自在に操ることは重要な人物判断の要素となる。

また、令色とは、一般に媚（こ）びへつらうような顔つきをすること、ないしは他人の機嫌を取るような柔らかい顔色をすること、と否定的な意味合いで解釈される場合もある。

こういった意味づけ自体こそが、この『論語』に代表される儒教的な解釈に当たろう。

しかし、令とは古来は、太古の人神近接の時代に、冠を戴いた特殊な能力を備えた神官がひざまずいて、恭しく神に問い、その神意を聞く形（姿勢）のことであり、天子の言行の是非に対しての、神の言いつけである「神託（しんたく）」を清聴することから、令人などとも言われるように清々しいひと、涼（すず）やかなひと、という意味で、つまりは良人、立派な人、派生的に目鼻立ちの整った麗人を指すようになった、と考えられている。

したがって、中華中原の地では、古来より神に愛でられた「令人」であるかないかは、人物判断上の重要な要素となってきた。ひとの内面の卓越さは、外面にも滲み出ずにはおかないと、一般に理解されていたからである。

『四書』の一つである『礼記』大学篇には「内面中に誠あらば、かならず外面に形る」とある。「形」は、現れる、と同意である。そのひとの徳性やこころの美質は、かならず、表情に現れるだけでなく、容姿容貌にも備わる、と考えられていたのである。

つまり、一般に、巧言令色のひととは、故事古式に通じ論理整然として言論に巧みで、かつ流麗怜悧な顔立ち、ともに兼備するひとのことを言うのである。

その本来の意味にもかかわらず、儒教では「巧言令色」は排斥の対象とされている。

なぜか。

また「巧言令色のひと」とは、いったい、たれのことを指して言ったのであろうか。

おそらく、そのもととなった『論語』自体を読み込み、読み解けば、そのことに深く関わる人物が分かるはずである。そう、わたしは信じた。

しかも、その人は、孔子の身近な高弟のなかに、きっといるのではないか。ふと、そんな疑問が、わたしのなかに芽生えた。

急ぐわけではないが、結論は、明らかである。

その名指しされたひとの名を宰予（さいよ）、正確には氏姓は宰、名を予という。字（あざな）が我、または、この教団では、のちに弟子の尊称で「子我（しが）」とも呼ばれる。生まれは、魯人（魯国生まれ）である。

また、宰予を、巧言令色の人と、そう名指しした人物はこの教団の創始者であり、宗祖を孔子、氏姓を孔、名を丘ということから、孔丘ともいう。字は、仲尼である。

ちなみに「仲」は次男のことを指し、このひとには異母だが、兄弟に長兄があったことを意味している。

この孔丘こと、孔夫子というひとは、のちに「聖人」や「至聖（しせい）」とも頌（たた）えられ、今日に至るまで、完全無比な人物だと信じられてきた。

しかし、通説に反して、人としては大変厄介（やっかい）な人物であったことが想像できる。

なんとなれば『論語』郷党篇に、具体的に記されたそのひとの人物像は、その生活・行動面での、大変な細やかなこだわりをもったひととして描き出されているからなのである。

その人物像は、到底、聖人のイメージとは大きく異なるように思われる。


つまり、まずは、孔子自身を知ることは重要であろう。

ただし、儒教の祖は「孔子」であることを知る人は多くとも、その儒教を紹介するのに、始祖である孔子の人柄や性格から説き起こすような歴代の評伝や書物は見たこともないので、必然、違和感を持たれてしまうかも知れない。


その肝腎（かんじん）の孔子は、次のように簡略、かつ端的に紹介されている。

「子温而厲、威而不猛、恭而安」（述而）

この言葉は、じつに謎が多い。

たれが、孔夫子を評して述べた言葉であるのかも明らかではない。

おそらく、高弟のひとりの発言であろうとは推測できるが、在りし日の孔夫子を回想するかのような発言となっている。


その孔夫子という人は、温厚ではあったが、しかしながら厳しさを同時に併（あわ）せ持つ人であったという。

「厲（れい）」とは、蠍（さそり）の持つ毒針のように鋭い刃物を研ぐことのできる砥石（といし）のことである。転じて、激しい、厳しいという意味を表すようになった。

次に、また、孔夫子は威厳を具えられてはいたが、しかしながら「恐ろしい」というほどの人ではなかった。

続けて、孔夫子は礼儀を辨えて謙虚でさえあったが、しかしながら「窮屈さ」はなくゆったりした印象の方であった。

このように、孔夫子は、高弟のひとりから相貌と性格を評されている。

次に、具体的に孔子の日々の生活態度や行動について語られている。

まず、孔夫子というひとは、平素より服装や身だしなみの趣向には、相当に、細かな注意を払われる。

平服では、日ごとに装いを改められる。

染色や着色のものも何着もお持ちだが、赤や紫の色合いの衣服は女性用服であるとして、避けて着用されない。襟や袖の飾り布の色合いには日ごろより気を遣われるが、紺や淡紅色の飾りは葬服用であるためとして、普段の平服には使用されない。

暑い季節には、単衣の葛糸で織った帷子を好んで着用されるが、必ず下着を着けてから上に着用される。上着の装衣が黒衣のときは、その下には黒羊の皮衣を、白衣の下には白鹿の皮衣を、黄衣の下には狐の皮衣を、それぞれ合わされる。平服用の皮衣は、温かいように長めに仕立てられるが、工夫して、動きやすいように、右の袂をわざと短く仕立てさせる。

寝衣は、必ず平服とは別にされ、衣装は身長の一人半の長さで、横になって身体がすっぽり包まれるものである。

身長九尺六寸（約二・二メートル）といわれた孔夫子であるので、十四尺半（三・三メートル）もの長大な夜具であった、と想像できる。

孔夫子が居宅の自室に居られる際には、狐や貉の、長めに仕立てさせた厚手の皮衣を羽織り、身体を冷やさないように温かくされる。敷物にも、狐や貉の皮を使用して、着座時に足下から身体が冷えないように注意された。

喪中の弔問には、清潔な麻布の白衣を着し、無装品で出かけられる。また、葬儀には、吉事に身に付ける黒羊の毛皮や黒冠で参列されるようなことは決してない。

当時は、慶事・吉事には「玄（黒）」が好まれ、弔事・凶事には「素（白）」が用いられたのであった。

喪時以外の、普段の生活では、佩玉と呼ばれる宝飾の腰に付ける装身具などを欠かされることはない。

しかし、公宮への参内時の正式な官服や祭儀服以外は、普段着は上狭下広に裁断された襞無しの布生地を用いた簡略な服装を好まれる。

老齢で、顧問的な官位からの引退後も、孔夫子は、キチンと毎月朔日（一日）には束帯礼装して朝廷に参内される。礼装時の冕冠は、当時流行りの純冠（絹糸で編んだ冠）ではなく、麻冕（麻で丁寧に手を掛けて編まれた冠）でなければならない。

まずは、平常時や祭喪時などの孔夫子の時候の装（よそお）いについては、こんなふうである。

次が、食事へのこだわりである。これが、また、やかましい。

食事のお米は精白されたものを、膾（なます）の肉は細切りにしたものを好まれる。米穀飯や獣肉の変色したものや魚の形の崩（くず）れたもの、つまり色や形、匂いの悪いものは決して口にはされない。

調理時の火加減や食材の煮え具合にもうるさい。

また、料理も好みの味付けでなければ、決して口にはされない。すまし汁の出汁（だし）の味にまでこだわりがあり、そぐわなければ口にはされない。

食材については、季節外れの、旬を過ぎたものにも手や箸（はし）を出されない。果物の熟し切っていないものも食されない。また、決まった食事時間以外の、間食もされない。

調理法では、包丁の入れ方にまでこだわりがあり、たとえば生肉の捌（さば）き方や野菜の切り揃（そろ）え方が間違っていれば、やはり口にはされない。魚の煮付け料理には醤油（醬醢）味を好まれるなど、料理の味付けのための調味料の選択にもうるさい。

肉料理がたくさん食膳に並べられていても、主食のご飯（米穀）を余すほどだと、それ以上は召し上がらない。

ただ、お酒だけは、分量を決めて飲まれるようなことはないが、取り乱し理性を失うほどには嗜（たしな）まれない。

孔夫子の言葉に「酒の困（乱れ）を為さず」（子罕）とあるように、自身の酒乱や深酒には厳しい見方と態度を向けられていた。

また、街の路店や巷の市場で買った市販の酒や干し肉は、不衛生で信用がおけないと言って、飲食はされない。生姜（薑）は好物で、残さず食べられるが、ほどほどで終えられる。

全般に、食事に関しては、大食、過食はされず、腹六七分程度で慎まれる。

君公の祭祀へのご奉仕で下賜された供物の生肉はその日のうちに食され、宵越しにはせず、多い分は人に分け与えられる。家内の祭事での生肉は三日以内に処分し、それ以上には食卓に供されることはない。

食事中や口に食物が残っているうちは、お話はなさらない。

粗飯や野菜のお汁、瓜の漬物程度の簡単な食事でも、まず必ず御初穂（祭壇や神棚などに供える穀物やお供えもの）を捧げられてから食事をされるほど、食事の作法全般は敬虔そのものである。

ほかにも、孔夫子の生活上のこだわりは、まだまだ、ある。

たとえば、近隣の村人との酒宴の席でも、長幼の序列に順い年長者を敬うために、かならず御老人が先に退席された後に、自らも退席される。

他国の知人に使者を送って、自身に代わって訪問させるときは、その使者に再拝をして丁重に送り出す。

また、貴人から食物や薬草などの贈り物を戴いたときは、食したり、服薬した後に必ず、その貴人の家に謝礼に参るのが、当時の礼儀であった。

このころ、陽貨（陽虎）という無法者が一時、季孫氏の配下でありながら、当主を手玉に取り、魯国の政柄（せいへい）を握ろうと画策（かくさく）し、孔夫子を参謀の一人に招こうと、生肉（あるいは、蒸した豚肉）の贈り物をしたときも、同様の対応をされたが、孔夫子は陽貨に直接会いたくないために、わざと陽貨の留守宅に謝礼に出向かれたことがあった。

別に、あるとき、上卿の季康子が、病中の孔夫子に、お見舞いの新薬を贈られたが、孔夫子は病中にもかかわらず、これを拝礼して受けられたが、その使者には「いただいたお薬が、常備の薬ではなく、わたくしに効くかどうかはまだ分かりませんので、いますぐには服用致しません」と丁重に返事させて、贈り物への謝礼の遅れることを伝えられた。

また、孔夫子は、孺悲（じゅひ）という人物が嫌いであった。

孔夫子と、孺悲との交流や過去の経緯は不明であるが、孺悲は魯侯である哀公の側近のひとりであったようである。

あるとき、その孺悲が孔夫子を尋（たず）ねてきたが、孔夫子は偽病を理由に面会を拒まれた。取り次いだ弟子が、孔夫子の言葉を言（こと）づてに門外に出てみると、孔夫子の、手ずから琴瑟（きんしつ）を弾じ唄を歌う声が聞こえてきた。孔夫子は、会いたくない訪問者にわざわざ、病気が理由ではなく、面会したくない、という意思を相手に分かるように伝えられたのである。

君公から、祭事などで調理された食物を賜（たまわ）ると、必ず自邸で席を正して、まず自ら少し頂き、残りは家人に分け与えられる。

また、君公から生肉を賜ると、自邸の厨房で煮てから祖先の家廟にまず、必ずお供えされた。君公から生きた食用の動物を下賜されたなら、すぐに屠るようなことはせず、必ず一定期間は餌を与え飼育されたあと、食に供された。

さらには、宮中に参朝する際や賓客の接待を魯公より仰せつかったとき、入朝や入廟のとき、他国に君公の使いで出向かれるとき、葬儀や喪祭、婚儀などでは、その場面場面で、こと細かな点にまで執礼にこだわられる。また、朝廷での主君との謁見では、かならず拝下礼（堂下でのお辞儀）されてから、お堂に上がられる。

それらの宮中での一連の動作は趨歩踧踖、躬逞躩翼などの表現どおり、みな静動自若自在でメリハリが効き、キビキビとして格式に叶い、かつ機敏である。小刻みな素速い走りは君公への恭敬を表し、身を屈めたり伸べ弛めたりは的確で、かならず理に叶い、自在に礼儀の形を示している。両肘を張って、まるで鳳が、飛び立つときに畳んだ両翼を大きく広げるようにして、荘厳に小走りに進まれる。

孔夫子の高い長身を活かした宮中での礼儀にもとづいた動作は、緩急が伴い、また、大きく目立つ。それは、また、顔容や所作、姿勢、言葉の有無や強弱、息遣いの変化としても、同時に表される。まるで、名優が大舞台で舞踏劇を演じているように見事である。

参朝時の宮廷内外では、上下の大夫に接するとき、道端で会うひと、たとえば斎衰服（喪服）や冕冠

（花冠を被った人、つまり高官や高貴な人）の人や瞽者（目が見えない人、おもに史官や楽士）の人、負判を抱えた人（戸籍簿などを抱えた役人）にまで、そのひとの性質や役割・職責を見て、それぞれに即した礼儀を尽くされる。

着座する座席も、長幼や尊貴に応じて順番どおりでなかったり、座や敷物がきちんと整備がなされていなかったりすれば、正してからでしか着座されない。

就寝るときは、死体が置かれるような仰向けにはなられず、かならず横を向いて寝られる。寝処に入り、寝床に就いてからは、口を聞かれることはない。

馬車に乗られるときは、直立して、必ず綏（もたれ紐綱）を持ち、移動中には後ろを振り向かれず、声を発することは慎まれ、指さしての指呼や指示は決して出されない。

祭儀前の斎戒（物忌み）では、心身を清めるために、必ず沐浴して麻布の真新しい白い衣装を着用されて、その期間中は、普段とは食事も変え、居室も別の所に移された。

自邸の厩舎が火事で焼けたことがあったが、それを家人より聞いて、退廷して帰宅してきた孔夫子は「家人に怪我はなかったか」と聞かれたが、厩舎にいた馬のことは心配して「どうしたか」「無事であったか」などと聞かれるようなことはなかった。ただし、孔夫子は、自邸での飼い犬や馬車を引く飼い馬には愛着があり、普段に愛犬を呼んで愛玩の相手をし、厩舎に愛馬の様子を見に、一日になん度も足を運ばれることもあったのにである。

なお、孔夫子の邸宅に隣接する厩舎が放火にあったこの事件は、ある意味、孔夫子の教育方針や学府に馴染めず、深い恨みを持った者か、孔夫子の上大夫としての出世を羨み快く思わぬ者の犯行であったと思われるが、孔夫子への身辺に、反対者もいたことが分かる。

いずれにしても、諸般、諸事に、すべての場合、先に例示したように、孔夫子においては、取り上げたら切りが無いが、一事が万事こういう風であった。

孔夫子は、こうして、一方で、間違ったことや道理に合わないこと、仕来りや習わしに違う行為については、厳格に排除されてきたし、前の孔夫子の具体的な規律ある行動原理を見ても、そのことは納得できよう。

礼儀を説くだけでなく、自ら模範的な実践者でもあった孔夫子の「克己」と「執礼」とは、こうした面からも、うかがい知ることができよう、と思われる。

歴史の教科書に見える、現代よりも二千五百年以上も前に生きたひとが、これほど開明的で規律ある生活態度をとっていたとは、正直いって驚かされる。

しかし、他方で、孔夫子の、こうした公私における個人的な事物への強いこだわりが、のちの儒教教団への、多少偏った考え方を持ち込ませる余地を与え、許容し、増長させてしまった遠因をつくった、とは言えまいか。

さて、あるとき、孔夫子は、次のように宰予に向かって仰っている。

「わたしは、言論の能力だけで人をみて、宰予の場合に失敗した。また、容貌の拙さだけで人をみて、子羽の場合に失敗した」(『史記』仲尼弟子列伝)

また、続けて、こうも仰った。

「これまで、わたしは、たれでも、めいめいが口にするとおりのことを、正しく実行しているものだとばかり、疑いもせずに固く信じてきたのだ。しかし、これからは、もう、そうとばかりは言ってはおれまい。本人の、言うことと、行うことが一致しているかどうか、それをはっきりと実際に突き止めないと、わたしは安心できなくなってしまったよ。おまえ(宰予)のような人間もいるのだからな。よって、わたしは予(宰予)に懲りてからは、大方針を変えたのだ」(公冶長)

こう言って、孔夫子は、宰予の昼寝の現場を目撃して、彼の言行の不一致を責めたことになっている。

考えてみれば、宰予は、孔夫子により、相当に酷い言われ方である。

宰予の、それまでの、孔夫子やその教団に対する貢献度と献身に比べれば、である。

しかし、その事実を知らぬ者にとっては、特に、孔門の新参者や若い弟子らにとっては、宰予は孔夫子よりその言行不一致を論断された、老弟子ではあるが、かたや、単なる「不仁なる者」でしかない。

宰予は言論に秀でた、つまり「巧言」のひとであった。しかも、宰予と比較されている容貌の拙い子羽に対して、容姿の端麗な「令色」の人でもあった。

それだけに、孔門内での立ち位置は目立つ所にあり、一旦問題が起きれば、人間関係の密で偏った閉じられた集団内においては、いきおい風向きが悪くなる。

しかも、件（くだん）の孔夫子は、物事や習性へのこだわりの大変に強い人である。

この時期には、孔夫子の宰予に対する偏見（へんけん）と誤解は、いまにして思えば、頂点に達していたのであろう。

この孔夫子の宰予に対する発言は、宰予が、孔夫子のもとを去り、斉に出奔する前夜でのことであった。


宰予は、いわば孔夫子の指摘される「巧言令色」の典型ともいうべきひとであるが、孔夫子の名指しの無い発言で「巧言令色の人は、仁は少（鮮）なし」とは、この宰予のことを多分に指して言ったものである、と思われる。

また、宰予と比較された子羽の姓名は、澹台明滅（たんだいめいめつ）といい、とても醜（みにく）い黒斑のガマ蛙のような容貌の人であったらしい。

孔夫子は最初、武城というところの邑宰（村長）となった弟子の言偃（げんえん）（子游）が、孔門に「公明な人」と言って弟子にと推薦してきた澹台明滅（子羽）を目にして、その異様な容貌を見て、彼の資質は浅いだろう、と失望されたのである。

しかし、澹台明滅はのちに、孔門で学んだあと、南方の江南というところで三百人の門下生を養い、孔夫子の名を広めたことがあるとされる。しかも、のちに魯の大夫にまで登った、との記録まである。

しかし、それらの多くは、のちのひとの作り話であろうと思われる。理由は、伝世文献に記録が見当たらないということもあろうが、とりわけて教団において都合の悪い、孔門を去ったのちに斉の大夫となった宰予を貶降（へんこう）するためである、と考えられる。

そもそも、澹台明滅は、弟子の言偃（子游）に見出され、たがいに親密懇意以上の間柄であった。しかも、言偃は、性格的に多少強引で灰汁（あく）が強く、孔夫子の出魯以降の他国（呉）出身の新参の弟子にあたり、孔門初期からの弟子であった宰予とは、なぜか、まったくそりが合わなかった。

のちの、孔夫子を戴（いただ）く儒教教団としては、都合の悪い宰予に対抗できる「巧言令色」とはほど遠い、真反対の醜男な人物を、つまり木訥篤実な性格ではあるが、容姿に問題のある人物を対者として祭り上げる強い必要性があったのであろう、と推測される。

そして、孔夫子の単なる取るに足りぬ「巧言令色」の人に言及した発言が、若い弟子たちには勿論のこと、のちの教団内や『論語』において、大きく誇張をともなって、取り上げられたのであろう。

そして「巧言令色」の人と「不仁」な者という言い方が、若い弟子らの目にはダブって映り、のちに意図的に併記されるようになったのではないだろうか。

当初、資質の高いと思われたひとが、孔夫子の期待を悪い意味で裏切り、一方、資質の浅いだろうと思われたひとが、孔夫子の期待を良い意味で裏切る。そういう、分かり易い構図であったろう。

では、孔夫子をして、おそらく「巧言令色の人は、仁は少（鮮）なし」と言わせた宰予とは、いったい、どんな人物で、どういった経緯で孔夫子をして「不仁な奴だ」と言わしめたのであったろうか。

その宰予は、魯都の曲阜の城内で、代々に由緒正しき「宰」という古くから続く士族の家に生を受けた。

家名の「宰」は、古くは宮廷での祭事や賓客をもてなす宴席のために獣肉を刃物で裁く料理人を意味し、のちに祭事や政事を差配する人のことを指すようになった。

広く諸官の長、長官、家老や家令の役職を指す。

古来、代々、その官位に在って功績が認められた者が、習わしとして、その官名を特別に氏族名とすることができた。古書にそうあるが、宰家は、まさにそういう一族であった。

周王朝の成立は、殷（商）の紂王（帝辛）との牧野での戦闘に、周の武王が勝利し、克商（克殷とも称される。つまり、殷周革命のことを指す）ののちの出来事である。

武王は黄河の盟津（孟津とも。河岸の船着場）に兵を集結させ、八百の諸侯と打倒殷の盟約を結び、その二年後に再び諸侯軍と合流して、盟津から渡河し、商殷との戦いを開始した。

通常、商殷は「殷」王朝と称され、その大邑ないしは天邑、つまり殷都が「商」と呼ばれている。武王はこの大邑「商」を奇襲によって、諸侯軍と共同で一気に攻め落とした。

この牧野での戦いに勝利した武王には、兄弟が多い。また、武王を輔弼したのは周公旦、畢公高、召公奭（こうせき）、太公望である。

周公と畢公は武王の弟である。武王の在位は短く、あとを周公と召公が、若い次王の成王を補佐して、周王朝を盛り立てて維持発展させた。

その弟である周公が武王より魯の地を封地として賜り、子の伯禽（はくきん）を魯侯として曲阜（きょくふ）の地に派遣して以降、魯侯に従った宰家の当主は、当初は、宮廷の祭祀や政事に重要な要職を担ってきた。また、公室の直轄地である食邑（しょくゆう）の管理も、もとは宰家の重要な役割でもあった。

しかし、時代が降って、魯公室では、王家の分家である三桓氏（さんかん）が、次第に執政の実権を握り、朝政（聴政）において大勢力を得て、魯公は三桓氏の協力がなければなにもできない弱い立場となってしまう。

このころの魯国では「政（まつりごと）、季氏に在ること三世。魯君、政を喪（うしな）うこと四公」と『春秋左氏伝』の昭公二十五年の段に記述があるとおりであった。

魯君の四公とは、第二十三代の昭公より定公、哀公、悼公の時代を指し、単純に合計の在位期間だけでも、約百五年間に当たる。

しかも、晋や斉、楚、のちに強盛となった呉といった大国に囲まれ、その時々の国家間や国際情勢に、その後の魯国は翻弄（ほんろう）され続けることになる。

そもそも三桓氏とは、魯国十五代の桓公の公子で、慶父と叔牙と季友の三兄弟に始まる。

この三氏は、嫡兄の十六代荘公の重臣となり、慶父から孟孫氏（仲孫氏）、叔牙から叔孫氏、季友から季孫氏と呼ばれることになるが、特に権勢を極めたのが末弟の季孫氏で、代々に司徒の役職に就き、叔孫氏が司馬、孟孫氏（仲孫氏）が司空職を務めた。

司徒、司馬、司空とは、周王朝では「三事」と呼ばれる基本的な枢要官職の名称である。そして、その諸侯国でも同様に倣って、国務の要職であった。魯国でも、この三職に就く高位の者を「三卿」と呼んで尊んだ。

司徒は、国の田土などの領地や財貨や教育などを司る重要な役職であり、その下に小宰と小司徒が補佐役として置かれる。また、司馬は軍事長官である。その下には小司馬が置かれた。そして、司空は治獄、つまり刑徒（囚人）の管理と、治水や作事と呼ばれる各種公共土木工事を、その職掌としていた。その下には、小司寇と小司空が置かれた。「三卿」の下に置かれた五職を、魯国では「五大夫」と呼ぶ。一般には、上大夫と呼ばれた。

さらに、この下に、一般の大夫（下大夫）・士がある。大夫は、小領主で貴族と見なされる。また、士は支配階層の最下層に位置付けられ、世襲の官職や封地を所有した。

周王朝の興ったころには、貴族の官位は「卿士」の二職の身分の区分があったとされるが、孔夫子のこの時代の魯では、君主の下に、卿と大夫、しかも上大夫と一般の大夫（下大夫）・士と、四つの身分が置かれていたことになる。

おそらく卿は君公の兄弟など君公に近い親族や特別に功労の認められた高位の者が就き、士は遠い王の親族や世襲ないしは有力官吏者が就いていたことで、それほどには低い地位ではなかったので、この士層が、のちに更に大夫と一般の士族とに分化していったものと考えられよう。そして、その下に庶人が位置づけられる。時代が降って、官位・階層にも身分の細分化が起こっている。

宰家の職掌も、このころには、魯国政治の枢要や要諦を三桓氏に悉く握られて、本来の執政上の要職とは遠く、宮廷内での魯公周辺で執り行われる限られた祭事や迎賓の執行役や事務方の長として朝廷に出仕し家系を維持してきているに過ぎない。

しかも、このころの魯では、魯侯の昭公が三桓氏に叛旗を掲げて、王軍による軍事力による排除を試みたが、結局は失敗して敗走し、逆に隣国の斉に亡命したことで、魯侯の空位の時代が約八年近くも続いた。その間は、三桓氏の天下であった。

結局、亡命先の晋国の乾侯という地で昭公は失意のうちに亡くなり、魯国の大夫らは協議して昭公の弟の「宋」を定公として国君に立てて、ようやく長きに亘った魯侯の空位空席の時代は終わった。

そんな宰家の子として、予はこの世に生を受けた。

宰家は、曲阜の城内で、公宮の東郭門が近い場所に私邸を構えていた。周りの邸宅もみな宮廷に出仕する士族以上の家系の貴名家であった。

宰予は、宰家の長子ではなかったが、幼少時より利発な子で、読み書きも得意であった。

宰家の家主である父親は、長子を補佐けて家格を高らしめたいと、次子の予に期待して、男子として宰予も、父親から、元服の歳を前にして、呼ばれて、その字を告げられた。

元服を前にして、字を「我」と名付けた。

「男子二十冠而字」（礼・曲礼）と古書にあるとおり、一般に男子は二十歳になる（または、元服する）と実名の他に、この字を親より名付けられて、以後はおもに一人前の男子として字で呼ぶことが礼儀であったとされている。字は、男子だけでなく、女子にも用いられる。但し、女子は婚約時に名付けられた。

「予よ。これからは、おまえは『我』という字で呼ばれることになる。心得よ」

宰家の家主である父親は、宰予を見据えて、厳かに告げた。

「わたくしは、これより、新しい名を『我』と呼ばれるのですか」

宰予も、応じた。

その宰予の父親は、我が子に、その字の由来と意味を短く説明した。

由緒ある宰家を継ぐ父親は、当主としても、当然博学である。

漢字の「我」は、むかし、武器である矛（ほこ）の刃先がギザギザに尖って、鋭く突出している様を象形したものであり、その形を仮借して自身を表す「われ」といったと古義にあるとおり、その形が特殊で、己自身を主張して際立つ、という意味でもある。

戦場では、刃先が鋭利な自慢の矛を手にした兵士が、他の矛を持つ相手の兵士に挑み掛かる様を想像してみれば、その戦闘に臨む行為はまさに、たがいに、己を主張し合う様子と取れる。「我」は、また、鋭敏、先鋭、精鋭など先取・先進の意味をも包含している。

宰家の当主が次子の予に、利発さから、そのようにあってほしいと願い、その結果、長兄に助力して自家の再興と往時の繁栄がもたらされようと期待しての命名であった、ということである。


そして、幼時は自家で、家付きの教師兼傅育係である老師傅について学んだのち、元服を前に曲阜城外で礼儀や学問に定評を得て、新興ではあるが、国外からも門弟を招くほどに名声が上がりつつあった孔丘の学門に入ることを志願して、父親に申し出た。

宰予は、幼時より聡明さには定評が立つほどで、勉学にも打ち込み、秀才という名を周囲から得ていたが、宰予本人は座学にはどこか飽き足らない部分を感じ、実学にも秀でたいと外部の私塾などにも目を向けていた。

「礼儀をしっかりと基本から学び、六藝(りくげい)にも広く通じたいのです」

そう、宰予は、あるとき父親を前にして語り、許された。

「それは良いことだが、おまえには、どこか、当てがあるのか」

当主の問いに、宰予は快活に答えて、次の名を出した。

「孔氏」

宰予の意中にあったのは、孔丘という人の始めた礼学を教えるという私塾であった。

気になったのは、礼学には明るいと評判は多少あったが、当時無位無冠の孔丘師という先生の技量が、未知数であったことぐらいであろうか。

宰予自身は、実学である六藝にも通じ、秀でたいと願っていた。自身の考えでは、身を立てるには、それが最も近道に思えたのである。

当時、六藝は、君主に仕える卿や士大夫と呼ばれる高位高官階級が基礎学力として修得しなければならないとされた教養や技能や技術のことを指す。つまり『周礼』によれば、六藝とは、礼、楽、射的、御術（馬や馬車を駆ること）、書、数学の六科目のことである、とされている。

いまでこそ、六藝の「藝」は「芸」と略記されるが、もともと「藝」の「埶」は、ひとが屈（かが）んで木や草の苗を地面に植えている様を表した。若苗の成長の速さを言う「勢い」という意味もある。「藝」は植物を植え付けるように、ひとに能力を仕込むこと、技能を身に付けさせ、成長させることである。


宰予が孔門を潜（くぐ）ったのは、自身が数えで、初冠をつける元服（げんぷく）を控えた十七歳のときであり、このときの門主の孔夫子は四十六歳になっていた。

孔夫子の四十代は、本人の思想上の、大変重要な時期に当たる。

この時期を境に、孔夫子、のちに「孔子」と呼ばれることになる人の人生は、その前三十代に打ち立てた自らの目標を実行に移す転換点を越えた、と言うことができよう。

孔夫子自身が、のちに「四十にして惑わず」（為政）と述べているとおり、漸（ようや）くにして、自身の学問に磨(みが)きをかけつつある充電と充実の時期であった。

逆に、四十代に達しても、猶(な)ほ、ひとかどの人と見なされず、他人から疎まれ、恨まれるようでは、その人の先は見通せまいよ、と孔夫子は述べられている（陽貨）。また、四十五十代に達しても、ひとから一目(いちもく)も置かれないようでは、その人の発言や行動は重視すべき人、恐るるに足る人とは、とても言えないだろう、とも述べられている（子罕）とおり、孔夫子の齢四十代に対する認識は重いものがある。

孔夫子の有名な述懐のとおり、四十歳に達するまでの孔夫子は、ほぼ無名でパッとしない。意外ではあるが。

十五歳までは学問に身も入らず、三十歳に達するまでには、成り行きで宋出身の幵官(けんかん)氏と結婚をし、子どもも男女の二人をもうけたものの、自立すら出来ていなかった。ほどなく離婚も経験されている。一時は委吏（穀倉の管理係）や司職吏（乗田、牧場の家畜飼育担当）といった小官吏となったが、その仕事ぶりや功績は認められたものの、結局は仕事も長くは続かなかった。つまり、勉学に目覚めるのは遅く、仕事にも恵まれず、家庭生活も上手くいかなかった、というわけである。

当然、人生に対する焦(あせ)りは募っていったであろうが、自身ではどうすることもできぬ年月を費やしてこられたのであろう。

ようやく、礼学で少しは世間に名が知られるようになるのは、三十歳になってからであった。魯を出て斉で仕官を試みて、景公に謁見したのは三十六歳ころのことである。

孔夫子にとって、前三十代までは、職を転々として多芸多能ではあったが、身に付いた職能は目指す礼学の道には大した役にも立たなかった。しかし、さまざまな事態に翻弄され、迷い、実現できず藻掻きつつも、自身のこころのなかに芽生えた志を大きくはぐくみ育てた時期ではあった。

「四十にして惑わず」とは、意味深長な言葉であろう。

それまでと比べて「疑いが去った」というのである。それは、自身にも、学問にも、人生の目的や目標にも、疑いが去って、確固たる自覚ができたということではないだろうか。恐らく、孔夫子にとって年齢四十歳は人生の転機であった。やや遅咲きの人生であった、とは言えまいか。

そのころ、孔夫子の学府は、魯都曲阜の郊外に設けられて、鮮やかな緑の目立つ丘陵地にあった。目前には小山が控え起伏に富み、水量豊かな泗水の河岸が見下ろせて、丁度この季節に河原に群生する荻や葦のみずみずしい新緑や、夥しく繁る藜の赤紫の色彩が際だっていた。また、丘陵から見下ろす河面は、天気の良い日は、太い光の長帯のようにキラキラと輝いて見えた。

宰予の初めて見た孔夫子は自信に満ちて、生気に漲っていた。迷いなど微塵も感じられなかった。

それで、ようやく、宰予も孔府の門を叩いたことに、小さな不安を感じなくなった。ちなみに、このとき、宰予は、孔夫子とは約三十歳の年齢差があった。

孔夫子の私塾ともいうべき孔門には、当時二、三十名ほどの塾生ともいうべき学生がいたが、古くからの門弟、つまり年長の顔路（無繇）や冉耕（伯牛）などの顔氏や冉氏といった孔夫子の母方や父方の縁戚の関係者が多かった。また、公冶長（子長）や南容适（子容）も、入門ののちに、孔夫子との縁戚関係を結んだ人たちである。

その顔路の息子が顔回（子淵）であり、当時十五歳で、宰予とほぼ同時期に、父の顔路に連れられて孔門に入門してきた。

また、冉伯牛（冉耕）の宗族であったのが、冉雍（仲弓）や冉求（子有）ら、である。

さらに、公冶長は、孔夫子の女（娘）の婿となり、南容适は、孔夫子の足に障害を持った長兄である孟皮の女（娘）を、孔夫子の仲介で嫁にもらった。

そして、少し異色の無頼の群不逞の徒というべきが、仲由（子路）であった。

しかし、のちに仲由は、入門後に、孔夫子の母方の縁戚者と、孔夫子の仲介で結婚しているので、顔氏の系列者と見なしても良いのかも知れない。

それから、約二年のちに、隣国の衛より端木賜（子貢）が孔門へ入門してきた。このころには、他国からの入門者も徐々に増え、孔門の学府の生徒は、一気に、宰予の入門時のほぼ二倍に膨れ上がっていた。

孔門への入門の条件には、周礼に定める、束脩（そくしゅう）（十枚一束の干肉）以上の入門費というか、手付けの物品を納めれば、孔夫子の講義を直接受ける許可が与えられた。

自らの意思を持って、孔門を叩いた、ほぼすべての者が、孔夫子との直接面談ののち、最低限の礼品を持参して、ほぼ無条件に入門を認められた、ということであろう。

したがって、孔門への入塾者の入門費はほとんど私塾運営の費用の足しにはならず、当時の多くの収入源は、求められて孔門出身の初期からの年長者の官途登用や有力大夫の家宰などへの就任以降の俸禄（ほうろく）の大部分が、私塾運営のために自主的に孔門に納められていたのである。

どうやら、孔門出身者は、先師の口利きで仕官や出世をすると、得た俸禄の大部分を孔府に納める習わしになっているらしい。当初の束脩は、いわば出世払いの手付けか前払い金の様なものであるらしい。

しかし、そうやって入門してきた弟子たちの学習への、孔夫子の要求水準は高い。早くに有用な人材となって高い俸禄を得る人材に育って貰わねば、私塾経営もすぐに行き詰まってしまう。したがって、孔夫子は、入門者への教育に必死であった。
「自ら束脩をもって入塾を行う以上は、われも未だ嘗て（かつ）誨え（おし）無きはなし」（述而）といい「人を誨え（おし）て倦（う）まず」（述而）とは、入門は易くとも、同時に、その入門者への学習上の要求水準も高く、大変に厳しいことを言っている。

「誨（かい）」という字は、教えるということであるが、物事の道理に暗いひとに、督励して、さとし教える、という意味がある。

たとえば、孔夫子の言葉によれば、ある問題に、その一隅を取り上げて、設問にコメントを与えて一例を示したのちは、門人本人たちがあとの三隅を満たしてもって答える、というふうでなければ、孔夫子はそれに回答など与えない。また、再度繰り返してその問題に言及したり、関与すらされない。残りの三隅、つまりは重箱の四隅をキチンと埋める努力を、孔夫子は入門者に求めているのである。

弟子自身の率先自覚が重要で「学びて思わざれば、則ち罔（くら）し。思いて学び無ければ、則ち危殆（あや）うし」（為政）とは、学習の後の思考の継続と、考えついて後の学習の反復の重要性に気づくべきだと、容赦ない。予備知識としての予習は当然として、講義受講ののちの復習の重要性にも気付くべきだというのである。緊迫感や切迫感さえ自然に伝わってくる。

そうすると、当然のことではあるが、孔夫子の督励（とくれい）について行けず、脱落する者も多くある。致し方ないであろう。

孔夫子の自ら理想とする教師観は「温故而知新」（為政）ということであろう。

孔夫子は、偉大な先人の残し示した遺道や古典など、たれからでも、なにからでも学ぶことはでき、自らは特に師匠と仰ぐ先生や常師に直接学ぶことは無かったのである。

のちに、そのことを、弟子の端木賜（子貢）が、孔夫子の言葉を代弁して、そう述懐している（子張）。

「わたしと三人で道連れとなれば、そのなかには、かならず師と仰ぐべき人はいる。その人の良いところは真似（まね）てよく学び、悪い点は反面教師とする」（述而）とまで述べられている。

孔夫子には、いわば自身の学んできた道程そのものが、裏返して、そのまま教師観となっていった、と言っても良いであろう。

「温」とは、水を熱して、その湯気で温める、過去の故実という素材を瑞々（みずみず）しさで潤（うるお）すことである。「知新」とは、未知の真実から刺激を得ることであろう。コチコチの氷結状態を温熱で溶かし素材を潤したのちに、その素材に新味を加える。刺激的な斬新（ざんしん）な味を足して、一種の素材と味覚の化学反応を期待する。

孔夫子の教師観は、素材に手（熱）を加えて食べごろにしたところに、アクセントとしてスパイスの利いたソースなど調味料を添える調理法とほぼ同意である。これが、孔夫子の教師としての役目である、という。

孔夫子の教師としての門弟に対する態度は「憤（ふん）せずば啓せず。悱（ひ）せずば発せず」（述而）というように、弟子自身が差し迫った問題意識として、居ても立ってもおられず、その胸が張り裂けそうなほど切迫したものでなければ、先生としての自身の啓蒙（けいもう）は意味がなかろう、と言う。一種、激越である。

また、なにが言いたいのか胸につかえて、どう言葉として表してよいか分からないほど発言したいのだが、それがなんだか分からないが、生徒が無性に声に発したいときに、はじめて、先生がその解決の手助けになってあげられる。

そういうものであると、孔夫子は仰った。

孔夫子は、日ごろの仲由（子路）の学習に対する態度を見ていて、そんな思いに囚われてしまうようだ。

年長の仲由は、いかにも武骨な男である。

教場で、みなと同じ位置について雁首を並べていても、意はここにあらず、どこかひとり、悶々としている。どちらかと言えば、自分で言葉に発して、理路整然と質問できるほど、頭は回らない。言いたいことを、素直に表現すれば良いのに、なぜだか下を向いてモジモジするばかりである。手や足を突き出して、ジタバタしてしまえば良いものの、そうもいかないものと見える。やたらに、図体ばかりがデカく目立ち、行動はがさつである。

孔夫子の講義の一言をも聞き漏らすまいと、急いて、他の生徒同様に身を人一倍も乗り出してはいるが、すべてが理解できている風でもない。声を発して疑問を投げかけようと身構えてもいるが、勢いを持て余し「うっ」とか「あうっ」と唸るように漏らすのが精一杯である。もどかしく思われるが、結局声にはならない。目は真剣で、かっと見開かれ、顔容に厳しさが滲んでいるだけに、よけいにじれったい。夫子には、その気持ちの切なさが、じかに伝わっているようでもある。

孔夫子は、仲由の学習に対する態度を見て、若き日の自身の姿を重ね合わせ、見せつけられているようで、身につまされる思いを同じくされているのであろうか。

どこか、そんな考えを、孔夫子と仲由との関係に、宰予は感じてしまう。

そんなとき、孔夫子は、必ず、講義のあとに、仲由を講堂の後隅に呼んで、小声で教え諭すように、寛言を向けられている姿が見られる。

さらに、教育の導き手としての孔夫子の別の発言もある。

「どうしたらよいのか、いかにすべきか、と自分に、いつでも問い続けているようなひとでなければ、わたしだって、本当は、どう導いてあげてよいかは、皆目分からないよ」（衛霊公）と。

門弟自身の問題意識の有無が学習には重要だ、というのである。

それは、孔夫子が、自らは、有名な学府でも、特定の老師に就いても学んだことはないのだから、自身の焚き付けた火種の火熱で自らを発憤鼓舞することで、どんな劣悪な環境下でも、身近なところから自身の向学心を高めていくことができた孔夫子の実体験に由来する学習指導法でもあるのだろう。

受動的な学習態度を極端に嫌い、かつ、自ら問題意識のないひとに、そういう孔夫子であるから、自身指導のしようがない、というのであろう。

また、あるとき、孔夫子は「大言を吐き、気は大きいが素直さに欠けており、子どものようであるが生真面目さを身に付けておらず、馬鹿がつくほど正直にみえて、じつは誠実さのかけらもない、そんな人は、いくらわたしだって、どうしてやることもできないよ」（泰伯）とも、仰った。

つまり、その門下生には、孔夫子は、その学習への態度として、素直さと生真面目さ、誠実さの三つを強く求められた。

孔夫子のその講義のあと、傍らに来た端木賜（子貢）に、宰予は問うてみた。

「賜よ。不直とは、なんぞや。不愿とは、なんたるや。不信とは、なんなるや」

端木賜は、頭をひねった。

「かりに、猪突豨勇と言う。狂ったように猪獣が猛進直行するが、それは素直なるがゆえではなかろう。得てして、勇壮なる者は直情の者と見做されるが、それをそのまま素直と言えようか。たんなる、そのものの性質によるのであろう。ましてや、口先男では、なお駄目だな」

「はてな。戦場の猪武者のことかな。無鉄砲に、ただ前に前にと突き進むだけが、直ではないというのだな。まるで、あの仲由（子路）の勇を諌めているようだな」

「そうだ。夫子の言いたいのは、まあ、それであろう」

宰予は、端木賜の方に向き直った。端木賜の表情は、すでに満足そうに晴れやかであったが、宰予には、まだ、問うべき疑問がある。

「では、不愿とは、どういうことなのだ」

「かりに、幼児のように無邪気に見えるが、大人のくせに幼稚でしかない。見え透いている。それが、素直な真面目さに欠ける、と言うのであろう」

「たしかに、幼児のような屈託のなさや罪のない無知は、直であろう。しかし、大人がワザと、そう見せているだけであるならば、真面目とは違うな。戦場での勇壮さも、子どものような無邪気さも、言葉やうわべだけであるならば、素直とか生真面目とは遠いということだな」

「ああ。そうなのであろう」

端木賜は、目でもう問うなと言っているようであったが、宰予は口を開いた。

「では、不信とは、どういうことなのだ」

「分かりきったことだ。考えてもみよ。分別のない馬鹿正直者の言うことは信用できまい。真偽も疑われるような者の言は、誠実とは言えまい。信ずるに足りぬものだ」

「無分別の者も、直とは遠いというのか。素直とは、それほどの得がたいものなのか」

「おそらくな。夫子の仰りたいのは、それぞれに人としての性格や見られ方もあろうが、それを理解した上で、その人物の見てくれやうわべによらず、自らを偽(いつわ)らずに、自身を理解する、足(た)らざるを知る、と言うことであろう。その真剣な態度こそが、素直さや生真面目さや誠実さの表れなのだ。そのことを、孔夫子は、みなに知って欲しいのであろう」

「ほう。なるほどね。賜の理解は、相変わらず、深いね。夫子の言葉を、一言を聞いただけで、そこまで語れるのか」

「は。まあね」

宰予は、整然となされる端木賜の、孔夫子の言及した発言への解説に、毎回、感心する。それは、言論に長けた宰予だけではなく、慎重で計算に強い冉求（子有）も、あの剽悍(ひょうかん)な仲由でさえも、一目置いて相談に来るほどである。

別のときに、また、孔夫子は、弟子たちを前に「四つの教え、つまり文行忠信」(述而) を強調された。それは、読学と実習、誠実さと信じることという、四つの教育方針のことである。

この孔夫子の講義中の発言に対する端木賜の解釈が、また面白い。

先ず、宰予が問うた。

「『文』とは、なんぞや。また、次の『行』とは。『忠』と『信』とは、どう違うのか」

すると、端木賜は即答した。

「『文』とは、古典などから学んで得られる知識のことであろう。つまり『詩』に言うところに、目を向け耳を傾けて、己を覚る。『書』に述べるところに、出来事の真実を知り、己の規範とする。『礼』に従うことで、こころを鍛えて、己の身なり進退を律する。『楽』を行うことで、他者との共感を温めて、己を実現する。これが『文』の指し示すところであろう。そして、次に言う『行』とは、学んで忘れないために、為される実践のことであろう。また、その徳にもとづく実践からさらに学んで得られる生きた知識のことであろう。『文』や『行』からは、得難い知識の分野を求めることができよう」

端木賜は、さらに、間髪を入れずに、言葉を継いだ。

「そして、知識は、また、知恵によって足され補強されるものである。であるから『忠』と『信』は、その知恵に当たろう。『忠』とは、誠や真心を尽くすということである。『信』とは、義を尽くして信頼されるということであろう。相手に、真心を尽くして、かつ信頼される。他者は自分を映す鏡でもあるのだから、かならず良く尽くせば、直に帰ってくるものがあろう。学問は、知識と知恵によって、つまり、自分だけのことではなく、他者に及ぼして、漸くにして成り立つものである、と夫子は仰りたいのであろうよ」

「ほう。明解だな。でも、それは、まだ、われの質問の完璧な答えには、なってはおらぬなあ」

端木賜は、すでに、そのことに関心が無いように、物憂げに次のように返答した。

「四教とは、けっして、その個々の違いを知れと言うだけではない。その、それぞれの関係性の重要なことを悟るべきだ、と言うのであろう」

孔夫子の言う、一言を聞いて、仮に重箱の一隅を得たならば、残りの三隅を埋めて、重箱の四隅すべてを満たすような思考法とは、たとえば、端木賜のとったような、この場合の思考法のことを言うのであろう。いつもながら、端木賜の明解な解釈には、宰予は感心させられる。

孔夫子自身の学習法についての発言もある。端木賜が、端的に述べたことにも関連して、興味深い。

「黙して之を識り、学びて厭わず。人を誨えて倦まず。何ぞ我に於いてか有らん」(述而)

つまり、自分の分からないことがあるときは、黙ってそのことをよく覚えておき、あとで徹底的に分かるまで学び尽くす。時に師匠にも問う。そして、自身で、また考える。

さらに、そのよく自分で理解できたことは、自分だけのことにせず、ひとにも懇切丁寧に教えてあげる。教えてあげることで、自分の理解も更に深まる。そのことで、最初は身近でなかったことでも、自分のものとして身に付くのだ。

他者は、自身の鏡でもあるのだ。

幼児は、水鏡に映った自らの姿を見て、手振りや身振りを覚えていくではないか。そのようにして、自らを正すことが出来るのだ。

つまり、それが、わたしのいつもやっている学習法だ、と。

宰予は、これはまさに、孔夫子自身の学習法であると同時に、弟子らへの勉学を通じた指導法でもあったろう、と思った。

西洋では寓意的絵画のジャンルにヴァニタス（Vanitas）という言葉があるが、元来はこの言葉は、ひとの死に対する現世の儚(はかな)さに深く思いを致して、悩んだ末に、結局は実りのない空虚な時間をつらつらと重ねて浪費する、といった自堕落的な行為のことである。寓意的な西欧絵画でも、静物画のモチーフとして描かれることがある。

孔夫子は、こうした無為の行為を極端に嫌った。

それこそ口を極めて、門弟らには学習の重要性を説き、無為や怠惰を戒(いまし)め、日日の実習と実践の必要性を言い、生活態度の改善を求め、また、自らも行動で示された。

また、孔夫子は無為な行為や悪事を平気で為す者を、同等に称し「小人」と呼んで、その対極にある

「君子」と対比して述べられる。

その「小人」とは、うわべ飾りで、結局は無為空虚な者、他人に危害・悪害を与える者、つまりは、孔夫子の呼ぶ「賊」のことであろう。また、そうした悪事をまるで生業のように平気で為す無法者は、特に「盗」と呼ばれた。

孔夫子の幼なじみに、原壌という者がいる。

ときどき、用事もないのに孔府に顔を出す人でもある。

背は孔夫子の長身に遠く及ばず、か細い腕に、浅黒い肌をした、紅い顔の小男である。

その原壌は、礼儀をまったく辨えておらず、孔夫子に対するときも、ただ夷して、つまりしゃがみ込み、その場に蹲ったまま講堂の前で、夫子の来場を待ち、一向に臆するところもない。薄らと、顔容にうわべ笑いすら浮かべている。

孔夫子は、その原壌の姿を見つけて、次のように、荒々しく評された。

「幼而不孫弟、長而無述焉、老而不死。是爲賊」(憲問)

「おお。壌よ、おまえか。おまえは、幼いときから生意気で、目上の人を立てるようなこともしないし、長じてからもなにひとつ取り上げられるべき有為なこともしなかったな。しかも、この歳まで、なお、定職にも就かず、ただふらふらと無為に生き恥を晒した上に、老い先になんの心配もなく、また死を恐れることもない。これを『賊』と言わずして、なんと言おうか」

「賊」とは、社会の秩序を無視して、無道・不法な行いを為す者のことを言うのである。

のちに「盗賊」という二つの字がひとつの成語となって、人の生命や財産に害を及ぼす悪党らを総称するようになる。

孔夫子は、学府のみなの見ている前で、その原壌の脛を、手にしていた藜杖で叩き小突かれた。もうよいから、早くに、この場から立ち去れ、というのである。

原壌は、ようやく立ち上がり、薄笑いを浮かべて、塞いでいた教場の入口から退いた。

しかし、なお、孔夫子の後について、教場内に進もうとした。

孔夫子は、それに気付いて、原壌を制して、一声を発した。

「おまえは、外に出ておれ」

孔夫子には、あたかも、この原壌が幼なじみであったことが、自身の恥か汚点のように感じられているようであった。

かくて、遠い古の時代に、こうした厳しい碩学のひとが、奇跡的に存在したのである。

孔夫子の入門者への指導法も、それぞれの門弟の性格や学習の取り組み方に応じて、臨機応変で、適切でもある。

あるとき、門弟の仲由（子路）が「善行を聞いたら、すぐにそれを実行に移すべきでしょうか」（先進）と、孔夫子に尋ねた。

「おまえには、お父上や兄君という敬うべき方がおられるのに、どうして、先に相談もせずに、すぐに、そうやって行動に移そうとするのか。まずは、父や兄といった先達に聞いてからにしなさい」と、孔夫子が窘(たしな)めるように答えられたのを、弟子の公西赤（子華）が、たまたま聞いていた。

また、あるとき、親しい先輩の冉求（子有）が、孔夫子に同じ質問をしたら「聞いたとおりに、すぐに実行しなさい。グズグズしていては、駄目だよ」と、今度は一転して、逆のことを孔夫子は答えられた。

そこで、そばで、驚いて聞いていた若い公西赤が、改まって、その孔夫子に質問をした。

「あるとき、仲由さまが同じご質問をされたときには、おまえはどうして、父兄に相談もせず、聞いたままに行動しようとするのか、と諫められ、また、冉求さまが同様にご質問されたときには、すぐに迷わず実行しなさい、と督しておっしゃられました。わたくしは、この夫子のお二人へのご回答に戸惑ってしまいます。どうして、夫子は同じお二人のご質問に、まったく違ったご回答をされたのでしょうか」と。

孔夫子は、にっこり笑って、こう答えられた。

「ははは、そうか。おまえには、不思議に思われるのか。まず、求は大変に慎重な性格で、なにごとにも消極的なところが見えるから、背中を押すために督励してやったのだよ。一方、由はなんでもすぐに人を凌(しの)ごうとする性格の持ち主だから、みだりに行動を起こさぬように抑えるように言ったのだよ」

孔夫子は、こともなげに、平静な顔つきに戻りつつ仰った。孔夫子の手には、しっかり握られた愛用の藜(あかざ)の杖(つえ)がある。

しかし、教師としての厳しい面や弟子に対する細かな配慮とは裏腹に、孔夫子の居宅に入ってからの燕居(くつろいで、のんびり休息すること)の様子は、塾門内とは随分と様子が異なるようだ。

その様子は「申申如也。夭夭如也」(述而)とある。

「申申」とは、伸びのびとして和らいでいる様子のことで、次いで「夭夭」とは、和らいで伸びのびしている様であるので、ほぼ同意の表現であろう。ただ、夭夭には、生きいきしているという意味もあるので、ただ寛(くつろ)いでいるだけではないということであろう。

また「孔子於郷党恂恂如也。似不能言者」(郷党)とある。

「郷党」とは、村里という意味があるが、周代には、具体的には、党は五百戸、郷は党が二十五集まった一万二千五百戸の世帯の民戸のことを指した。

しかし、ここでは、大方にくだけた用法で、生まれ故郷のほかに、地縁的な関係も含もうが、端的には身近に感じる場所、つまり、居所、居宅のことを、ごく軽く述べたに過ぎないであろう。あるいは、孔夫子が普段生活のために過ごす自室、ないしはその空間ということに限定してもよいであろうか。時代が降れば、語の用法も徐々に変わってくる。

『論語』郷党篇の語の使用表現は、そのことを如実に物語っている、と言えよう。

しかし、所用や接客のために前堂には立ち入ることができても、滅多に、奥の自室にはひとを近づけない雰囲気があり、たまたま用事のついでに、のぞき見た孔夫子のご様子が伝わるのみである。

その自室においでのときの孔夫子は、ありのままの素の姿で、外でとはまるで打って変わって、それはまるで「口下手のひと」のようにも見えるらしい。

「恂恂如」とは、おだやかではあるが恐れ慎み深い様、砕けた言い方では、借りてきた最初はおとなしい猫が、周囲を恐る恐る窺いつつ、旬期ごとに別環境に徐々に慣れていくような感じであろうか。

しかし「居所に恭なる」(子路)は「仁」なることの一部だと自ら定義されているから、自室にあっても、けっして「うやうやしさ」は、お忘れにはなられていない。

また「居に不容なり」ともあるから、夫子自らが家居にあっては、宗廟や宮廷での儀礼のときのように型にはまった容装擬態をつけてのキビキビとした身体的な行動はなかった、ということか。自室では、やはり、礼儀やあらたまった礼法に則った動作は封印されていたらしい。

孔夫子が、ひとを容易に自室に近づけない理由が、ここにあるのであろう。孔夫子が、挙措振る舞いを場面場面で、厳格に使い分けられていたことが窺い知れる。孔夫子の説く「礼」の一端を知ることができる。

ただし、居宅の自室での「燕居」の様子は、宰予にも想像でしか理解しえないようなことが多い。

宰予は、最初、入門時の初対面以降、孔夫子の人柄に、かなりの戸惑いを覚えた。

孔夫子は外面的には、身長九尺六寸（約二・二メートル）という「長人」と呼ばれる異形の人である。

その師父の体型や容姿だけを間近に見て、宰予は、この教室では武術も教えるのかと、ふとそんな印象をもったことがあった。

事実、近在の隣家の人にも、この私塾が学問や儀礼を教える学府であることを疑う人もあったらしい。自分の息子に、武術の心得を付けさせようと入門を申し出る、勘違いした隣人もあったそうである。

この話を人伝てに聞いたとき、宰予は、さもありなんと、ひとりほくそ笑んだ。


宰予は、宰家の自邸より、曲阜城郊外の孔夫子の学府に、当初は約小一時間かけて通っていたが、やや遅れて入門してきた端木賜（子貢）や冉求（子有）と親しく交わるようになってからは、学府の弟子らの住み込む共同宿所に入るようになった。

弟子らの居住し暮らす宿所は、内庭を隔てた教室の向かい側にあって、ほぼ講堂と同じ敷地のだだっ広い敷居のない部屋であった。

中庭には、講堂寄りに大きな杏（あんず）の古木が数本植わっていたが、部屋の明かり取りの大窓からは、その太幹と末広に広がる青葉が繁る樹姿がよく見えた。

春から初夏にかけての好天の日には、その樹下で、孔夫子の屋外講義が度々催される日もあった。

杏の花の開花の時期での、樹下での孔夫子の講義は、殊に格別なものであった。

講義中の孔夫子も、屢々（しばしば）、まるで言葉を失ったかのように杏花に見とれて、その香（かぐわ）しい甘い香りにうっとりされて、講義で、口から出かけた言葉を継ぐことも忘れて、いっときの沈黙が続くことがあった。

そんな時、宰予も、瀟洒（しょうしゃ）で美しい満開の杏花の花弁の連なりに目を奪われて、目眩（めまい）を感じることがあった。

知と思考の歓（よろこ）びは、花の開花に似ている。

古代から杏は、薬木であり、益ある樹木として珍重されてきた。
三、四月の春の終わりから初夏にかけて、丸い小さな夥（おびただ）しい蕾（つぼみ）から淡紅色の一際目立つ美しい花を咲かせる。その花は一花ごとは端整で鮮やかで、それが一斉集中に開花する様は衆目の歓びに満ちている。
また、落花後に付く果実は夏の終わりに黄熟して、果肉は梅実と同様に乾燥して食され、婦人の冷え性や血圧を上げる薬とされてきた。実の堅い種の核の部分は「杏仁（きょうにん）」と呼ばれるように生薬として咳止めなどの薬効がある。のちに、その杏の薬効が強調されて「杏林」という言葉が生まれた。

杏木は、当然、好き嫌いにこだわりの強い孔夫子の好む側の樹木であった。

冬季の堅い冬芽から、春先に紅い小さな蕾を付け、初夏には黄色い花葯を突き出し花弁を大きく開き、夥しい数の可憐（かれん）な花を咲かせる。

その艶（あで）やかで華やかな様が、孔夫子の目には、ひとの学習の一連の過程と重なるように映っているのであろう。

また、開花ののちに結実をみるのも、孔夫子の教師としての楽しみのひとつであり、大きな喜びでもある。

小さな蕾から多くの花を咲かせて、また、そののち、人や世中の役に立つ夥しい数の益ある果実を実らせて欲しい。それは、孔夫子の、弟子らに対する期待であり希望でもあった。また、ご自身の歩んでこられた道の果てでもあったろう。

その共同の師弟寮には、住み込みの師弟らは入門の古い順に入口より左右に陣取って、ちょっとした調度で仕切りを設け、私物や寝具を持ち込んで寝起きし、座り机を並べる者もあった。従って、居室時の中は雑然としてはいるが、講義などでの起居者の外出時は、みな出払って、寝具や私物は整然と片づけて置かれたため、一転して秩序ある整然とした空間となった。

年長の顔路（無繇）と冉耕（伯牛）が、師弟寮の管理責任者であった。

宰予は孔夫子の許しを得て、顔氏と冉氏の二人の年長の先輩に入所の挨拶をした。

顔回の父である顔路は、無口で小柄な最古参の弟子であるが、ただ宰予の挨拶に黙って頷いて、冉氏の方を丸い目と色黒の顔の皺をしゃくった顎で指し示し、そちらに行くように促しただけであった。

一方の冉耕は、大変に心やすくて、終始ニコニコとして新参の宰予に寮の決まりのあれこれを丁寧に説明してくれた。宰予が、すでに冉求（子有）と打ち解けた仲であったので、それを知る宗族の主格の冉耕は、親切に接してくれたのであろう。

宰予は、議論が性に合うようで、孔夫子に講義で教わり、勉学で身に付いたことを、入寮後は、一日中、心置きなく親しい端木賜（子貢）や冉求らと、孔夫子の一隅たる課題に対して、資料を調べ、師に納得するまで問い、また意見をぶつけ、十分に詮議し合って、妥当と思われる結論を得るように努めた。

そして、孔夫子に学習の成果を伝えて、意見を求めた。また、そのこと自体が楽しくてしょうがない。毎日の通学の時間も惜しくなったということであろう。

宰予は、講堂の隅で、親しい端木賜や冉求らと、おもに『詩』中の数編の詩について議論していると、そこへ孔夫子が藜杖をついて立ち寄られて、しばらくその議論を後ろで黙って聞いておられてから、おもむろに、こう仰られた。

「ちょっと、良いかな。この『詩』のなかには、おおよそ三百篇の詩が採録されているが、その全体を貫く主題はなんであるか、おまえたちには分かるかな」

宰予と端木賜が、待ち構えていたように、すかさず答えた。

宰予が「素朴ということでしょうか」と即座に述べると、隣の端木賜は「感情の直截な表現にありましょう」と間髪容れずに応じた。

やや遅れて、冉求が「発想の豊かさかな、と思われますが」と、はにかんだ様子で答えた。

「ははは。それぞれの答えに一理はあろうが、な。しかし、その、本当の正解は『その詩の思いに邪（よこしま）なし』ということじゃな」（為政）と、孔夫子は破顔して、静かに諭すように語られた。その時の、師傅の孔夫子のご機嫌は、すこぶるよろしかった。

こうして、滞（とどこお）ることのない弟子達との対話と対応を、夫子は愉（たの）しまれることが、いかにも満足気であった。

『詩』の国風篇の周南「関雎」は、いちばん最初の名詩である。この詩を宰予（子我）ら、三人が合わせて誦んじた。

関関たる雎鳩は、河の洲に在り。
窈窕たる淑女は、君子の好逑たらん。
参差たる荇菜は、左右に之を流むる。
窈窕たる淑女は、寤めても寐ても之を求む。
之を求めて得ざれば、寤めても寐ても思服する。
悠かなる哉、悠かなる哉、輾轉は反側す。
参差たる荇菜は、左右に之を采る。
窈窕たる淑女は、琴瑟をもって之を友とす。
参差たる荇菜は、左右に之を芼る。
窈窕たる淑女は、鐘鼓をもって之を楽しまん。

孔夫子は、三人の吟詩を聞き終わり、手に持った藜杖を静かに足下に置いてから、仰った。孔夫子の明るい破顔した顔容は、機嫌の良いときの、それであった。
「よいかな。この関雎の有名な詩は歓楽を歌っているが、歓楽に溺れてはいない。悲哀を歌ってはいる

が、悲哀に打ちひしがれてはいない。分かるかな、そういうことじゃな」（八佾）

関関と、たがいに呼応じて鳴き合うつがいのミサゴは、河水（黄河）の洲に住んでいる。遙か高い断崖の出っ張りに巣を築き、二羽でツガイでいる、その並んで佇む様は、まるで、麗しく、奥ゆかしい女性と、身分の高い立派な男性とが、互いに良い夫婦であるように凜々しく、仲むつまじいように見える。

水辺に目を落とせば、長さの不揃いな水草の荇菜（またはハナジュンサイ）は、水の流れに青枝を任せて、水中を左右に漂っている。その様は、まるで、麗しく、奥ゆかしい女性を、寝ても覚めても求めても、得ることができず、ただ寝ても覚めても、いつも思い焦がれて忘れない。その様は、男子の悠久の思いであることよ。思い悩んで、眠れずに、男子はただ寝返りを打つばかりである。そんな風に水草は水の流れに順い、延々ただ左右に枝をくゆらせ漂い続けているばかりである。

また、長さの不揃いな水草の荇菜は、水の緩やかな流れに枝を任せて左右に漂って、長い枝どうしが自然に絡まり、まるで互いを見初めて静かに理性的に選択し引き合っているようである。

それはまるで、妄想か夢のなかで、麗しく、奥ゆかしい女性と互いに琴瑟を合奏して、夫婦仲よくたがいを見つめ合い親しみ愛しあう様である。

あるいは、長さの不揃いな水草の荇菜は、水の急な流れに枝を任せて左右に漂って、長い枝どうしが絡まり、まるで好いた互いを選んで感情に任せて激しく抜き取り合っているようである。

それはまるで、妄想か夢のなかで、麗しく、奥ゆかしい女性と鐘(かね)を撃って鼓(つづみ)をたたいて、互いに気心を強く通じて合わせて演奏し、まるで夫婦仲よく楽しみ愛しあう様である。

鳥のミサゴは、鶚、雎鳩、雎、鵃など、幾つかの漢字が当てられる。

魚を捕食することから「魚鷹(うおたか)」の異名ももつ。ここでは、夫婦とも姿形が見目良く麗しく、夫婦仲が良い鳥とされている。

また、水草の荇菜とは、アサザ、またはハナジュンサイのことで、漢字では浅沙、花蓴菜が当てられる。和名で「阿佐佐」とも書かれる。

湖沼に水生(は)え、ミツガシワ科アサザ属の水生植物である。夏頃に浅い水辺に黄色の五弁花が咲く。また、朝に花が咲くので、アサザとも。睡蓮(すいれん)に似た小振りの卵形の葉が水面に浮かび、黄色い花が咲くのは、天候が晴れのときだけで、曇りや雨の日には咲かない。繁殖力は旺盛で、若葉は食用にもなる。

『詩』国風篇に見える十五の国や地方のうち、最初に出てくるのは「周南」で、次に出てくる「召南」とともに「二南」と呼ばれ、この篇に収められた詩は、周の発祥地南方の地域の民間で歌われていた民謡を集めたものである、とされる。

周王朝の始祖といわれる后稷(こうしょく)から数代を経て、周王は自領の王畿内の地を二分(わ)かち、周公と召公とにそれぞれ治めさせたとされる。

つまり『詩』に最初に登場する「周」と「召」とは、周国家の中核をなす周公と召公という邦君の封ぜられた「内服（ないふく）の地」であったということである。

この最初の周南に収録されている詩は、いずれも格調の高いものとなっている。ことに、冒頭のこの「関雎」は「窈窕の章」とも称され、のちの漢詩の起源とも見なされてきた象徴的な詩と言えよう。

孔夫子は、あるとき、学府に近接する自邸の庭先で、考え事をしておられたとき、たまたま、そこに実子の伯魚（鯉）が通り掛かった。

伯魚は、父である孔夫子を目前にして、立ち止まり、頭を下げて、黙礼して、早々に早足で通り過ぎようとした。

ところが、孔夫子は、しばらくして、それに気づいて、立ち去ろうとする実子を呼び止められたのであったという。

出会った実子の伯魚に、孔夫子は手にした書を示してから「この『詩』にある周南と召南に収録されている詩を学んだか」（季氏）と問うた。

伯魚の名は、生誕後に、魯公にお祝いの鯉魚を賜（たまわ）ったとされることから、孔夫子自らが、そう命名したとされている。

伯魚は、父の思いがけない問いかけに、返事の言葉を失った。ただ、ドギマギするばかりであった。言い淀んでいると、孔夫子は、次のように、続けられた。

「そうか。鯉よ。よく覚えておくがよい。この二つの地方の周南・召南の詩が、よく理解できなければ、ただ高い塀壁を目前にして立ったまま、戸惑うばかりで一歩も前には進めないよ」

そう、孔夫子が、伯魚に仰った意味は、その『詩』の二南にまつわる諸詩の重要性にある、と思われるのである。

のちに言う、父から子に授ける教訓を意味する「庭訓」とは、この出来事に由来している。

また、孔夫子は、この「関雎」の詩を、周王室の楽官で大師（楽団長）と呼ばれた摯師という名演奏家の楽曲による歌い始めと曲の終わりとが、ことに「洋洋乎」（泰伯）としていて、格調があって、のびやかで美しい音色が共振して響き、耳いっぱいに広がりをもって聞こえて来て、大変に心地よい、とお気に入りであった。

孔夫子の「楽」の重視は、特別であるといえよう。

この「楽」は音楽によって象徴的に示される。詩がひとの行為の実相や不条理さや賞賛、あるいは願望などを感情に訴えるものであるのに対して、音楽がひとの行為の、その感情表現を極限まで盛り上げ、理想の調和を創りだし、見事に帰一（大団円）させる、つまり「美を尽くし、善を尽くした」（里仁）ものだからである。

「楽に成る」（泰伯）とは、そうした行為の帰結と効果の極まったことを言っているのである。また、楽の達成は、人生の到達点の理想とされた。

このもと周王室の楽官長の摯師は、周王の景王の子・王子朝の起こした大乱で、東周王室は大混乱し、この時期に多くの礼楽が失われ、楽士なども四散したといわれているなかで、同様に単身で斉国に逃れた。おそらく、孔夫子は、昭公の三桓氏討伐の失敗と亡命に触発されて、義憤に駆られて、母国の行く末を憂い、魯から斉へ逃れて、その斉での仕官運動の時期に、斉都臨淄（りんし）の市中で摯師の演奏を直接に聞く機会があったのであろう。

「斉国に在りて、詔（古の帝王・舜の作った古楽とされる）を聴きて、三カ月ものあいだ、肉の味を知らざる」（述而）ともある。

食事の時も忘れて、音楽に没頭（ぼっとう）したのであった。

宰予が、この時期に親交を築くことになる端木賜（子貢）と、とりわけ馬が合ったのは、この『詩』に収録された諸詩の解釈と見解が、たがいに近く、意見がよく合ったからである。

お互いに、勉学にのめり込み『詩』の「国風」の解釈と、その議論に熱が帯びた。まるで、取っ組み合いが始まるかと思えるほど、真剣味があった。また、その二人の議論をそばで聞いていて、その熱さに水を注ぎ、温（ぬる）ませるのが、冉求（子有）の役目でもあった。

宰予、端木賜、冉求の三者は、年齢や嗜好（しこう）も近かったこともあってか、この時期に孔門にあって、互いの篤(あつ)い友好を育むことができた。

この『詩』における「国風」とは、さきに述べたように周国の南方の十五の国や地方の民間に歌われていた歌（民謡）を集めたものとされるが、国の後ろの「風」とは、なんであろうか。

ちなみに「国」は、旧名は「邦」である。

漢王朝の始祖劉邦の避諱のために、この後に「邦風」は「国風」と改められたのである。したがって、それ以前の春秋期を生きる宰予らは、当然の如く、この章を「邦風」と呼び慣らしていた。

一般に、古代では「風」は、特別の力を有すると考えられてきた。風は、古くは鳳(おおとり)と同意で、鳳は風の使いである、と信じられていた。

また、風が動（吹）いて虫が化（孵化）する、という意味が「風」にはあるが、風が時間を進め、新たな季節（四季）の変化をもたらす、と考えられてきたのである。

「風」が動（吹）いて物を揺らし、生物に息吹への刺激を与えて新たな生を産み、化（孵化、変化）させる。そのように、庶人、生活者のひとびとの口ずさむ歌の声も、空気の流れとともに漂(ただよ)いて隣人に届き、人のこころを揺り動かす。

早い話が、歌に託して、相手のこころに訴え動かして、相手を誘惑(さそう)のは、古くからの若い恋人たちの習わしでもあることを、想像してみればよいであろう。

『詩』大序に、「風」とは「上の者は、これ（風）を以て下の者を風化(なびか)す。下の者は、これ（風）を以て上を風刺(あてこ)する。遠回しの修辞によって、それとなく相手を諫(いさ)めれば、下の者で、これ（風）を言う者は、罪を被(こうむ)ることなく、上の者で、これ（風）を聞く者は、それを悟り、下の者を怨み咎(とが)めることなく、以て自らをただ戒(いまし)むるに足る」とある。

「風」と同様に「詩」にも、人を動かす力が備わっている。上下の力関係を超えて、たがいを刺激し、靡(なび)かせることができる。つまり、相手を讃えもし、風刺もし、非難することもできる。しかも、その行為は、けっして上からは咎められることはない。これが「詩」の特異な本旨である。

たがいに、上下貴賤を問わず、相手を選ばず、ときに素直に讃え合い、ときに寛容をもって穏便に下の非難や不平不満の声を受け入れることが出来る。上に立つ者は、これ（風）を下草（民衆）の声として聞き入れて、おおらかに政事のバロメーターとした。

『詩』の描きだす君王と庶人の関係性やおおらかで伸び伸びとした時間と空間は、良き古き時代の象徴でもあったろう。

同様に、孔府では、当初は「風」に倣(なら)って、孔夫子と若い宰予ら弟子との議論は、先師から弟子への一方的なものは少なく、おとなしいものではなかった。弟子からの、容赦(ようしゃ)のない師である孔夫子への指摘や反論も活発であった。

また、師も顔を真っ赤にして、手足で制し、教机を叩いて弟子に応じる姿も頻繁に見られたが、それでも互いにひるんだり気まずくなるような雰囲気は、孔門の当初には、どこにも存在しなかった。ただ、おおらかで、穏やかで、自由闊達なときが流れていた。

孔夫子の『詩』に対する思いは特別である。

あるとき、友人の端木賜（子貢）が、次のような質問をしたことがあった。

「たとえ、貧しくとも、周囲の者に諂うことなく、また、逆に富たるとも、他者に驕ること無きは、ひととしてのあり方としては、いかがでしょうか」(学而)

「よろしい。問題ないね。しかし、賜よ。もっと言うなら、こういうことになる。つまり、貧しくとも、信じた道を楽しみ、富みたるとも、礼儀を好み辨える者には、まだまだ及ぶまいな」

こんな、端木賜の多少月並みな質問と孔夫子の回答があったあとに、続けて次のように言う。

「詩に、衛の武公を讃えて、こういう一節があります。『匪（＝斐）たる君子、切する如く磋するが如く、琢する如く、磨するが如く』と。こう、衛風の淇奥篇にありますが、ものごとをとことん切り揃え、削ぎ落とし、磨き上げ、突き詰めていけば、自ずと、そうなるのであって、このことを『切磋琢磨』と詩に、見事に詠っているのですね」と、端木賜は孔夫子に、感情を高ぶらせて質問した。

「おお、賜よ。そうだ。それが分かってこそ、ともに『詩』のことが語り合えるというものだ。ひとつのことを告げただけで、その意図を十分に理解して、ふたつ以上のことまでも悟る。賜は、すぐに、次にわしの言いたいことが分かるんだね。それは、本当に喜ばしいことだ」

孔夫子は、愛用の琴瑟に手を掛けて、触れた弦を爪弾かんばかりに、じつに嬉しそうであった。

『詩』は、つねに孔夫子の深い思考の拠り所ともなっている。

そこの琴線に触れると、返ってくる爪弾かれた音色は数段も高く、遠くまでも響き、孔夫子の反応はいたって早く、感情は増幅されて多くを語り、さらには感傷的ですらある。

端木賜とだけでなく、若い弟子の卜商（子夏）とも、同様の、孔夫子の対応が見られる。

卜商が『詩』の衛風・碩人篇に「巧笑倩兮、美目盼兮、素以為絢兮」とありますが、最後の「素以為絢兮」とは、どういう意味でしょうか、と孔夫子に問うた。

すると、孔夫子は、この「素以為絢兮」とは「図画の作絵法に喩（たと）えれば、後仕上げとして、より美しく体裁（ていさい）を整えるために、最後に白い胡粉を塗布するようなものだよ」（八佾）と教えた。

すると、卜商は「禮後乎」と応じた。

つまり「それは、善行に於いては、その篤い気持ちが先行で、後仕上げとして礼で応え示す」と言うほどのことでしょうか、と。

すると、孔夫子は「おお、商は、そう解釈するのか。それでこそ商だな。だから、商とは、ともに『詩』を語り合うことができるのだよ。うんうん。それで良し」と、藜杖を置き、相手の手を取って顔を綻（ほころ）ばせて感激された。

また、あるとき、孔夫子は「たとえ『詩』のなかの三百の全詩を暗唱していたとしても、政事の実際に通じていないために、詩を活用できない。また、四方の諸侯の国々へ使節として赴（おもむ）いても、交渉対応ごとの駆け引きが下手で、詩も応用できないでいるようであったなら、たとえ『詩』をすべて完璧に暗唱していても、それは、いったい、なんの役に立とうか。そんなことであったならば、まったくの努力の無駄なことであろう」（子路）と、厳しく仰ったことがある。

孔夫子は、宰予ら門弟に『詩』の重要性はくどいほど説かれるが、しかし、その『詩』を学び理解して、政事や外交の場などで応用し、実際に役立てることができなければ、すべての『詩』を過つことなく諳んじることができても、それはなんとなろうか、無駄である、と仰った。

学ぶことは、そのこと自体が尊いのではなく、自身の口中で十分に咀嚼し、腹中で栄養として分解・消化され、自身の血となり肉となり身体の一部となることで、実践の場で存分に役に立ってこそ意味をなす。孔夫子が『詩』を語って言いたいのは、そのことである。

まず、孔夫子のその言葉に、端木賜が素速い反応を示し、諸国の政治の議論に、盛んに『詩』からの引用を持ち出すようになった。宰予も、負けじと順った。

端木賜は、のちに行人（外交官）のスペシャリストとなり、並ぶもののない当代きっての外交交渉のエキスパートと見做されるようになる。その萌芽のもとは、那辺に認められよう。

宰予が孔門に入門し、当初、自邸から通うようになって、あるときのことであった。

宰家の邸門に到着を目前にして、三軒手前の陸氏の邸宅の垣根の低いところを通り過ぎた辺りから、数人の若い女人の甲高（かんだか）い声がしたと思っていたら、そちらから飛んできたなにかが宰予の肩口にあたって、小さく跳ねて地面に落ちた。

宰予が地に目を落とすと、そこには山査子（さんざし）（木桃）の赤い実が転がって落ちていた。

宰予は、疑問を感じつつ、しばらく凝視したのち、腰をかがめて、その山査子の紅い実を手で拾った。

ふたたび、陸氏邸の垣根のうちから、若い華やいだ女人の二人以上の、言い争うような声が立った。投げられた山査子の実が、狙った人に当たったかどうかを確かめるかのような女たちの行動と発声であったような気がした。

宰予がそれに気づいて、低い垣根越しに、なかをのぞき込むと、陸氏の三人の娘たちが、こちらを見ながら、はしゃぎ、笑い声を立てている。

さらに歩を進めて、その様子を窺うと、二人の年長の姉らしき娘が、赤い実を手にした末娘を囲んで、茶化しているように見えた。

おそらく、手にしているのは、この茶化されていた末娘が投げた山査子の鮮やかな深紅の実であったろう、と宰予は想像ができた。

その姉らが、垣根越しに宰予の姿があるのに気づいて、驚いたように小さな歓声を上げて、恥ずかしげな表情の末娘の手を引いて邸内に逃げ帰っていったのが、次に見えた。

その後、宰予が、わが家の家宰らに聞いてみて分かったのは、三軒隣の陸氏とは、本来宮廷内の魯公の護衛に当たる親衛軍の武器や兵馬や兵車の管轄を受け持つ軍事部門の監督者を代々務める士族の家系であることと、この陸氏には宰予が見た三人の娘のほかに、下になお幼子があるらしく、いまのところ成人の男児の後継は欠くようである、ということであった。

そして、宰予の気になった三女の名を、どうやら「叔琬」というらしい。


次の日である。

宰予が、孔府からの帰り道に、目指す、もう自邸の家門が見えだす辺りが、ちょうど陸家の館邸の塀と生垣の境目に差しかかる。

そこには、大きく枝を張った七十尺（約十六メートル、この当時の一尺は約二十二・五センチメートル）の高さはあろうかと思われる槐（えんじゅ）の太樹が植わっている。樹径も、優に三尺（約七十センチメートル）はあろう。

宰予がこの樹下に足を踏み入れたときに、太幹に隠れた人影に気づいた。それを宰予は、とうに気づいていたが、わざと見て見ぬ振りをして通り過ぎた。

槐（えんじゅ）は、中国原産のマメ亜科エンジュ属の落葉高木であり、古木は高さ二十メートル（約九十尺）にも達することがある。中国では、古来より槐の木は、魔除け厄除けの神木とされる。

また、周王朝の時代には宮廷の庭には三本の槐が植えられて、三公と呼ばれた、天子の職務を補佐する太師、太傅、太保の卿事寮（政府の内閣府に当たる）の長官である重要三官職が政務に臨む際に、槐樹に向かって鎮座する定めであったため、三公は「三槐」とも雅称された。また、のちには、官位における最高の位は「槐位（かいい）」とも称された。「槐位に昇る」という官職の最高位に就くことを言う言葉は、この故事に由来する。

この槐は、夏から秋の七、八月にかけて白黄色の小さい花が群生して咲き、開花が終わると、白っぽい小さな落花片が樹下を絨毯（じゅうたん）を敷き詰めたように埋める。花は黄色の染料としても使われる。また、落花前後に、くびれたさやの細長い数珠状の緑豆の実がなる。成木の木質は固く、腐りにくいため、高級木としても知られる。大廟の神壇などの造作や器物に使われ、重宝される。

宰予が、また次の日の孔府からの帰りに、陸氏邸の槐の木に差し掛かると、昨日同様に槐の太幹の後ろに隠れた人の姿を認めたが、黙って通り過ぎた。

次の日も同様であった。

ただし、この日は、帰邸途中から降り出した、静かな雨の日になったため、宰予は急いで槐の大きな枝葉を張る樹下に避難をするように滑り込んだ。衣服も花冠も水分を含んで幾分か重く感じた。

数日来、太幹の蔭で佇（たたず）む人影を、宰予はまじまじと見た。そのひとは紛れもなく、着衣と印象は異なるが、数日前に宰予に紅い山査子の実を投げてきた陸家の三女に違いなかった。相手は無口に佇んでいたが、宰予は思い切って声をかけてみた。

「雨になりましたね。ちょっと、お邪魔させてください」

なお、相手は押し黙っているが、その眼は丸く大きくこちらを凝視している。明らかに緊張しているのが分かった。

宰予は、相手を気遣い、声を顰めて、畳みかけた。

「じつは、昨日も、その前日も、ここで見かけましたね」

ようやく、陸家の三女が口を開く番であった。

「あ。ええ、ご存じでしたか」

か細いが、少し高い、張りのある、よく通る声であった。

「はい」

宰予は、あらためて相手の顔を見た。

相手は下を向いた。

「あの、私は陸家の者です。名を琬と呼ばれております」

相変わらず、小さい声であったが、やはりハッキリと通る物言いであった。

宰予も、名告った。

「わたしは、お宅の三軒先の宰家の、名を予と申します。我とあざなされています」

陸家の琬と名告った女は、少し顔を上げた。

「あの、先日は、貴方さまに失礼をいたしたことを謝りたくて、その機会をなんども逸しておりました。そのことが申し述べたくって。あの、あらためて、まことに申し訳ございませんでした」

宰予も、震える女の言葉を聞いて、答えた。

「はは。気になさらずに」

少し、長い沈黙があった。

「あの」

女も、宰予も、焦(じ)れたのか、ほぼ同時に声を発した。

「いえ」

またも、ふたりは同時に答えた。

そして、宰予は大きく笑い、琬の方も小さく快活に笑った。

ようやく、打ち解けて、会話が弾んだ。

ふたりは、その日は、たわいもないはなしをして、別れた。

その翌日は、宰予は、孔府の帰りに、急いで、まっすぐに槐の木の前までやって来た。

しかし、樹蔭に琬と名告った女の姿はなかった。

次の日も、またその次の日も、槐の樹下に陸家の女の姿を見ることはなかった。

そして、四日目の帰り道に、槐を急ぎ通り過ぎようとした宰予の目前に、ようやく樹陰の女の姿を認めた。宰予の期待は、この間、膨らんだり萎んだりして、この娘に翻弄されているのではないかと、諦めと怒りと、若干の疑心暗鬼であった。

が、しかし、それは、あくまでも宰予の思い過ごしでしかなかった。

四日目に見た女の顔は紅く、明らかに、以前の別れ際の晴れやかな顔とは様子が異なるのが分かった。

「どう、されたのか」

宰予は、叔琬に声をかけた。

「はい、咳と高熱が止まらず、病のため床に伏せっておりまして、出たくとも、罷(まか)り出てくることができませんでした。今日になって、熱も冷めて、ようやっと外出も許されまして」

宰予は、雨の日のことを思い出した。あの日、この女は、ずっと雨に打たれ、濡れながら、一種の謝罪のために、自分の帰りを待っていてくれたのだと、ようやく気づいた。

「孔家の学堂に通われているのですね」

「それを、なぜ、ご存じで」

「わが家の家宰は、見聞と付き合いに長けておりまして、あなたさまの宰家のことなども、よく聞き知っているようでございますから、少し話を聞き出しました」

「将来、わが兄上を助けて、家格の隆盛を取り戻したいと考え、勉学のために孔夫子のもとに通っております。学問は楽しいですよ」

「学問とは。その、なにを、いま、学ばれていますか」

宰予は、学堂で勉強している『詩』や『書』『礼』について、簡単に述べようとした。が、しかし、この女には分かってもらえようかと、ふと疑問が生じた。


「かつての盛周朝代の詩や礼儀に、夢中になっております」

「詩や礼儀ですか」

「はい。古の時代の知恵に学ぼうと努めております。先生の、わが孔夫子は、つねづね、詩を学ばねばものが言えない。礼を学ばなければ立ってはゆけない。そう、学府の学生に教えられております」

「まあ、そうですか。では、その古の詩や礼を、できれば、わたくし、琬にも、分かり易く、お教え願えませんか」

「はは、弱りましたね。どうしたらよいものか。そうか、分かりました。では、こうしましょうか。一日ごとに、わたしの学んだことを、ひとつだけ、お教えいたしましょう。それで、いかがでしょうか」

叔琬の緊張していた顔がほころび、その笑容には、少女のものとは思えぬ美しい陰がさした。

「はい。そのように。嬉しゅうございます」

その叔琬の笑顔を、宰予はじつに眩しい、と感じた。

こうして、宰予は、一日一回、孔府の帰り道に、陸氏邸の槐の木の下で、叔琬を相手に詩と礼儀について教えた。

「山に枢あり、沢に栗あり。子に衣装あるも、曳かず、婁かず。子に車馬あるも、馳せず、駆らず。宛として、それ死せれば、他人、これをもって楽しまん」

宰予が詠読したあと、語った。

「これは、『詩』の『山有枢』の出だしですね。枢は山楡のことです。栗はご存じですね。山間の高いところには山楡が育ち、沢地には栗樹が育つことを言っています。つまり、樹木には、それぞれに、育つに適した格好の土地と環境がある、ということですね」

「ええ、分かります」

「また、ふさわしい衣装が飾ってあるのに、晴れやかな席のために、衣服を引いて打ちかけたりも、衣服を引き寄せて纏うようなこともしない」

「はい」

「駿馬と立派な馬車を持っているのに、暖かな陽気の日に、馬に乗って、丘を越え遠出を楽しむことも、馬車を御して逍遙に赴くようなこともしない」

「ほほ」

「あたかも、なにもしないまま、さながら、有して死んでしまったならば、衣装も馬車も他人の手に渡ってしまい、自身ではなく、専らに、その渡った彼の者を楽しませるだけであろう」

「ああ」

ちょうど、そんな時、人通りの少ない内道であるのに、着飾った人びとを乗せた馬車が、歓声とともに賑やかに、対の路辺を通り過ぎていった。

宰予と叔琬は、たがいの対話を断ち、凝視して見送った。

「ほら、見て。あんな風に、楽しめるときに楽しむのが、ひとの人生の本来の楽しみ方なのですよ。ひとは条件が揃っていれば、それで十分に楽しめば良いのです。本来に、適地に育つ枢や栗の木のようにね」

「はい。『宛として』というところが、面白いですね。わたくしの名も、その琬ですよ」

詩中の「宛」とは「あたかも」「さながら」「まるで」という意味である。

「はは。これは。気づかれていましたか。わざわざ、わたしは、この詩を選んでしまいました」

「しかし、枢や栗には適地があると言います。そのとおりだと思います。しかし、ひとはその生まれ育った家格や環境を選べますまい。定めの運命すら避けることは叶いますまい。さらに、そのひとの性格も、容易には変えることは難しゅうございましょうに」

「ええ、ええ。そうですね。しかし、わが師の孔夫子は困難で卑賤な境遇から、自らを督く激励して、顔を上げ、身を起こし、前をしっかり見据えて、こころざしを高くして、広く深く学ぶことによって、自らを律して、他者を教え導いて、そうやって身を立ててこられたのです。こういう人を見習うことは、大変に有意義でしょう」

「はい。よく分かります。そのとおりですね」

次の日は、宰予は『礼』の「礼記篇」から「礼釈回、増美質」(礼は回れるを釈して、美質を増す）と「学記篇」から「玉不琢不成器、人不学不知道」(玉を琢かざれば器を成さず。人は学ばざれば道を知らず）を、叔琬に教えた。

しかし、このころの『礼』は、経典としてはまだ不完全で、書物としての整理や篇立てはのちのことになる。

つまり、最初の「礼記篇」からの言葉は「礼は、ひとの曲がったこころを正して、その人のもつ美質を増伸させてくれる」ということを言っている。

また、次の「学記篇」からの言葉は「宝玉の原石は、磨かなければ玉器たりえないし、人たるも、同様に、学び、研鑽を重ねなければ道を知る徳を具えた立派な人になることはできない」と、その意味するところを、叔琬に教えた。

「ほんとうに、礼にかなうということと、学ぶということに意義がありますね」と、叔琬は素直に応じた。

晴れやかな、明るい、その表情が、宰予のこころに深く刻まれた。

また、ある日は『詩』周南から『桃夭（とうよう）』を、宰予は詠読した。

「桃の夭夭たる、灼灼たりしその花、この子ここに帰嫁（とつ）ぐ。その室家（しっか）に宜（よろ）しからん」

そのあと、宰予が大意を述べた。

「桃の木は若々しく、その花弁は紅あかと輝く。この女（娘）が、こうして貴家に嫁いで行けば、わが家はきっとよろしく、代々に末永く上手く続いていくことだろう」

　桃の若木は若々しさの象徴で、その可憐な花は嫁ぐ適齢に達した若い娘を表している。古来、中国では桃木は邪気を払う呪力（じゅりょく）を持つ神木であるとされた。また、その桃実は豊かさの象徴であり、子孫繁栄を祝頌（しゅくしょう）している。


　こんな調子で、陸家の叔琬との孔門からの帰りでの、ひとときの槐の樹下の寄り道を約三カ月も過ごしたが、宰予はいよいよ学府での仲間らとの研鑽（けんさん）や対話が楽しくてしょうがないので、孔府の子弟寮に住み込み、叔琬に断って、一月ごとの帰邸時での面会に切り替えてもらった。

「予さまは、高いこころざしをお持ちです。勉学に、もっともっと力を入れるべきでしょう。わたくしへの教鞭は、しばらく置いて、ご自身の勉学にお励みください。わたくしも、それを願っております。次にお会いするときまでに、この琬自身も、物知りの我が家傳について学習いたしましょう」と、叔琬は言った。

　叔琬の顔は晴れやかで、柔らかい笑いを含んでいた。

　宰予は、安心した。これで、学堂のほかの仲間からは、後れを取ることなく勉学にいそしめよう。叔琬には、多少悪い気がしたが、こころは常に真ん中に、自身のこころざしは、うんと高いところに置いておきたい。

いよいよの別れ際に、叔琬は、高い槐の木を見上げて、言った。

「わたしの二人の姉は、ほぼ同時に嫁いで行くことに相成りました。予どのに教わった『桃夭』の詩のように、陸家のために姉たちは嫁いで行くのです。少し、家中が寂しくなります」

どうやら、陸家の上の二人の姉は、ともに適齢に達し、有縁を頼った結果、魯の三桓氏に連なる士族の家人に見初められて、嫁いで行くらしい。

叔琬は「陸家のために」と言った。陸家も、宰家と同様に、魯公の勢力の衰退とともに当時の魯国の権勢からは見放されつつあるのかも知れない。叔琬の姉たちの入嫁によって、なんとか家系の維持と伸長を家主が望んだ結果であろう。陸家の受け持つ軍事の方向で家系と家格の伸長を望むならば、司馬の要職を独占する叔孫氏の系列の士族家との有縁を築いておくべきであろう、と宰予はまるで自分のことのように考えてみた。


また、過日、宰予が、毎月の帰宅時に、陸家の槐の樹下に達すると、叔琬が待ちかねたように、宰予の姿に手を大きく振って招いた。

叔琬の隠された方の手には、鮮やかな小さな桃果が二つあった。熟した撓（たわ）わな果実の強い甘い香りを、叔琬から差し出された桃果から感じた。宰予は一つを叔琬から右手に受け取って、礼を言った。

「さ、ご一緒に、食べましょう」

ふたりは、槐の太幹にもたれて、腰を落ち着けたところで、熟色の桃実を口に運んだ。

「これは。うん。甘いですね」と、一口食べて、宰予は感嘆の声を上げた。あぶれた甘い実汁が、口もとより滴り落ちた。

「はい。わが自家の庭の桃木は、毎年、この季節になると、柔らかで美しい花と、香しい強い香りののち、なによりも熟した甘い実をつけてくれます」

「そうですか。いつかの山査子（木桃）も、陸氏邸のお庭に植わってあるのですね」

「あ、はい」とは、言ったものの、叔琬の顔には朱が指し、見る見る紅くなって下を向いている。山査子の鮮やかな赤い実が、叔琬との出会いのきっかけであった。

「予さまは、わたくしのことを、どうお思いになられますか」

　ふたりが、甘い桃実を頬張っているとき、叔琬が急に口を開いた。

「琬どのを、ですか」

「ええ、はい」

「うん。ともにいて、楽しいですね」

「それだけですか」

「あ、いえ。つまり、琬どのに、お会いして、お教えしたり、お話ししたいと思うことが、たくさんありますね」

「はあ。わたくしもですが。もっと、こう、なにかありませんでしょうか」

宰予は、いきなり際どいことを聞くものだ、と思った。

「琬どの。分かりました。次までに、よく考えておきますよ」

さすがに、口弁の才に恵まれた宰予にしても、応対に迷った。宰予の顔は、すでに隠せぬほどに紅い。

「いえ。よいのです。わたくしは、余計なことを、予さまに言ってしまいました。それよりも、最近、陽華という者が、季孫さまの邸内で臣下の身分でありながら、我が物顔に狼藉（ろうぜき）を働き、専横を極めており、また公室を蔑ろ（ないがしろ）にしていると、父から聞きました。その容姿や性格などは、まさに獰猛な虎獣そのものだということから、陽虎とも呼ばれているといいます。そのような狼藉者の暴挙を許していて、この国は大丈夫なのでしょうか」

「ああ、陽貨のことですね。彼はその配下でありながら、季孫氏の当主を拘束して捉え、脅かして、魯国の権力を我が物にしようと企んでいます。彼の者の背後には、大国の隣国斉国が後援しているようです。また、あろうことか、孔夫子を、自らの党派の勢力の参謀に迎えようと画策していますが、孔夫子は辞退されています。まあ、どうなりますか」

「まあ、それは。孔夫子の学府にまで、その狼藉者の手は及んでいるのですか」

「ええ。陽貨は、しかし、暴力にばかり頼る馬鹿者ではありませんよ。徳治に長けた孔夫子の明晰（めいせき）な頭脳を欲しているのです」

「予さまは、大丈夫なのですか」

「はい。わたくしは、平気です。孔夫子のもとには、心技両面で夫子をお守りする優れた子弟が揃っています。万が一にも、正道を踏み誤ることなどありえませんよ。とくに、年長の仲由なる勇者が先頭に立って、屈強な身体を張って、悪辣うろんな者の魔の手から、孔夫子をお守りしています」

「まあ。そうですか。それならば、安心です」

「その由なる者ですが、普段粗野でがさつな、この者がなんとも変わった男でありまして。愚昧に孔夫子の言説を信じて、他言を遠ざけていますが、夫子のお言を実行できない限りは、なにも聞こうとも習おうともしないのです。そのくせ、師である孔夫子の誤った行動が、少しでも見えると、厳しく、わが師を諌めて思いとどまらせてきたのです」

「その者が、ですか」

「はい。その仲由と陽貨、孔夫子と陽貨は、背格好や容貌に少し似た点がありまして」

「え。それは、どうして。予さまは、陽華をご存じなのですか」

「はい、まあ。ちらとですが、学院に孔夫子を尋ねてきたときに、顔を合わせました」

「まあ。それで、その猛虎は、怖くはありませんでしたか」

「はは。怖かったか、と聞かれましたか。そうですね。意外かも知れませんが、陽貨は、多少の礼や学も持ち合わせてはおりましたので、学院を訪れたときには、名とはおよそ異なり、本物の虎獣のようではありませんでしたよ」

　その日、長く槐下での叔琬との久々の邂逅と、つらつらと有意で楽しい会話のときは、続いた。

このころの魯国では、定公が即位してまもなく、なお国政は三桓氏に牛耳られて、その為すがままという体たらくではあったが、そこの間隙に上手く分け入って、陽貨（陽虎）のように野心と野望と腕力に長けた者が、他国の援助も取り付けて、国の政治の枢要までも握る事態に陥っていた。

陽虎は、字を貨と言い、もともと季孫氏の古くからの家臣である。定公の五年に季孫氏の前宗主・季平子が亡くなり、継嗣の子の季桓子（名は斯）を捕らえ幽閉して、誓約を交わさせてようやく解放した。

その原因となったのは、旧主の重臣の地位にあった陽貨が、新たな宗主の季桓子の寵臣・仲梁懐と不仲で、たがいに家臣の重席を巡って争ったため、当主の季桓子も陽貨の恨みを買ったからであった。

以降、陽貨は、季孫氏を軽んじ、陪臣にして国政に口を出し、同じく季孫氏の重臣で、費という采邑の邑宰でもあった公山弗擾という学があり悪知恵の働く者と共謀して、三桓氏の正統な後嗣を次々に廃嫡するか謀殺し、自身に近い庶子を立てようと計った。

そんなころ、その陽貨が、ひょっこりと数十人の配下を従えて五乗の馬車を連ねて、孔夫子の学府を尋ねてきた。

この意外な人の出現は、孔夫子のみならず、孔門の門弟らを驚かせ、不測の事態を予感させて身構えさせた。

このとき、孔夫子は在宅であったが、仲由（子路）の咄嗟の計らいで、自室に隠れて、居留守を決めて面会を避けられたので、陽貨は持参した手土産の豚肉（蒸豚）の進物を言付けて、対応に出た宰予と端木賜（子貢）に預けて帰って行った。

孔夫子の陽貨に対する印象は、もともと良くない。

それは、孔夫子が若き日に季孫家の祝祭儀に呼ばれて行ったときに、警備に当たっていたこの陽貨に「ここは、おまえら下賤の者らの来るところではない」と、ぞんざいに追い返された経験を、孔夫子がまだ根深く覚えていたからであった。

孔夫子の陽貨に対する態度と行動は、仲由が強諫をしてまで制止する必要はなさそうに見えた。

しかし、宰予の、直に接した陽貨は、厳（いか）つい大男ではあったが、意外に礼儀もわきまえ、学識も言語も確かな、どこかに威厳を感じさせる人であった。乱暴豪腕で傍若無人な印象の強いひとではあるが、宰予には品位を損なうまでは至ってはいない人、と見えた。

当時の貴人の礼儀としては、贈り物をされた人は、それを受けて食したあとに、必ず、その返礼のために、相手の邸宅に出向いて拝礼してお礼を述べる習慣があった。

もちろん、礼儀に厚い孔夫子は、返礼に訪問（い）かれたが、わざと陽貨の留守居を確認させておき、それから出向かれた。

その孔夫子の行動をあらかじめ予想していたのか、孔夫子が返礼に訪れたことに気づいた陽貨は、帰路に就いた孔夫子をあとから追いかけて来て、偶然を装って、孔夫子の乗る馬車を呼び止めて大言（い）った。

「待たれよ。孔丘どのよ。是非にも、われのところに来たれ。余は、汝と、じっくり話してみたいのだ」

仕方なしに、孔夫子は、乗った馬車から顔を出し、素早く降りたって、陽貨に拝礼をした。見ると、陽貨は花冠を結び直し、衣服の乱れを正して、真剣な顔つきをしている。そして、神妙に、また大声を発した。

「孔丘どのに聞こう。その胸中に立派な秘宝を抱きながら、国家（邦）の大事をただじっと傍観している人を、その者を仁者である、などと言えましょうかな」

「言えますまい」

「ならば、国の政事に挺身したいとの、強い希望を抱きながら、みすみすその機会（時）を失うような人を、その人を智者である、などと言えましょうかな」

「言えませんな」

「よろしい。月日は無為に過ぎ、重ねる歳月は待ってはくれませぬぞ。いかが、貴殿はお考えか」

陽貨は、わざわざ「寳（宝）」と「邦（国）」また「事」と「時」に音を重ね、「可謂仁乎」と「可謂知乎」とに、最後に綺麗に韻を踏み「日月は逝き、歳はわれとともにならず」と、詩を吟じるように呼びかけた。

孔夫子も、それには、自然と、応えざるをえない。

「ようく、分かりました。過日、あなた様に、かならずお仕えすることに致しましょう」

そう言って、孔夫子は、再び馬車に素早く乗って、陽貨の方を振り向くことなく、早々に立ち去った。

孔夫子は、陽貨の雄弁との、自身の同質を嫌ったのかもしれない。もともと、ソリが合わなかったのであろう。

孔夫子の馬車を御して行った仲由の、のちの証言である。

孔夫子は、この時期、弟子たちに「危邦には入らず、乱邦には居らず。天下に道あれば、則ち見れ、天下に道の無きときは、則ち隠るるべし」（泰伯）といい、政情の安定しない危うい国（危邦）には近づかず、すでに政情の乱れた国（乱邦）からはさっさと逃げ出すべきだと、そう主張されている。

「邦（国）に道の有るときは、言を危くして、行いも危くする。邦に道の無きときには、行いを危くすれども、言は遜かにする」（憲問）ともある。

「これを用うれば、則ち行う。これを舎つれば、則ち蔵る」（述而）とは、天下に道のあるときは、求められて国君より任用されるならば、自ら信じる政事を全力で行おう。天下に道がなく、見向かれもせず、むしろ見捨てられるのならば、敢えて隠れてこもることとしよう。それが、賢者というものだ、と。

孔夫子は、こう、目前にいる弟子らの面々の顔をひとつずつ見回しながら、キッと前を見据えて、強い音声で仰った。

また、のちに、衛の賢大夫と称えられた蘧伯玉の「巻懐」に倣って、道の無かりせば「賢者は世を避くる」（憲問）という態度を、自身もとられたことになっている。

「ああ、君子なるかな、蘧伯玉は。邦（国）に道あらば、則ち仕え、邦（国）に道無かりせば、則ち、巻きてこれを懐にするなり」（衛霊公）

「巻懐」とは、木簡や竹簡などの書物を閉じる、つまり「巻いて、懐にしまう」ということであるが、転じて、才能を隠して表に現さない、という意味でもある。

そうした臨機応変の行動が、躊躇なく執れる人を、君子である、と仰っている。

事実、孔夫子は、自ら、はやる気持ちを抑えて「ひと知らざるも、慍みず」(学而)と公言し、仕官への道は敢えて断ち、もっぱら「巻懐」に徹し、学院に隠り、詩や書・礼・楽について見識を深められていた。

しかし、この行動は、もっぱら表向きのことであったらしい。孔夫子の内面には、ひとには覚られてはいなかったが、隠された野心や意欲が沸き立ち、漲っていたに違いない。

そして、その、孔夫子の隠された思い醒めやらず、今度は、三桓氏の軍事的結束によって、結局は斉へ放逐された陽貨に代わって、その相棒であった公山弗擾が蜂起する。

公山弗擾は、季孫氏の采邑であった費という町の邑宰（監督者）であったが、その町の官衙までを武力で占拠し、そこを独立した根城に、魯国の転覆を計ろうと企図し、孔夫子を参謀として、貴人を使わして招こうとした。

孔夫子は、この招聘に対して、こころ揺り動かされる。

「もし、こうして、丁重に、わたしを重く用いてくれるところがあるのならば、それも意味なきことではなかろう。かの周の文王や武王でさえ、豊や鎬といった小国より身を起こして王者となられたのである。わたしも、もし重く用いてくれるのであるならば、この小国の費から魯の東に、かつての周王朝に倣って、新たな正道を起こしてみせるのも可能なのだがなあ」(陽貨)

そう、藜枝の杖を振り上げて、高らかに仰った。

孔夫子のはやる内心が垣間見られた、その発言と行動であった。

しかし、このときも、迎えの貴人と若い弟子の数人と出立の準備をしようとする孔夫子の前に立ち塞がって「おいでになることは、あってはなりません」と、険しい表情で、大きく両手を拡げて、その屈強な身体を張って、孔夫子の行動を全力で阻止したのは、弟子の仲由（子路）であった。

もっとも、仲由の思いと阻止行動は、孔門の見識ある弟子一同の思いと、それに即した行動であったとも言えよう。もちろん、宰予も、強く、孔夫子の行動の自粛自制を求めた。

しかし、こんな時、大胆に、大声を上げ、阻止行動を挙行し実行できるのは、やはり、仲由をおいてほかにはいない。

「おおう。夫子よ。間違っておりますぞ。お止めなされ」

仲由の大音声は、孔府内に、怒雷の突然の襲来の如くに鳴り轟いた。そして、大男の巨体が、孔夫子の前に、敢然と立ち塞がった。

こんな仲由を、常日頃より、もっと尊重すべきなのに、学院内では仲由は浮いた存在として軽視されがちであるのが、宰予には気になる。親友の端木賜（子貢）も同意見である。

しかし、そういう思いを、共有できているのは、学院内ではごく僅かで、しかも若い門弟に限って、仲由に奇異な目を向け、彼を孔門に似つかわしくない異質な人としてあからさまに嫌い、彼の言動を嘲笑の対象にさえしている。

このことのあった同じ年の定公九年夏に、魯侯の定公は正式に冊命を発して、孔夫子を、中都の宰（行政長官）に任命することにした。

行政における手腕と経験の未知数な孔夫子を任用するには、定公の側近の有力な貴人の推薦があったものと類推される。

孔夫子には、本格的な、初めての正式な仕官であったが、これを喜んで受けられた。

孔夫子も、このとき、もう齢五十二であり、天命を知ったと自ら述べられた五十歳を過ぎたころのことであった。

このことには、この度は、宰予も、端木賜なども賛成であった。むしろ、古参の門人は進んで協力を申し出て、手足となって孔夫子を支えた。

孔夫子は、若きころ賤しい魯の吏人を二つほど短期間に臨時に務めたことがあった。それは孔夫子の三十歳に達する少し前のことで、委吏とは穀倉の倉庫の備蓄・出納の係のことで、一方の乗田（司職吏）とは牧場の家畜の飼育係のことであった。

しかし、今回の任用招請は、一地方の行政長官とはいえ、本格的な魯国からの上位の官吏任命にもとづくものであった。

さっそく、宰予も、孔夫子に従い、端木賜や冉求（子有）らと、魯都曲阜の西部の中都に移り住み、孔夫子の政事を補佐けることにした。

宰予は、早速、孔夫子の示す施政の方針の、実務面での補佐役に抜擢された。

宰予の理解力の早さとテキパキと仕事を熟す能力の高さと、仕事に対するスマートな姿勢を、孔夫子が「敏である」と評価してのことであった。

ちなみに「敏とは、則ち功あることとなり」（陽貨）とあり、仕事やその行動が機敏であったならば、実のある功績も上がる、ということを仰っている。

また、性格的に慎重ではあるが、数字に明るい冉求は、官衙の経理の責任者を任され、端木賜は土地や財産の管理と負版（戸籍簿の管理）の監督者となり、区域内の民衆同士のもめ事など外渉の調停も買って出た。

仲由は孔夫子の中都での執務面の代人として、役職者や役人の監督と教育を任されていた。また、顔回（子淵）は祭祀や儀礼などの重要な年中行事を取り仕切る官職に就いた。

これらの弟子は、みな若く、意欲に溢れ、実力以上に張り切って、その行動において孔夫子の執務を全力で補佐けた。

孔夫子は、そのころの民政の要諦を、次のように述べられている。

「民には、具体的に模範を示して、従わせることはできても、その道理を示したり理屈をくどくどと述べてまで、それを理解させようとすることは、大変に難しいことだ」（泰伯）

宰予も、まったく同意する。

また、その民政を誤ると、土民の領内からの流失、また甚だしきは民衆蜂起や大乱や、政体の転覆を表す「革命」のような事態にも陥りかねない。

つまり「社会秩序の破壊は、武勇を好んで、生活の貧苦に耐えがたい者たちによって、引き起こされるのである。しかし、また、道や法に外れた人に不寛容で、過酷に厳罰をもって臨み、下の民を憎み過ぎることによっても、民衆の暴力による反発が引き起こされることも忘れてはならない」（泰伯）と、孔夫子は指摘されている。

ことほど左様に、民意を汲む民政は難しい。

まず、上に立つ為政者が、正しい道をよく学んで、徳行を重んじ、民に寄り添い、礼を尽くせば、民を愛することがでる。

さらに、民がその為政者の示した正道を生活の規範として学び尊べば、国家はよく治まる。そう、孔夫子は、常日頃、口癖のように仰る。

それ故、たとえ、立派な法律制度は制定してもみたが、これの使いどころも、これを使う機会すらない、とも仰っている。

「政とは、ほんらい正すということです。もしも、その国君が政を正しく行われたならば、民はこれに順って正しくなります」（『孔子家語』大昏解）

「政事の道として、法律のみを以て民を導こうとし、厳しい刑罰に依って秩序を守らせ、社会の安定を斉（整）えようとすれば、民は自らの利益のために、ただその厳しい法律の網をすりぬけることばかりに苦心して、けっして、その自身の不埓（ふらち）な行為自体を恥じることはない。しかし、同様に、徳治を以って民を導き、礼によって社会の規律と秩序を律し、かつ維持しようとすれば、民は自身の行為が徳義にかなったものかどうかに関心を持つようになり、自然と、わが恥を知り、自ら進んで自身の行為を正そうとするであろう」（為政）

それにしても、孔夫子のいう「徳治」や「徳義」の「徳」とは、いったいどういうものであったろうか。「徳」という字も、特別な孔夫子の解釈の加えられた言葉であるといえよう。

漢字の成り立ちは、そのほんらいの意味を教えてくれている。

古代人には、ひとの目には特別な力が宿っていると信じられていた。特に、その能力に長けた巫呪者が壇上に上り儀式を執り行うことを表したが、のちには、たんに「直（なお）い、こころ」のことを言うようになる。行人偏（ぎょうにんべん）が付帯されることで、道を「まっ直ぐな、こころ」で進む、という意味に、のちに転じる。

一般的な辞書を開くと「真っ直ぐなこころで人生を歩む」が原義で、そこから「正義のこころが備わっていて、その行いが善である」と解釈されるようになった、としている。

孔夫子が「徳」に特別な解釈を与え、儒教的に突き詰めて解釈すれば、まさにそうなるのであろう。

「徳」には、ほんらいに、重要な政道や祭祀や戦場において、巫呪者が目で呪いをかけて、邪魔をするすべての邪悪なものを、目前の進むべき道から追い祓い、清めるという意味が存在した。

国王や君主が、賢者や徳の高いと認めた者を、自らの宮殿に迎えるとき、道を掃き清めて迎えたり、王が聖なる戦に赴くときに、巫呪者に前途を清めさせてから進軍するのも、この「徳」と関係が深いことがらである。道の先に、有徳や勝利の幸運の及ぶことを、古のひとが信じ望んだから、こうしたことが古代より連綿と行われてきている。

あるとき、孔夫子は、宰予も含む数人の弟子を従えて、斉国に使いに行かれた帰り道に泰山の麓を通り過ぎられたが、その道の向こうに、まだ真新しい土墓に取りすがって激しく泣く婦女に出会った。

孔夫子は、傍らの仲由（子路）に、その理由を尋ねに行かせた。

すると、泣くのを止め、顔を上げた婦人は「かつて、ここで、亡夫の父と、夫が虎に食い殺されました。そして、この度は、我が子が犠牲になったのです」と言う。

そこで、孔夫子は、さらに婦人に「それは、大変にお気の毒な話だが、それなら、どうして、こんなにも危険な獰猛な虎獣の住む場所に住み続けているのですか」と、再び、仲由に問わせた。

涙を拭った婦人が、仲由に怪訝な目を向けて、答えて言うには「それは、決まっているでしょうよ。ここには、厳しい苛政（法の定めに基づく重税や賦役の負担）がないからですよ」と。

孔夫子は、虚空を見上げて「ああ、苛政は虎よりも猛し。ああ、まさに、これなるかな」（『礼記』壇弓）と、絶句された。

苛税や重い賦役ですら、民は自身の農地を捨て、住み慣れた家屋や土地から逃れ、国境の虎の住むような辺地に移動してのがれ、いつでも有利な国や場所に逃げ出せるように行動するのである。

「苛斂誅求」という言葉があるが、意味は、民が厳しい重税の取り立てや過酷で過大な賦役を課されることを、そう言う。

農耕を主業とする民は、その土地に縛られ、土地から容易に逃れて生業を立てることは難しいが、それでも、いつの世でも、上に政策あらば、下には対策がある、と考えたほうが良かろう。それを、一方的に、下民は権勢に拠って忖度が度を越し、対策が過ぎると言っては、つまり下ばかりに責めを負わせようとすることは、為政者の都合のよい言い分で、見当違いも甚だしい、といえよう。

宰予は、孔夫子の中都の宰（行政長官）の実務面での補佐役、つまり行政秘書役に注力した。

孔夫子の方針やアイデアを具体的に指示や命令や辞令に起こして、木簡や竹簡にして、伝令とともに各地区の区官長宛てに一斉に届けさせて、伝達内容の徹底と実施期限を伝え、内容理解に漏れがないようにした。

また、実施後は、配布された書簡の余白に、実施結果とともに追記し、確実に返却させることで、伝達や命令の告知だけでなく、その実施の徹底を図った。また、実施に期間を要する事柄については、期限内での中間報告を求めることで、進捗度を把握できた。

こうした宰予の合理的ともいえる実務のやり方に、当初は内務の官人の反発もあった。

元来、中央から隔たった地方の官衙の役人には、なにかと中央の指示をいちいち仰ぎ、上位への確認作業ばかりに時間を費やし、実施に力が及ばないことが多かった。

また、それを代々踏襲（とうしゅう）することが官人としての習わしであったため、形式ばかりが幅をきかせ、伝達の不備などにより実効のともなわぬものであった。地方の役所では、重要な税務以外の事務は、それでもよかったのである。

当然、孔夫子の政策を担う宰予にも、自身の手足となって働いてくれる協力者や部下が必要になる。たまたま、中都の役所の役人で、若い呂操という男に、宰予は目を止めた。頭の堅い古参の役人に混じって、多少の癖があったが、真面目で、率直そうな性格の男であった。

呂操は若いので、教育と指導次第で、使い物になると、宰予は踏んだ。なにより、師の孔夫子の言葉を信奉している。孔夫子の政治の理想を、どうすれば実際に近づけられるのかを、宰予は具体的に呂操に、時間をかけて丁寧に説いた。

また、呂操の方でも、宰予の言ったとおりに動いてみると、思う以上の成果が目前に現れた。それで、すっかり、宰予は、官衙内で影響力を持つ呂操の全面的な信頼と協力を得ることができた。

宰予は、これまでの官人の経験と旧習にもとづく煩雑で堅苦しいだけの旧来からの事務手続きを見直して、たれにも理解し易いルールを作り、組織や伝達の簡素化や簡略化を図った。また、大きな実行計画は数段階に分け、実施にはかならず期限を設けて、報告を小まめに求めた。

さらに、官吏や監督者間の上下だけでなく、横の連携も徹底させて、全体の計画実施に漏(も)れのないように取り計らった。とりわけ、重要事項は、かならず書簡を通じて伝達することにした。

このほかにも、宰予は、随所に、担当する役人や関係のある部署を説得して、大方針を先(ま)ず指し示してから、事務の非効率な運用事例を細部に至るまで正すように心掛けた。

これらのことを、宰予は呂操とともに、彼の協力の下、迅速に進めた。

こうした宰予の事務手続きのルール化と簡素化によって、孔夫子の指示や意向が確実に伝達されて実施に移され、短期の期間内に中都の域内隅々にまで伝わるようになった。

こうした孔夫子の中都での施政の方針や施策を、具体的な指示や命令や辞令にまとめ、書簡に起こして発布するアイデアのヒントを、宰予は周制における「冊命」の儀礼を学ぶ過程で参考とした。

「冊命」の「冊」とは「策」と同意で、文字を記した札(ふだ)・短冊、つまり木簡や竹簡のことで、書き付けや文書を表す。

『戦国策』という、戦国時代のことを記したよく知られた書物があるが「策」には深い意味はなく、ただ「戦国の書」というような題名を指す。策略などという「はかりごと」の意は、のちに派生した。

さて、そもそも「冊命」の儀礼とは、周王が宮廷で儀礼作法に従って、臣下に官位や職務を任命し、役務に因んだ賜物を与える一定の形式にもとづいた王の権威を誇示する儀式のことである。

宰予は、周王が執り行った「冊命」の儀式を現存資料に則って、忠実に敷衍(ふえん)してみた。

まず、王は宮廷の一室に移動し、ついで介添え役となる右者（宰引の者、介添え役、おもに受命者の上司）が、任命対象者（受命者）を所定の位置に導き、次に王の書記官に当たる史官が任命の理由を記した冊書（竹簡や木簡に記された任命書のこと）を王に手渡し、さらに別の史官に冊書の内容を宣読させる。そして、王より新たな職掌の任命がなされ、その官位や職務の象徴となる賜品（職掌を表す玉器や刺繍された衣裳、象徴の旗や馬具など）が授与される。最後に、受命者自身が、前任時の賜器（玉器など）を返還して、王に向かって拝礼をして額づき、王よりの冊書を受け取り退廷する。

こうした「冊命（策命）」の一連の儀式を示す具体的な事実資料は、現代でも出土する当時を知ることの出来る青銅器の銘文（「頌鼎」と呼ばれる）からも確認できる。

もっとも、こうした厳密な「冊命（策命）」の儀式は、周王朝初期までのことで、周王朝の東遷以降は、儀礼自体が簡略化されてしまい、周王に任命された使者が、王宮ではなく王畿内に封地をもつ邦国や、その他畿外の諸侯国に直接に赴き、王の「冊命」を伝える形式が採用されていく。

宰予は、冊命における「冊書（書簡）」の王と、その受命者（被任命者）との遣り取り、また賜品の受け渡しに注目した。

これを孔夫子からの指示や命令の伝書として使える、と考えた。

従来は、慣習として、伝令や伝達者が口伝で、これを仲介したが、伝達内容に応じて煩雑な事務手続きが決まっており、形式ばかりが優先されたので、その命令や指示の真の意図がかならずしも各地の官衙の責任者には正確に伝わらず、しかも従来のやり方がじっさいのところ、結構、非効率でもあった。

しかも、宰予は、その「冊書（書簡）」の余白を、返信の報告にも活用できるであろうことにも気づいた。

「冊書（書簡）」の遣り取りであれば、間違いや誤解が起こりようもないし、確実に冊書の余白に結果を記させ、返信させることで、実施の徹底を図れる。

実施期間の長い指示や事業については、書簡の遣り取りによって、進捗状況を知り、中間報告を受けることもできる。

こうした、伝達事務のルール化や簡素化、迅速化は、宰予の工夫に負うところが大きかった。

たったこれだけの宰予のアイデアが、孔夫子の早期での実績作りと良い評判を呼んだことになる。一年経つと、魯都曲阜の西側の町では、この中都の政策に注目が集まった。

そして、中都以外の他の地区でも、孔夫子の政策の成果を見て、その政策を真似しようとする地域の宰（長官）も現れて、評判となった。

もちろん、孔夫子の示した方針や、執った政策の、善し悪しは最重要であったが、それらの政令が津々に行き届き、政策を短期に成功させ成果を出すには、宰予の実施面での工夫と働きを抜きには考えられない。

当時、孔夫子の中都で執った政策で、そこのところまで理解して、真似しようとした宰者（行政長官）が他地区にいたかどうかは、疑問である。

のちに、孔夫子は、諸国巡遊の折に「苟（いやしく）も、政事に、われを用うる君主があらば、期月（一年）のみにして可ならん。三年にして成（完成）すこと有らん」（子路）と、気概を持って嘆かれた政事への自信は、中都での、また短期ではあったが魯公に執政を任されての実績が、そう言わせているのである。

しかし、その裏付けたる実績は、実務と調整能力に長けた宰予の補佐（たす）けがあったればこその孔夫子の自信であった、とも言えよう。


たとえば、宰予は、孔夫子の具体的な諸策の指示にもとづき、つまり域民の生活態度や葬儀蔡礼についての風習を正すために、幾多もの規則としてまとめ、発布した。

これらの「為民」のための政策は、このごろでは「為政」策と呼び替えられて行われていた。

その具体的な発布内容を、例を挙げて示せば、以下のようである。

まず、民生面では、住民の長幼に応じて食事の内容と分量を区別させ（『礼記』王制篇）、課すべき賦役も力の強弱によって上中下の三段階に分担を分類区分して割り当てさせた。

　また、道路規則を定め、礼に従って、男は道の右側を、女は左側を歩かせ、道での落とし物も取得は盗みとし、犯罪と見なした。

　さらに、葬儀面では、埋葬までに使用する喪器は、十分な哀悼を示すために飾り無しのものとした。また、棺（ひつぎ）についても、内棺の板厚は四寸、外槨の板厚は五寸と定め（『礼記』檀弓上篇）、庶人の墓地は小高い丘陵に置き、礼記に「庶人は封せず、樹せず」（王制篇）とあるとおり、庶人の墓所には盛り土や松柏の植樹をしてはならない、と定めさせた。


　宰予は、中都での職務に就く前に、数度は魯都曲阜の東郭門の近くの宰家に帰ってきたが、孔夫子に従って中都に赴任してからは、半年後に一度、宰家に戻る機会があった。

すっかり、孔夫子の行政秘書の仕事に日々を追われて、実家の両親や兄に近況を報告する機会に恵まれなかった。

　当然、この間は、近所の陸家の叔琬とも会えずじまいであったが、異母弟の宰去（子秋）に帰着の日時を札に記して託し、陸家の槐の枝に付けさせておいた。

　その宰予が東郭門の近くの実家に一時帰宅したのは、夏の盛りに入る前で、ちょうど陸家の槐の木には、白黄色の小花が枝ごとに群生して咲いて、ふわふわと浮き上がるような見事な花樹輪を見せていた。

それは、相当遠くからでも、帰宅の長い道中にも見え隠れして分かった。

槐は、もう少し夏の盛りが進むと、この白黄色の花弁が樹形の丁度傘の真下に、まるで絨毯でも敷き詰めたように隙間無く埋まり、馬車でも通れば、轍（わだち）の跡がそこだけくっきりと細紐（ほそひも）を引きずったように残る。そして、やがて、その枝という枝には、豆の入った透きとおる黄緑のたくさんの豌豆（えんどう）のような形の実をつける。

その数珠（じゅず）のように連なる青い実を、宰予は想像しながら、道を急いできた甲斐があり、陸家の槐の樹幹の後ろから、手を振る叔琬の姿を認めた。

宰予は、たまらず、もう駆け出していた。

槐の樹陰で待つ叔琬も、顔を赤らめて、朗（ほが）らかに、駆けてきた宰予を迎えた。

春から夏にかけての曲阜は、乾燥した晴れの日が続く。春先に芽吹いた木樹の若葉も、ぽつりと葉脈の浮き出た濃い堅い緑の葉となり、地から沸き起こり微砂を巻き上げるような風に揺れ上下する様は、まるで慈雨を欲してお辞儀しているようでもある。

城壁の東郭門に連なる邸宅の生垣の樹葉の色がクッキリと家々ごとに浮かび上がり、たとえ同色であっても、垣根の刈り込みの高低が、それぞれを主張しあっているように見える。迎える盛夏の前触れでもあろう。

孔夫子の中都の宰としての良い噂は、幸い、すぐに魯侯である定公にも伝わった。

そこで、定公は孔夫子を朝廷に、早速に参朝させて「中都で実施された、この方法で、わが国の政をよく治められようか」と諮問われた。

即座に、孔夫子は、次のように応じられた。

「大丈夫です。たとえ、天下を統治むるにしても、この方法で問題はありません。中都や、我が魯国でしか通用しない、ということでは、けっしてございません」

孔夫子は、御前に拝して、自信と誇りを胸に感じて、こう力強く返奏された。


この約一年後に、孔夫子は、定公より「司空」の職位を賜り、宮廷に出仕する官位に登用された。

孔夫子、五十三歳のときであった。

宰予も、正式な加冠を終え、初初しい齢二十四歳となっていた。

孔夫子が、定公より受命を受けられたのは、魯の「五大夫」という上大夫のうちの「小司空」待遇のことである。

このころの魯では「司空」職は、三桓氏のうちの孟孫（仲孫）氏の定席であり、三卿の一つの常職位であったので、貴族ではない孔夫子が卿の職席を拝命することは叶わぬことである。

しかも、上大夫の「五大夫」のうち、卿位にある孟孫（仲孫）氏の就く「司空」職のもとには「小司寇」と「小司空」があり、なんらかの理由で空席が出ない限り、有望な人物がその席に座っていたはずであろうから、孔夫子は「司空」の着く臨時の上大夫の席を、定公から用意されたことになる。おそらく、その大夫の席は「小司空」の上か、その下、ないしは「小司空」に左右の二席を設け、その一方に孔夫子が任じられたか、であろう。

さらに、そののちに、孔夫子は定公より「大司寇」の職責を仰せつかるが、この席は卿位の「司空」職と、その一つ下の「小司寇」の間に臨時に設けられた大夫の席であろう。あるいは、古（いにしえ）には、周王朝の司法の法務官が賜った職位でもあった。

まったくの庶出の出身者で、古に起源を求めずに、貴門とは縁もゆかりもなかった人としては、荘公のときに将軍として抜擢された農民出身の曹沫（そうばつ）があるが、魯国では在野にあった人で、ここまでの高位での登用と優遇を受けた人は、おそらく、あとにも先にも、孔夫子以外にはいないであろう。

一般に、この時代、一国の大夫ともなると、少なくとも約三十人の家臣を抱えることが許され、十分な俸禄を食む封地を賜る小領主である。したがって、封地は采邑、または食邑ともいう。

孔夫子も、自国において、漸（ようや）くにして、高位の上大夫に準じる職位を得たことになる。

孔夫子が、のちに衛国の霊公に封地を授かり、任用されそうになったとき、霊公は孔夫子に魯での待遇を尋ねたことがある。孔夫子は「魯侯より賜った俸禄は、粟六万斗（石）でした」と答えている。その俸禄に相当する封地である食邑を、孔夫子は役職の保証として定公より得ていたのであろう。

孔夫子が「司空」の冠された上大夫の席に就任すると、さっそく、宰予にも事務秘書的な仕事が与えられた。

もちろん、孔夫子が中都での宰予の「敏」なる仕事ぶりを、大いに評価してのことであった。宰予の仕事も、部下も、ますます増えた。その部下のなかに、中都の出身者の呂操の明るい顔もあった。

そんなあるとき、端木賜（子貢）が水害に見舞われた南東の魯国の国境に近い河川地域を視察して帰ってきた。

「やあ、酷（ひど）いものだ。田んぼが低い堰も無い河川の間際まで迫り、耕作に便利なように近接して農耕民の住居があるので、老人や女子どもまでもが大水に掠（さら）われて、行方不明者も多い。せっかく秋の収穫のために植え付けた水稲や穀豆類が、みな暴れ水に呑まれて、きれいに消えて無くなったよ。いっぽう、数日前に見てきた北部の山間地側の畑地は、雨が無く日照りで陸稲や黍、粟、麦が、根から穂ごと乾燥で干からびて、ほとんどだめになっているというのに。まったく、天候は気まぐれで、民の生活も安定せず、どこも酷いものさ」

「そうなのか。農耕には適地適作が理想だと聞いたことがあるが、いま農民らはめいめいの習いで、収益の上がる農作物の作付けを行い、政府はそれを指導する立場にはないのか」

「ははは、冗談だろ。すべては農民の慣習と自己責任で、この件に関しては、政府も政事も、まったく関知はしていないね。直轄地の田畑以外は、ほぼ、ほったらかしさ。そのくせ、主穀の種籾の貸し付けには厳しい請求が来るし、毎歳の収穫に対する徴税は、その年の出来不出来に関係なく、きちんと課される。農耕期以外に課される出兵などの賦役の負担も重い」

「それで、よく農民は逃げ出さないね」

「半ば、諦めもあるが、魯国の民はなにしろ我慢強い。ま、やせ我慢の部類ではあろうな。わたしの故国衛では、議論好き屁理屈屋が多く、放言して不満を解消している風に見えるが、魯では無口で愚鈍なほどの、痩せ我慢比べが、国風と見えるな」

「あはは、そうか」

「ところが、その魯国にあって、魯人の予よ。おまえは、まったく魯鈍なところが見えないな。半ば、奇跡に近い。おまえの両親は、ほんとうに魯人か」

「我が父上はそうだが、母上は違うな」

「やはりな。おまえは、ほぼ母方の系統のみを継いだな」

「どうであろうかな」

宰予の父親は、公宮内では、祭儀における事務方の長として、あまり目立たぬが、古式に通じて物知りで、その堅実な仕事ぶりで、一目置かれる存在として知られている。上下の信任も厚かった。幼少時から、宰予はその父親の姿を見て育ってきた。宰予の執務の基礎は、その父の後ろ姿を見て育ったお陰であろう。

一方、母親は南方の宋国の士族の末娘であった。宰予は、母方からは機敏で快活な気質を受け継いでいた。

宰予は、孔門内でも、孔夫子に直に自説を述べて、孔夫子の意見に異を唱えることも度々あるが、それは宰予の父親の知識や仕事ぶりを思い出して、こうだと主張できるからであった。そんな時、孔夫子は、反論を堂々と述べて自説を譲ろうとしない宰予を、貶（けな）しはしないが、ときに無言で睨（にら）み、多分に煙たく思っているらしかった。

最近は、その父親とも、宮中ですれ違うこともよくある。

こちらが、さきに気づいて通路の角で立ち止まり、近づくのを待って軽く拝礼すると、顔を上げて正面から、息子の宰予に笑顔で応えてくれるようになった。


仲間同士の、こうした地方視察の会話から、宰予は農民と耕作地、耕作物についての積極的な政事の関与を思い立った。

宰予は、中都で土地や財産の管理と負版（戸籍簿の管理）の監督者を務めて、現状の農業や農民の事情に詳しい端木賜らと話し合って、数字や計算に強い冉求（子有）にも参加してもらい、魯国内の農地と土地柄の現状をつぶさに調べ、山間の畑作に適した盆地や狭所だが水田の耕作可能地、水稲に適した広汎な河川低地など、その農耕地の性質に応じて、いくつかの地域の区分分けを行ってみた。

そして、孔夫子に農耕作地の性質に適した耕作物の農民への取り組みを行わせることで、適地適作の徹底と耕作地の無駄をなくし、生産性の効率化と収量の増加が可能となることを提案した。

もちろん農作物には、その年の豊凶作の状況によって、それぞれ穀価や作物に対する買い取り価格が大凡（おおよそ）に決まっており、課税に際しては、その収量と穀価に配慮して、なるべく公平に徴税を行うこととした。

つまり、魯国の耕作地域を盆地や山間や丘陵地、平地、河口、開拓地などの地勢や作物の適不適に応じて五分類十二区分として、それぞれの地域の土地に適した作物を植（う）えさせて、農民に耕作に当たらせたので、その土地に適した収穫物と期待以上の収穫数量と成果が得られた。

とくに、河川側の低湿地は水稲作の要地であるので、田地の低い土地では河川沿いに堤を二重に築かせ、農民の居住地は政府の補助を与えて、比較的高い土地に移し、集住させることにした。

また、高地や山間には棚田・棚畑にして、高所に大規模な貯水池や、中小の貯水用の堤や水瓶などを各所に増設（もう）けて、共同の水路を通し、降雨時には、なるべく多くの雨水を貯めて降雨量の少ない乾燥のときに備えさせた。

さらに、耕作地の新たな開墾（かいこん）に当たる農家や農民には、賦役等の役務を軽減するように定めた。狭隘（きょうあい）な国土の魯にあっては、荒れ地や山間の傾斜地などの開墾による農耕作地の拡大も、収穫量を確実に増やす策として、推奨すべきであった。

孔夫子も、農耕に対する政事の関与による思いがけない期待以上の成果に満足であったし、なによりも、魯侯である定公の孔夫子への信頼を厚くすることとなった。

孔夫子が「司空」の名の付く官位を定公より賜った年の夏に、斉の景公・杵臼（しょきゅう）の提案で、斉に近い魯との国境の夾谷（きょうこく）という町で、領地紛争の和睦のための友誼（ゆうぎ）を結ぶ会盟を行うこととなった（『春秋左氏伝』や『史記』にも詳しい記事が見える）。

この会合は、斉側の記録によれば、大夫の犂鉏（りび）（犂弥）の策略に景公が乗ったものであった。

「孔丘は礼法をよく弁（わきま）えていますが、元来が臆病者に過ぎません。会盟ののちの余興に、萊（らい）の国の者たちに音楽を演奏させて、その機会に一計を謀って魯君を捉えてしまえば、孔丘に一泡吹かせて、恥をかかせた上に、さらに捕らえた魯公はこちらの意のままになりましょう」

こう、大夫の犂鉏は景公に直訴建言して、意地の悪い謀略の実現を迫ったとされる。もちろん、景公も大夫からの提言に乗ったのである。

配下のこんな稚拙（ちせつ）な策謀にのった斉の景公は、孔夫子が魯の上大夫に任用されたことに危機感を抱いていたことになる。それは、かつて、孔夫子が斉の卿である名門の高氏を頼って、任官を目指して謁見（えっけん）したが、果たさせなかったことへの、景公自身の後ろめたさにも遠因と影響があったのかも知れない。

この和平の会合に、当初、魯公は平時に使う馬車を仕立てさせ、友誼を表す席での服装で出かける準備をしていた。

孔夫子は、この会合の魯側の儀典長代行に任命され、定公に同行することとなった。

早速、孔夫子は、気楽な旅装で出かけようとする定公に、臣下としての諫言を呈した。

「申し上げたきことがございます。わたくしは『文事なす者は、かならず軍備あり。武事なす者は、かならず文備あり』と聞いております。古より、どの国の諸侯であっても、国境を越えて出かけられる際には、かならず相応の武官を従えてお供させるしきたりがあります。この度の斉との会合には、是非とも左右の司馬（軍司令官）をお供させて、お出かけになるべきです」

定公は、孔夫子の提言を容れて、随員に左右の司馬を加えることにしたのである。

夾谷での両侯の会合は、盛土台場と三段の階段の「土階三等」が設えられた壇上で厳かに行われる。まず、両侯は簡単な儀礼に順って、目的の盟約の会見を終え、三段の階段を互いに譲り合いつつ登り、友誼の儀式に移った。

御酒の献酬の礼を終えたときに、斉の役人が壇下に進み出て「享楽の余興に、四方の国国（莱）の珍しい音楽の演奏を執り行わせたく存じます」と申し出て、景公に「よし」と許された。斉側の予定の行動である。

魯側の儀典を取り仕切る立場の孔夫子は、暫し、成り行きを注視した。

壇下に出てきた矛や戟（三つ叉の鎗）、剣（両刃の刀）、撥（大盾）を手にし、旌旄・羽袚の旗（獣毛や鳥の羽毛で飾られた旗）を持った舞人が太鼓の音に合わせて大声を上げて、壇上の広間に進み出てきた。

この様子を悉に見て、孔夫子は、たちどころに顔色血相を変えられた。

早々に、礼に従って、無言で両侯の前の壇下に、前屈みに小走りで、足取りは重々しく進み出て、衣の裾を引き揚げて、両の足は揃えず、しかし、息を潜めて急ぎ足で階段を上り、最後の段を前に立ち止まると、夫子の儀礼服の袂を大きく振り上げて、一呼吸置いて、音声の晴朗をもって発言された。

「申し上げます。両侯は、両国の友誼にもとづき、盟を交わし、会談を終えられましたのに、この場に相応しくない不似合いな夷狄の舞楽の演奏とは、礼儀に悖りましょう。役人に止めさせるよう、どうぞ、お取りはからいくださいませ」と。

会場は一瞬響めき、斉の役人らは、互いに目配せして、慌てて舞人を下がらせようと合図したが、舞人たちはなかなか引き下がろうとしない。

景公に近侍していた臣下らは晏子（晏嬰）の方を見て、景公の様子をじっと無言で観察していたが、景公は心中恥ずかしさを感じて、たまらず自ら手を振って舞人たちを急ぎ下がらせた。

「では、我が宮中で、毎歳に振る舞われる舞楽を奏でさせましょう」と、次に、斉の役人の一人が、小走りに壇下に進んで申し出た。

景公が「よし」と許可を与えると、道化や侏儒が戯けた身振り手振りで壇下に踊り出てきた。斉側の用意した次策であった。

このとき、遠く幕下に控えていた端木賜（子貢）や仲由（子路）らが、出番を待っていた道化師や侏儒らが懐や楽器に刀剣を密かに隠し持っているのを発見して、素早く孔夫子に伝者を放って伝えた。

舞楽者らが広間の壇上に昇り、騒々しく銅鑼や楽器を打ち鳴らし、位置に付いた。

孔夫子は、ふたたび礼儀の作法にもとづき、険しく顔容を変え、前屈みに小走りに広間に進み出て、階段を急ぎ息を潜めて駆け上がり、両足を揃えることなく登り、最後の段の前で立ち止まって、衣服の袂を振り上げて、大きく一息して、景公と定公の両侯を前に、強い厳かな調子で申し述べた。

「再び、申し上げます。両侯は、この度、魯斉の両国の友誼にもとづき、両国同士の友好を格調高く宣誓せられ、固く血の盟約を結ばれましたのに、この者らは、賤(いや)しき匹夫(ひっぷ)の身を以て、両侯を惑わせようとは、その罪は死罪にも値しまするぞ。どうぞ、さように、そちらの役人に、お申しつけられますように」と。

孔夫子は、壇下に下がるとき、一段降りて、顔容を険しい表情から、俄(にわか)に柔和な面持ちに変えて、階段を降り切ると、小走りで衣装の両袖を翼のように大きく拡げて戻って来られて、翼を閉じて自席に着(つ)かれた。

前回に続いて、会場は響(どよ)めいた。

そこで、両国の役人らが道化と侏儒を捉えてみると、短剣類を懐や楽器中に隠し持っていたのが露見発覚したので、その場で手足を切り落として処刑した。

宰予は、このとき、天下の名宰相と言われる晏子(晏嬰、晏平仲)に注目した。

いかにも、その容貌は、噂どおり、子どものような短躯ではあったが、動じず理知的で寡黙な威厳に満ちた静姿が印象的であった。その姿は、この会場の、埒外に置かれているようにも感じられた。その晏子の威姿には、会場の異変や目前で繰り広げられた滑稽劇や礼儀の披瀝などにも、ピクリとも動じない、まるで、すべてを超越した強さがあった。

宰予は、全身でその威圧感と言い知れぬ自身の羨望を覚えて、身震いした。

一方、晏子に補弼された景公の、あたふたと慌て、自ら場を取り繕う姿が、いかにも対照的で、浮いた滑稽な姿に見えた。

宰予は、全身でその威圧感と言い知れぬ羨望を覚えて、身震いした。

斉の景公は、恐れと動揺を隠せず、急ぎ夾谷を立って、早足で斉都に帰京した。

しかし、宮廷に戻りついてからも、心配でたまらず、あらためて晏子を呼んで、今後の事と次第について諮詢した。

「君子たるものは、もし、かりに過ちがあったと、自ら、お認めになられるのであるのならば、直ちに行動で、謝罪の意を示されることです」

景公は、この言葉に素直に順って、陽虎（陽貨）の乱に乗じて魯から奪い取っていた惲・汶陽・亀陰の三地の田畑を魯へ返還して、謝罪とした。

また、晏子は、この年の暮れに、惜しまれつつも、高齢のため亡くなった。

夾谷の会は、斉の景公や大夫らの仕組んだ魯侯と孔夫子を陥れるための会合であったが、孔夫子の周礼にもとづく正しき諫言と的確な行動が、ある意味、疑いを挟まず軽い気持ちで出かけようとした魯侯である定公を、危うく危地から救ったことになる。

古礼には、こうした危機的状況や危地における備えも含む知恵が詰まっているとみるべきであろう。であるから、孔夫子は、古びとの知恵の蓄積である「礼」を重要視した。

宰予は、あらためて、このたびの事件で、周王朝の礼制の知的合理性を素直に信じる気になった。また、執礼の実力を、目前で身を以て、思い知ったのである。

もしも、斉の主従による悪だくみが成功していれば、斉に拘束された魯侯は、完全に他国の諸侯と人民の笑いものになっていたことであろう。

周王朝の礼制を「周礼」といい、周の武王の弟の周公旦によって定められたとされるが、実際は、その前王朝である商殷の礼制（『儀礼』）を多く踏襲して、発展させていったものであろう。

孔夫子は「殷は夏王朝の禮に因る。その損益する所（廃止したところと追加したところ）を知るべきなり。周は殷王朝の禮に因る。その損益する所を、また知るべきなり」（為政）と語られて、歴代の王朝が礼制を加減しながらも、堅実に継いで、発展させていることを述べられている。

宰予は、端木賜（子貢）と夾谷からの帰り道に、それらのことについて振り返り、話し合いながら、あらためて「礼」の歴史と成り立ちから勉強し直すべきだ、と話し合った。

今回のことで深く感銘を受けていた宰予が、先に切り出した。

「賜よ。礼とは、先人の知恵の詰まった宝庫のようなものだな。使いこなせれば、宝刀ともなろう」

端木賜も、宰予の言葉に応じた。

「そうだ。掘れば掘るほど、深い。知れば知るほど、その意義は無限に有為だ。はたして、一生掛けても、掘り尽くせるものだろうか」

「その困難な仕事に、夫子は果敢に挑まれて、理解だけではなく、実践にまで応用されている。このたびのことを見て、それがよく分かったよ。身に滲みた」

「夫子は、日ごろ『克己復礼』を言われるなあ」

「そうだ。その『復礼』の意味が漸くにして分かるよ」

端木賜が、宰予の前に出て、厳しい顔を向けた。

「今回のことで『復礼』の実際と実力は、おまえの言うようにこの身に滲みたが、その前の『克己』だって、難しいぞ。『克己』の後に『復礼』がある、ということだろう」

「いや。『克己』とは、修身や脩己ということによって可能となろう。あるいは、治身ということかな。迷いを去って、自らを正す。それと同時に、執礼を取り重ねる。そういうことであろう」

「まさか。名宰相の名をほしいままにした伊尹は、仕えた殷の湯王に『必先治身』と言っているではないか。『克己』の後に『復礼』なのではないか」

二人の議論は、いつものように、次第に難解な方向に向かいつつある。


孔夫子の発想の根本には、いや、それは宰予にも、親友の端木賜や冉求（子有）にもいえようが、この国の孔夫子の時代のひとの一般的な発想法は、分かりやすくいえば、利己的ということではなく、その起点は、すべて自身の内から発する、といってもよい。

分かりやすい話が、さきの『四書五経』の「四書」のひとつである『大学』に「修身、斉家、治国、平天下」とあるとおり、つまり「わが身を修めたのち、われの属する家を斉（ととの）える。わが家が斉いたるのちに、われの属する国家を治める。わが国家が治まりたるのちに、われの属する天下を平らかにする」と言っているように、斉家治国平天下の出発点は「わが身を修める」（修身・脩己）ことから始まる。なによりも自身を大切に思い、それが故に自身に厳しく対し、家族や、関係を広げて友人、知人に、さらに他者や世間に相対する。

あるいは、賢相の伊尹が、殷朝を興した湯王に「欲取天下若何」（天下を治めるには、どうすべきか）を問われて「欲取天下、天下不可取。可取、身将先取。凡事之本、必先治身、嗇其大宝」と答えたとされる。

つまり、次のようであろう。

「即、天下を治めようとしても、容易に、意図通りには天下は治まりません。治めるというなら、先ず我が身を治めるべきです。おおよそ、すべての根本は、先ず我が身を治めて、その身を愛しみ大切にすることに始まります」

こう、伊尹は、湯王に諭したとされる（『呂氏春秋』季春紀・先己）。

孔夫子の言葉で、あらためて、語れば「克己復礼」（顔淵）ののちに「仁」が天下に行われる、という。その思いやりの「仁」を為すことは、あくまでも「己によるのであって、他人によるのではない」（顔淵）ということになる。人任せではなく、すべてを一旦自身に起因しているものと受け止めてみる。あくまでも「克己」とは、かように強い言葉だ。

孔夫子は「仁は、人による」（顔淵）と仰った。

人間には「克己」と「復礼」という、ふたつの重要な側面があって、仁はそこに依存しているのだという。

「復礼」とは、礼を重ねて積む、という行為である。「積徳」とも重なる。

「克己」は対自的な側面を表し、そののちの「復礼」は対他対人的な側面を表す。

「仁者は難きを先にして、獲るを後にする」（雍也）とも、孔夫子は仰っているから、当然だが「克己」は難く「復礼」だって難しいが、その結果（または成果、利益）は後からついてくるともいえる。孔夫子は、単に結果（利益）のみを先に語ることは、無い。「仁」や「命（使命）」などとともに、結実ののちに語られることはある。

ひとは「克己復礼」の困難に果敢に挑むことで、他者を凡く愛し、仁を実行することができる。その結果（成果）は、その後に、甘美な果実となって返ってきて、自身のこころを歓ばす。

それは、とどのつまり「仁」が、自己から発した一番身近な関係である血縁的な結びつきやその関係性を、血縁からは遠い他者にも援用しようとする試みのことだからである。

血縁的な身近な関係性にある信頼や依存、督励、扶助、また広く愛情は、人生の善き導き手となってくれる。目的達成のためには苦楽をともに出来る良き同行者を求めるべきで、血縁外の他者と強い信頼関係を取り結ぶには、やはり強い自己を築き、かつ凌ぐ「克己」の精神や、他者への敬意の醸成のための具体的な表出ともいえる礼を重ねる「復礼」の行為が重要となる。

「復礼」とは、先人の築いてきた知恵の宝庫を掘り起こして、徳を積むと同様に、他者への礼を積み重ねて、相手との堅い信頼を築き、自らの心中に貯えて、他者との緊密な関係に利用・活用するということであろう。

孔夫子の言う「仁者」とは、他に惑わされることのない勇気ある人格でもある。

この時代では、予期せぬ自然の大災害に加えて隣国との争いや戦禍は絶えず、ひとの死はつねに隣り合わせにある。もし、かりに他者との関係を一歩誤れば、自身の生命に関わる惨い現実も、身近に多くある。

やはり、良好な隣人との人間関係が、この時代でも重要なテーマであった。

以降、宰予の礼制についての関心は、周公によって定められたとされる「周礼」およびそれ以前の礼制の研究に移っていく。

たとえば「古には、功績あるひとを祖といい、徳のあったひとを宗と言った」と『礼記』にあるとおり、周国では祖廟には「功のあった文王を祖として、徳のあった武王が宗として」祭られている。

また、天子（王）は七廟（三昭三穆と太祖の廟で七つ）を建て、太祖廟と身近な廟とには月々に祭祀を行う。その王に従う諸侯は五廟（二昭二穆と太祖廟で五つ）を建て、太祖廟（祖考廟）で四時（四季）に祭祀を行う。その臣下たる大夫は三廟（一昭一穆と太祖廟で三つ）を建て、太祖廟（皇考廟）で四時（四季）に祭祀を行う。士は一廟（考廟＝父の廟）を建て、王考（祖父）は考廟に合わせて祭りをする。庶民は廟を作らず、四時（四季）に寝（奥座敷）において祭る、と孔夫子は述べている（『孔子家語』廟制）。

この夫子の述べた廟制は、のちの『礼』という書に纏められていくことになる。

したがって、夫子は、その身分や守るべき社稷に応じた秩序と数的な序列を、整然とした並びで定めておきたい、と考えていたのである。

かつて、孔夫子が中都で実行したとされる諸策には、域民の生活態度や葬儀蔡礼について長幼老若、男女の別に応じて風習や風紀を正すための方策が実施された。

また、葬儀面では、埋葬で使用する喪器などは、庶人は飾り無しのものを、士大夫や君公や卿は特定の文様付きの祭器の使用が地位ごとに許された。

また、棺（ひつぎ）についても、庶人は内棺の板厚は四寸、外槨の板厚は五寸と細かく定められている。同様に士大夫や君王や卿は別にそれぞれの棺に対する規定が設けられた。

さらに、庶人の墓地は小高い丘陵に置き「封せず、樹せず」と書物にあるとおり、盛り土や松柏などの神木の植樹をしてはならないと定めたが、同様に身分の異なる士大夫や卿、君公、王ごとに植樹に見合った墳墓の形式や樹木が決められている。

『孔子家語』には「新疏貴賤により多少の数を為（つく）る」とあり、周王や君公から卿、大夫、士より庶人に至るまで、血縁の親しい遠い、身分の貴い賤しい、官位の地位の上下に応じて、礼儀の様式や執り行われる祭祀や儀式の数的な規模や範囲を定めており、行き過ぎたり誤った慣習、規則、規定を正そうとするものである。

宰予の学びだした『周礼』には、官制や官吏の職掌・儀礼などが詳細されているが、こうした廟制の君主より卿大夫士や庶人への数的な規定が具体的になされているわけではない。礼制として触れられてはいるが、曖昧な面も残されている。

その礼制の空白部分を、孔夫子は「新疏貴賤により多少の数を為る」ことによって、新解釈を施し、重箱の四隅を埋めるように矛盾を排除しながら、整然と『礼』に規定していった、といってよいであろう。

ここでも「述べて作らず」（述而）と、古式に見合った解釈は施すが、勝手な創作はしない、との孔夫子の立場は守られた。これがもとになって、大分のちに『礼記』としてまとめられていく。

これには、誤解を招くと拙いのだが、孔夫子が血縁や身分門地にこだわって身分制による礼制を整理したというよりは、当時はこうした職位や家格、身分の分化が相当に進み、当時の時代の要請に応じて、孔夫子が許容できる範囲で、家格や身分に応じて礼制を正そうとした結果、既存の区分を容認せざるをえなかったということがあろう。

なんとなれば、三桓氏のように君公すらも侮り、蔑ろにして、ただ自家の繁栄と永続を維持しようとするあまり、君主をも憚ることなく凌駕するような豪華な家廟を建て、派手な儀礼儀式を執り行うような、こうした突出を許す世の傾向に、一定の歯止めをかけ、失墜しかけた君公の権威を復活させるには、身分を審らかにして、驕る卿の上には、周王や諸侯の立場を厳格に位置づける必要があったのだ、といえる。

孔夫子は、もとより世襲的な貴族制や身分制、現状の貴族政治の擁護者ではない。

また、富貴者の上に有徳者を立て、利よりも徳や義を重んじ、権勢を誇る者よりも知者や賢者に額ずき、君主よりも君子を薦めるひとである。

孔府の門弟のなかにも、賤しい身分の出身者や禁忌の対象であった廃疾を患う、当時としては卑しまれるべき人がなん人かいたが、孔夫子はけっしてそれらの性質によって人を差別したり、弟子として排除するようなことはない。

また、孔夫子は「肉食する人」（＝貴族ということ）には親しみを覚えず、また「射よりも御を執らん」（弓の射術＝貴族趣味であるより、庶人の技術に近い一段落ちる技術である馬車の御術に秀でたい）という人でもある。

さらに、孔夫子は、時代の要請に応じはするが、なによりも、誤ったり行き過ぎた秩序は修正（ただ）したい、と望む人でもある。

世襲的な身分制には否定的ではあるが、孔夫子の言葉に「人に五儀あり」とある。

つまり、身分制に代わる、人間には、その人の人品に応じた在り方がある、と言う。

孔夫子は、ことあるごとに「人における五儀」の在り方を主張された。

すなわち、人には、庸人（凡庸な人）・士人・君子・賢人・聖人という「五儀」という等級がある、というわけだ。「儀」は、手本となる規範、模範、範疇のことである。

その「五儀」とは、孔夫子の鋭い人間観察力によって、生み出された概念である。

孔夫子の人間観察力は、図抜けていると言えよう。

孔夫子は、この「五儀」という範疇で、世にある人品を遍（あまね）く区別されようとしている。

のちに、孔夫子は、その鋭い人間観察力を、遊びの域にまで応用して、暇を見ては、ある人物を次々に取り上げて、その人の過去や現在の言行から、人物像を明示して、手厳しい判断を下された。そして、おもに若い弟子を相手に、こうした「人物評価ごっこ」(人物評）に興じられることも多かったのである。

また、その孔夫子を真似て、弟子らのなかでも「人物評遊び」が流行った。

宰予の友人である端木賜（子貢）なども、盛んに真似た。

そんな弟子らの姿を見て、孔夫子は、こう苦言を呈された。

「子貢方人。子曰。賜也賢乎哉、夫我則不暇」(憲問)

つまり、端木賜が、孔夫子の「人物の品評」(方人）を真似て、親しい弟子らと盛んに、さまざまな人物を取り上げて、その人物像を評論していると、孔夫子が、その様子を見て、お側の者に恨みがましく仰った。

「おう。なんと、賜は、また、随分と偉くなったものだな。いつからそんなに偉くなったのかなぁ。賢(かしこ)ぶって、人物の品定め（方人）を、熟々(つらつら)と、楽しげにやっておるわい。だが、わしには、とてもそんな暇などないわい」

「方」は「比方」とも同意で、比べる、比較する、という意味である。

そう仰った孔夫子こそが、そもそもの、この「品評ごっこ」(つまり「方人」）という遊びの火付け役であったのに、と宰予は不思議にも、可笑(おか)しくも思う。

孔夫子の信じる身分制に代わるという、ひとにおける「五儀」という五つの規範については、のちに、魯国では、定公の次に公位に立った哀公が、その孔夫子に直接問うたことがある。

哀公は、孔夫子が常日頃より話題にのぼせる身分制に代わる「五儀」の意味が、気になっていたのであろう。

その哀公は名を蒋といい、孔夫子が魯を去って十四年後に諸国周遊を終えて帰国したのが哀公十一年であったので、孔夫子の外遊中に、定公の後を受けて継承し魯侯に就いたひとである。

夫子の言う「五儀」のうちの「庸人」や「士人」とは、まあ、世間一般に多い人たちのことである。つまり、庸人の「庸」は「凡庸」の「庸」であり、籾の採り入れに働くことを意味し、転じて「農作業」や「働き」や「雇われる」「用いる」ことを言うようになった。

ここでは、普通の人や凡人のことを言うのであろう。

また、士人の「士」とは、もともと真っ直ぐに立てた棒の様を表し、立てる人、成人した男子、転じて主君に仕える人、官人・官夫を指すようになった。「士大夫」の「士」でもある。

しかし、今回はその「士」族のことではない。一般的に「士」は、学問や知識の修養者、官吏の家柄の人のことを指す。孔夫子の言葉では、「道を志す」(里仁)者であり、粗衣粗食を恥じるようでは、この「士人」としては「とても、語るに足りない」と紹介されている。

孔夫子の「士」の解釈は、学問を志して、自らに努力を重ね、高い自覚と見識のある人というような深い解釈を付加されている。

孔夫子によれば、ひとは「天性」と「習性」とによって、人生に於いて、大きな隔たりができてしまうという認識がある。

「性相近也、習相遠也」(陽貨)

生まれついての天性や本性は、ひとによって、あまり変わるところはない。その後の習性や教育によって隔たりが生まれてくるのである。

そして、この「天性」と「習性」の変化の後に、更に、自身の自覚と努力とが重要であるとされる。

「道を志す」者であるべきである。

宰予ら孔門の弟子らは、まず、みな、この「士人」の範疇の人たろうとする立場のひとであったろう。

「庸人」が、ほぼ世の中の大半の人を指すとすれば、この「士人」は、残りの、更に限られた人のことであろう。

つまり「庸人」であるか「士人」であるかの判定・判断を、孔夫子は「有恒者」であるか、ないかで分かる、と仰った。

「亡而爲有、虚而爲盈、約而爲泰。難乎有恒矣」(述而)

形の無いものを、あたかも有るように見せ、中身の空っぽなものを、あたかも満たされているように見せ、身もこころも本当のところは貧弱でビクビクしているくせに、あたかも余裕があるように見せかける、そんな人がこのごろは多すぎる。

せめて、こころに嘘の無い人、つまり「恒ある人」に、そんな人に出会うのさえ難しい世の中だ。

こんなふうに、孔夫子は、常日頃より嘆き仰る。

この「恒心」有る人、つまり「こころに嘘の無い、真っ直ぐな人」こそが「士人」であるといえよう。

孔門の弟子たる者は、まずは「士人」たるべきである。

また、そうではない「このころ、世に多い人びと」が「庸人」と呼ばれる凡庸な人たちのことである。

孔門の弟子たる者は、そんな「庸人」の如きであっては、ならない。

「庸人」とは、多くは、日々にただ忙しく、自身を省みることのない、嘘で身もこころも飾るだけの、内実の伴わない、凡庸な人たち、もっと言えば、こころの貧しい人たちのことである。

そして、五儀にいう、次の「君子」「賢人」「聖人」の区分に入れられる人は、この世の中に残るごく僅かの限られた、その存在すら認められるかどうかといった世にも希少なる「善人」たちと言えるかも知れない。

哀公は、大きく膝を乗り出して「君子とは、どういうひとのことであるか」と、孔夫子に丁重に、かつ静かに問うた。

孔夫子の「君子」についての言及は、図抜けて多いことは知られている。

「人知らずして慍まず、亦た、君子ならずや」（学而）をはじめ、夫子の言及が一番多いのが、その「五儀」のうちの「君子」についてである。

哀公は、かねてより、孔夫子の口から「君子」が、どう語られるのかに興味があった。

孔夫子は、藜杖を手に、跪いて、次のように明瞭に述べられた。

「君子とは、その言葉に嘘のひとつもなく、発信された言葉は悉く信ずるに足るものであります。また、こころに恨むところもない。他者への思いやりにあふれ、その顔色に誇らしさが表れることはなく、そのひとの思慮は深く淀みがない。また、言い訳のような言辞は一切なく、多くは言語より自らの行動によって道理を指し示し、審らかにしようとする。その佇まいも、心持ちも、泰然自若として、静かであるので、そのひとに勝ろうとするのは容易に見えて、結局は、その思いに反して、なんとしても及びのつかないひと。そんなひとが、まさしく君子であります」

孔夫子は「聖人は、われ得てして、之を見ざる。得てして、君子なる者を見ゆるは、斯れ可なり」（述而）と述べられたことがある。

また、さらには、その上の人品である「聖人」にお会いすることはとても望めない。また「賢人」や然（しか）り。

しかし、せめて「君子」くらいの人には、逢えるならば会ってみたいな、と、かつて語られた。

この「君子」の定義は、孔夫子の言葉の通りであろうが、その実態は、なかなかに理解しがたい。

しかし、宰予には、孔夫子が「君子」という人の儀範（概念・規範）を思いつき、凡（ひろ）く語られるについては、思い当たる節（ふし）がある。

孔夫子の幼なじみに、原壌という人がいることは以前に述べたが、その原壌が、孔夫子の若いときからの身近な、孔夫子の仰る「君子」の対極にある「小人」の典型ともいうべき人である。

幼時より、孔夫子は、原壌らと親しく遊び交わる過程で、その「小人」の対極にある人の道の理想とすべき「君子」の在り方を見出し、人の儀範（概念・規範）にまで育てていったのであろう、と宰予は思う。

いわば、孔夫子の言うところの「君子」は、そんな「小人」の詳細に亘る人間観察の結果に導き出されたものなのである。

まず、その「君子」の側から見た言葉が「君子に九思あり」（季氏）であろう。

つまり「君子」には、九つの思うところがある、と言う。

まずは、ここらあたりの孔夫子の発言から「君子」の内実を探ってみよう。

「視思明。聽思聰。色思温。貌思恭。言思忠。事思敬。疑思問。忿思難。見得思義」と語られている。


つまり、第一は、見ることには、目を背けず、しっかりと見たままに見る。

第二に、聞くことは、遍く熱心に聞き、漏らさない。

第三に、顔色は、いつも温厚で柔和でいたいと願う。

第四は、身振りは、謙譲に満ちて、ほどよく、恭し過ぎない。

第五に、喋る言葉は、真心と相手に対する思いやりに溢れているかどうか。

第六に、行為や仕事には、真摯に、かつ慎重さがあるかどうか。

第七に、抱いた疑問は、そのままにせず、問い質し、理解に努める。

第八に、怒りを抱くときは、表現には気をつけて、のちのちの後顧・後難の恐れに思いを致す。

第九に、役利を前にしては、あくまでも正義にもとづいて判断する。


ここからは、孔夫子の「君子」の定義ということになろうか。

その「君子」に備わる三つの資質が、次のようである。

「君子有三戒」（季氏）
君子には、三つの自ら戒めなくてはならぬことがある。
それは、若いときは、血気は不安定で定まらず性欲に溺れる傾向にあるから戒めることは女色にある。壮年になると、血気は今や盛んであるので戒めは争いにある。老年になると、血気はもう衰えるので、戒めは過度な欲にある。

続けて、次のように語られている。

「君子有三畏」（季氏）

君子には、三つの畏(おそ)れ敬うことがある。

それは、天命を畏れ、目上の人（大人）を畏れ、聖人の言葉を畏れる。

「君子有三変」（子張）

この言葉は、記憶力に優れた子夏（卜商）の発言である。孔夫子の言葉を、そのまま伝えたものであろう。

君子からは、三つの変化を読み取ることができる。

つまり、遠くから離れて見れば厳かで、側近くに寄れば穏やかに見え、その言葉には聞けば的確で、人の心を打つ強さがある。

また、その「君子」のお側で、気をつける点も指摘されている。

「侍於君子有三愆」(季氏)

「愆(えん)」とは、過ちのことである。

君子から発言を求められたおり、まだ言うべき時ではないのに、口を利くのは軽はずみであるからにして避けるべきであろう。逆に、発言を求められたおりに、言うべき時に口を利かないことは腹黒く後ろめたい行為であるから過ちであろう。相手の顔色も伺うことなく、気持ちを察することもできないようでは、どこに目を付けているのか分からぬではないか。周囲の空気を、よく読め、ということであろう。

さらに、興味深いのは、孔夫子の語られる「君子」とは、その対句のような「小人」との比較で見ると、もっと見方が広がる。また、理解も、得やすいように思える。

「君子上達。小人下達」(憲問)

君子は、高遠な真理を求めようとするが、小人は卑近でつまらないことばかりに目が向いてしまうものだ。

「君子而不仁者有矣夫。未有小人而仁者也」(憲問)

たとえ君子であっても、心ならずも不仁でいる者はいないとはいえぬな。しかし、小人で仁者だという者はひとりもいない。

「君子周而不比。小人比而不周」(為政)

君子の交わりは隔たりがなく、広く親しんで一部の人に阿るようなことはないが、小人の交わりは阿りばかりで、限られた人脈にばかり向き、広く親しむようなことはない。

「君子懐徳。小人懐土。君子懐刑。小人懐恵」(里仁)

君子は私利私欲を断って、つねに徳義のことを第一に思うが、小人はその僅かな所有する土地にでもしがみつくことを思う。君子は世の中の習いを見て法規の及ぶ範囲の軽重を思うが、小人はその法の得するところ、恩恵に与ることばかりに思いを注ぐ。

「君子喩於義。小人喩於利」(里仁)

君子は正義に明るく、小人は己の利得にばかりに目を向けようとする。

「女爲君子儒。無爲小人儒」(雍也)

おまえ(子夏)は君子の儒者(=先生、師匠)となれ。小人の儒者となることなかれ。

孔夫子は、常々、期待度の高い弟子には「君子の儒」たることを強調されてきた。
この場合の「儒」（儒者）とは、良き師匠、先師、媒介者、介添え人、ということであろう。

「君子坦蕩蕩。小人長戚戚」（述而）

君子はこころ平らかで落ち着いていて、むしろ伸び伸びしているが、小人はいつまでもつまらないことでくよくよしている。

「君子成人之美。不成人之悪。小人反是」（顔淵）

君子は他人の美点は取り上げて上に薦めるし、欠点は目立たぬようにしてやる。一方、小人はその反対をやらかす。

「君子之徳風。小人之徳草。草上之風必偃」（顔淵）

君子の徳は風のようなものであり、小人の徳は草のようなものです。草は風に当たれば、必ず靡（なび）きましょう。

「君子易事而難説也。説之不以道。不説也。及其使人也。器之。小人難事而易説也。説之雖不以道。説也。及其使人也。求備焉」（子路）

君子というものには仕えやすいが、悦ばせることは容易ではない。道理に叶っていないと悦ばせることはできない。君子が人を使うには適材適所である。無論、最初から出来そうもない無理も言わない。一方、小人ときたら、仕えにくいが機嫌は取りやすい。道理に合わなくても、悦ばすことは容易である。実際、おべんちゃらを言ったり、贈り物でもして、ご機嫌を取れば容易に悦ばすことができる。さらに、小人が人を使うに、その人の能力や職分を見もせずに、ただ多くを求めて、思いつきや一時の損得で無理ばかりを言うから、その下には仕えにくいのである。

「君子泰而不驕。小人驕而不泰」(子路)
君子は、いつでも落ち着いていて、決して偉ぶらない。かたや、小人は驕慢(きょうまん)で、人に威張り散らして、自らに落ち着きもない。

「君子固窮。小人窮斯濫矣」(衛霊公)
君子であっても、窮することはある。しかし、小人ほどではない。小人は窮すれば、必ず、取り乱して、出鱈目(でたらめ)になってしまうものだ。

「君子不可小知。而可大受也。小人不可大受。而可小知也」(衛霊公)
君子は少智に多能とは言えないであろうが、大仕事を任せることができる。一方、小人には、一大事を任せることはできないが、やたらと、口を突っ込みすぎて、あまり役に立たないような少智に聡い。

「君子求諸己。小人求諸人」（衛霊公）

君子は、物事の成り行きや結果の原因については、まず己に反省を求めるが、小人は他人にすべての責任をなすりつけようとする。自身を省みるようなことは、まず無い。

「君子學道則愛人。小人學道則易使也」（陽貨）

君子が道理を辨（わきま）えると人を愛し導くようになり、小人はモノの道理を学んでも、ただ、多少は使い易くなるというだけだね。

「君子義以爲上。君子有勇而無義爲亂。小人有勇而無義爲盜」（陽貨）

君子にとって大事なのは大義であろう。君子に勇壮さだけを求めても、大義を欠けば、それは「動乱」と見做されよう。小人が勇猛さを備えて、義理を欠けば、単なる人の道を踏み外した「盜」（盜賊）の者である。

その孔夫子の言葉を聞いて、宰予は友人の端木賜（子貢）に問うてみたことがある。

「夫子の『君子』に対する思いは、格段に深い。我ら、未だ、道半ばの学徒の身分の者としては、この『君子』が、我らの目指すべき目標であろうな。が、しかし、おまえは、夫子のおっしゃる『君子』に、なりたいかい」と。

その答えは「いや」と曖昧に言ったあと、次のように続いた。

「たしかに『君子』とは、夫子の思い描く理想の人格であろう。我ら学徒の目標でもある。しかし、その具体像はと言えば、分かりにくい面も多いな。まあ、しかし、われは偽君子にはなれよう。外交には、まさに君子然として臨み、偽の君子を装う。わが経験から言えば、外交交渉の場とは、まさに狐と狸の化かし合いの場のようなものだからな。はは。でも、もし、回（顔回、子淵のこと）ならば、その『君子』になりたい、と本気で言うであろうな。なぜならば、回の『君子』の理想像は、夫子そのものだからな。その回は、夫子の言行を一から十まで、忠実に真似ることで、夫子に成り切ろうとしている。実際、回は、夫子のお墨付きを得て『君子』たりえたことも一時はあるようだ。まあ、感心せざるをえないな。予よ、おまえは、準君子を志す『士人』と言えるかな」

友人は、そう答えた。

宰予も応じた。

「ああ、回か。回には、たしかに『君子』が、いかなる者であるのか分かっていたのであろうな。つまり、回は、夫子の存在自体こそが『君子』と映っておるのであろう。だから、回は、手振り口振りまで真似て、夫子に、飼い犬のように従順なのだな。おれには、夫子が『君子』であるのかどうか分からぬし、夫子ご自身も、その『君子』についての言及や、弟子に常に『君子たれ』と口を極めておっしゃってはいるが、その、ご自分を『君子』であるなどと、夫子の口から直接聞いたことはないな。しかし、夫子は、回が『君子』であったことを、なんどかは指摘されておったな。夫子の、常日頃よりおっしゃる、その『君子』とは、つねに己の行動によって義や徳を明らかにし、人の美点を最大に引き出し、自らの言辞や形式には慎重であると言う。また、その反対をやらかすのが『小人』と言われ、蔑(さげす)み、憎むべき人たちである」

「ああ。『小人』にだけは、墜ちたくはないものだな。そう見做されるのも辛い」

「それは、例えば、夫子の幼なじみだという原壌のことか。夫子は、原壌に見(まみ)えるたびに『孔門の徒は、この原壌の如くであってはならぬ』と仰って、彼を指弾される場面をよく見かけるなあ。夫子にとっては、幼なじみの原壌は、分かりやすい『小人』の典型みたいなものなんだろうな。しかし、我らは、精々のところが『士人』どまりか」

「うん。まあね、容易に節は枉(ま)げず、己の志だけは高く堅持する恒ある『士人』と見做されれば良かろうか。そうかな」

「そうだな」

　こう、宰予も笑って、端木賜に相づちを打ったことがあった。

のちに、宰予自身も、孔夫子との三年喪説を巡る、真剣な議論では、夫子の説に対抗して一年喪説を展開して、一歩も譲らなかった。

その思いやりに欠ける点を「不仁である」との指弾を、孔夫子より受けてしまう。

また、そののちの昼寝事件では、その宰予の行動の言行不一致を、孔夫子より厳しく非難されることとなる。

その時の宰予の思いやりに欠ける点や言行不一致は、ここで言う「君子」の条件からは、大きく外れる行為でもあったのだろう。


徐々に、哀公との話の続きは、困難な人の話になっていく。

「では、どういうひとを、五儀に言う『賢人』というのであろうか」と、その身を乗り出さんばかりに、次に、哀公は、孔夫子に問うた。

孔夫子は、藜杖を引いて落ち着き払ったように、厳かに告げられた。

「その人の示す徳は、けっして矩度を踰えず軌道を外れない。その行動は規範内にかない、その言葉は天下の憲法や法律ともいうべきものです。また、国政に参与するならば、世に自らの身体を危険に晒すようなことは自然に避ける。その指し示す道理は、庶人にかならず広く受け入れられ、普遍的で途中で破綻するようなことはない。かりに富みても、自身に私財を積み重ねるようなことはけっしてせず、この者の施策をもってすれば、天下に遍く賢徳は行き渡り、能ある人を薦め後援し、また世に貧者を増やすようなことにはならない。これが、その『賢人』というものです」

　哀公は、少し、首を傾げられた。

「ほう。はて、その『賢人』が世を避ける（賢者辟世）とは、どういうことであろうか」

「もしも『賢人』は、この世の中に正道が行われないと知れば、この世を避けて隠栖してしまいましょう。地方の国に、その正しき道が行われていなければ、即刻、他所の国に避難いたしましょう。我が君主の信認の証である顔色が曇るようであれば、いつでも退出を願い、躊躇なく重席より引退いたしましょう。仮にも、我が君との言い争いに発展するようなことは慎み、必ず避けます。それが『賢人』が世を避くる（賢者辟世）ということです。わたくしは、少なくとも、七人の、この現世から自ら背を向けて、僻地山間に立ち去って隠遁した賢者の名を知っています」

　孔夫子は、敢えて、哀公に、その七賢の名を告げなかった。

　しばし、哀公は、賢人の名を聞かず、自ら黙考して言葉を継がなかった。

　哀公には、その賢者の数名の名が思い浮かび、思いを巡らされているのであろう。

「ふむ。ふむ。では、最後に問うが、五儀の最後の『聖人』とは、どういうひとのことでありましょうかな」

そう、哀公は孔夫子に請うように、質問された。

孔夫子は、手にしていた藜枝を傍らに静かに置き、次に居住まいを正して、清々しい威厳をもって述べられた。

「『聖人』とは、われらの身近におられても、けっして知られることのないひとのことです。その人の徳は、天地にかない、天変の如く変化し、季節の変化の如く事物の始めと終わりを知らせ、事物の始まりから終わりの趨勢のままに融合して、事物の推移と真実として伝わる。その人の徳は、世の中の大道となり、みなそれに自然に順う。その賢明なるは、道を照らすに日月星辰に違わず、変化すること神の如くである。したがって、下の民は、その徳の行われていることを理解できず、見ようとしても自分の隣にあるその人のことを仰ぎ見ることもできません。それが、言うところの『聖人』というものであります」

古代、その「聖」とは、天にある神の声を耳で聞き、人びとに口で伝える人のことであった。その人が、王と呼ばれたのである。

のちに、王は一族の世襲制に移ってからは、祭祀によって神の信託を伺うのが神官の役割となった。伝説の聖天子といわれる堯・舜や、治水に秀でて、夏王朝の祖となった禹がそうである。また、のちに現れた湯王、武王は、それぞれ殷王朝、周王朝の開祖であるが、聖王と呼ばれる。

「ああ、よかった。あなたの賢なるを、もしも、わたくしが、この公宮にまで聞こえ知らされていなかったならば、わたくしは、この深宮の内に生まれ、母上の手の内で扶育され、悲しみも憂いも労苦も知らず、恐れすらも知らず、危うきにも会うことなく、この宮殿の主となった者であるから、遂に、あなたの本当に賢なるを知らずに、あなたに会うことすらなく、あなたのこの言葉をここで聞くことですら、かなわなかったであろう。奇跡とは、まことに、このことを言うのであろうな」

このときの、魯公の、この最後の言葉は、いわば感嘆に近いであろう。

この「聖人」を定義した孔夫子も、のちに、自身の定義にもとづいて、武王を補佐けた周公旦とともに「聖人」と称せられることになる。

魯公から「賢なるかな」と称せられた孔夫子であるが、のちに、さらに上位の高みに昇り「聖」なる極致に到った形である。

しかし、この当時は、孔夫子は「賢なる」ひとで良かった。

もしも、かりに、孔夫子が「隣人」であっても見ることも知ることも出来ないひと、つまり「聖人」であったならば、皮肉な話ではあるが、魯公にすら知られることはなかったであろう。

孔夫子が、のちに「聖人」と称されるようになったのは、孔夫子の死後の、その弟子であった端木賜（子貢）の広告宣伝活動が実に大きかったと、後世の司馬遷は自著『史記』のなかで述べている。

意外な話かも知れないが、それが事実である。

つまり、孔夫子が、若い弟子らから教団の教祖のように祭り上げられて、のちのち「聖人」となったのではなく、その死後の一人の弟子による広告宣伝によって、世にも希なる「賢なる」ひとであったことを広く喧伝された結果、長く人びとの記憶から忘れられることがなかったからである。

また、さらに言えば、孔夫子の「聖人」としての立場を確固としたのは、その更にのちに、孟子が出たからである。

孟子は自身の著書によって孔夫子の説を広め、その正統で賢明なる後継者であるとする己の活動から、一歩謙って「亜聖（聖人に次ぐひと）」と、自らを名告り、且つ、周囲より、そう称されたことで、その先達であり先生（師）であるとされた孔夫子が、必然的に「聖人」と呼ばれるようになったのである。

司馬遷は、先の書の『史記』の「孔子世家」の末語（末序）で「孔子は至聖である」と結論づけている。「歴史を振り返ってみて、天下に聖王や名君、また賢人といわれた人は、枚挙に暇の無きほどに、じつに多い。しかし、その多くは生きているあいだは栄光に塗れ輝いていても、死後は、その存在すら、みなに忘れられ、誰ひとり尋ね問う人もいない、といった有様である。だが、孔子というひとは、それらの人とはまったく異なる。終には、布衣（無位無冠）の人ではあったが、その子孫は数十代にも、その教えを伝え、おおよそ、すべての後世の学者は孔子を師と慕い、且つ、手本としている。であるから、孔子その人は、まさに聖人中の聖人である、と言えるのである。よって、至聖と称するに相応しい」

たしかに、孔夫子の説は、その継承者である儒学者や、儒学の信奉者に限らず、その反対者であった老荘はもちろん、墨子や法家の韓非子にも、必ず取り上げられた。

孔夫子は、夾谷の会ののち、定公より一連の行動と旧領返還が功績と認められて、司空の冠された待遇より上位の「大司寇」に昇進した。

周代より存在する特命の司法の長官職である。

大司寇に就任後の孔夫子の言葉に「刑、錯きて用いざるなり」(『孔子家語』)とも「法を設けて用いず」(同)ともある。

立派な刑法は、作成し措置しておいたにもかかわらず、実際に使用することはなかった、と胸を張って笑顔で仰った。

その刑法を書いたのは、宰予であった。このころ、孔夫子は、秘書官の宰予に全幅の信頼を寄せていた。

あるとき、親子でありながら、些細な仲違いの末に、たがいを訴え出た父子があった。

孔夫子は、ふたりの親子を捕らえ、同じ獄につないだ。

そして、三カ月の間、取り調べを行わなかった。そのうちに、父親の方から、裁判を取り下げたいとの申し出があった。

孔夫子は、ようやく詳査して、裁定を下し、この父子を牢から出して解放した。

この夫子の裁定の件を、あるとき、季孫氏の当主・季桓子が耳にして、説ばず、苦く周囲に放言された。その周囲には、冉求（子有）もいた。

「司寇（孔子）は、われを誑かしたのか。孔丘は以前に、この職務に就くときに、わたくしに、国家や司法のことはかならず『孝』をもって、第一に行う、と明言した。その言葉には間違いない。つまり、もしも、わたくしであれば、その『孝』に順って、父親を訴えた出た親不孝者の子の方を死刑に処して、民草に『孝』のなんたるかを広く教えようと思うだろう。しかるに、孔丘は子の、その父に対する罪を正して、罰を与えるどころか、その子も、父親と同時に牢から出してしまったという。いったい、どうしたことであろうか。わたしには、なんとも、その訳が分からぬ。まったく不可解じゃ」（『孔子家語』始誅）

この季桓子の発言を近くで聞いた冉求が、あとで孔夫子に知らせた。

「ああ、季孫氏の当主ともあろうお方が、いまだに『孝』のなんたるかをよくお分かりではないようだ」

孔夫子は、琴瑟を置き、藜杖に持ち替えながら、喟然として、大きなため息をつかれた。

喟然とは、腹の臓器の底から息を吐き「はあ」と嘆息する様である。

ところで、宰予が「喟然」という言葉で思い出すのは、顔回（子淵）のことである。

のちに、顔回が発した、死の間際の「喟然として歎き曰く、之を仰げば弥弥高く、之を鑽れば弥弥堅し。之を瞻るに、前に在れば、忽焉として、後ろに在り。夫子は、循循然として、善く人（我）を誘う。我を博むるに文を以てし、我を約するに礼を以てする。罷まんと欲すれども能わず。既に我が才は竭きた。立つところ有りて卓爾たる如し。之に従わんと欲すると雖も、由なきのみか」（子罕）という、有名な辞世句ともいうべき発言を宰予は思い出す。

このとき、顔回は、死の床で、横たわり涙を流しながら、着衣の裾を掻き毟った。

「ああ、夫子という人は、仰げば仰ぐほど、いよいよ晴天の如く高く、錐で切り込めば切り込むほど、いよいよ鋼鉄の如く堅い。わが目を見上げて、すぐ前に居られたかと思えば、我覚えず、もう後ろに回られてしまっている。いままで、夫子に随いて、どこまでも離れず後ろに着いて行こうと努めてきたが、いまは正直辛い。ここまで来てしまった以上、もはや諦めて、止めて引き返すこともできない。もう、わたしの能力の限界である。手を延べて届こうとしても、夫子にはさらに高い足場が在るようで、数十段も先の高みを目指されている。着いて行こうにも、わたしにはその手立てすら、もはや無い。ううん、やんぬるかな。万事休すなりや」

その落涙は清い涙であったと、宰予は思う。

宰予は、その時は、斉国にあって、その場面には立ち会えなかった。

孔門に残してきた、弟の宰去より詳しく聞いた話である。

先ほどまで、揺らめいていた灯火も油が切れて、いつの間にか穂先より微かな煙が立って静かに消えた。このときばかりは、孔夫子を手本として真似て孔夫子たらんと欲した、無念の顔回の顔を思い出して、彼をこころより気の毒に感じた。

話を戻す。

孔夫子の、季桓子の疑問、および疑義への回答である。

「国家や司法のことでは、かりにも、上に立つ者が正しき道を行わないのにもかかわらず、下の者が正しき道を行わないからといって、下々をみな死刑に処するというのでは、まったく理に合わぬということだ。そもそも、上に立つ者が、下の者に『孝』のなんたるかを教えずに、下の者の不孝不忠の行為のみを見て裁こうとするならば、それは無辜の者を、なにも知らぬからといって死罪に処するようなものではないのか。たとえば、戦場において、国軍三軍すべて敵軍に悉く破れたりといって、上将の無策を棚に上げて、その兵卒にすべての敗戦の責任を押し着せて、罪罰として斬り殺すようなことを、果たしてたれがするであろうか。裁判では、罪の所在の明瞭ではないときには、当事者に刑罰を加えることはできぬであろう。つまり、上に立つ者の道を正すことの十分に行き渡らないうちには、下の民には、その罪を問うことはできないからである。平素に、下の民の教唆や教化を怠っておきながら、その下の者への罪罰ばかりを厳しくしようとするのは、民を弄（賊）ぶ行為であろう。農民を時期も定めないで、農繁期を無視して、行き当たりばったりに賦役を強要したり、戦役に駆り立てたり、突然に思いつきで重い課税を課して取り立てたりするのは、民を虐(しいた)（暴）げることに等しいであろう。事前の十分な準備を怠り、急に過大な成果をのみ求めることは、民を損(そこ)（虐）ねる行為であろう。つまり、民には『賊』と『暴』と『虐』の三者を去って、正義を以てして、初めて刑罰を為すことができるというものであろう。『尚書』（康誥）にいう、罪の軽重の基準によって、正義のもとに刑に服させ、正義のもとに死刑を施すようにして、私心によって罰を与えてはならない、私心の有無を責めて、民への教化が十分であったかどうかをまずは自身に問え、とある。これこそ、民を十分に教化して教え導いたのち、その罪あらば、それに即した刑罰を与えるべきことをいったのである。まず先に民に道徳のことを諄諄(じゅんじゅん)と教えて、納得させた上で、これに従わせる。それでも聞かなければ、賢人を手厚く尊び、民にも、その賢人を尊ぶように仕向ける。それでも聞かなければ、上に立つ指導者を徳と能力のある者に交代させる。それでも、まだ聞かなければ、いよいよ威力を用いて恐れ慎(つつし)ませることだ。これを三年間ほど実行すれば、民は自ら矯(た)め従おう。それでもなお、上に従おうとしない者があれば、そこで、初めて、刑罰制度を用いる。そうすれば、民は罪を理解して、罰を恐れて、法を犯さないようになろう。『詩』に、上を補佐する者が『天子を補弼(たす)けて、民を正して迷わせない』（節南山）とあるのは、このことを言うのである」

孔夫子の、季孫氏の当主への反論であろう。

こんどは、冉求（子有）が、孔夫子のこの発言を季桓子に伝えた。それを聞いた季桓子は、しばらく考え込んで、機嫌が悪いのか、黙ってしまった。

そのことを、さらに、冉求より聞いて、孔夫子は、琴瑟を弾じるのを止めて、またこう仰られた。

「季氏は、おそらく、法による罰則を厚くしたいとお考えなのであろう。しかし、民に対する教化を怠り、刑罰のみを増やして、民を迷わして罪の網に陥れ、またその罪を犯したからといって処罰しようとするのであろう。だから、当今、刑罰はやたらに多いのに、盗みのひとつも無くすことができないのである。たとえば、わずか三尺の高さの崖は、荷物の無い空車ですら昇ることができないのは、なぜであろうか。その理由は、高さはたいしたことは無くても、その崖の傾斜が急峻で険しいためである。また、八百尺もの高い山でも、重い荷物を積んだ馬車が昇りきることができるのは、いったいどうしてであろうか。それは、かりに高山であるとは言っても、その山の傾斜が緩やかなためである。同様に、世の中の高い良俗が崩れだして久しい。だから、いくら刑罰や法律があっても、民は易々と踏み越えてしまい、そのために犯罪は無くならないのである」

孔夫子の傍らにいた宰予も冉求も端木賜（子貢）も、話を聞いて大きく頷かざるをえない。孔夫子の言葉は、紛いの無き正論であるからだ。

神妙に聞いていた端木賜が、孔夫子の去ったのち、傍らの冉求に、少し悪戯っぽい顔で、話し出した。

「求は、また、季氏に、この夫子の言葉を持って、伝えに行くのであろうな。次は、なんと、季孫氏より返事が返ってこようかな。なあ、求よ。おおよその予想がつくであろう。当ててみよ」

端木賜は、そう言った。

冉求は、小さく声を立てて静かに笑ったが、その顔は笑顔ではない。

「かの方（孔丘）は、刑法に頼っていては駄目である、というのか。ならば、世に広く知らしめるために、木鐸に法度を書め、全国津々に高く掲げ施すならばどうか」

「う。はは。求よ、したり。季氏の弁言に似たりや」

端木賜は、身を大きくよじって、腹を抱えて、笑い転けた。

「以て、おぬしを、愉しませんが為なり」

冉求は、キッと口をへの字に結んで、さらに応えた。

「求は、本当に、隅に置けぬ男だな。ううう」

端木賜は、いかにも、笑いに耐えぬ様子を、身を反り返らせ、自身の滑稽な所作で示した。

「声がデカいぞ。おい、止めろ。求を調子に乗せるのは」と、宰予は端木賜に制止を促した。

このころの孔府の講堂で語られる「孝」についての議論も、独特の孔夫子の解釈による部分が大きい。「孝」について、先の親子で諍いの末に互いに訴え出た裁判の事例が、よく取り上げられた。あるとき、若い弟子の卜商（子夏）に、そのことに対する一つの疑問を問われて、琴瑟を手から放し、こう孔夫子は答えられている。
「色難し。事あれば弟子は其の労に服し、酒食のあれば先生に饌す。曾ち是れを以て『孝』と為すべきか」（為政）
「孝」を為すには、こころに表裏があってはならぬ。それは、その者の顔にかならず表れてしまうからだ。もしも御用事があれば、率先して骨を折ってでも、その忠実な弟子となったようにして、その年長者を助け、酒食を供すべきときには進んで、まず先生と仰いで年長者に先に勧める。そういうふうに、みなは「孝」のなんたるかを考えているであろうな。ううん、はて、さて、間違っているぞ。そんなことだけで「孝」を「孝」と呼んで良いのであろうかな。

そういう風に、孔夫子は、傍らに置いた琴瑟から目を離しながら、訥々と述べられた。

「孝」は、ほんらい祖先の御霊や祖廟を祭る祭祀の儀式で、祭壇に酒食を捧げてもてなすことから、この字が成り立っている。のちに、転じて、子が老人を支え助ける字形から、親や祖先を養い、親に尽くすことを言うようになった。であるから、孔夫子の述べた「労に服し、酒食を饌す」は、漢字の原義に近い。

しかし、孔夫子は「孝」とは、それだけで良いのか、それで十分であろうか、と疑問を呈しておられる。つまり、それ以上の解釈が、孔夫子による独自の儒教的な解釈だ、ということになる。

同じ弟子の言偃（子游）に「孝」を問われて「いま、昔とは違って『孝』といえば、父母に能く奉仕することをいうが、飼い犬や愛馬でさえ人に能く尽くすことがある。人に於いては、ことに敬意ということがなければ、まるで、それは犬馬のそれと区別は付けられぬのではないか」（為政）と、ご愛用の琴瑟を持って、掲げて、答えられている。

孔夫子は、自邸で飼われている愛犬を愛玩し、出仕の馬車を駆る愛馬に一方ならぬ愛着があるので、身近な話題として、弟子に分かりやすく説かれたのである。

「孝」とは、その形を示すことだけでは不十分である。さらなる儒者的な解釈部分としては、相手に対する「敬意」が重要だ。「敬意」を付加すべきだ、と述べられたのである。もしも、そうで無ければ、犬や馬の愛玩に応える飼い主への従愛と、それは、なんら代わるところがないではないか、というのである。

しかし、その敬意の内容たるや遠大である。故に、のちに『孝経』という一冊の書物が編まれることになる。孔夫子の解釈自体も遠大である、と宰予は思わざるをえない。


定公の十二年に、孔夫子は大司寇から、宰相代行となった。大抜擢であろう。

孔夫子が五十五歳のときであった。定公より中都の宰に任用されて三年目、司空の名の付いた官職で大夫として昇進を果たして二年目のことである。異例のスピード出世であったといえよう。

宰予も、孔夫子の傍らに常に在って、若々しく初初しさ溢れる若者から、凜凜しさに彩られた二十六歳の令人になった。

すっかり、鳥羽の花冠（冕冠）の似合う一人前の頼もしい男子となった。孔夫子に付き従って表に立てば、孔夫子を脇から引き立てた。

初見の貴人は、みな孔夫子の長じた人の偉容と、その脇から光輝光耀の射す従者の姿に、一度は驚き仰ぎ、近づく前に立ち止まってから、先に拝礼せずにはおれない。

孔夫子は、宰相代行に任じられてから、ふと、たびたび、周囲に、満面の笑みと満足を表情に隠すことなく、表された。

絶頂と愉楽のときであった。

その様子を見た老弟子が、訝しんだ。そして、孔夫子を試すように、若干窘めるように「君子は、厄災が訪れても懼れず、幸福が到っても悦ばない。そう聞いておりますが。そうではないのですか」と、孔夫子を前に多少苦く言った。

「ああ、そうだな。そういう格言は、確かに、わたしも聞いたことはある」

孔夫子は応えて、傍らに黎杖を置きつつ仰った。

「まあ。しかし、こうも言うではないか。其の貴きを以てして、而して、人に下ることを楽しむ、とな」

つまり、官職の高位に就いて、その地位を謙遜することは、その地位にある者の楽しみである、と言うのである。

しかし、絶頂のときが、凋落の始まりのときでもある。

ここまでの宰予の孔夫子に対する貢献と献身は、特筆すべきものであった。

仲由（子路）が、自身の自慢の長身と体躯を以て孔夫子の行動を諫め、過たせなかったように、宰予は、かれの敏なる能力と忠実なる献身を以て、孔夫子の執務を補佐け、施策の方向を過たせなかった。孔夫子の短期間での、執った施策に対する成果は、みな宰予の関与と喧伝策によって可能となった、といってよいであろう。

しかし、孔夫子の立場と孔夫子を取り巻く事態は、変化してきている。自身の理想を淀みなく掲げて、その立場を施策として邁進するだけでは、いずれは行動の限界に達してしまおう。ときに、慎重をともなう停滞も重要なのかも知れない。


じじつ、その端緒を切る出来事が、孔夫子自身の手によって招来されてしまう。


また、これに前後して、魯の大夫に少正卯（しょうせいぼう）という老練な実力者がおり、宰相代行となった孔夫子の定公への献策に、よからぬ衆知を集めて、いちいち難癖を付けて妨害するようになっていた。

それは、定公の決断をも鈍らせるような行動に発展してしまう。そこで、魯公への孔夫子の良き提言も、停止され、一歩も前進することがなくなった。

のちの書に、少正卯のことを「徒を聚（あつ）めて群をなし、言談を以て邪を飾り、衆を惑わせるに足る」（『荀子』）とある。

そこで、孔夫子の執った一手は、少正卯の以前の不正を暴き、捕捉（とら）えて、裁判にかけることであった。

少正卯のような小賢しくはあるが、詭弁と権謀のみを誇って、政界に勢覇を張る小人的な人間には、調べて叩けばいくらでも過去の不正や贈賄の事実など、失過は蕩々と穿（ほじく）り出せば、出てくるものである。

「法を設けて用いず」とは、孔夫子の自慢であったが、この胡乱（うろん）で不遜なライバルを陥れるために、今回は法は巧妙に用いられたのであった。少正卯は獄に捕囚がれ、ときを置かずして、判決後に早々に処刑されてしまう。

孔夫子の執政が、ようやくにして、国政の全般に広く及ぶこととなった。

ことは、これで済めばよかった。

孔夫子が、執政を握り、国政に直接参与することになって三カ月が経つと、市場に出回る子羊や豚の肉を屠殺場で腑分ける職人は値段を誤魔化さず、男女は同じ道を別々に歩き、道端に落ちている物があっても、それを拾って盗む者はいなくなった、といわれた。

また、四方の国々より魯都曲阜にやって来た行商人は、市場を管轄する役人にことさら賄賂を渡して要求しなくても、欲しいものはすべて市場で手に入れて帰って行った、といわれる。商品が魯国内の各地から集まり、容易な交易を盛んにする政策がとられていた。

それほど、短期間に政治は安定し、民衆の間で礼が尊ばれ、市中の犯罪は減り、商業行為も適正に、かつ安定して行われるようになったことを言っているのである。

この政策の実施については、中都で行われた宰予の実務的な方策が、今回も大いに貢献したことは、間違いなく、想像のとおりである。

まことに、宰予の孔夫子を支える手腕は、磨かれ、ますます敏なる才能を開花させつつあった。

宰予は、休み返上で、多忙で、濃密な日日を過ごし、山積する案件にひとつずつ丁寧に対応し、さまざまな下からの要望にも目を向け、官衙や公宮の役人と会合を重ね、関係者と頻繁に会い理解と説得を試み、必要があるときには孔夫子のもとへ報告に赴き、最善策や上策次策を提案して孔夫子の判断を容易にさせ、上下の形式は守りつつ逐一相談の上に指示を仰ぎ、過密な予定を着実に進めて、孔夫子の指示にもとづく施策の素案を作成し、いざ施行と決すれば、各地に通達の書簡を発し、果敢に激務に挑み、配下の者を束ね、適切に淀みなく指示を下し、宰予の下に持ち込まれる膨大な事案や仕事を、いとも涼しげに熟していた。

公宮内や官衙では、多くの仕事があったが、それらはいままでの慣習に従って、前例どおりに執り行われてきた。目前に仕事はあるがままにあったが、ただ並べ列挙されるばかりで、宰予のように率先して、次々に仕事に手をつけて、職責を熟す者はいなかった、といえよう。多くの周囲の役人は宰予に見習って、仕事のなんたるかを知った。初めて、仕事の醍醐味を知ったと言えようか。

その宰予の敦敏な仕事ぶりを感心して見ていた端木賜（子貢）が、あるとき宰予の傍らに来て、羨望の目を向けてつぶやいた。

「ずいぶんと、楽しそうだね。これが、予の天職だね」

そう、冗談気に言ったあとで、涼しげに、ふらりと帰っていった。。

そんなある日、孔夫子の提案によって、曲阜城内の矍相圃というところで「射の儀式」が執り行われることになった。

　有能な人材を選抜するための弓の試合、腕試し大会といったところか。

　試合は弓射の腕自慢の者だけではなく、怪力や武術だけでもなく、特殊能力を持つ者の参加も許された競技会であると考えればよいであろう。

　件（くだん）の如く、宰予は会場の設置の手配から、式場の設営にまで、忙しく指示を下し、自らも足りない部分は行動で補った。

　とくに、魯公を補佐する賢相として有名を誇るようになった孔夫子の主催する技能大会とあって、見物人の人垣は「堵墻（としょう）」の如くであった、と形容されている。

「堵墻」とは、土塀のことで、この縦の土塀を隙間無く埋めた人の列のことを言う。

　宰予の見るところ、まあ、この思いもかけぬ多数の集客数だけで、半ば、孔夫子の試みは成功したと言える。

　射儀の試合が開始される前に、恒例の始まりを滞りなく告げるための飲酒の儀式が終わり、いよいよ試合が始まるかと思われたときに、孔夫子は弟子の仲由（子路）に命じて、観衆を含む参加者に向かって、次のように呼びかけさせた。

「僨軍（ふんぐん）の将と、亡国の大夫らと、与（し）（強と同じ）いて人の後となりし者とは、立ち去られよ。今すぐに。

その他の者は、みな残ってもよろしかろう」

軍紀を犯した敗残の将兵と、国に背き責任を逃れて亡命した旧貴族や官吏、不正な諸力を用いて上司や長子を追い落として財を略取し現在の安定した地位に就いた者は、この場から立ち去れ。その三者は、この場に相応しい者らではない。それ以外の者は残ってもよいであろう。

そう、仲由は宣告したことになる。

試合を楽しみに、いまかいまかと、いつ始まるかと、待っていた観衆は大きく響めいて、次に観衆の群れのあちこちより動揺が立ち起こり、その次には観衆の半数がこの場を早々に立ち去っていった。

つまり、この仲由の言上に該当する者が大観衆のなかに、半数ほどいたというのではなく、単なる力比べの試合の開始を期待していた傍観目的の観客のうち、どうもその期待を裏切る内容となりそうな空気を感じて、会場を立ち去った者が半数近くあったということであろう。

いよいよ、試合の雲行きが怪しくなってきた。

つぎに、孔夫子は試合の開始にあたって、二人目の弟子の端木賜（子貢）に命じて、残る人垣に対して、次のように呼びかけさせた。

端木賜は立って、酒杯を高く捧げつつ大言で宣した。

「幼きより、また壮きにありても孝悌にして、たとい耆（老）い耋（衰）えても礼を好み、流俗を遠ざけ、己の身を修め、そのように死を俟（待）つ者ありや、否や。その者、ここに残れ」

ここに参集した観客中に、こともあろうに「孝悌」と「修身復礼」に叶う人品の在り方を求めたのであった。

試合を楽しみに待つ観衆に、第二波の動揺が湧き起こった。次に、ぞろぞろと観客の更に半ばの者が歯が抜け落ちるように、この場より立ち去った。その多くは、試合の趣旨に違うと感じ、試合の観戦を諦めた者たちであったろう。

結局、当初の全体の四分の一の数が残った。


さらに、孔夫子は、第三の弟子を促した。

指名された顔回（子淵）は、酒杯を高く掲げ、残衆に向かって叫んだ。

「学を好んで倦まず、礼を好んで恒（変わらないの意味）にして、八十九十の旄の歳、百の期の歳までも、道を直く称ないて乱れざる者ありや、否や。その者は此の階位に上れ」

「旄」は年季の入った年老いた八十、九十歳の歳の人を指す、一般に高齢の老人のことである。「期」は、限度・限界を意味し、百歳を人生の限度・最期と見なす。

この場に辛うじて踏みとどまり残っていた観衆も、ほとんどが去った。この試合が、力自慢の勇士を見物する大会では無いことを悟ったからである。

つまり、集まった群衆の一人ひとりが、舞台での、人格・人品を問われて、選別の対象であった。

かくて、僅かに、数人の者が壇上に昇り止まった。その数人を、孔夫子は、その場で直接面談して、そのひとの得意技や技量に応じて、公宮や官衙に登用することにした。

『礼記』（射義篇）に、この逸話が見える。

宰予も、愉快を感じた出来事である。


その翌年の定公の十三年、孔夫子は、いよいよ定公にある困難な事態を包含する提案を行った。

「謹んで、奏上いたします。『周礼』に順えば、君王の臣下は甲（鎧）や武器（刀）を貯め込んで持ってはならず、大夫たる者でも封地に百雉（一雉＝三十尺、約六百五十メートル）の城壁をもつ城を築くことは許されておりません。三桓氏の郈、費、郕の三都の鎧や刀、つまり武具や武器を取り上げ、武装解除をさせて、この際に築営されておる高い城壁は破壊つべきです」（『史記』孔子世家）

定公は、孔夫子の上奏した提案を、熟考の末に「是」とされた。

じつは『周礼』には「大夫」という規定は見当たらない。周朝代、王の臣下には卿と士があるのみで、卿士の中間に位する「大夫」は、孔夫子の誕生の少し前ごろからの、官衙の職掌の拡大と細分化が進み、おもに格別な特権を保持したいと望んだ貴族の就く重要官位の呼び名である。

「大夫」という地位の誕生は、貴族や高級官僚など支配階層の肥大化を意味しよう。自らの地位の他官との差異と明確化を望み、さらなる士族と呼ばれる職位の細分化と上下の差別化とを、高位にありたいと願う貴族らが求めるようになっていた。

孔夫子は、自身の行った提言のこの目的を達するために、仲由（子路）を最大勢力家の季孫氏の家宰へと送り込み、三家の居城の武装解除と堅固な城壁の破壊をさせるよう指示を下した。そして、まず手始めに、叔孫氏の当主と共同で、叔孫氏の居城である郈という邑（領地）を攻めて、武器を没収し、郈城の城壁を取り壊させた。

この孔夫子の重大な決断が、のちの孔夫子の運命を決定づけた。

それと同時に、宰予の運命をも、大きく決定づけることになる。

じつは、孔夫子が、定公への重要提言を行うまえに、孔夫子は独自に、交渉ごとに通じた宰予や端木賜（子貢）、冉求（子有）を、曲阜城域内に居所を構える三桓氏邸に派遣して、現状三家の当主の意向を無視して、三都の家宰が独立国のように振る舞う郈、費、郕の三城を無力化する必要性を説かせた。

当時、三都と呼ばれたうちの費邑は、最実力者である季孫氏の采邑で、小賢しく巧妙で悪名高い公山弗擾（狃）という者が邑宰として君臨していた。当時の季孫家の当主は季孫斯（季桓子）である。

また、郈邑は叔孫氏の采邑で、叔孫家の庶子で叔孫輒が牛耳っていた。当時の叔孫家の当主は叔孫州仇といった。叔孫輒は、彼の異母弟になる。そして、郕邑は孟孫（仲孫）氏の采邑で、邑宰を公斂処父という者が務めており、孟孫家の当主は仲孫何忌であった。

とくに、季孫家の当主である季孫斯は邑宰の公山弗擾に強い怨みを抱いており、以前に陽貨（陽虎）と結託んで、監禁や恐喝、殺害未遂などの屈辱を受けていたこともあり、内憂の元凶であった陽貨を攻めて隣国の斉に追い出したいま、費邑を牛耳る公山弗擾をつぎに目の敵にしていた。

この季孫斯の意向が、孔夫子の目論見と一致した。

また、叔孫家では叔孫州仇と庶子の叔孫輒が、極めて不仲で、互いに争いあった。孟孫家でも、自家の意向が采邑には届かず、いわば独立国のような状況にあった。

それぞれの采邑の三家の当主が、三都の武装解除と城壁の破壊に表向き反対しなかったのは、それぞれの当主が、それぞれの自家の采邑経営の不備と欠陥を正す好機であろうと、今回の孔夫子の提案を好意的に捉えたからである。


最初に行われた郈邑の武装解除と城壁の破壊ののち、危機感を募らせた季孫家の家宰も務めた公山弗擾は、家宰の解任通達の後は費城に隠り、先に攻め毀たれた郈から逃げて来た叔孫輒と共同して、逆に先手を打つために、費の領民の私兵を率いて魯都の曲阜を武力で襲撃した。

公宮にいた定公は、難を逃れるために、三子（季孫、叔孫、仲孫の当主）とともに季孫氏の邸宅に逃げ込み、武子台と呼ばれる高楼の要塞に昇った。

当初、魯都に攻め込んできた費の軍勢には勢いがあり、季孫氏の屋敷にも迫り、定公のすぐ側までも、賊軍の矢が降りかかるほどであった。

孔夫子は、目前の定公の恐怖する姿を見かねて、高楼を降りて、大夫の申句須と楽頎に命じて魯軍の精鋭部隊を率いて戦わせた。

まもなく、費の軍勢は徐々に魯軍の精鋭兵に押し返されて、退潮一方になって、姑蔑（こべつ）という地まで退却し、追撃してきた魯軍に、退勢を挽回（ばんかい）する間もなく打ち破られた。

反乱軍の首謀者であった公山弗擾と叔孫輒は、やむなく斉に亡命し、のちに呉に移っていった。

かくして、孔夫子の目論見通りに費城の武装解除と高い城壁は毀（こぼ）たれた。

つぎは、孟孫家の采邑であった郕城を、仲由（子路）の率いる魯軍が攻めたが、郕は魯国の北辺の守りの要害の城でもあった。

邑宰の公斂処父が孟孫氏の当主・仲孫何忌に、直談判に及び、当主に対して「この堅固な城壁が毀たれれば、かならずや、斉軍が攻めやすしとみて、郕城の北門に迫りましょう。それればかりではありません。郕は孟孫家の重要な采邑なのです。郕を失えば孟孫も無くなってしまいますぞ。それでもよろしいか。われわれ自身からは、一切は武装の解除にも城壁の取り壊しにも応じませぬ。それは、何より、当主のあなたのためなのですよ」と述べて、強く翻心への説得を試みた。

同年の十二月には、仲由に率いられた魯軍は郕城を包囲したが、執拗な抵抗に遭い、もともと北辺の堅固な城壁を備えていたため、遂には外からは落とすことができず、越年ののち、万策（ばんさく）の尽きた魯軍は引き揚げざるをえなかった。

最後の、邑宰の説得を受け入れた孟孫氏の当主の反対にもあい、三都の城の武装解除と城壁の取り壊しの計画は、最後には、容易には完遂できなかった。途中頓挫（とんざ）となった。

さらには、公伯寮という大夫が、魯軍を率いた仲由の城攻めの強引な行状に不満を持ち、季孫氏に訴えた。仲由は、その意見を容れた季孫氏の家宰を直ちに、罷免（ひめん）されてしまう。

それを人から聞いた孔夫子は、このとき「道のまさに行われんとするや、命なりし。道のまさに廃せられんとするや、命なりしや。公伯寮のごときが、それ、命を如何せん」（憲問）と、持っていた琴瑟を土床に放ち、最大限の怒りを込めて発言している。

そのうちに、季孫氏の当主・季桓子も、三都城壁の棄却の不利に気付いて、仲由の背後にある孔夫子への不信感を強めることとなってしまった。

この三桓氏の弱体化を目指した計略は、孔夫子の慢心による強引さが目立ち、完遂を見ることなく、逆に三桓氏の共通の恨みを買い、結束を促すこととなり、結果、孔夫子の大きな躓（つまず）きの石となってしまう。

しかし、この時の孔夫子の意気込みは目を見張るものがあった。その言は自信に満ちていた、と言えようか。

「祿之去公室、五世矣。政逮於大夫、四世矣。故夫三桓之子孫、微矣」（季氏）

すなわち、その自信と見通しとは、次のように述べられていた。

この魯国では、信賞必罰、爵位俸禄の権限が、公室より奪われたること五世（五世代、つまりは宣公・成公・襄公・昭公・定公の五公を指す）になる。政治の舵取りが魯侯より大夫の手に移ってからは四世（季孫氏の季文子・季武子・季平子・季桓子の四代を指す）になる。世の権勢を得た名家が五世に亘って栄えることは稀なので、かの三桓三家（孟孫・叔孫・季孫）の子孫が衰微していくのも当然なることであろう。

こう、孔夫子は、周囲に公言されていた。

宰予は、公宮での孔夫子の執務のあいまに、激務を一時休み、東郭門の一角の自邸に戻って、短い休暇を過ごした。

久しく逢えなかった陸家の叔琬にも、夏の盛りを過ぎた眩しすぎる日差しを遮る槐下の木陰で語らうことが、漸くにしてできた。

叔琬は、いよいよ若々しく、馥郁たる香気を放ち、明朗なる笑顔を振りまいて、終始宰予と言を交わし、しばしば宰予を見上げるように眩しく目を細めた。

いまや宰予は、魯国の宰相代行の秘書官である。

目前にある宰予の語る施政の出来事は、すべて、いちいちは理解できないものの、叔琬の感情の高ぶりと、そこに立ち会えない羨望のような感情と、逆に、我が事を聞いているような誇らしげな様子が交錯して見て取れる。

「ははは。なんとしても、琬にも見せたかったわ」

「いえ、わたくし如き者が予さまのお側にあって、いかほどのことができましょうか」

「そうとも言えまい。琬が、いつも傍らにいてくれれば、我はどんなに心強くいられたか、分からぬ」

「わたくしが、ですか。予さまの、お力になれましたでしょうか」

宰予は、叔琬に対して、居住まいを正して向き直った。

「琬よ。いつとは言えぬが、このごく近い将来かならず、わが婦となりて、ともに新しき宰家を築いてはくれまいか」

宰予は、主家からの独立・分家を考え出していて、父である家主に相談していた。

「え、予さま。それは」

「そういうことだ。新しい宰家を、共に築こう。いつか、以前に、琬より、自分をどう思うかと聞かれたとき、応えてあげられなかった返事を、いまなら即答できるよ。われは、琬とともにあることが、なによりも楽しい。素直な気持ちになれる。心強くもある。以前より、琬の本当の気持ちが聞きたかった」

宰予の言葉は自信に満ちあふれていた。

叔琬の顔が、明らかに紅潮してきたのが解った。

叔琬は、自らのこころを落ち着かせてから、顔を上げて、それから静かに語った。

「じつは、最期は、予さまと添い遂げたい、というのが琬のこころからの願いです」

叔琬は、最期に添い遂げた夫婦は、かならず、その死後も、再生して再会することができるのだ、と信じている。ひとの死後の再生と再会は、かならず果たされる、と言う。

叔琬の、その強い言葉に、宰予も深くこころ動かされた。

叔琬は、死と再生をひとつのことと捉えている。宰予も、また、そう信じた。

叔琬の柔らかい笑容には、出会ったころより、美しい影が差す。

「ああ、予さまにお会いしているこのとき以外は、わたくしのこころはいつも、この『詩』のとおりです。采采巻耳　不盈傾筐　嗟我懐人　寘彼周行」

この詩にある「巻耳」とは、耳名草（なでしこ科の草、はこべ、はこべらの一種）のことである。

路辺に一面に自生し、多年草で、春から夏にかけて多数の白い小さな花が咲く。花のあとにできる実は炸果で、熟すると鞘が裂けて、巻いた鞘の下部より、その勢いで種子が周囲に散布される。

この実の熟した炸けたあとの鞘の巻いた形が「巻耳」の名の由来であろう。春の七草のひとつでもある。もちろん、食用でもある。

「みみな草、摘んでも摘んでも、手籠に一杯には満たない。ああ、あなたのことを懐かしく想いながら、籠を路傍に置く」

いつも、いつ、お会いできるかと気が気ではないのですよ、と叔琬の思い慕る気持ちを花籠につめて、再会を祈っている、という優美で可憐な草摘みの詩である。

賦役によって遠方にいる夫の無事を気遣い、その帰宅を待ちわびる女の気持ちが想う相手に届け、との気持ちを「籠を路辺に置く」に込めている。

これは「魂振り」という古代の風習とされ、これを叔琬は宰予への気持ちを込めて、この「周南」のむように、愛でた。

　宰予は、叔琬の『詩』周南・巻耳を諳んじる横顔を眩しく見つめて、その得も言われぬ妖艶さを惜し
詩を詠った。

　叔琬の語りとともに小まめに動く優美な手元、しなやかな指先を見つめて、可愛らしいとも感じた。

「琬よ。わたしも、幾度も、崔嵬（岩山のこと）に陟（登）っては、酒杯を干して、同じ思いを自身で
慰めたことか」

　宰予は、続く詩にある防人の賦役に就く夫の思いを、言葉に出して詠い語った。

「はい、予さま」

　ややあって、こんどは宰予が声を上げて、調子の違う詩を詠った。

「投我以木桃、報之以瓊瑤、匪報也、永以為好也。思えば、琬と出会ったときに、こうなることを、わ
たしは予感しておったのだよ。ああ」

　宰予は、別の詩を披露して、親しく胸の奥にしまっておいた恋の詩を詠じた。『詩』（衛風）の「木瓜」

の最初の出だしである。

　初めての出会いで、叔琬は姉たちに促されて、木桃（山査子）の紅い実を宰予めがけて投げてきた。

　その小さな赤い実が、狙って投げたのではあろうが、偶然にも、宰予の肩口に当たって、弾けて目前
の路辺に落ちて、転がった。宰予は目を見張った。

　この紅い木桃の果実は、なにを意味するものであろうか。

宰予は、さほどは考えずとも、すぐに状況と詩の内容を思い出し、すべてを理解した。詩では、果実が当たった男は腰に付けた佩玉(はいぎょく)、つまり瓊瑤(けいよう)(帯止めの飾り玉)を返事代わりに返し「さあ、答えたよ、末永く、たがいに仲良くしよう」と言って、ひと組の恋人同士が成立するのである。こうした『詩』にも詠われた「投果婚」のしきたりが、古代にはたしかにあった。

「つぎに会うときには、陸家の主殿に、我が思いを、我が家主の父の言葉として伝えに家宰を遣って、琬を我が婦に迎えるよう申し伝えさせよう。それで、よかろうか」

「ああ、予さま。ほんとうでございましょうか。この琬は、夢でも見ているのではありますまいか」

山査子(山樝子)は、中国中南部が原産のバラ科サンザシ属の落葉低木である。

大きく育っても二、三メートルほどで、多く分枝した枝には棘(とげ)がある。開花期は四、五月ごろで、小さな白い五弁花をつけ、爽(さわ)やかな甘い香りを周囲に放つ。十月ごろに花弁の付け根が膨らみ、球形の果実を付ける。赤い熟した丸い実は、甘酸っぱい味がする。薬効があり、乾燥させて、健胃、整腸など、消化を助ける漢方薬として用いられるほかに、婦人の産後の腹痛薬などとしても知られる。

投果には、ボケ(木瓜)の実やコリンゴ(木李)や梅実など、こうした酸味のある果実が選ばれる。いずれも妊娠中の女性に良い漢方の薬果でもある。太古より結婚して多産であることが、女性の幸せであったことと深い関係があるのだろう。

宰予が、短い休暇を取って、実家に戻っていた僅かの間に、夫子を取り巻く事態が急展開していた。

宰予が、年が明けて、公宮の執務室に帰ってみると、早速（さっそく）に、挨拶も無く端木賜（子貢）が入ってきて、宰予の名を呼んだ。

「おい、おい。ちょっと拙（まず）いな。仲由（子路）は、失敗して、郈から逃げ帰って来たし、斉はまた良からぬ奇策を講じようとしているらしい」

「ええっ。おい、衛賜よ、どういうことだ。説明してくれよ」

「まあ、あとで、ゆっくり話すが、さらに真剣に考えなければならぬのは、外交政策だ。南方の呉が急速に国力を増長して、大国の楚を圧迫し、この中原に本格的に進出してきている。ほんとうに、拙（まず）いな。魯は、なんの手立ても打てていない。相変わらず、上卿らは現実に目をつむり、これまでの策の無い旧態依然を貫くつもりらしい」

「そうした、外患のことが、賜だけでなく、孔夫子にも理解されているのか」

宰予は、端木賜の外交への鋭い視点に絶対の信頼を寄せてきた。いま、端木賜は、魯国の外交担当の大夫である子服氏からも、外交顧問として大きな信頼を寄せられている。

「いや、残念ながら、理解されては、いないな。夫子には、さっそく、呉との関係を有意に持って行くべく、これまでの晋との北方同盟を見直すべしと、進言しておいたが、孔夫子は定公への諮問を躊躇（ちゅうちょ）されている。いまや、楚は我が国の脅威では無いのだ。新興だが、大国となりつつある呉を侮（あなど）ってはならぬ」

北方の大国である晋と結んだ北方同盟とは、大国である対楚国への圧力と協調行動を約した外交上の同盟関係に当たるが、このごろ楚は弱体となり、代わりに隣国の呉が強盛となってきており、中原諸国を脅かすほどの実力を付けてきている。もはや、北方の大国晋との北方同盟に意味がなくなっており、逆に、外交上のフリーハンドが取れなければ、魯国の立場は窮屈にならざるをえなくなる。

「そうか。賜の見解は信用に十分に値するが、国の重責を担う上卿らの方々が、そのことを認識されていないのでは、どうしようもあるまい」

「われは、再度、孔夫子に、北方同盟の見直しを進言してみるよ。もし、認められるならば、わたしが魯侯の使節となって晋へ行くことになろう」

「うん。それがよかろう。頼むぞ」

「ああ。予は、孔夫子への季孫氏への配慮を厚くするように進言してくれ。そうしないと、魯公室内での孔夫子の立場と信任は、雲散霧消してしまいかねないぞ。いま、季孫氏の支持を失えば、夫子の立場は危うくなる。再度、夫子に、季孫氏への友誼の礼を尽くしてもらうのだ」

「季桓子どのをはじめ、三桓氏はそれほどまでに、孔夫子へ不信不満を募らせておられるのか」

「ああ、求（冉求）の話では、大変に厳しい状況にあるらしい。孔夫子の認識は、かなり甘いようだ。さらに、隣国斉の景公は、懲りずに奇策を講じて、魯の政局を側面から揺さぶる目的で、定公に斉国内の選りすぐりの美女の楽士を八十人、飾り馬百二十頭を贈ってよこしたらしい。季桓子どのが定公を伴って、連日に曲阜城の南門まで到着した斉の舞踏団の贈り物を見学に出かけているという噂だ。定公は、このところ、舞楽団に夢中で、朝政にも、昇られぬらしい」

「孔夫子は、それをご存じか」

「ああ。しかし、楽観されておるようだ」

「拙いな」

「ああ、そのとおりだ」

「われらにできることは、なにかあるのかな」

「さきほど、仲由と話したが、孔夫子に、災難が及ばぬように工夫してみる、とは言っていた。由に上策があるとも思えぬが、孔夫子を気遣う術は心得ていようからな」

「どういうことだ」

「だから、厳しい状況だということさ。難しい局面では、予断は許されぬ」

「うむ」

宰予は、思いを巡らしてはみたが、有効策に窮して、しばらくは成り行きと事態を見守るしかないかと、考えた。とにかく、孔夫子と直に話してみよう、と思った。

端木賜は、宰予の肩をポンと、ひとつ叩いて、急ぎ足で宰予の執務室を後にして立ち去って行った。

宰予は、呆然と端木賜の後ろ姿を見送るしかなかった。

執務に戻ってきたばかりの宰予には、目前に熟すべき仕事が山積していた。そのひとつひとつに宰予は、黙々と向き合うしかないかと、半ばは諦め、半ばは集中した。

孔夫子は、もとより、機を見るに敏ではなく、事態をじっくりと観察して、判断を下し、粘り強く行動するタイプのひとである。

政情の安定するときには、孔夫子の指示はまことに的確であるが、事態の急変への対処の苦手な性格であることが、みな分かるだけに、宰予や端木賜、冉求、仲由らが、盛んに事態の補足と収拾に動かざるをえないのである。

孔夫子は、その様子を横目で睨みつつ、顔回（子淵）や比較的に若い子夏（卜商）や子張（顓孫師）などの弟子たちと談笑されている。顔回とは真剣な議論を、若い者らとは人物評と予言のような占い遊びに興じておられる。

宰予らは、孔夫子を前に進言もしてみるが、それもまた致し方ないかと、諦め、距離を取って行動していくことになってしまった。

孔夫子のこのときの焦燥のイライラが、のちに、宰予や端木賜、冉求、仲由らとのあいだに、なにか忸怩たる思いを、孔夫子の心中に徐々に沈殿させ、地面の泥積層のように募らせていったようである。

とうとう、仲由が、見るに見かねて、孔夫子に諫言を直言するに到った。

「夫子。もはや、地位を去られるときですぞ。グズグズしてはおれませんぞ」

それでも、孔夫子は執政の椅子を立とうとはされず、仲由を見上げて、琴瑟を手から放し、床に目を落として述べられた。

「まあ、待て。由よ。君公は、まもなく、重要な郊（こう）の祭儀を執り行われるはずである。もしも、祭儀の時の祭肉（燔肉、神座（ひもろぎ）に捧げられた羊豚の獣肉）が、大夫らに配られるならば、わたしは、まだ、執政のこの席に止まっていてもよいであろう。まあ、いま、しばらく、待て」

「郊の祭儀」とは、君公が冬至に天を南郊に祭り、夏至に地を北郊に祭る重要な祭儀である。生け贄として羊や豚が供えられ、祭儀後には大夫らに公より祭肉が下賜された。とくに、天を祭る冬至の郊の祭儀は重視されたが、定公はこの度の祭儀を軽視した。

孔夫子の期待も空しく、定公は、斉からの贈り物に興じて、朝政（聴政、政務のこと）を怠（おこた）り、ついに郊の祭儀を執り行った際の祭肉の大夫らへの下賜は、行われなかった。

孔夫子の執政の席の前に、再び仲由の姿が見えたときに、孔夫子は「分かった。由よ。去るべきだ、というのであろう」と言って、黎杖を取り、席を蹴（け）って、冠も外すことなく立ち去られた。孔夫子は、自邸までの道程で、仲由の駆る馬車の上で終始無言を通されたらしい。

『論語』に、このことが、極く簡潔に「斉人帰女楽、季桓子受之、三日不朝、孔子行」（微子）とある。「三」は幾多の意味であり、三日とは単に三日間のことではない。

弟子らの旅支度に黙って従われて、孔夫子は一点をつねに見つめ、終始無表情であった。ただ、従者のなかに顔回の姿を認めたときだけ、薄っすらと笑まれた。

孔夫子の心境は、はなはだ不本意であったようである。

「遅遅として、われは行くなり。父母の国を去る道なり」（『孟子』万章下・尽心下）

また、国を去る孔夫子を、魯都より師巳（しい）という、親しくしていた宮廷の楽士長が送ってきた。

孔夫子は、屯（とん）の地で一夜を明かすまで、飾り幌馬車の小廟堂のなかに包（くる）まれた安置像のように固まった姿勢で鎮座し、一言の言葉も、食事も水も口にはされなかった。

屯で、孔夫子を慕って送ってきた師巳が「夫子、この度は、あなたには、なんの瑕疵（かし）や罪もありませんよ」と気遣ったのに、ようやく孔夫子も堅く閉じられた口を開いて応じられた。手には、強く握られた琴瑟がある。

「わたしは、歌を歌ってもよろしいかな」

「おお、どうぞ。どうぞ」

「彼（か）の婦の口せられてより、以て出でては走る可（べ）し。彼の婦の謁（えっ）せられては、以て敗して死す可し。蓋（けだ）し、優なる哉。游なる哉。維（こ）れ、以て歳を卒（お）えんか」

あの賑やかに着飾った女楽士たちの甘美な唄を歌うおちょぼ口が、われを外に外にと追い立てる。あの喧（かまびす）しい女たちの下卑た告げ口が、われに破滅と死へとをもたらそうとする。そのために、われは野に放逐され、そろそろと、また行く当てもなく、ただ道なき道を彷徨（さまよ）いながら足を引きずって歩んでいる。

ああ、憂うべし。呪うべし。このまま、吾は、一生を終えるのみか。

ただいまの、孔夫子の心境を嘆じて歌ったものではあったろう、と思う。

その孔夫子の琴瑟を弾じる手に力はなく、音色は沈み昏（くら）い。しかし、声音は強く、しっかりと、夜陰とともに響いて来た。

翌日、見送ってきた楽士長の師已は、孔夫子との別れを惜しみつつも、後ろをなんども振り返りつつ、魯都へと帰って行った。

後日、その師已が、宮中で季桓子に会うと「孔丘は、なんと申しておったか」と問われて、その有りの儘を伝えると「あの方は、婦女に喩えて、われを恨んでおられるのだろうな」と言ったという。


孔夫子に従った宰予も、落胆した。

孔夫子以上に落胆し、失望したといってよいかも知れない。自身の仕事に落ち度があったかといえば、思い当たる節はない。

宰予が、私物を片付けて、自身の執務室を去ろうとするとき、関係のあった多くの公宮や官衙の役人たち、短かったが親しく付き合った多くの人びとが、別れを惜しんで宰予に言葉を掛けに来てくれた。宰予が去った後も、執務室は来客で溢れたという。宮門を後にするときも、わざわざ追いかけてきた役人もあった。

「みなは、わたし無しでも、立派に果たせるはずだ。仕事のやり方は、余すところなく教えたであろう。みな、それぞれの仕事に自信と誇りを持てるはずだ。善きことは、迷わず進めて、過ちは気付いたときに、敢然と正して、道を誤らなければ、大丈夫だよ」

そう、宰予は宮門を出ても、追い付いてきた官衙の責任者の腕を取り、冠を正して、優しく、力を込めて諭した。

それをじっくり見ていた傍らを行く端木賜（子貢）が、宰予に羨望の目を向けて、ポツンと言った。

「これほどまでに、惜しまれて公宮を去るのは予のみだな。夫子も及ばぬな」

そう言う端木賜も、魯国の行人（外交官）として、晋との北方同盟の離脱交渉や隣国の斉や衛などとの外交交渉に駆り出されて、定公やその周囲の大夫からも、その経験と実績を買われている。とくに、大夫で外務大臣の要職にある子服景伯（名を何という）の顧問役として、厚い信頼を得ている。

いまの魯国には、端木賜に優る行人としての人材は見当たらないのである。孔夫子の許しがあるとはいえ、彼も、孔夫子の一行に付いて来たり、離れて魯都を往復したりして、暇なく忙しいのだ。

孔夫子の一行が、魯を逃げるようにして去ったのは、孔夫子が五十七歳の時である。

孔夫子に従順に従った宰予も、二十八歳になった。孔府に入門して十一年目の出来事であった。

第二の物語　白夢篇

「諸国放浪と喪制をめぐる対立」

出魯後の孔夫子一行は、まず、隣国の衛に向かった。

衛では、仲由（子路）の婦（妻）の兄・顔濁鄒（がんだくしゅう）の家に十カ月間、身を寄せた。

その間に、一行から離れて、衛に戻ってきた端木賜（子貢）が、年が明けて、定公の十五年春一月に邾（ちゅ）という魯の南西の小国の君主である隠公（益）が、魯公に朝見に来た際に立ち会った様子を詳細に孔夫子に話した。

端木賜の観察によると、邾公の礼物の玉の捧げ方は、顔を仰向けにして、高く捧げられた。一方の、受ける方の定公はといえば、顔は俯（うつむ）いて、玉の受け方も低かった。

孔夫子への報告のあと、端木賜は次のように自説を補足した。

「両公を、わたくしが、よく観察して見ておりまして、礼にもとづいて判断いたしまするに、両公とも、そのお命は長続きはせず、以降は、ともに早くに亡くなられそうに思われます。礼の表し方というものは、生死と存亡の境目ともなります。左右を向く、拝礼をする、進退を行う、俯仰する、といった際には正しく礼法に倣い従い、朝見、祭祀、喪事、兵事の際にはかならず礼法に叶っているかどうかを見てから事に当たり、行うべきです。ところが、両公は、朝見の際には、見るところ、すべては礼儀に、いちいち外れており、両公のこころの中には御礼（ぎょれい）の気持ちが失われているようでありました。朝見の嘉時に礼儀の折り目が正しくないようであれば、とても両公ともに永くは、お命を長らえることはできますまい。そう、わたくしには、思われました。礼物の玉を捧げた手の位置の高く、顔が仰向けであるのは、郗公のこころの驕慢の表れでありましょう。また、玉を受け取る手の低く、顔が俯いているのは、我が君の身体の衰弱の表れでありましょう。驕慢は、動乱と紙一重の関係にあり、衰弱は病気との紙一重の関係でありましょうが、我が君の方が主人役であられるので、先に御亡くなりになられるでありましょう。こう、わたくしは見ております」(『春秋左氏伝』定公十五年)

孔夫子は、黙って、珍しく、琴瑟を弄りつつ端木賜の言葉を聞いておられた。

その半年も経たないうちに、先ず定公が亡くなった。

このとき、孔夫子は、心中苦くおっしゃった。

「不幸にして、以前、賜から聞いた話は、予言どおりに的中したな。これからは、益々、賜は、お喋りになるだろうなあ」

このころには、孔夫子は、魯国の行人として、暇なく孔門の出入りを繰り返す端木賜にも、やっかみがあったのだと思われる。

予言を的中させたひとには、尊崇をもって接せられるこの時代のことである。

端木賜には、魯国の外交に於いて重要な役割があり、その活動と行動には勢いがあり、弟子らは、みな彼の語る言葉に注目を向けて聞いている。明暗は明らかである。

いわば、魯を亡命してきた孔夫子には、多忙で魯国の外交に携わる端木賜に比べて、自身はやることもあまりに無いのである。

ちなみに、一方の朝見の主従であった郗公の方は、四年後に魯軍に攻められ、捕らえられて幽閉されてしまう。それから地位を翻弄されて、いくらも永くは生きることは無かったのである。

また、邾という小国自体も、春秋期から戦国期にかけて、国勢はパッとせず、隠公に代表されるように暗愚で無道な君主が続いたこともあり、小国の習いではあるが、国は周辺国に領地を削り取られて弱小衰頽の一途を辿ることとなり、終には大国楚に造作なく滅ぼされてしまう。


その邾国を、魯軍はたびたび攻撃することになる。

この小独立国の邾が、この時代に、なぜ隣国の魯国の目の敵にされ、たびたび侵略を許すようになったのかの理由は明らかではないが、魯公や魯国の執政者が、邾君（隠公）の思い上がった態度を不快に感じ、属国、つまり附庸（ふよう）（宗主国に属して、その命令に従う弱小の従属国）として、服従に近い従属を強い、望まれる結果となったのではないか、とおおよそ推測される。

邾国の文化・気風は魯国に近いとされ、邾人は伝統的に礼楽を重んじたが、その近しさが国の起源・由来の違いと相俟って、相互憎悪を育んでいったのかも知れない。邾は、のちの孟子の生国でもある。孟子は、生国で学んでのち、孔夫子の思想と儒教精神の継承者を自認した。


まず、哀公の元年の冬に、その邾に対して「仲孫何忌、師を帥（ひき）いて、邾を伐（う）つ」と『春秋左氏伝』に記載がある。

その後、再三に亘って魯は邾に対して軍旅（師）を差し向ける。

記録には「季孫斯・叔孫州仇・仲孫何忌、師を帥て」とあるので、魯では三桓氏以前には、国軍は二軍であったものが、以後、三桓氏それぞれ一軍を持つこととなったとされるので、この当時は魯軍三軍で邾を攻めたことになる。

また、哀公六年には「春、邾瑕（ちゅか）（瑕＝下である）に城（きず）く」「冬、仲孫何忌、師を帥て、邾を伐つ」とある。魯軍が春には攻め取った邾領内に軍事的な攻略のための仮城を築き、冬には、その拠点城から仲孫何忌が軍兵を率いて邾領内に深く攻め入ったのである。

さらには、哀公七年には「秋、公（哀公）、邾を伐つ。八月己酉、邾に入り、邾子益（隠公）を以て来る（捕獲した）」とある。

宰予は、軍事方面に昏（うと）いので、活躍の場も失われた。

孔夫子に付き従って、一旦魯を去り、衛国に落ち着いてから、短期に単身で魯の父母の自邸に帰ったことがあった。

そのとき槐下で会った叔琬の話によれば、父親である陸家の当主も、上二人の女（娘）を、司馬の要職にある叔孫家に連なる貴家に入嫁させた縁で、魯軍三軍のうちの中軍の将である叔孫州仇の師旅に加えられている。度重なる邾への軍事介入に幾度も小隊を率いて参戦し軍功を得た、という。

そのことを宰予に報告する叔琬の表情は、一点の曇りもなく、明るかった。

ようやく、陰っていた陸家にも陽の目が当たる時が、以降、長く続くかに思われた。

宰予も、叔琬のことを考えると、少し安心した。あとは、宰予があらためて、自身、叔琬を晴れて婦（嫁）に娶り迎える準備を整える必要がある、と思われた。

「投我以木桃、報之以瓊琚」（『詩』衛風・木瓜）と、宰予はこころのなかで呟いた。いよいよ、瓊琚をもって、求婚に報いるときである。

叔琬が木桃（山査子）を宰予に投果てきたのである。『詩』には、相手の男の方は、それに報いるために、自身の腰に付けた「瓊琚（玉の飾り）」を差し出して、その好みの女に同意の返答することになっている。

孔夫子は、大いなる希望を抱いて赴いた衛国で、果たして衛公より仕官を賜ることができるのであろうか。もし、仮にそうなれば、宰予も、孔夫子のもとで、一定の安定した地位を獲て、名実のある役務に就いておきたい、という希望がある。

このことが、宰予には、多少の焦りとともに、気がかりである。


孔夫子に従って、この間、魯を出て約十カ月間、宰予らは衛国に滞在したが、結局は衛の霊公に、問われて話題に昇った「粟六万斗」の俸禄で封地を与えられて、登用されることはなかった。

その後の、孔夫子一行の足取りは、慌ただしいものとなる。

衛を去ってのち、小国の匡、蒲を経て、一カ月後に再び衛国に戻ってきた。そして、しばらく、衛の名大夫として名高い蘧伯玉の私邸に滞在した。

孔夫子らが、魯の定公の死去を知ったのは、翌年夏の五月、衛から、さらに曹に赴いたときのことであった。

その後、さらに一行は、宋、鄭、陳に移動して、陳では高名な大夫の司城貞子の邸館に身を寄せて、三年間滞在した。そして、そこでも、衛国滞在時と同様に仮学府を営んだ。

その後、蒲から衛に、再び戻ってきた。このとき、衛の霊公が孔夫子一行を衛都の城外まで迎えに来た。再度の衛国滞在中に、孔夫子一行は、晋国の中牟の邑宰であった仏肸に招かれたが、仲由（子路）に方途を阻止された。

それでも、一旦、晋の卿であった趙簡子に面会するため西方に向かって北上したが、黄河を渡る手前で、趙簡子が二人の自国の大夫を殺したことを伝え知り、無道を悟り、引き返し、陬郷という邑を経て、再度衛国に戻ってきて、再び衛の蘧伯玉の邸宅に落ち着いた。

「君子なるかな、蘧伯玉。邦（国）に道あれば、則ち仕え、邦（国）に道の無ければ、則ち巻くべくして、之れを懐にす」（衛霊公）と、孔夫子の言葉にある。

無理に出仕しようとするな。国政に正しき道の有る無しをよく見て判断しなさい。無道のときには、急ぎ、政界より離れて、巻懐すべし、というのである。

「巻懐」とは、書物を閉じるように巻いて懐にしまうことであり、才能を敢えて隠して、表に現さないことを言うのである。

衛の霊公は、半ば暗愚とはいえないところもあったが、南子という情婦に愛情を注ぐあまり、無軌道なところも目立つ君主である。

その南子に、孔夫子は興味を持たれて呼び出され面会を求められたり、霊公の衛都内視察に同行を求められたとき、霊公の馬車の隣席を譲らず謁見の機会を邪魔をされたりもした。これに、孔夫子は腹を立て、周囲に「唯だ、ただ、女子と小人は養い難し、と為す。之を近づければ、則ち不遜なり。之を遠ざくれば、則ち怨む」（微子）と漏らされたことがある。

「女子」とは、南子のようなひとのことであろう。また、近くは、斉国が定公に送ってきた美女の舞楽姫八十人のことも思い出され、件の「小人」とともに、傾国の「女子」を恨まれていたのであろう。

つい先ごろは、霊公は老齢で朝政にも熱がなく、孔夫子に「蒲を征伐しても良いか」とか「帥師における戦の陣立て」について問うような有様で、孔夫子も「俎豆のこと（祭事儀礼について）は存じておりますが、軍旅のことは学んだことはございません」と憮然と述べて、礼服の裾を払って、早々に御前を去られた。

孔夫子も、相当に悔しかったらしく「もしも、わたしを用いてくれる君主があれば、一年（期月）だけでも良い。政の成果はすぐにも出せよう。仮に、三年もあれば、完全に仕上がるのだがな」（子路）と、琴瑟を黎杖に持ち替えて、苦く仰った。

ついに、孔夫子は、衛の霊公には用いられず、翌年夏終に霊公は亡くなり、冬十月に葬られて、太子が夫人の南子と合わず亡命中だったため、孫の輒（ちょう）が出公として衛侯に立てられた。このの ち、衛国の政治も君主の後嗣問題の縺（もつ）れから「無道」が予想できた。

孔夫子は、以降は、衛国からは、足を遠ざけられることになる。

思えば、孔夫子は、出魯以降、身に及ぶ災難続きでもあった。

旅中、立ち寄った匡（きょう）では、かつて住民に狼藉（ろうぜき）を働いた陽虎と間違えられて捕らわれ、宋に向かう途中には宋の司馬である桓魋（かんたい）に命を付け狙われた。

また、鄭国では弟子たちにはぐれて、ひとり迷子になってしまった。また、仕官のために赴き、約三年間滞在した陳国では、国土をたびたび大国の晋と楚に犯され、新興国の呉にまで攻められ、終には楚に滅ぼされ、領民や国自体を楚領内に移されてしまう事態に至った。結局、この混乱に巻き込まれて、孔夫子一行は右往左往せざるをえなかった。

孔夫子は、こうした陳国の現状に悲観されて「帰ろう。もう、帰ろうではないか。わたしの郷里の若者ら（郷之小子）は熱狂的（狂簡）で、志は大にして文（あや）を成そうとしている（斐然成章）が、それを、どう裁断して、織り上げてよいか分かっていないのだ。どうあっても、わたしの指導が必要だ」（公冶長）と言って、陳を後にされた。

また、陳から蔡に立ち寄られて逗留中には、楚軍が蔡を攻め、早々に居所から逃げ出さざるを得なかった。そして、遂には、退いた陳と蔡の国境のあいだで、両国の大夫らが協議して賊兵徒党を集めて送り、孔夫子ら一行の楚への入国を阻止しようと、包囲した。

この陳蔡の野での包囲は長期に及び、一行は食糧も尽き、七日間飲まず食わずで、みな餓死の寸前まで追い詰められた。

このとき、仲由（子路）がヨロヨロと立って、弦歌ののち琴瑟を置いた孔夫子に「夫子の歌うは、礼にかなっていることでございましょうかな」（『孔子家語』困誓）と、聞いた。仲由は腹立たしかったのであろう。孔夫子は、珍しく仲由の言説を無視された。仲由も、また珍しく孔夫子に鋭く食い下がった。

「君子もまた窮すること有りや」（衛霊公）

仲由の言葉は、強い慍色（いかり）の言葉であった。

「由よ。こっちに来なさい。よく、おまえに教えてあげよう。君子、固（もと）より窮す。小人の窮すれば、斯（こ）れ濫（みだ）る。君子が音楽を愛好するのは、驕（おご）ることをなくすためだ。一方、小人が音楽を好むのは、目前の享楽に走り、現実を誤魔化して恐れから逃避するためだ。おまえは、いったい、どこのどなたであったかな。思い返してみなさい。まさか、わたしのことをなにも知らずに、ここまで付き従って来たわけではあるまいに」

仲由は、口惜しさを通りすぎて、もうどうにでもなれと思ったのか、顔容に笑みさえ湛（たた）えて、手に戚（せき）（斧のこと）を取りて舞い、大きく三終して、再び琴瑟を取った孔夫子のもとを立ち去ってしまった。

三終とは、三度舞うことである。つまり、三という数は、この場合は多い頻度を強調する形容であり、三度といわず何度も、孔夫子の前で、クルクルと旋回して舞ったということである。

その後、窮状を見かねて、端木賜（子貢）が立って自身の不安と現状打開のための妥協の必要性を述べ、また顔回は孔夫子への強い恭順を述べた。

孔夫子は、このとき、この『詩』の一節を、琴瑟をとって爪弾き、大きな声を上げて歌われた。

『詩』に「匪兕匪虎、率彼曠野、哀我征夫、朝夕不暇」（小雅・何艸不黄）とある。

「兕（野牛、あるいは一角獣、つまり犀のこと）でもない、虎でもないのに、かの荒野を彷徨い行く。哀し、われら征夫、朝夕べに暇もなし」と。

孔夫子は、軍旅の兵士の象徴と見なされる兕や虎といった戦いに駆り立てられる一般戦士の苦役を代弁して『詩』の一節に託して歌ったのであった。

孔夫子の指示を密かに待っていた端木賜が、最後に、再度、孔夫子に呼ばれて従者を連れて発って、楚王（昭王）に直接援軍を依頼して、周囲の賊を退けて、ようやく一行は死の寸前で解放された。

端木賜が発つ前に、馬車の手綱を執りつつ、見送りに出られた孔夫子の前で強く言った。

「二三子、夫子に従いて、この難に遭う。其れ、けっして忘れえず」

端木賜も、仲由と同様に、たれにもぶつけることのできない怒りや口惜しさを、グッと自らの胸中に仕舞い込んだ。

「よろしい。賜よ。嗚呼、なんぞや。この陳蔡での出来事は、われらの幸運でもあった。みなも、よく天に試されたのであった。われは『君上、困しまざれば、王を成さず。烈士、困しまざれば、行いは彰れず』と、いにしえのことわざに聞く。この難儀こそ、われとみなの心持ちを一層強くして、奮励厲志の第一歩となるのだよ。われらは、いまここで、天に試されているのであろうよ」

そう、孔夫子は見送りつつ、琴瑟を抱えて、強くおっしゃった。

端木賜は、顔色を赤く染めて、血のにじむほどに唇をかみしめた。

凶徒に包囲され、糧道を断たれたのちの窮地での、孔夫子の対処は、落胆と憔悴の甚だしい宰予ら同行する弟子に比べて、努めて意気盛んであった。

ひとり詩を吟じ、琴瑟を奏でて、弟子らを奮励鼓舞し続けた、と言ってよいであろう。

楚の昭王が、孔夫子一行が陳と蔡の間にいるときに、夫子に邑地として書社七百（一万七千五百戸の楚の領土）を封じて楚に招こうとしていた、とされる。

そして、この、先の陳と蔡の大夫たちが協議結託して雑兵を派出して一行の入楚を阻止するために、威嚇包囲した事件に関して、楚王と臣下（令尹）との、次のような逸話が残されている。出典は『史記』である。

窮地に陥った夫子は端木賜を楚国に使いにやり、この端木賜の適宜な働きと計らいとにより、楚の昭王は急ぎ軍隊を派遣して陳と蔡の大夫の放った賊兵を退かせて、孔夫子を迎えに来て、一行はかろうじて、死も覚悟した大難を逃れたのであった。

このとき、楚の昭王の令尹（宰相）の子西が、我が王に、孔夫子の招聘に関して再考を求めて、強く諫言した。

この子西と昭王との遣り取りのなかに、弟子の宰予らの優れた能力のことを語らった箇所が出てくる。この令尹子西の証言は、貴重な孔門の弟子に関する事実を伝えている。

のちに、宰予の正確な人物像とその思想や能力を伝える記録は、破棄と封印をされて、表に出てくることはなくなった。まことに、残念なことである。

その令尹の子西と昭王との遣り取りの、記述の抜粋部分が、以下になる。

子西は、昭王に、次のように質問を浴びせて、詰め寄る。

「わが王が諸侯へ使者を派遣されますときに、つねに交渉を優位に行える子貢に優る、彼のごとき者がわが国にはおりましょうかな」

「おらぬな」

「わが王を補佐する大臣のなかに、つねに誤りなく賢明な建言ができる顔回に優る、彼のごとき者がわが国におりましょうかな」

「いや、おらぬな」

「わが王の国軍の大将たちのなかに、つねに勇猛果敢で果断な行動がとれる子路に優る、彼のごとき者がわが国におりましょうかな」

「おらぬな」

「わが王の宮廷の上級官吏たちのなかに、つねに理知的に判断してテキパキと実務をこなせる宰予に優る、彼のごとき者がわが国にはおりましょうかな」

「とうてい、おらぬな」


子西の詰問に、昭王は思考を巡らせて、ただ否定的な言辞を弄するしかなかった。

この時の楚の昭王のもとにも、すでに、孔夫子一行の有能な政策集団としての名声が伝わっており、孔夫子のみならず、従う弟子らの優秀さを称える、確固たる認識があったことが分かる内容になっている。

さきに名前の挙がった、四名の弟子は、先師である孔夫子に劣らず、実践に於いても、得意な分野の才能を有する者たちであった。

子西は、孔夫子に、先の封地（領土）を与えて、楚に招けば、孔門一門は有能者揃いだが、楚国内に領地（食邑）を得て、さらに地盤と勢力を築けば、早晩、楚の国内にあって王の脅威となり、いずれは楚国と王室にとって厄事のもとになる、と指摘している。

たんに、急場を凌ぐために、好意で庇（ひさし）を貸したつもりが、いずれは楚国の母屋（王宮や政権）にまでも、その勢力が及びかねないですぞ。一時、国政に役するために、その意見を聞き、佳い知恵を拝借するつもりが、彼らの狡猾で陰険な策略に引っかかり、汚い詐謀奇計の末に、結局は、この国の王権を脅かす大事にまで至ってからでは、遅きに失することになりかねないですぞ。かつての、魯の定公のときの魯侯の失態の二の舞になりかねないですぞ、と昭王に強い懸念を諫言したのである。

昭王は、招聘を諦めた。

令尹子西の、昭王への具体例を示して、その意味を覚らせるような巧妙な諫言には、大いなる危機感が感じられて、鬼気迫るものがある。

なぜかと言えば、それは、令尹子西が、楚王や楚国にとっての脅威というよりは、自身の地位が脅かされつつある、と不安を人一倍感じているからなのである。であるから、その言葉にも真実が感じ取れる。

元来が、楚は旧態依然たる貴族階級国家である。歴代に庶人や他国の有能な人材の登用を拒み続けてきて、強大国であるにもかかわらず、自国の体制の刷新を拒み、そのツケとして、自国の停滞や近隣の秦や呉などの新興国の伸長をみすみす許してきた。いまさらに、自身の既得益や権利は侵害されたくない。

子西にとっても、孔門一門の楚国での登用は、国の再起・隆盛には絶大な即効的成果が期待できる。そのことを、直感的に嗅ぎ取り理解もしているのである。それだけに、王族である子西にとっても、自らの地位の維持に安穏としていられなくなる。そう、考えるのは必然のように思われる。

こうした奔魯以来の苦難の旅路の途中、孔夫子に順って衛から陳、蔡に移っていた宰予にとって、思わぬチャンスが巡って来る。

魯の隣国・斉では、孔夫子が魯を去る四年前に、天下の名相と謳われた晏子（晏嬰・晏仲平）という巨星が中原の天ノ座より忽然と消えた。没年は紀元前五百年の末であったとされる。

斉の開祖である太公望呂尚の死は紀元前一千年と伝えられているので、その丁度五百年後に晏子（晏嬰）が没したことになる。

もともと、斉は、周王朝の成立に大功のあった太公望（呂尚）が、武王に、農耕に向かない石ころだらけの塩泥の低湿な大地に囲まれた、営丘の地を封地に所望して開国なった国である。

当時は、たれも見向きもしない東夷という東方の海浜の蛮民の住む僻地に、建国したのには、邦国の羨望を受けにくく、他国の侵略の可能性の少ない土地をわざわざ選んで、しかも創意工夫を一時も疎（おろそ）かに出来ぬ気風を育てる目的があったからであった。まさに、武王を補弼して殷王朝を滅ぼし、周王国を成立させた大功あった軍師ならではの大胆な発想である。

太公望は、婦女子や職人の手仕事を重視し、手芸工芸品や、特産の塩や魚介類の加工と流通を奨励し、鉱山開発などを進めた。『史記』斉太公世家には「商工の業を通じ、魚塩の利を便にして」かつ交易の振興に努めたことで、多くの人が集まり、斉という国を強盛な大国にした、とある。

そうした意趣と工夫をもって、開国を果たした国は、中国では古来数多の国家が興亡し、長い歴史を刻んできたが、この斉と殷末の混乱期に君主の趣意により国替えを果敢に断行した鄭の二国以外には、およそ見当たらないであろう。

晏子（晏嬰）の仕えた霊公・荘公・景公の凡庸な三公の時代に、斉は大きく国力を増し、春秋期最初の覇者となった桓公小白と、そのときの執政であった管子（管仲）の築いた盛時を引き継ぎ、且つ大きく凌駕（りょうが）する爛熟の経済・文化・軍事大国となり、首都・臨淄（りんし）は世界屈指の人口を擁する大都市の賑わいを見せた。

これはすべて、晏子の民を安んずる政策力によるものであった、と言っても過言ではない。後世、晏子が、称賛と尊崇をもって語られる理由が、ここにある。

晏子は、社稷（しゃしょく）（国家）を重視し、君主や貴族の私利私心に傾きがちな国家運営を、斉公への諫言（かんげん）という形で政事に反映させ、絶大な民衆の支持を得て、君主すら晏子を憚（はばか）るほどであった、と言われる。

また、自身は日ごろより質素倹約を心がけ、それは生活に到るまで徹底しており、喧噪猥雑な市場に近接して商店が軒を連ねる民衆街に住み、隣人と親しく交わり、高低する物価にも精通して、肉が日ごろ食卓に昇ることはおろか、着衣でも狐裘（こきゅう）の毛皮から仕立てた一枚の服を、三十年も着ていたほどであった。

晏子の生活態度を表した故事が「三十年一狐裘（こきゅう）」（質素倹約であることの喩えであるが、粗衣ではなく、地位の高い人の着る上質な服を、長く大事に使っていたのである）「豚肩豆を掩（おお）わず」（祭祀のための供物の豚の肩肉も「豆」という小さな容器に一杯に盛らないほど、倹約をする喩え）という故事成語まで生み、後世に伝わっている。

このように晏子は、自身には功あって恩賞に預かって采地を斉公より賜っても、いったん返還・辞退を願い出てから、その代わりに、君主にとって耳に痛い諫言を、引き換えに認めさせる、といったほどであった。

　こうして、誤った方向に進もうとする斉公の政策に軌道修正を加えて、君主の間違った判断を諫め、矯め正して、国政の大勢を誤った方向に向かわせなかったのである。

　国内に大きな飢饉（ききん）があり、民衆が飢えていると知れば、君公に直言して急ぎ国庫を開かせて、備蓄の穀物を市場に供給し、主穀の価格の高騰を抑えにかかった。また、日日の糧（かて）を無くした街に溢れる無職の庶民を公共土木工事の賦役に就かせて養い、わざと工事の完成を急がせず、困窮した民への配慮を示した。

　宰予が、夾谷の会で初めて目にした晏子に、尊崇とも、羨望とも思える複雑な感情を抱いたのは、こうした賢者の風格を示す姿に実際に触れたからであったろう。

　この晏子亡き後、公子の多かった景公は、本来の凡庸で無軌道な性質を押さえられず、死の床で、上卿の高氏（高張、昭子）・国氏（国夏、恵子）の二卿を呼び、晩年賤妾・鬻姒（いくじ）という名の芮（ぜい）姫の生んだ末子の「荼（と）」を可愛がっていたので、慣行を廃して、他公子を他国（萊）に追放した上で、この荼を太子に立てるように遺言した。

　景公は生前、孺子（芮姫の子、荼のこと）の機嫌をとり、あやして悦ばそうと、老齢にもかかわらず、牛の真似をして、躓（つまず）き転んで前歯を折るほど溺愛（できあい）して可愛がっていた。

そもそも、正妃であった燕姫の子は成人しないうちに早くに亡くなったため、太子を定めぬままであったが、景公の遺言が実行されることに身の危険を察して、第二夫人以下の主だった公子のうち公子壽、公子駒、公子黔は萊より衛に逃げ、公子鉏、公子陽生は萊より魯に逃げた。

哀公の五年秋九月に、景公が亡くなると、遺言どおり、高氏・国氏の後ろ盾によって、末子の「荼」が、晏孺子（安孺子ともいう）として公位に就いた。

そして、幼く素行の良くない晏孺子の即位に懸念を抱いていた田氏（陳乞）は、その翌年の夏に、宰相の鮑牧（鮑叔牙の子孫）らと共謀して、高氏・国氏と他の大夫らとの対立を煽り、先手を打って、共同協力して高氏と国氏を伐った。

虚を突かれた国恵子（国夏）は莒という小国に逃れ、高昭子（高張）は晏圉（晏嬰の子孫）、弦施らとともに魯に亡命した。

これらの公子のなかで、有望視されていたのは、魯に逃れた二人の公子であった。事実、田氏は、二十歳代後半の年長の公子陽生に目を付けて、景公後の公位を託そうと画策を始めていた。公子陽生は、魯に亡命してからは、田氏に親しい季孫家に預けられていた。

その公子陽生の魯国での師傅、つまり教育係の顧問にと、宰予に、白羽の矢が立ったのである。

この役目を強力に後押しし推薦してくれたのが、かねて宰予の落胆と無為を見かねていた、孔門内で親友となっていた陳亢（子禽）であった。

陳亢は、生まれは魯人であるとされるが、血縁は斉の田氏の直系に連なる名士であった。なにかの縁で、興味を覚えて孔夫子の孔府にやって来て、門を叩いた。面談した孔夫子は、特別待遇で彼を遇した。弟子としては、比較的自由に孔門を出入りして、ほどなく、宰予や親友の端木賜（子貢）と親しく親交を結んだ。この陳亢の実兄が陳子車という斉の実力大夫として知られている。

陳亢は、宰予の現状を見かねて、兄の陳子車に頼んで宰予を、季孫氏邸に寄寓する公子・陽生の教育顧問として採用するよう田氏に申し入れてくれた。

田氏が、公子・陽生と接触するために別用を仕立てて隠密に魯に赴いた折に、蔡から急遽魯国に帰国した宰予は、陳乞と面談した。

直接に会って、面謁・歓談した田氏は、宰予の容姿を一目見て気に入り、対話してみてさらに感服した。いかにも希なる礼儀を弁（わきま）えた大器である。早速、公子・陽生に面通りさせて、魯国での教育顧問に任じた。

孔夫子も追認で「まあ、よかろう」と、田氏からの宰予への俸禄の大部分を孔門へ納めることで、同意を与えてくれたのである。

出魯以来、孔夫子一行の旅行費用は、多人数である上、長期に及んでいるため、節約を重ねたとはいえ、膨大なものであった。孔夫子の魯国での執政時代の俸禄は「粟六万斗（石）」と言われたが、数年の短期で官位を離職したため、その蓄えもすぐに孔夫子に従う多勢の一行の宿泊費などの旅費や食費で消えた。

また、放浪の各地で、新弟子を迎えて移動教場のようなものを催して、その束脩なども費用の足しにと当てにされたが、結局は大したことになるほどではなかった。

その不足した費用を、最初より拠出し続けたのは、端木賜（子貢）であった。

端木賜は、孔夫子の出魯後も、魯の有力大夫であった子服景伯の外交顧問として、孔夫子に順ったり、行人（外交官）として魯国や他国を往復したりと忙しく、その対価として名門の外務大臣であった子服氏より俸禄を得ていた。そして、その大半は孔夫子一行の旅費と生活費に充当されていた。

さらに、端木賜は、持ち前の投機的な嗅覚が備わっているのか、時々市場に出かけて行っては、主穀や珍しい宝玉や商品を安く買っておいて、時を置いて、良き頃合いを見計らって、仕入れて置いた備蓄の品物を高価で売却して利を得ることが上手かった。

そうした俸禄や売買の利益は、孔夫子一行の長旅の費用の遣り繰りに充てられていた。

また、旅行中の孔夫子一行の会計の責任者は、数字に通じ計算に強く、手堅い性格の冉求（子有）が当たっている。その後、宰予のあとには、冉求が季孫氏に請われて家宰に抜擢され、仲由（子路）は衛の孔氏の家宰に就いて、多勢の孔夫子一行の出魯中の費用を賄い、帰魯後の孔府の再建と学院の運営は季孫氏の後援のほかに、こうした子弟の任官後の俸禄が充てられることになる。

のちに孔夫子の帰魯が叶ったのは冉求の季孫家の家宰としての軍事的な貢献が認められたからであり、

以降、孔門の子弟からは多くの有力貴家の家宰や地方の邑宰（長官）などの官途に就く者が、続出するようになった。

しかし、当時の状況を考えれば、以降の旅程を想定すれば、その費用を賄うには十分とは言いがたい。さらに、孔夫子には帰国の希望がある。帰国後は私塾の再開も想定にあるようだ。この度の宰予の出仕は、孔夫子にとっても「了」とすべきであった。

しかも、孔夫子にとって、宰予は、少し目障りな存在となりつつあった。

宰予は、孔夫子の滞在先の蔡から魯へ戻って来ることができた。そして、季孫家に上がることを父と兄に報告した。東郭門の近くの宰家への帰着は、ほぼ、六年半ぶりのことである。

その後、陸家の槐の樹下で叔琬を待った。事前に弟の宰去に伝言を言付けてあった。

季節は、秋から冬に入ろうとする、落葉枯葉の舞い落ち、路上を渦を巻いて舞い上がる風のある日であった。

叔琬も急ぎ槐下に小走り寄ってきて、快活に宰予の名を呼んだ。

叔琬の弾む声と上がる息を間近にした宰予は、不思議と興奮に包まれていた。

「魯に戻って来られました。これからは、斉の公子の滞在する季孫家に上がりますので、たびたび会うともできるでしょう」

「まあ、それは、本当に、うれしい」

叔琬の以前の細身の身体には、幾分かふくよかな丸みが、どこかしら角々に加わったように思われる。伸びやかな声も顔の晴朗な表情も、身体の優美な曲線と丸みもが増して、宰予の気持ちを、否が応にも昂ぶらせる。

「その斉の公子の養育係ということに、正式に就任いたしました」

「季孫さまのところに、斉の公子がおいでなのですね」

「そうです。亡命して来られて、季孫家に匿われておられます」

「では、次には、斉にお発ちになられますのか」

「いえ。すぐにとはならぬようですが、いずれはそうなりましょうか。次の斉公となられるお方です」

少し、叔琬の晴れやかな表情が、一瞬曇ったかに見えた。

「急なことですね。孔夫子の下からは、離れられるのですか」

「いえ。お役目中は、そうなりましょうが、いずれは夫子のお側に戻ることにもなりましょうね。先のことは、いまはなんとも、申し上げられません」

「ええ、ええ。そうですね。余計な心配をしてしまいました」

「叔琬どの。安心なされよ。もう、この予は、遠く離れはいたしませぬゆえ」

「ああ、予どの」

ややあって、叔琬の目に光るものが溢れ、零(こぼ)れたのが、宰予には分かった。

「どうされた。琬どの。なにか。なにか、心配事でも、おありか」

「いえ。はい」

叔琬は、いったんは否定しつつも、言葉を渋り、言い淀んだ。

「じつは、父は、このごろ郝国との戦闘に多く加わっております。郝への、たびたびの派兵は、いつ止むとも知れません。暇もなく、大丈夫でしょうか」

「ああ、そうでしたか。魯の三軍をはじめ上層の方々は郝を弱しと見て、魯の附庸・属領では飽き足らず、完全な魯国の領土に組み込みたく思っておられます。郝国への攻撃が増していますね」

「父上は、目立つ軍功を上げたいと焦(あせ)っております。叔孫氏の軍の中で上位の軍位に昇りたいのです」

「叔琬どの。あまり、ご心配なさらずに。叔孫氏の軍隊は精鋭で、魯国では軍備の整った強力な部隊です。容易には崩れるようなことはありますまい。安泰ですよ」

「そうですか。予さまに、そう言われて、ようやく安堵いたしました」

「随分と、この間、琬を待たせてしまいましたね。ご当主がご多忙で、わたくしどもも、機会を逸しておりまするが、早急に申し出いたします」

「ええ。分かっております。このごろは、わが家父にも、わたくしとて、なかなか、会って親しく話す機会もありません」

叔琬は努めて、明るく振る舞っているように見える。ことに、身振り手振りが、しなやかであった。

宰予は、早く叔琬を娶り、安心させねば、と。そう、こころに誓った。魯に帰着したこの機会を逃すことはできない、と感じた。

それにしても、親友の端木賜（子貢）の「邾を攻めすぎると、かならず強力な呉軍が援助のために介入してこよう」という意見を、宰予は聞いたばかりであった。気がかりな点は、こころに残った。

哀公の六年、斉の陳乞（田僖子、田釐子とも記される）は夏に、亡くなった景公の末子の荼の後見人であった上卿の高氏（高張）と国氏（国夏）の両氏を、宰相の鮑子（鮑牧）とともに攻めて、国外に追放したが、斉の公子・陽生は、田氏（陳乞）によって密かに魯より斉に呼び戻され、冬十月に斉侯として立った。これが悼公である。

宰予は、斉の公子・陽生の、亡命先である魯での師、つまり教育係となっていたが、公子は斉侯となって魯を離れたので、斉公となった陽生の子の壬と驁の兄弟の魯国での傅（養育係）となった。この斉公の二子は、公子陽生の側近の監止（子我）というひとに託されていたが、魯の季孫氏のもとでしばらく匿われていた。

古来より天子など高位な貴門の子息には、幼少時から「傅」と「師」が指南役としてつく習わしがあった。

「傅」は後見人、お守り役のことである。また「師」は顧問役、教育係のことである。「師傅」とは、周代には三公（太師、太傅、太保）と三孤（少師、少傅、少保）のことを指し、いずれも天子の補佐をする顧問役と太子（皇太子）の教育係を務める高官のことである。

「傅」や「師」は、太子候補の公子につく場合は、その公子が太子から、さらに君位に昇る場合には、その最側近として王や君公の聴政の補佐役となるのが通例であった。


しかし、斉公の子はまだ十二歳と十歳である。宰予は「傅（養育係）」とはいえ、当面は、二公子に詩書や礼学など勉学を教え、時には二人の遊び相手ともなったが、さしてやることも無くなってしまった。悼公となった公子陽生の側近の監止は、宰予に公子の壬（じん）と驁（ごう）の兄弟を託して、斉公を補佐（たす）けるために、しばらくして魯を発って、斉に帰って行った。

斉に赴いた監止も、斉公であった景公の公子のひとりであったが、景公には子が多く、しかも、賤妾の子であったために公子・陽生の幼少時の遊び相手であり、成人となってのちは、そのまま公子の側近としてつねに近侍する立場にあった。魯に公子が亡命し、季孫家に滞在中も、公子の側で世話係を務めていた。

その監止は、字を「我」と言い、公子であることから、有名な「史書」にも随所に「子我」の名が見える。

そして、この「子我」を名告ったことから、宰予と間違われることもあるが、別人である。しかし、偶然同字の呼称で呼ばれる監止と宰予であるが、ともに親近の関係となっていた。

このふたりの「子我」と呼ばれたひとの出会いと交流と運命が、このあと、奇しくも、斉での政局を大きく展開させることになろうとは、いまは、まだ、ふたりには理解されていない。

公子の側近の監止というひとは、君権の復古主義者で、かねがね増長しすぎる田氏などの有力大夫の勢力を削ぎたいと願い、斉公の君権の復活強化を信条としている。自身は、強弁も立ち、野心的な側面も見える。しかし、監止は、宰予の、孔夫子を実務面で支えてきた能力と礼儀古式に通じた知識と過去の執務の経験を高く買っていて、宰予に屡々(しばしば)意見を求めてきた。

これよりさき、陳乞の庇護によって、魯を発って、密かに斉都臨淄に帰着し陳乞の妾の母に匿われていた公子の陽生は、公宮に忍び込むことに成功した。

公子の陽生が悼公として国君に立ってからは、宰相の鮑子を説得し盟約して、亡き景公の妾・胡姫に命じて、安孺子(荼)とともに頼(らい)の地に遷(い)かせた。そして、荼(と)の母である鬻姒(いくじ)を後宮から追い払い、荼の側近の王甲を死刑に処し、一味の江説(こうえつ)を獄に拘留し、同じく王豹を辺地に幽閉した。

悼公は股肱(ここう)(「腹心」「頼みの部下」のこと)である朱毛を陳乞のもとに派遣して「わたくしが、国君として立てたのも、あなたのお陰であり、感謝に堪えない。この上は、二君並立の可能性を正さねばならぬ。祭器は二つあれば便利で使いでがあるが、国君が二人いるとなると内紛のもととなるであろう。貴子（あなた）の意見をお伺いしたい」と伝えさせた。

その伝言を聞いて陳乞は、明確な回答をわざと避けつつ、公の使いの朱毛に述べた。

「君は、いま、我らが、荼（と）を、また君主に立てはせぬかと疑っておられるのか。斉国は、ただいま、自然災害などによる民衆の貧苦に加え、対外的な戦乱の憂いもあります故に、年少の荼が国君では心許ない限りでありましょう。ゆえに、あなた様をお迎えいたしたのです。われら群臣を信用していただきたい。でなければ、あの孺子（子ども、つまり荼のこと）になんの罪があったというのでありましょうか」

悼公は、陳乞の言葉を聞いて、深く後悔した。

しかし、結局は「国事の大事は大夫に意見を求め、小事は君自身の判断で為されればよい」という、配下の朱毛の意見に従った。

つまりは、晏孺子の荼を、頼から駘（たい）という地に遷させ、到着前に野外の帷幕（いばく）内で殺害させ、殳冒淳（しゅぼうじゅん）という地に埋葬させた、と前掲『春秋左氏伝』の哀公六年の段に記載がある。


一方、斉侯となった悼公の二公子を預かる季孫家では、季孫氏の当主であった季桓子が、哀公の三年秋に病気で倒れ、長子で庶子の肥が季康子として当主を引き継いでいた。

先主は、孔夫子とのたびたびの遣り取りでも分かるとおり、当主、または魯国の宰相としての見識や行動に深みの欠ける点が目立つ人であった。しかし、後継の季康子は、まだ若いが賢明な人である、と宰予は見ている。


ところで、宰予については、孔夫子の孔門内での立ち位置が微妙にずれだしていた。

出魯以来、孔夫子の学府が臨時だが仮設に設けられたのは衛と陳とに於いてであった。

孔夫子は、出魯中も子弟への勉学とともに、自らの礼書の編纂に片時も余念なく取り組まれていた。

そんななか、宰予とのちょっとした意見の食い違いが、その礼節の解釈を巡って、巻き起こる。


元来、宰予の古代への知識欲と探求心は、底なしに深い。また、代々に宰家に伝わる父の教えからも、一方ならぬ、その素養を貯える努力を重ねてきた。

宰予は、思いついた疑問を余すことなく調べ正し、矛盾を放っておけない性質(たち)である。

それは、孔夫子に、間髪を容れず、すぐに、質してみずにはおけない、といったものであった。

また、孔夫子もその事に、いままでに不快の態度を示されたことは、ただの一度もなかった。逆に、これまでは、施政における実務面を支えてきた宰予に対する、孔夫子の信頼は厚かった、といえよう。

そして、そんな弟子の宰予からの、太古の帝王やその施政に対する事実と、自身の評価をともなう解釈を質問されることは、思いがけない過去に蓄積してきた知識の披瀝の機会とも受け止められ、夫子には、むしろ誇らしげに語れることでもあったはずである。

たとえば、こんな古代三王（夏・殷・周の王）以前の五帝（黄帝・顓頊・嚳・堯・舜）についての質問を、孔夫子に尋ねる場面が古書に詳しく描かれている。

宰予の関心は、すでに三王の時代を超えて、それ以前の伝説的な時代の帝王にも関心が向いている。なんでも、知識を極めねば気の済まない宰予らしい孔夫子との真面目な対話と言えば、そうも言えよう。

まだ、このときの孔夫子は、宰予に不信感をまったく抱いてはいなかったことも分かる。

その時の宰予と孔夫子との対話が、次のようである。

「以前に、わたくしは魯室の太史の栄伊から『黄帝は三百年間も生きた』と聞いたことがあります。あらためてお尋ね致しますが、そんな黄帝とは人間といえるのでしょうか。それとも、そうではないのでしょうか。また、それが事実ならば、どうした理由で、三百年も生き続けることが出来たというのでしょうか」（『孔子家語』五帝徳篇）

「予よ、おまえの、われに問おうとする意図は分かる。しかし、われらの話題につねにのぼる禹、湯王、文王、武王、周公のことですら、そのすべてを知り尽くすことは、いまとなっては、できまい。それなのに、そのさらに大昔の黄帝について、おまえが詳細を問わんとするのは、いくら物知りの長老でも、容易には答え難いことだ。それを、敢えて、このわたしに問おうとするのだね」

「ええ、左様ですね。大昔の言い伝えは、今日となっては、事実かどうか調べようもないことですから。

その真偽ははっきりせず、いまに生きるひとの知り得ない微妙な言説です。真実は遠く過ぎ去っており、詳(つまび)らかにしえず、且つ、つかみ所のないものです。それを知ろうとすることは、まるで、君子の道からは外れるものかも知れませんが、それでも敢えて夫子に問わずにはおれません。わたしの質問としては適切であるとはいえなかったでしょうか」

「よろしい。分かった。予よ。おまえがそこまで言うのなら、わたしの知るすべてのあらましを、ここで話してあげよう」

　孔夫子は、宰予の質問に、抱えていた琴瑟を置いて、着座から蹲踞(そんきょ)の姿勢に移って身体を起こし、顔を上げて続けられた。

「黄帝とは少典の子で、姓は軒轅(けんえん)氏という。生まれながらにして、神霊に通じ、幼くして言葉使いに巧みであり、優れて賢く、道理に明るく、敦敏誠信（大変に俊敏で、真心に厚い）のひとであった。また、成長してからは聡明で、自助自制に努めて五行（自然の成り行き）のもととなる五気を治め、万物の軽重長短の計測基準となる五量を設けて、万民を安んじ、四方の各地を測量して歩き、牛を農耕の使役のために、馬は乗馬のために飼い慣らし、猛獣は戦役のために調教して、そののちに阪泉の野で炎帝（神農氏、民に農耕を教え広めたとされる）と戦い、三度の戦いを行い、炎帝に打ち勝つことができた、といわれている。また、着るための本格的な衣服を初めて作り、黼黻(ふふつ)（ほふつ、とも。昔の天子の礼服に、白と黒の色の「斧」や黒と青の色の「己」の字が背中合わせになった形を刺繍した文様のこと）を作り、民を安治(おさ)め能く養いて、天地の秩序に順い、幽明の故実を知り、生死存亡の真説に達することができた。

百穀を播蒔し農耕を奨励し、草木を賞味し衣食医に役立て、その厚き仁の及ぶこと鳥獣昆虫にまでも達し、日々に日月星辰の進行とその変化を観察し考え、その耳目を労して、その持てる心力を勤しめ、水火財物を巧みに用いて、以て庶民の生活を扶助けた。黄帝にかぎらず、古代の王は、みな、神技に優る有能者で、且つ天地に聞こえた有徳の人物であったために、その功績と人品によって、民の強い推挙によって、血縁による譲位によらずに、帝王となり得たのである」

孔夫子は、そこまで、一気に語って、ひと息を継いで、核心を語った。

「よって、臣民は、みな、その恩恵に頼り利益に浴すること、百年にして黄帝は死亡くなった。しかし、そののち、臣民はその黄帝の執り行った神技を畏れ敬うこと、のちの百年は廃れなかった。さらに、民は其の教えを忠実に用い守ること百年にして、民のこころは黄帝より離れ移ることはなかったのである。故に曰く。黄帝は三百年を生きた、というのである」

その孔夫子の見解を、宰予は深い感慨をもって聞いた。

黄帝は、生きているうちに、自らの言語と知能を惜しみなく駆使して、自ら生命を苦しめて幾多の功徳をなし、広く民間に安寧と利益をもたらして、その生涯を百歳で終えた。

また、死没して後も、なお、黄帝の功績は、その臣民に忘れられることなく忠実に再現されて、民間に良い影響を百年間もたらしたという。そして、さらに、その黄帝の功績は、語り継がれて、尊い教義となって、民間に広まり、さらに百年間もの間は、民のこころを捉えて放さなかった、という。

黄帝は、死没しても、その生前の功績と臣民の記憶とによって、三百年間のあいだ、生と死の再生を繰り返した、とはいえまいか。宰予の脳裏を去来するのは、まさに、そのことである。


続けて、宰予が請うように問うた。

「帝顓頊(せんぎょく)についてお聞きいたしますが、いかがでしょうか」

孔夫子は、再び脇に置かれた琴瑟を取って、手元に引き寄せて次のように答えられた。

「五帝については、遠い古(いにしえ)のことゆえに、その人物紹介には古よりの伝説と伝承を用いたが、夏・殷・周の三王についてはいまに残る法度や制度によって、おおよその事実を知ることができる。予よ。しかし、おまえは、一日にして、遍く(あまね)遠い過去の伝説から、いまに至る、帝王たちの歴史と功績、人物像のことを聞きたい、と申すのか。なんとも、あいかわらず、おまえは、疑問を持ったら質(ただ)さずにはおかない。かつ、おまえは、ほんとうにせっかち（躁）な人間だな。ははは」

しかし、孔夫子は、駄々っ子に、ものをしきりにせがまれたようであったが、いやな顔はまったくされなかった。むしろ、宰予の必死さの表れた真剣な顔容をじっと見て、愛用の琴瑟を抱えながら、おおらかに語りつつ、悠揚として愉しまれている風である。

「ええ、以前に、わたしは、夫子に太古の帝王のことを聞いたことがあります。すると、夫子はこうおっしゃいました。つまり『小子、宿する或るなかれ（君たち学弟よ。疑問は、生じたらそのままにしておいてはいけない）』と。ですから、敢えて、いま、夫子に、こうしてお伺いするのです」

孔夫子は、抱えた琴瑟を大事そうに撫でて、仰った。

「分かった。宰我、分かったよ。では、わたしの知るところを、余すことなく教えよう」

こうして、宰予は孔夫子に、さらに「帝顓頊（せんぎょく）」「帝嚳（こく）」「帝堯（ぎょう）」「帝舜（しゅん）」「夏王朝の始祖・禹（う）」について、次々に請問している。

そして、孔夫子は、淀みなく、懇切に回答している。

この宰予との孔夫子の遣り取りは、孔夫子の知識の深遠なる範囲の、太古の帝王に及ぶことを示すための逸話としての意図により採録がなされているのであるが、その孔夫子の対話の相手が、他の弟子ではなく宰予であったことにも有意義を見いだすべきであろう。

少なくとも、孔夫子の学求的志向と幾人かの高弟との議論や応答によって、孔夫子の意見が集約されて、礼書などの大きな枠が固まり、書物の体裁を成しつつあった、と考えられよう。

その鍵を巡る幾人かの限られた高弟のひとりには、上記の質疑応答の事例からして、紛れもなく宰予も含まれていたと考えられよう。また、宰予であったればこそ為しえたであろうテーマであったので、別の弟子との対話、たとえば顔回（子淵）との遣り取りではいかにも不自然である、と思われた。故に、この逸話に残され、書の編者によって編み留められたのであろう。

孔夫子と宰予との対話が『論語』では数編にしか取り上げられず、編まれなかった背景には、宰予のシンパとも言うべき支持者や孫弟子が少なかったからではなかろうか、と推測できる。

宰予は、孔夫子に順って長い諸国放浪の大半の行動をともにした高弟のひとりではあるが、孔夫子の最晩年にはその姿が周囲から消え、単身行動の末、斉の大夫となったとされているので、その発言や対話は多く採録できなかったのではなかろうか、との推測が成り立とう。

或いは、宰我と孔夫子との多くの対話は、意図的に排除されていったのであろうか。

いずれにしても、この師弟の蜜月の時期のち、孔夫子と宰予のあいだに、礼書の記述を巡って、その解釈に齟齬(そご)と食い違いを幾度も生じる。

つまり、宰予は「礼」の書物の編纂と成立について深く関わる立場にあったのである。

むしろ、孔夫子の学説と意図を踏まえて、先師に堂々と自説を説くことができた人は、幾多の弟子のなかでも、宰予を除いて他にはいなかったであろう。

この孔夫子との激しい議論と遣り取りについては、詳しくは後述する。

宰予は、ひとり魯国に戻り、季孫邸に上がり、斉公となった陽生の公子の壬(じん)と驁(ごう)兄弟の勉学を見てやり、まだ遊び盛りの公子の相手をして、時々は季孫氏の当主・季康子に付き従い、また斉公の二人の公子を伴って参朝することもあった。

季康子は魯の上卿である。魯公の哀公から諮詢を受ける立場にあり、古礼や周礼にも詳しい宰予が時には担ぎ出されることもあった。

あるとき、そんな宰予に、哀公が問うた。

このときの宰予の魯公への返答の内容が、少し時を経て、どこで聞いてきたのか弟子のひとりの口より、外遊中の孔夫子一行に伝わり、孔夫子のその発言への苦言付きで宰予のもとに噂として伝わってきた。若い弟子らのなかには、孔夫子を差し置いて、魯公より直接に諮詢を受ける宰予が、よほど妬(ねた)ましく目障りに感じられるのであろう。

これは、いわゆる「哀公問社於宰我」の事件として、孔夫子の強い調子の反応が、若い子弟たちのあいだで報告され話題となった。

『論語』の記述に、次のようにある。

「哀公問社於宰我。宰我對曰、夏后氏以松、殷人以柏、周人以栗。曰、使民戰栗也。子聞之曰、成事不説、遂事不諫、既往不咎」(八佾)

宰予は、いつものように、季孫家を頼る斉の公子らとともに、宰相の季康子に付いて公宮に参内していた。

その宰予を哀公が見かけた折に、古式儀礼に詳しい宰予を呼んで、社木について問われたのであった。

宰予は、すでに哀公と既知の間柄にある。

「魯の哀公が、土地の神を祀る社(やしろ)の神木(しんぼく)について、参朝していた有識である宰我に問うた。宰我は、次のように答えた。夏朝の時代には、夏王は社稷には松を植え、商殷の時代には、殷王は柏を植え、周王の時代になってからは、栗を植えるようになりました」と。

それを聞いた哀公は、さらに宰予に問うた。

「ほう。では、周王が、神木に栗を選んだのはどうしてであろうか」

宰予は、即答を避けて、次のように答えた。

「周の国の起源の地である渭水を望む岐山の南麓の、いわゆる周原の地は、古来より豊かな肥えた盆地帯でありました。この周原の地では、栗木が良く育ったそうです。よって、栗を神木とされたのでしょう」

さらに、その言葉を補足して、宰予が申し上げた。

「周王が、そののち、豊や鎬の地に周都を定めて、社木として栗を植えたのには幾つかの理由があるようです。栗木の甘美な果実を包む固い渋皮と棘の外皮は、いったいなにを意味するのでしょうか。栗実は、どうして、堅固に外皮や棘によって守られているのでしょうか。一説には、真実は常に明らかとなされ、過ちや罪を犯した者には、社に於いて執行される刑罰では厳しく処罰するという意味を込めて、庶民に戦慄を思わしめるように栗を植えた、と聞いたことがあります」と答えた。

「社」とは、同一宗族が共同に祀る耕作の土地の神、またはその場所のことで、主穀を農耕によって組織的に収穫を行うようになった民族の単位や、その発展系の農本的国家が前提であり、その地の代表的な樹木を、土地神の形代（ご神体の代わりに据えるもののこと）としたのである。夏代では、夏后は松を祀られる土地神の形代としており、商殷では王は柏（「ひのき」など常緑樹のこと、今日の落葉高木の

「かしわ」ではない）を形代とし、周代になってからは周王は栗の木を形代とされたのである。

いずれの樹木も、神木とされる樹木は、多くは実を付ける樹木である。益樹として食べられるか薬効のある実がなる有益な木が選ばれる。松と柏は気候の穏やかな地にあって節操の固い樹木の象徴とされ、栗は北西山間の地で生育ち、その実は固い皮と棘に覆われており、厳しい、懼れるといった象徴とされる。

そもそも、夏王朝と殷王朝の祖先は黄河の中下流域に発祥した東方系の民族で、農耕をおもに営んだ。そうした農耕中心の社会では、人と土地との紐帯が強く求められた。

また、周王朝は周原といわれる岐山（いまの陝西省）の南麓にその端を発している。遊牧と半農の西方系の民族が興した、といわれている。周朝の人と土地との社会的紐帯は、農耕を中心として成立していた前二国家とは異なる性格を持ち合わせていたことが分かる。栗は、日当たりの良い山間や丘陵地に育つ樹木である。

その地の南側は黄河の源流のひとつの渭水が流れ、この一帯は北は岐山、南を秦嶺山脈に囲まれた盆地で関中平原とも呼ばれる。『詩』大雅篇・緜では「周原膴膴、菫荼如飴」（周原は土地が肥沃で、自生する苦菜も食せば飴のように甘い）と詠われた水と沃土と眺望に優れた地であったとされる。その地に、栗も撓わに実をつけ多く育ったのであろう。栗の木が周王朝では国木たる神木とされた。

また、その国家の開祖の心霊の宿るとされる象徴的な神木を知れば、おおよその、その国の起源を知ることができる。

とくに、木の性は、大地に茂る草木花や森林などを現し、春の象徴でもあり、太古より強い生命力を持つ。つまり、最初の一歩を踏み出す力、生命力、光に向かって嫋やかに力強く伸びゆく力を象徴している。

『詩』にも「凱風自南、吹彼棘心」(邶風・凱風)とあり、凱風(春先から初夏にかけて吹く南風のこと)は南より吹き、万物に生命の息吹を、固く鋭い棘に守られた木枝にも気を吹き込み育て、木々の鋭い棘に覆われた固い蕾も芽生えさせる。

また『詩』召南・甘棠でも、周の召伯(召公奭)が歿後に宿(舎)ったとされる甘棠の木の「枝を剪るな、折るなよ」と、村人がその木を尊崇する詩があり、同『詩』周南・樛木でも、この地の君子を慕い、その福禄の恵みを祝賛(祝頌)する詩がある。この地の民が君主の魂の象徴である甘棠(ヤマナシ、あまなし、または、小りんごの木のこと)や樛木(栂、ツガノキ、つきのき、または、しだれ木のこと)を神木として崇め、信仰の対象としていたことを示している。

いずれの『詩』の周南や召南の詩も、その地を統治し善政を行った君主の魂が樹木に宿り、その木を象徴として、その徳政を讃え、益々の福禄の、下々の民草にまで及ぶことを祝い願う詩である。王朝における神木の意義も、また大きいものであった。

神木、ないしは社木とは、その国家の勃興の再生と発展のシンボルでもある。

そして、その王朝を象徴する国木たる神木は、夏王朝では松、殷王朝では柏、周王朝では栗であった。

ひとが、樹木に、格別な愛着を感じるのには理由がある、と思われる。

太古に、植物との進化の歩みを分かって以来、ちっぽけで、か弱かった人類は、樹上での生活が長く続いたが、樹上は格好の隠れ場所、見張り場所、生活をする居住空間でもあった。地上は安全な場所とは見なされておらず、むしろ大型動物や肉食獣の闊歩（かっぽ）する危険な場所でもあった。

また、古代人は、樹木から多くのインスピレーションを得ていたと思われる。

益樹・益木と見なされる多くの樹木は、果実や樹液、花蜜や花弁、若芽・若葉は食されたり、医薬として用いられたり、切ったり折れた幹や枝、皮は、家屋の建材や火種木や家具、加工されてさまざまな生活用品としても貴重な生活必需物であった。

ひとと樹木との関係には、生活上は固（もと）より、信仰上にも深い因縁のようなものが、歴史とともに刻まれている。

早速に、若い弟子のひとりが、たれから聞いてきたのか、聞き伝えにもかかわらず、聞いたことに大げさな修飾を付けて、巡遊中の孔夫子に讒言誣告（ざんげんぶこく）したのである。そういう、阿諛（あゆ）を弄する弟子らが、孔夫子の側（そば）にも居たということであろう。

「夫子に申し上げます。宰我（宰予のこと）なる門人が、哀公にたびたび拝謁を願っておるようです。近頃、ご神木のことを聞かれて、根も葉もない流言や道聴塗説に及んでおるとのこと。そうしたことを、ほっといてよろしいのでしょうか。云々」

孔夫子のもとに、注進に及んだ者のなかには、宰予もよく知る弟子の言偃や子張（顓孫師）らの顔もあった。

「これを聞いた孔夫子は、仰った。はてな、そんな話は聞いたことがないが、慄を栗に、無理矢理にこじつけたのかな。古の神木の種類の話は、宰我が魯公に申し上げたとおり、間違いの無い事実であろう。しかし、栗を『戦慄』とこじつけて言ったのは、不適切だとしか言い様がない。不確かな事柄については、言ってしまった以上は、成事は説かず、遂事は諫めず、既往は咎めず、つまり終わってしまったことは、説かず・諫めず・咎めずというしかないか。しょうがないな。しかし、それにしても、ほんとうに口の減らないヤツだなあ、宰我は、と苦くおっしゃった」（八佾）とある。

「成事不説」「遂事不諫」「既往不咎」の三成語は、いずれもほぼ同意の言葉である。

　さて、宰予の哀公に対する質問の答えのうち、神木のことは、当然に孔夫子も知るところである。また、周代には重刑の執行が社で執り行われることもあり、栗を戦慄に言葉上こじつけて言う一説があることも、すでに孔夫子の、本当は知るところでもある。

周王朝の豊富な知識を有する孔夫子が、そんな基本的なことを知らぬはずはないと、宰予は当然のように思う。

　しかも、周王朝代に、棘寺と言えば、裁判所のことで、その司法長官、ないしは裁判長にあたる「大司寇」が、栗の実のなる茨の下で厳正に裁判を行い、判決を言い渡し、実際の刑の執行も行われることもあったのである。「大司寇」の職務のなんたるかを知らない孔夫子ではないであろう。

　おそらく、孔夫子は、魯侯である哀公の側に夫子自身があれば、当然問われるべき古習と故実について、自分ではなく宰予に問われたことが、少し気に障（さわ）ったのではなかろうか、と思われる。過去に、定公のとき、孔夫子は、その「大司寇」の官席を実際に賜ったこともあるのだから。

　また、若い弟子らには、故実への知識が備わっていないのである。そのことを知りつつ、孔夫子は、大げさに注進に来た若い門弟らに、わざと恍（とぼ）けて発言された、としか言いようがない。

「はて、さて。そんな話があったかな。一国の君公に、そんな根も葉もない不確かな話は口にして申し上げるべきではない」と、黎杖を取って振り上げて、宰予の発言に異議を唱え、宰予を不適切な発言者として論断したのである。

　またも、学府内での宰予の立場は、苦しい。

　ともあれ、孔夫子の頭には、初期の周王の治世には敬仰の念が深く、理想の治世の姿と映っていることは確かである。したがって、戦慄を思わせる社木説には与したくないというのが、正しいであろうが、宰予の発言を不適切発言とまで論断するのは、はたして、どうなのであろうか。

　孔夫子の述べた「成事は説（と）かず、遂事は諌（いさ）めず、既往は咎（とが）めず」とは、同じ意味の言葉を三様に重ねて述べられたのである。三重に貶（おとし）めたということである。このことを伝え聞いた宰予は、いたたまれなかった。

「それにしても、なぜ夫子は、哀公への自分の意見に、反論されたのであろうか。なにか、このわたしは間違ったのか」

そう、孔夫子の発言をあとから伝え聞いた宰予は、疑問に苛まれた。

この「宰我」の言動は、いわば狭い限られた孔門内での要注意人物のそれと見なされ、若い同門の弟子らに注目され、監視もされていたと言えよう。それは、また逐一、孔夫子に報告されていたのであろう。

宰予は、蔡から楚を経て衛国に移っていた孔夫子の宰予の社木発言への反論を、中都で知り合い、いまは魯都の官衙で官職を得た呂操から聞いた。

呂操は、孔夫子を信奉している。ほんとうは、孔夫子に順って、弟子として巡遊の同行者になりたかったのであった。結局、宰予に宥められて、魯都に止まった。その彼の仲間に、孔夫子に付き従う若い弟子がいるのであろう。

ここでそろそろ、こうした状況を招いてしまった宰予と孔夫子との確執とも言えるべき事象の検証に移りたい。

その発端は、おそらく、こうである。

「宰我問。三年之喪。期已久矣。君子三年不爲禮。禮必壊。三年不爲樂。樂必崩。舊穀既沒。新穀既升。鑽燧改火。期可已矣。子曰。食夫稻。衣夫錦。於女安乎。曰。安。女安則爲之。夫君子之居喪。食旨不甘。聞樂不樂。居處不安。故不爲也。今女安。則爲之。宰我出。子曰。予之不仁也。子生三年。然後免於父母之懷。夫三年之喪。天下之通喪也。予也有三年之愛於其父母乎」（陽貨）

宰予が、孔夫子に、次のようにお尋ねした。

「父母の服喪については、夫子は三年と言われておりますが、わたくしには異議があります。喪礼の期間は一年でも十分に長過ぎるぐらいではありませんでしょうか。もしも、君子が三年間も、克己復礼から遠ざかり、礼を修めなかったならば、その礼は廃れてしまいましょうぞ。もしも、三年間も楽に遠ざかったならば、その楽は崩れてしまいましょうぞ。一年間も経てば、主食の穀物も古いものは食べ尽くされてしまい、今年収穫された新しいものが出てまいりますし、火を擦り起こす種木にしましても、四季それぞれの使用される種木の種類が一巡して、またもとに戻るわけです。それらのことを思いますと、亡き父母への服喪にしましても、一年間の四時（四季）の巡りという期間で十分ではありますまいか」と。

宰予の、この言葉を少し補足すると、宰予は四季の一巡をひとの死後と結びつけて言っているのである。「喪」という字は「亡」（ひとが隠れる）と「噩」（木の葉が落ち尽くす）から成り立っている。異説に「哭」（口を開けて大声で泣く）と「亡」という説もあるが、前者を採るとすれば、紅葉する落葉樹の枝振りの盛んになる春から落葉までの秋冬の季節感が色濃い漢字でもある。

ひとの死後と四季の一巡を関連付けて考えることのできる宰予の服喪一年説は、まったく根拠のない嘘説とは言いがたい。

孔夫子が、脇に抱えていた愛用の琴瑟から手を放して、応じて仰った。

「おまえは、父母の死後に一年が経ってしまえば、亡き父母の死をすっかり忘れてしまえる、とでもいうのであろうか。そして、そのあとは、うまい飯を食べ、美しい着物を着ても、気が落ち着かないというようなことはないのであろうかな」と。

宰予は、一種の覚悟をもって答えた。

「かくべつに、そういうこともございませんが」

孔夫子は平然として聞いておられる様子であったが、意外なことに、再度、宰予に声を震わせて問われた。

「おまえはそれで不安ではないのか、と聞いておるのだ」

そう、身体を起こし、黎杖を引き寄せて、念を押して聞き返された。


孔夫子は、滅多なことで怒るひとではない。

宰予は、事も無げに「いいえ」と答えた。

孔夫子は、その言葉を受け取ってから、続けて述べられた。

孔夫子の顔容に、一瞬、怒色が走った。

「そうか。分かった。それで、おまえがなんともなければ、好きなようにするがよかろう。だが、いったい、君子というものは、近親者の喪中には、ご馳走を食べても美味くはないし、音楽を聴いても楽しくもないし、また、どんなところにいても、気が落ち着かないものなのだ。だからこそ、たった一年で亡き父母の喪を切りあげるようなことはしないのだ。もしも、おまえが、それで、なんともなければ、わたしは強いて、それを間違いだとは言うまいよ」と。

それで、ようやく宰予は、孔夫子の前から引き下がった。

宰予は、なぜだか、無性に、三年間もの服喪説に納得がいかなかった。

周王朝でも、それ以前の殷王朝でも、王が先王の喪に順服する記述には出会う。しかし、服喪に際して、三年間もの長期に亘って執政の地位にある主（おも）だった卿士に政務のことを任せっぱなしにして、喪中順服したという先例が見当たらないのである。ましては、家臣や臣下の家系で三年間の服喪期間を営々と言づてに守ってきたなどという慣例を聞いたこともなかった。古来の儀礼について物知りの宰予の父親に聞いても、そのような先例故事を知らないと言う。せいぜい「喪中」と称する期間は一年が良いとこではないか、との返答を得た。

しかし、どうして、孔夫子は三年間の喪制に拘（こだわ）られるのか。宰予には、その合理的な理由が、さっぱり分からないのである。

おそらく、孔夫子と宰予との喪制を巡る対立には、両者の死生観の違いにもとづく「なにか」があるのかも知れない。

孔夫子は、弟子の仲由（子路）から「鬼神」や「死後」のことを問われたときに、こう答えられている。

「ああ、季路（仲由）よ。われは、未だ生を知らない。なのに、どうして死を知ることがあろうか。なぜ、おまえは鬼神に仕える方法や死後の世界のことを、このわしにわざわざ問うのだ」（先進）

孔夫子は、仲由に語られたように、鬼神や死後の世界に触れることは嫌われており、極力、敬して遠ざけるべきだ。それが、分別の備わった知者のやるべきことだ、とまで仰ったことがある。

つまり、孔夫子は、ひとの生は肯定的に、前向きに捉えるが、死後の世界には深入りしたくない、ましてや鬼神のことに触れるなど禁避すべきだ、という立場を鮮明にされている。喪制や喪礼というものは、亡き死者の生前の功績を悼（いた）みつつも、あくまでも、残された生者の執るべき礼儀のひとつに過ぎないのであろうか。

一方、宰予には、ひとの死は、生への再生への入口だ、との認識がある。一年における四季の一巡は、死から再生への循環を象徴していよう。

それは、死して逝ってしまったひとにも、生きて残されたひとにも、大いなる意味がある。生死は、どこかで繋がり、かつ、循環しているのだ。

宰予は、斉侯の公子傅育のために孔夫子のもとを、近々去らねばならない。

しかし、孔夫子との、先ほどの対話が悔やまれた。

一時、子弟寮に戻ってから、しばらくひとり感慨に耽っていた。

さきほどの、孔夫子との遣り取りは、思い返しても、反省だらけである。もっと、別の返答の仕方がなかったのか、と考えてみた。

しかし、あと戻りもできない。宰予には、多少頑固に思われても、ああ答えるしか、いまの頭の中には、返答のしようがなかったのだ。

『詩』に「天は烝民（じょうみん）を生ず」とあるとおり、すべからくひとは、みな、天が地上に生じたものであり、天の恵みと恐れによって、民は営々と生かされてきた。ひとは、天の支配からは遁（のが）れて、自由に生きることはできない。生であれ、死であれ、天によって定められたものであろう。ひとは、天の生じ定めた運命からは、決して逃れることはできまい。

そして、その天によって定められた、四季（正確には、土用を含めて五季）の巡りによって、地上の万民はもたらされる豊穣によって養われ、安寧を担保され、かつ気まぐれによって脅かされている。禍福も同様であろう。ひとの生も、死ですらも、その天の定めた法則に順うべきであろう。人の一生は、その死に向かって刻々、瞬時、旬日旬月旬歳し、過ぎて行く。また、新たな生成によって、その死は、同時に、再生への入口でもあるのだ。天は、天体や四季の運行によって、ひとに、立ち止まらせることを許してはいない。

宰予は、そのことを、単純に信じ切っている。宰予は、確信した以上は、あとには引けない性格の持ち主でもある。

宰予の去ったそのあと、孔夫子は、周囲にいた他の若い門人たちに、琴瑟に目を落としつつ仰られた。孔夫子は、多少興奮気味で、宰予を相手に発せられた言葉に反して、気が済んでいなかったようだ。

「どうも、予は、思い遣(や)りのない男だな。人間の子は、生まれ落ちてから三年経って、やっと母親（父母）の懐を離れられる。そういうものであろう。だから、その三年間、亡き父母の喪に服するのは、当然であろう。人はそれに気付いているので、天下の習い事としてもよいであろう。いったい、予は、生まれてから三年間の父母の愛情を受けてこなかった、とでもいうのだろうかな。分からんな」と。

『詩』に「棘人(きょくじん)」（素冠）とある。父母の喪に服して、いたく悲しむ人が、自身を自称するときに、こう呼ぶとされる。孔夫子は、宰予がその「棘人」というときの心境を理解しえないのだ、と琴瑟を上下に弄びつつ、苦く仰った。

この孔夫子の、若い者らを前にした宰予への発言が、議論の諸説紛紛(ふんぷん)を引き起こした。とくに、孔夫子が最後に言った「予は、不仁な奴だな」という発言が効いた。

「不仁」とは、この場合、宰予の発言が、孔夫子自身に対して、多少薄情で、思い遣りに欠ける点を言った言葉であったろう。

「宰予は、自身の知識に溺れすぎてはおるまいか。やつは、少しは、先達であるおれに、気を遣って発言したらどうだ。宰予の言い方には、配慮の欠片(かけら)もないな」と、いうほどの気持ちの表出であったろう。

この場合の「不仁」とは、常日頃「仁であるか、仁なきか」を常套句とされる孔夫子の口をついて出た軽い表現ではあったが、孔門内では無視できないほどに、強い言葉であり、それは、少し言い過ぎと受け止められてしかるべきであったろう。

しかし、孔夫子の発言に絶対の真実を見ようとしてしまう若い門人たちの、孔夫子より宰予に向けられた「不仁な奴」という言葉への受け止め方は、多少ニュアンスが異なる。

特に、このごろ、孔夫子の身辺のお世話や御者を自ら買って出て、孔夫子からの信認を得ようとしている言偃という弟子が、宰予を貶し、目の敵のように言っている、という。

言偃は、孔門内では、出魯中に新しく加わった若い弟子である。南方の呉人であるとされ、孔夫子よりも四十五歳も若い人である。のちに、孔門内では、子夏（卜商）とともに「文学」に秀でていると賞され、字を「子游」と称された。

言偃には、礼制に対する見識の高さや、発言の妥当性など、またその目立つ容姿端麗で、敦敏な能力を評価されて、孔門内で目立つところにいる老弟子の宰予が、よほど疎ましい存在と感じられていたのではなかろうか。

言偃は、ことに、親分肌で、このごろは、暇さえあれば、若い者を集めて双六や囲碁など博奕などに興じている、と宰予は聞いたことがある。

しかし、宰予は、もっぱら博奕などに興味を感じない。むしろ、疎んじている。そんな暇があれば、もっと、有意な知識を増やす努力をすべきであろう、と思う。

もちろん、孔夫子も若い言偃らの博奕など、勝負事好きをご存じである。

あるとき、孔夫子は「飽食終日、無所用心、難矣哉。不有博奕者乎、為之猶賢乎已」(陽貨)と、言葉を洩らされたことがあった。

「一日中飯を食うばかりで、ほとんどなにもせず、ボンヤリしている者は困りものだな。よっぽど双六や囲碁など博奕に興じている者の方が、まだ少しは、マシだな。あんな暇つぶしのつまらぬ勝負事でも、なにもしないよりは、まだマシじゃ」

そう、言偃らの行動を庇(かば)って、仰ったことがある。


孔夫子の、宰予への「不仁」発言は、その過剰な反響とともに、言偃の格好の宰予への非難や貶降(へんこう)の言動への根拠となってしまったようであった。

当然、言偃をはじめ、若い弟子全員、疑問を差し挟む余地のない孔夫子の三年喪説の肯定者であるのだから「不仁」なる宰予の一年喪説は否定されるべき対象となった。

言偃のように、宰予に、敵愾心を抱き、さらなる不遜はないかと監視するような目を向ける下輩も、孔門内の若い弟子のなかにはいたのである。

孔夫子の口から、一度、言葉として出てしまった「不仁な奴」発言は、門人たちの間で一人歩きをはじめてしまう。

ここで、深入りするようではあるが、少し孔夫子の主張された三年喪説の根拠に踏み込んでみようと思う。

『書（尚書）』における、周公（周公旦）が政務の訓辞や訓戒を述べた「無逸篇」には、殷の「高宗（武丁）にありては、舊（久）しく外に勞し、立ちてその位に即くや、すなわち亮陰（諒闇）ありて、三年もの言わざり。それ、ただもの言わざりしも、言えば乃ち雍らげるなり」とある。有名な一節である。『論語』にも「書云、高宗、諒陰三年不言」（憲問）とある。このことを言っているのである。

弟子の子張（顓孫師）が、孔夫子に、この『書（尚書）』にある「諒陰三年」の言葉の意味を問うている。孔夫子は「なにも、殷王朝の高宗に限ったことではない。昔の人はみなそうだったのだ。主君が薨去されると、すべての官吏（百官）は、自分の仕事を纏めて切り上げ、三年のあいだ、冢宰（宰相）に政治を任せたのだ」と述べられている。

弟子の子張は、生まれは魯人ということになっているが、祖先は陳の公子で、魯に亡命してきた貴人の末裔だと言われている。

同時期に陳から斉へ亡命した公子の陳完は、陳乞・陳恒親子の祖先である。

その子張は、宰予と同様に、容姿端麗な人と目されていたが、この時点では、宰予を目の敵にする言偃と行動を共にして親交が深かった。

この質問への孔夫子からの回答は、子張への疑問に答えると同時に、子張の傍らにいた言偃への返答でもあった。

商殷の高宗・武丁には、言疾、つまり言語障害があったことが、古の伝承はもちろん、出土文献からも、今日では確たる史実として知られており、失語状態が、先王が亡くなりその王位継承後に三年間続いたことを言っている。

この「諒闇三年」が、のちには、君が薨(こう)じた際には、三年の間は冢宰(ちょうさい)（天子を補佐けて六官を統括する長官、のちに大宰とも呼ばれる）に執政を任せて先君の喪に服するという通釈が加えられた。つまり、それは、三年服喪説の根拠だとも言われることがある。しかし、似例を以ての附会(こじつけ)の類とも取れる。

「諒闇」または「諒陰」とは、天子がその父母の喪に服している室（部屋）や、その服喪の期間のことを指す。しかし、高宗・武丁は、天子として立ったときには、亡き父君の後継として王位に就いたのであるから、その夫君の喪に服したのは、確かであろう。

しかし、その服喪の期間が、必ずしも三年間であったわけではない。

高宗・武丁は、父君の薨去のショックも重なってか、三年間は重い言疾のために、もの言われなかった（失語状態だった）のである。であるので、正確には「諒闇三年」ではなく、諒闇ののち「三年不言」であった。

宰予は、この事実の記述のことを、過去に孔夫子に質したこともある。

「たしかに、予の言う通りかも知れぬが、高宗は父王を亡くして、それが原因で、三年のあいだ黙して苦しんだのちに、文を明らかにしたことは、のちの事跡を見れば明瞭であろう。その高宗の偉大な事跡に鑑みて、まさに産みの苦しみともいうべきことに、深く思いを馳せるとき『諒闇三年』が生きてくるとは思わぬか。予よ」

孔夫子は、だから「三年」に意味があると、宰予に言った。であるから、この「三年」に倣(なら)うのであると。

しかし、依然、宰予としては納得はしていない。ただし、孔夫子が「三年」に強く拘(こだわ)っていることは、宰予にはよく分かった。

若い弟子の言偃や子張のように、のちの儒者は「諒闇三年」説を盛んに言い、高宗は即位後、亡き夫君の喪に当たって三年間「ものを言わなかった（不言）」のは、父君を亡くした事実の重さと服喪のためだ、と解する。儒者のみでなく『史記』の司馬遷も同様の立場に準じている（魯周公世家）。

さらに、のちに、孟子は「三年の喪は、三代の制である」と述べて、夏・殷・周の三代の王朝に亘って、慣行として行われていたと断定して、その通説を拡大・補強している。

しかし、どの伝世文献や出土資料からも、歴代の王が先代の王の薨去後に三年間の諒闇に服した事実を記した歴史的資料は、今日まで見当たらない。まして、即位後の三年間の諒闇の間に、政治を冢宰（宰相）に任せて、次王自身は服喪して政から遠ざかった、との定かな記録はない。

孔夫子は「三年無改於父之道、可謂孝矣」と、同意のことを『論語』学而篇と里仁篇で繰り返し述べていることになっている。

学而と陽貨の二篇に、同じ発言で「巧言令色、鮮なし仁」と述べられている事例と同じく、この二重の重複には、編者の大いなる意図を感じ取るべきであろう。

父親が亡くなってから、三年間は、亡くなった父親の生前の意思を尊重して、その方針を改めないというのが、亡父に対する孝行というものだろうね、と仰っているのである。

この孔夫子の発言も、三年服喪説を補強する発言である。しかし、その根拠ではない。

三年の喪制は、一般に、父母が亡くなった年を一年目として数えて、あとの二年間の、足かけ三年、つまり二十五カ月、ないしは二十七カ月の期間を喪に服することをいう。

孔夫子は、さきの宰予との対話で、この「三年」という期間を主張する根拠として、重複するが、次のように言っている。

「人間の子は生まれ出でて、三年たってようやく父母（正確には、母）の懐から離れることができる。三年間の亡き父母への服喪は、その三年間の父母の慈しみの愛に対する恩返しである」と述べている。

これが、孔夫子の言う、三年喪説の唯一の正統な根拠と考えられる。

ここに、孔夫子の礼制における、具体的な解釈の実例が見て取れよう。原則「述べて語らず」の孔夫子ではあるが、このように、古から伝わる礼儀に、自身の信じる儒教的な解釈を付与して、のちの『礼記』のもととなった『礼』を編んでいったのであろう。

この孔夫子の作業に対して、この作業に深く関与していた宰予は、ささやかな異議申し立てを行った、と見てもよかろう。

この孔夫子の説に対して、さらに繰り返しになるが、宰予は、自らの一年喪説の根拠を次のように述べている。

「もしも、君子が三年間も、喪に服して、克己復礼から遠ざかり、礼を修めなかったならば、礼は廃れてしまいましょう。もしも、三年間も楽に遠ざかってしまったならば、楽はくずれてしまいましょう。一年間も経てば、主食の穀物も古いものは食べ尽くされて、次の年の新しいものが出てまいりますし、火を擦り起こす種木にしましても、四季それぞれに使われる種木の種類は一巡して、またもとの種類の種木にもどりましょう。それを思いますときに、両親たる父母に対する服喪にしましても、一年間という期間が四時（四季）の区切りであり、この一年を喪に服すれば十分ではありませんか」

そう、宰予はハッキリした根拠となる理由を挙げて、先に、孔夫子に反対意見を述べたのであった。

孔夫子の、のちに弟子らの記憶と記録によって纏められた言論集ともいうべき『論語』において、その弟子が、こうした反対意見を孔夫子に述べている事例は、極めて稀である。宰予の意見が、ほぼ、唯一と言ってもよいかも知れない。

また、あれほど日頃の「克己復礼」に拘（こだわ）られていた孔夫子が、服喪中の三年間はただただ亡き父母の慈しみに報恩するためだけに「服喪の礼」に順って、ただ無為な時を過ごせ、というのである。また、孔夫子には、その時間は無為な時とは、認識されていないのかも知れないのだが。

宰予は、納得できなかった。

そもそも宰予の物言いは、古式の五行説に基づく五時（四季＋土用）の一巡を意識して、これに順うことが自然な服喪の時間と様式であろう、との自説を述べたものである、と解釈できよう。当時の常識としては、孔夫子の「三巣報恩（生後三年の父母の慈育の恩義に報いる）」の説よりも、宰予の主張した服喪一年循環説の方が理にかなっている。

喪に服するということは「服喪の礼」としての礼儀の実践ではあるが、諒闇（服喪用の質素な室内、部屋、または粗末な小屋）に隠り、最低限の衣食（粗衣粗食）に耐え、世俗との関係を絶って、亡き肉親の逝去を悼み、静かに除服までの期間を過ごすことにある。

宰予の服喪一年循環説の、ひとつの動機に、斉の賢相と言われた晏子（晏嬰、晏平仲）の、孔夫子に対する批判の言葉がある。

若き孔夫子が、昭公の乱後、斉で仕官を希望して、上卿の高昭子（高張）と臣下の契りを結び、景公に謁見を許された。

二度に亘る謁見の内容は『史記』などの諸史書に詳しいが、二度目に政事を問われた孔夫子は、国家の財政面の節約の重要性を景公に進言したが、この発言が、傍らで終始黙認を続けてきた晏子を刺激し、孔夫子の斉での任用への反発を招いた。

晏子は、この時、次のように景公に述べている。

「礼楽は奢侈に過ぎ、厚葬久喪は民事を害し、いずれも外見ばかりで内実は乏しいと言わざるをえません。孔子の教説には、政事に実益が無いといえましょう。礼楽など、わが公が一生かかっても習得し尽くすことは困難です。厚葬久喪など、風習に馴染みのない民に教えても無駄でしょう」(『史記』孔子世家)

こう指摘して、孔夫子の斉での任用に、あからさまに反対した。

景公は、謁見の前に、孔夫子を取り立てて斉国内の「尼谿の田」を封地として孔夫子に与えるこころ積もりであったが、この晏子の反対意見を覆すまでの見識は具えていない。結局は、晏子の言に順った。

宰予は、礼楽に重要な意味があるとの立場ではあるが、晏子とて祖先は宋の公子であり、累代に商殷で行われていた礼楽のなんたるかを知る人であることが分かる。

晏子の述べた「礼楽など、わが公が一生かかっても習得し尽くすことは困難」との指摘は、まさに、壮大気宇とも言うべき「礼楽」の、大凡のなんたるかを知るひとの示した、見解であるといえよう。

宋という国は、商殷の遺民の興した国であり、周礼の手本となった礼制の創始国の伝統を引き継ぐ国でもある。伝統の意識の浅い斉国にあって、晏子は礼楽の意義に通じた人でもあった。

その晏子の、孔夫子への礼楽と厚葬久喪（豪勢な葬儀と三年の服喪）への批判は無視することはできない、と宰予は感じている。

晏子は「厚葬久喪」を民事を害するとし、政事に実益が無い、と手厳しく批判した。もともと、こうした風習に馴染みのない民に教えても無駄だ、とまで言っている。

元来、斉には、吝嗇（りんしょく）ではなく、伝統よりは実益を重んじる文化的商業国家としての国風がある。その国で、品格を兼ね備えた礼儀が根付かなければ意味が無い。そのためには、財を尽くす飾り立てられた形式的な無駄な厚葬は慎まねばならぬであろう。生活に支障を来すほどの永すぎる服喪は正さねばならぬであろう。

宰予には、そう思われる。

孔夫子の、その晏子に対する評価も、高かった。

「晏平仲善與人交、久而人敬之」（公冶長）との人物評がある。

関わる人同士との交際の上手い人であった。たとえ、馴染みの間柄になっても、相手に対する敬意はなくされなかったよ、と晏子について述べられたことがあった。

その晏子の、孔夫子に対する批判は、無視すべきではあるまい、と思われる。

また、じつは、周公（周公旦）の健在であった時代に、魯と斉についての、こんな逸話（故事）が残されている。

周公も、孔夫子にとっての、毎日夢にまで見る尊崇の対象者であった。

その周公の逸話は、次のようである。

周公が亡くなる前に、子の伯禽が魯伯として魯の地に封ぜられて、魯に赴いて三年が経った。そして、父の周公に魯の政治の現状について報告しにやって来た。

周公は「なぜ、報告が、こんなに遅くなったのか」と、わが子たる魯侯の伯禽に問うた。

息子の伯禽が答えて言うには「魯においては、これまでの風俗を変え、礼法を改めて、喪は三年を服して終わることと致しました。それで、遅くなったのです」と。

一方、斉国の祖である太公（太公望呂尚）は、斉の地に封じられて、僅か五カ月後に、周公に政治の報告に来た。

周公が「なぜ、あなたは、これほど早いのでしょうか」と、太公に問うた。

「わたくしは、君臣の間の礼法を簡素にして、現地の民のこれまでの風俗に従ったのです」と、太公望は、周公に事も無げに答えた。

周公は、あとから、息子である魯侯の政治の遅い報告を聞きつつ、嘆息して、次のように述べた。

「ああ、魯は後世に、その臣下となって斉に仕えることになるであろう。そもそも、政治は簡素にして、容易なしくみを備えていなければ、民は親しむことがない。公平と簡易とをもって、民に親しまれなければなるまい。そうすれば、かならず民は、その下として馴染み、定着してくれよう」（『史記』魯周公世家）

この逸話は、もちろん後世の人の作り話であろう。しかし、枝葉末節には修飾がつきものではあろうが、根拠のない話ではない。また、この話のできあがるための、もとの話はあったはずである。そこが肝腎なのである。

この周公の見解と、息子である魯侯に対する周公の指摘は、宰予には重要であるように思われる。あれほど、周公を尊崇し、夢にまで見た孔夫子が、周公のこの指摘を無視してよいものであるのか、どうか。

宰予には、当然の如く疑問がある。

そもそも、服喪礼の期間について、孔夫子と宰予とのあいだに、三年服喪か、一年服喪か、との論争が起こること自体に、一般的に服喪期間についての認識が、春秋期のこの時代にはまだ、ひとびとのあいだには広く慣習としても定着していなかった、ということが言えまいか。

むしろ、慣行として、当時さまざまに民間で執り行われている服喪の習慣を、孔夫子も、宰予も、礼儀の一部として、きちんと確立しておきたいと願えばこその、両者の真剣な論争であった、と言えるのではなかろうか。

さきに述べた『孔子家語』の「新疏貴賤により多少の数を為る」の原理にもとづき、孔夫子としては君公から卿、大夫、士より庶人に至るまで、血縁の親しい遠い、家格や身分の貴い賤しいに応じて、礼儀の様式や執り行われる祭祀規模や形式や数量を定め、行き過ぎたり誤った慣習、規則、規定を正そうとする流れで、礼儀そのものを考えているのである。

孔夫子は、廟制をはじめ、主要祭祀において、君主より卿大夫士や庶人への数的な規定や一種の格差を設けることで、礼制としてひとびとのあいだに認識はあるものの、曖昧な面や空白部分を、新しい秩序として、序列化し、矛盾なく埋めていきたいのである。

その行為は『礼』という「伝承」ではない「書物」に規定し、仕上げるための順序を揃えるための条件でもあった。

そのためには、孔夫子としては、服喪期間については、どうしても「三年」であることが都合がよかったのであろう。

もちろん、そんなことぐらい、宰予とて、理解しないわけではない。しかし、それでも、あえて、孔夫子に対して自己の主張をせざるをえなかったのであろう。

そうして、きちんと自説の理路に沿った理由を挙げて、孔夫子に正論で反対意見を述べた宰予を、貶める理由は、孔夫子にもないはずである。


そう言えば、あるとき、別の弟子である端木賜（子貢）が、同様に、孔夫子に「告朔の礼」について問うたことがあった。

宰予との喪制を巡る議論にも、酷似する面がある。

「告朔の餼羊（生きている生け贄の羊）を去らんと欲す」（いまや告朔の儀式には、君主の立ち会いもなく、ただ羊の生け贄を捧げて、儀式が行われて、簡略化されてしまっています。形式のみ残して、羊の生け贄を捧げるのも、無駄なように思われます。いっそのこと、それも止めたらどうでしょうか）と、端木賜は、自説を説いて、孔夫子に質問した。

弟子のすべてが、みな孔夫子の解釈や意見に絶対的に従順であった訳ではない。

告朔の儀式とは、毎月の初め（朔日）に、魯侯が祖先の宗廟を祭り、納めてある前年末に周王から賜った当月の暦（農暦）を初めて開く儀式である。その儀式では、餼羊（生きた羊）が生け贄として捧げられた。

「おまえは羊が惜しいと思うかも知れないが、わたしはこの伝統ある儀礼が失われてしまうことのほうが惜しいとおもうよ」（八佾）と、孔夫子は琴瑟をつま弾く手を休めたまま、厳かに仰ったことがある。

この「告朔の餼羊」は、のちに成語となり「形式だけでも残っていると、根本精神を忘れないよすがとなる」という意味で使用されることとなった。

孔夫子の関心はここで途切れて、端木賜とは、別の話題に興じられた。先の宰予の服喪期間を巡る議論の時のような、不仁発言にまでは至らなかったのである。


同様に、この事例に倣って、孔夫子は、端木賜と同様に、宰予に寛顔を向けて丁寧に答えられれば、よろしかった。

「おまえは、三年間の喪に服している時間が長すぎて、惜しいというが、わたしは一年で服喪の時間を切り上げてしまいたいという、その父母の恩義に報いる孝義を省略し、礼を省こうとするおまえの姿勢が残念でならぬよ。も一度、よく考えてみよ」

そうとでも、述べられて、議論を諦められて、心中に納められていれば、よかったように思われる。

そこで、宰予との感情的な議論は終わるはずであった。

この場合も、端木賜と孔夫子の「告朔の儀礼」を巡る遣り取りのように、穏便に、ことは収束し、いずれは双方の感情の齟齬は寛解に向かうはずであったろう。
しかし、この度は、似例どおりには、結局成り行かなかった。

孔夫子の「三年服喪」説は、周の礼制に確たる根拠が無いだけに、宰予の「一年服喪」説と、厳しく対立する議論を巻き起こしていた。

それは、考えてみれば、孔夫子の頭のなかで、礼制を秩序立てて、のちに書物として編み残すために、どうしても譲れない事柄に属していたのであろう。

この議論は、孔夫子が、言偃や子張（顓孫師）など若い弟子らを巻き込んだことで、引くに引けない口論となっていった、と考えられるのである。勿論、こうなってしまえば、若い弟子らは、みな、孔夫子の喪説に、賛意を表せども、まったく異議は唱えない。

宰予の立場は、明らかに不利である。ただ、一人での異議申し立てであった。

しかし、それでも、宰予は、なぜか自説を容易には引かなかったのである。

じつは、この二説の対立点は、しつこいようではあるが、礼制の事実や典拠にもとづく対立ではない。『周礼』にも、その以前の商殷の礼制や古のものにも、孔夫子のこだわる「三年服喪」の事実を正統と見なす根拠が見当たらないからである。

孔夫子の生きたこの時代の原典には、喪制の典拠と見なせるものは、なに一つなかったと言えよう。三年喪制を明記する書物が現れるのは、孔夫子の発言以降の大分後のこととなる。

では、周の礼制を照覧しても、証明すべき根拠の見当たらない服喪期間の慣習についての、この二説の対立点とは、ほんとうは、どこにあるのかといえば、畢竟、それは服喪に対する孔夫子の儒教的な解釈の違いによる対立である、としか理解のしようがない。

「儒教的」とは、なんなのかと言えば、それは、つまりは、そのひと（儒学の祖である孔子）の良かれと思い信ずる解釈の問題であろう。


もっとも、ほとんどの弟子らは、孔夫子の唱える「三年服喪」説の盲目的な支持者であることを考えれば、ほぼ宰予は孤立無援の主張を強いられることとなった。

かろうじて、孔夫子の不在時の、宰予の議論に参加するのは、友人の端木賜と陳亢（子禽）や冉求（子有）のみであったといえよう。

古くからの弟子の顔回（子淵）や仲由（子路）や、若いが学識豊かな子夏（卜商）は、いつもは、孔夫子の解釈の擁護に余念がないが、今回はどうしたことか沈黙を守った。

師弟二人の隙のない議論に、たれも口を差し挟む余地も知識も備えていなかったからである。

これより若い弟子のなかでは、さきに『書（尚書）』にある「高宗、諒陰三年不言」の言葉の意味を孔夫子に問うた子張（顓孫師）や言偃が、孔門内で対立的立場にある子夏に対して意見するために、宰予との議論に積極的に参加したのである。

さらに若い弟子らとなると、有若などは孔夫子の言説を疑うこともなく順い、曾参などは、宰予にあからさまに敵意を剥き出しにしていた。

とくに、宰予が自説を譲らず、その頑固ぶりを見て、孔夫子から「予は、まったく、不仁な奴だ」と罵られてからは、宰予の議論に加わる者すら居なくなってしまった。

しかし、親友の端木賜だけは、その後に三年喪説について、のちに不可思議な行動を取ったことが知られている。

端木賜は、孔夫子の没後、当然のように亡師を悼むために三年間の喪に、他の弟子らとともに順い服した。

そして、除服後も、さらに、もう三年間の喪に服し、師も他の弟子も悉く去った旧孔府の跡地の仮小屋に服喪し続けている。

この計六年の服喪の行動はいったいなにを意味したのか。

三年喪説への行動による亡師への恭順と、ささやかな異議申し立てではなかったろうか、とは解釈できまいか。

端木賜だけは、孔夫子の喪説の「三年」という期間に、必ずしも、こだわりを持ってはいなかったのではあるまいか。もちろん、推測の域を出ないのだが。

その後、のちの儒者の編んだ『礼記』には、三年喪説が当然のように説かれ、父母、祖父母、兄弟、伯叔父というように、亡くなった親族の血縁における近遠に応じて、喪説に応じて着用すべき喪服の種類から、装着具、使用できる食器類、服喪の儀式、服喪中の行動などにまで、事細かな規定が加わることとなる。

しかも、君臣間、幼老上下、新疏貴賤の関係の王侯貴族、士大夫、庶子にいたる階層、立場ごとに、その許され守るべき儀礼の内容には格差と区別が段階的に設けられた。

たとえば、司馬遷の『史記』五帝本紀・堯帝篇などでは、尭（ぎょう）の死後「天下の百姓（ひゃくせい）は、みな尭の死を父母を失ったように悲しみ、敬して三年間は音楽を奏でず」と記して、結局、尭より次帝に推された舜（しゅん）は、堯帝の三年の喪に服して帝位を継ぐことになっている。

この記述は、明らかに歴史の事実からは、かけ離れている。その端的な例が、これであるといえよう。こうして古の事績に遡って、順に新たな「歴史」は作為的に書き換えられていく。

これらの歴史記述は、司馬遷に限らず、みな後世に記されたものであり、孔夫子の唱えた三年喪説がのちに故実のなかに刷り込まれ、のちの史書に定着し、世間に通説化していったことを示していよう。ないしは、のちの儒学者は、三年喪説のいまを正当化するために、ある意図を持って、太古の言い伝えや伝世文書に刷り込み、話を作り替え、文書の作為的な改竄（かいざん）さえも厭（いと）わなかったのである。

簡単に言ってしまえば、孔子やその直弟子らの生きた春秋期や、それに続く戦国期はまだまだ伝承の重んじられる時代であった。

伝承とは、改竄すらも、必要性や状況や場面に応じて正当化される、それが当たり前の時代であった、ということでもある。

若い妄信的で勢いのある弟子たちのなかには、夫子の説に反する宰予の一年服喪説に腹を立てて、宰予の弱点を暴き出そうと、発言にいちいち注意を払い、監視を続ける者もあった。そして、甚だしきは、孔夫子に行状を告げ口するのであった。

いまや、宰予は、他国にあって苦境にある孔門内では、羨望や懐疑の目をもって、特別視される立場にあった。それは、季孫家に匿（かくま）われた斉侯の有望公子の教育係としての地位を保ちつつ、季氏に従って公宮に出入りし、魯侯の哀公にも直接諮問を受けるような優位な目立つ立場にある、ということである。当然のこと、他国で埒外（らちがい）に置かれたままの孔夫子や若い師弟などからは、妬みや羨望と、やっかみすらも加わって、同門者という仲間意識よりは、同門を見限った疎ましい存在と見做されつつある。

そんななか「宰予、晝寝ぬ」と、センセーショナルな事件が出来した。

「宰予晝寢。子曰。朽木不可雕也、糞土之牆、不可杇也。於予與何誅。子曰。始吾於人也、聽其言而信其行。今吾於人也、聽其言而観其行。於予與改是」（公冶長）と『論語』に記述がある。

この事態を概略すれば、こうである。

宰予は、斉の公子・陽生が、斉公となるため魯国を去ったのち、一時、孔夫子の逗留先の衛国内の臨時の教場に戻った。

その間の宰予の得た俸禄を孔夫子のもとに持参し、また、宰予の得ている詳しい魯国と斉との関係についての諸事情を孔夫子に報告するためでもあった。

そのつかの間のことであった。


宰予に反感を持つ、若い弟子のひとりが鬼の首でも取ったかのように、講堂内で宰予の不在に気付き、所在を確かめて、手柄を褒めてもらいたいばかりに、孔夫子のもとに急行し報告をした。

「宰予が弟子寮で昼寝をしていた。孔夫子の講義が、すでに始まっている時間であったにもかかわらず。それを弟子らから聞いて、講義を中断し、弟子に従って宰予のもとに赴かれた孔夫子が仰られた。木も朽ちては、彫刻には使えぬ。腐葉土を積んだ垣根では、壁の上塗りは用を為さない。宰予に教えるのは無駄だと解ったよ。おまえ（予）のような怠け者を相手にしてもしょうがない」

宰予は、昼寝の現場を、若い弟子からの報告を聞いて、教場から藜杖をついて移動してきた孔夫子に、気まずいところを直に目撃された格好である。

孔夫子の重要講義は、通常は、全子弟の出席が必須という決まり事であった。

当時、中国では昼寝の習慣があったが、たぶん宰予は遅く就寝して、決まった時間を過ぎて、寝過ごしたのである。

それは、宰予自身が、孔門の決まりから、しばらく遠ざかっていたせいもあろう。

「次の日、孔夫子が、宰予のところに赴いて、また仰った。われは、今回のことで、改めてよく考えてみたよ。なあ、宰我よ。はじめ、私は、他人に対して、その言葉を聞けば、それが即座に実行されるものだとばかり思っていたよ。だが、しかし、いまのわたしは、他人が言う事を聞いたあとで、それが果たして、言葉どおりに実行されているかどうかを慎重に観察することにしたのだ。わたしは、おまえ（宰我）の今回のことに懲りてから、ただちに、自身の方針を変更したのだ。おまえの悪い例に懲りたからだ」と。

孔夫子が言った「他人」とは、もちろん「宰予」のことであろうが、または「孔夫子」自身のことを指して言ったのであるかもしれない。私には、有言実行で応えよ、と。

宰予は、孔夫子を目前にして、ただ無言で、唸った。

宰予の晴れやかな顔は去って、歪んでいる。

孔夫子は、師の目前で沈黙せざるを得ない宰予を前にして、黎杖を持つ手を翳して、そのように苦くなん度も仰った。

孔夫子の気持ちは、しばらく収まらなかった。

宰予も、さらにへこんだ。

ここでも、不自然な二重の言葉の重複が使用されている。
「朽木不可雕也」と「糞土之牆、不可杇也」とは、表現は異なるがほぼ同意の言葉である。哀公への「神木」発言のときとほぼ同様の、宰予を貶降（へんこう）する言葉の繰り返しである。

宰予の主張した一年喪説のように、立派なことを堂々と主張はするが、今回のように、自身の行動面では普段にだらしない姿が目立つばかりではないか、と孔夫子は言いたいのであろう。

孔夫子は、おそらく、宰予の「昼寝」という行為を責めてはいない。自身の重要講義を欠席したことに腹を立てているのである。自分の講義を欠席するようでは、もはや宰予に自分が教えることはあるまい、と判断されたのである。

先師である自身への従順よりも、自己主張を優先させた弟子への報復とも取れる。

それほどに、服喪説の両者の対立に対する、因縁は消えていなかった。

とくに、孔夫子に於いては、そうであった。

宰予が、孔夫子に関係の修復を、それとなく求めても、孔夫子の方は頑（かたく）なであった。孔夫子の方が、努めて距離を取っているように思われた。

どうも、普段の孔夫子らしくない。端木賜（子貢）や冉求（子有）も、孔夫子の宰予に対する態度を訝（いぶか）って「どうされたのだ、夫子は」と、宰予を気遣って言ってくれた。

特に、この時、親友の端木賜は多忙にもかかわらず、宰予のことが心配のあまり、三日三晩の間、宰予の側を離れず、話し相手を務めて慰意をさり気なく行動で表してくれた。

しかし、当の宰予は、過ぎてしまった自身の失態に恥じ入るばかりで、不思議に言葉も少ない。

また、その後の数日間を無為に孔門内に止まる宰予のこころも晴れない。


その直後に、また、先の「哀公問社於宰我」の事件が、若い子弟より孔夫子に遅れて報告されたのであった。

「魯公に、そんな軽々なことを、言ってしまった以上は、成事は説かず、遂事は諫めず、既往は咎めずというべきだが、まったく、しょうがないやつだな、宰我は」

「それにしても、ほんとうに口の減らないヤツだなあ、宰我は」

そう、孔夫子は、呆れた風で、苦言を呈されたのであった。

まあ、そういうことになってしまっている。


宰予は、直前に昼寝事件で「朽木」や「糞土之牆」と孔夫子に二言で貶められ、こんどは社木発言では「成事は説かず」や「遂事は諫めず」や「既往は咎めず」と、三言で窘められたのである。

孔夫子のぼやきは、前回のときよりも、二言から三言へと、一言増えた。

もはや、宰予が、孔夫子に必要な質問をぶつけても、返事は素っ気なく、ときに疎ましいものとなった。

『論語』に「仁者雖告之曰井有仁者焉、其従之也」(雍也)と、宰予が孔夫子に質問している。「仁なる人は、深い井戸のなかに仁があると言われたとしましたならば、やはりその言に従って、井戸のなかについて参りましょうか」と、逡巡しながらも、思い切って質問してみたのである。

この宰予の、孔夫子に投げかけた質問は、前後の事情や状況説明が省かれているだけに、唐突な質問のように感じられる。

手にあった琴瑟を放り出し、返答した孔夫子の語気は荒い。

「馬鹿な。どうして、そんなことがあろうか。仁者は、言葉巧みに井戸の側までは誘い出すことができても、危険な井戸のなかへまで突き落とすことはできない。ちょっとは騙せたと思っても、どこまでも罔(くら)ませられると思ったら、大間違いであるぞ」

孔夫子の返答の語気は、繰り返しになるが、まことに荒い。

服喪説を巡って、両者が対立したのちの発言であるに違いない。

孔夫子は、自分を騙そうとしても無駄だよ、と暗に宰予に知らせたかったのかも知れない。「可欺也。不可罔也」は強い言葉である。皮肉っぽくも聞こえてしまう。

宰予は、あらためて、孔夫子の、自分への頑なな態度表明に直面せざるをえなかった。

しかし、宰予には、この質問に、別の思いが込められている。

宰予は、このとき、傅育に携わった公子に付いて斉へ行くべきか、どうか、という決断を迫られていた。斉は、その「井戸」でもあったろう。

その深い井戸のなかに入る（つまり、公子に従って斉国へ行く）ことを、強く誘われているのである。その、井戸口には、すでに寸前で落ち込むところまでも達してしまっている。はたして、成り行きに身を任せて落ちるべきか、思い切って自分から飛び込むべきなのか。まことに、宰予にとっては、悩ましい。

宰予が、自身を、暗に「仁者」に擬えて質問したことを、孔夫子は直感して、さらに怒ったのであるかも知れない。

おまえは、自身を「仁者」だ、とでも思っておるのか。勘違いも甚だしいぞ、と。

『史記』の「仲尼弟子列伝」には、そののちに、宰予が、再度、孔夫子に「五帝の徳について問うた」とある。この話の出典は『大戴礼記（だたいらいき）』（五帝徳篇）からである。

もう、このときの孔夫子は、前回に宰予が「五帝」について『孔子家語』（五帝徳）で、懇切に答えられたようには、返答されることはなかった。

「予よ。おまえは、それを問うべき人ではない」

このときの孔夫子は、宰予には、相当に冷たい態度であった。宰予は、あらためて、孔夫子に取り付く島もない状況であった。

宰予の落胆は大きい。

孔夫子は、多くの弟子らをまえに、宰予の普段の行状の不信を述べたうえに、さらに宰予の発言に不審感を呈し、質問に於いても拒絶を示されたのである。もはや、宰予は行動においても、また「言語」においても、孔門内で手痛い批判を受けて、存在自体を否定されかねないところまで追い詰められている。

まさに、宰予は「浸潤の譖(そしり)、膚受の愬(うったえ)」(顔淵)に晒(さら)されている。

「浸潤の譖」とは、水がジワジワと、ものの僅かな隙間に浸透(し)み込んでいくようになされる巧みな中傷讒言のことである。

また、次の「膚受(ひじゅ)の愬」とは、ワザと塩水を肌膚に垂らして傷口に触るような、身を切るような痛切な訴えのことである。

このごろの孔夫子と、主宰する孔門の変容は甚だしい。

魯からの逃亡的な生活が約十年近くも続いているうえに、期待を持って訪れた衛でも陳でも、他の小国でも、また、南西の大国の楚ですらも、君主らに招かれて、意見は求められはするが、望みであった仕官は、結局のところ叶わなかった。多勢の一門の疲弊は明らかである。

この間、孔夫子は、約七十名ほどの諸国の君主や領主に会ったと言われている。

しかし、むしろ、逆に、孔夫子と孔門の徒には危難ばかりが、ついて回っている。

孔夫子の言行は依然闊達なものの、孔門とそれに従う孔門の徒には方向性が見いだせない状態が続いている。憤懣（ふんまん）や不平が蟠（わだかま）り、渦巻き燻（くすぶ）っている。

また、弟子らにも変容がある。

その弟子たちのなかにも、孔夫子の周囲には、途中から加わった言偃や子張（顓孫師）のような他国からの新参者や魯国出身のもっと若い者たちが増え、古参の者たちは孔門から静かに去るか、或いは孔門を経済的に側面から支える立場に変わりつつある。

元来、孔門の一行は、多勢とはいえ、性格的に小集団としての狭い結束や偏った絆によって成り立っている。

孔門内は、新たに加わった孔夫子を強く信奉する新参の弟子や若い弟子らの熱気や思惑によって、当然に変容してきているのである。


宰予は、そのことを敏感に受け止めざるをえない立場に置かれている。

親しい端木賜（子貢）は、魯国の大夫で外務大臣職である子服氏の随行顧問として行人の仕事が忙しく、また仲間であった冉求（子有）も請われて季孫家の家宰となって孔門を離れた。同輩格の仲由（子路）も、衛の孔氏の家宰への話が進行していると聞く。いずれは、孔夫子のもとを離れるらしい。

宰予自身も、季孫家で斉公の公子の養育係になっている。

のちに高弟と呼ばれたひとで、変わらず、孔夫子の近くにいるのは、自ら厭官志向が強くて仕官に誘われることもなく、貴家の宰事に性格的にも不向きで、学問にしか興味を示さない堅物（かたぶつ）の顔回（子淵）だけである。

宰予の孔門内での立場は、宰予が他国への周遊に孔門一行と同行している間は、まだ、孔夫子も、同行する他の若い師弟からも、疎んじられることはなかった。

しかし、宰予が一行から離れ、魯国に戻り、季孫家に匿（かくま）われた斉侯の公子の養育係に抜擢（ばってき）されてからは、同門内での宰予に対する見方が変化していった。

特に、若い弟子らの宰予に対する見方は、一種辛辣（しんらつ）なものとなっていった。同門における仲間意識よりは、抜け駆けした者への恨めしい思いが募っていったように思われる。

さらに、孔夫子が政事への積極的な参加や関与への希望を諦めつつあるこの時点では、宰予の孔門内での活躍の場も次第に少なくなっていかざるをえなかった。宰予自身の切なる希望も潰（つい）えてしまったといえよう。政事や交渉における実務面のスペシャリストである宰予の出番は、まったく減ってしまっていた。

宰予としては、孔夫子の編纂を進める礼制を巡る礼書への、積極的な参与と自説の披瀝によって、その議論に加わる以外に、自身の身の置き所もなくなっていった、とみるべきであろう。

また、その積極的すぎる議論参加が、唯一、宰予自身を、宰予たらしめていると思い込ませてしまったのかも知れない。

宰予は、臨時の孔府内でも、孤立感を深めていった。

そして、それが彼を少しずつ腐らせ、思いもかけず孔門内での発言力を失わせる結果となり、失望感を深くさせた。

あるいは、さらに、多少の宰予の気を緩ませ、サボらせるような形となっていったのかも知れない。

つまり、政策集団ではなくなり、孔門の徒が具体的な政事を目指すことを諦めた時点で、孔門内での宰予の役割も終わってしまった、とみるべきであろう。

孔門が、政策集団から、たんなる教育機関、さらに教団へと鞍替え（教団化）する過程で、実務能力の高い宰予は、教団からは弾き出される運命にあった。教団からは、宰予の存在が、教団にとって不都合な存在へと、徐々に化していったことが分かる。

宰予は孔門内で、ひとり窮地に陥り、居場所すらもなくしつつあった。

頼るべき友人の端木賜（子貢）や冉求（子有）は孔門を離れており、いまや宰予の側には居ない。

孔夫子のいまのお気に入りの弟子で、お喋（しゃべ）り相手を務めるのは古参の顔回（子淵）であり、孔夫子の指向も、当初の具体的な「克己復礼」を重視する姿勢から、独特の解釈によるより概念的に難しい「徳義」や「仁」や「孝悌」を、孔夫子は重要視しだしている。

孔夫子の身辺の世話から、身近な会話の相手となっているのは、新参の言偃や子張（顓孫師）、子夏（卜商）らである。

ただし、文学に通じた者とされた言偃と子夏は、ともに口も聞かないほど、ライバルとして仲が悪い。このころ、子張（顓孫師）は言偃と親友であったが、子張は盛んに子夏との激烈な議論を繰り返していた。古参の宰予や端木賜や冉求らより一世代若い卜商（子夏、衛の人）や顓孫師（子張、陳の人）は、宰予らの若いころのように議論をたがいに繰り広げ、両者は譲らず険悪な対立関係にまで発展して、孔門を二分しかねない。両者の対立は、孔夫子の死後も止まなかった。

また、帰魯前後の若い弟子の曾参や有若らは、そのもとに多勢で結集し、孔夫子への敬仰尊崇と教祖と見なす教団化が一層進んだ。

ある日、親友の端木賜が、いまや孔府の教室で盛んなふたりの激しい議論の遣り取りを聞きつつ、孔夫子に尋ねた（先進）。

「師（子張）と商（子夏）とは、どちらが優っておりましょうか」

こんな直截な質問を、孔夫子にぶつけられるのは端木賜のみであろう。

「師は、行き過ぎだ。商は、それには及ばない」

「では、師の方が、優（愈）っておりましょうかな」

「過猶不及也（過ぎたるは、なお及ばざるがごとし）」

行き過ぎるのは、行き足りないのと、さほどかわるものではない、どっこいどっこいであろう、と孔夫子はあまり感心しない顔で仰り、琴瑟を手元にたぐり寄せられた。

孔夫子は、そう言って、多少控え目な、温和しい性格の子夏の肩を持った。

ところが、この二人には、特異な優れた特技があった。

子夏は記憶力に優れており、一度孔夫子から聞いた言葉は忘れることがなかった。また、一方の師はメモ魔で、自らの着衣の紳（広い帯）の端に、師の言葉を忘れぬように覚え書きを頻繁に残して、たがいに孔夫子の発言を記憶と記録に残そうとしている。

孔夫子の発言集が後世にまで伝わったのは、この両者の力に与る部分が大きかった。

師は陳の亡命公子の子孫で、宰予と似て、容貌に優れ姿かたちの美しい人であったが、のちに孔夫子からは「辟（うわべ飾り）だ」と言われ、結果、仁義の行動を欠いていた、と指摘された。宰予への扱いと似ている。子張は、孔夫子の死後は、仲の良かった言偃とも袂を分かっている。


宰予の負のイメージは、孔門内で定着しつつある。

「巧言令色、仁は鮮（すく）なし」と、暗に宰予が批判を受け、その言葉が殊更に孔夫子の発言として強調されるのは、のちの教団の主宰者や擁護者が宰予や師を疎んじ、また『論語』の編者たちがモンタージュの手法を駆使して著書に否定的イメージを刷り込んでいった結果ではなかったろうか。

とくに、のちの儒家にまつわる記録には「子張の賤儒」といった記述が見え、陳国を住処としたとされる子張の孔夫子亡き後の孔門を去ってのちの言行には、多分に芳（かんば）しくない動向があったものと思われ、その影響も無視はできまい。

宰予は、ひとり、孔門を去る決断をしていた。たれにも告げることなしに。

宰予には、孔門内に残り、在籍する場所が、もはや無かったといえよう。

苦渋の決断ではあった。

宰予は、自ら、去るべきであった。

「ああ、ああ。『河水の、深きは厲し、浅きは掲す』（『詩』邶風）か」と、宰予はつぶやきつつ、落ちかけた夕陽を背に門を出た。

河水を渉るには、その水位が高ければ、水に濡れないように衣を高く掲げて渉らねばならぬときもあれば、水位が低いときは裾を捲るだけで渉れるときもある。

続けて「就其深挨、方之舟之。就其浅挨、泳之游之」（『詩』邶風）と、自然に宰予の口をついて出た。

もう、宰予は永年親しんだ孔門から遠く離れ、終には、あとを振り向かなかった。

宰予は、歩を進めながら、繰り返し歌った。永く馴染んできた詩句でもある。とくに意味はなかった。

河水の深きときは、方（＝桴）や舟で渉るが、その浅きときには、泳いでも余裕で悠に渉れよう。

宰予の心境は、はたしてどちらに近かったのであろうか。いまとなっては知るよしもないが。

宰予の入門のあとに、異母弟の宰去（子秋）が、兄を慕って孔門に入門していたが、宰予は敢えて、この弟を親友の端木賜（子貢）に託して、孔門に残して行くことにした。
宰予は、衛国を後にして、臨時の孔府をひとり去ったのである。

第三の物語　晩鐘篇

「孔門出奔の後と、斉国の大夫へ」

哀公八年の春、端木賜（子貢）の予測どおり邾国救出のために、呉軍が魯を攻めた。

そのまえに、邾の大夫で大臣の茅夷鴻（茅成子）が、その君である隠公に呉王への救援を依頼すべしとの意見を申し述べたが、この無道な邾君は煮え切らない態度で肯定の返事を渋った。その間にも、邾城に侵攻した魯軍の兵士の蛮行は、邾民を蹂躙して止まないものであった。

堪え切れぬ思いの茅夷鴻は、邾君の同意のないまま、母国と国民を思い単独行動を決意する。決死で帛五匹と牛の鞣皮四枚を携えて、呉王に邾の救援要請に赴いた。捨て身の行動であった。これが、呉王夫差に通じて効を奏することとなった。

早速、呉王は自ら兵を率いて魯に迫った。呉軍の侵攻は、魯の南の武城から東陽を攻略し、五梧、蚕室へと進み、夷という地で、両軍が対峙した。

呉王・夫差は、激烈に魯を攻め、魯軍は、精鋭で疾風のような呉軍の速い攻めに圧倒され、瞬く間に呉の大軍に飲み込まれた。


邾攻めでは、陸家の当主は、魯公を戴いて叔孫司馬の中軍の要枢の一端を担い、邾城攻略や邾君の捕獲にも先鋒を務めて目覚ましい軍功を為したようだ。

しかし、このたびの呉軍との戦役では、まったく勝手が違っていた。

この当時、呉の軍隊は中華中原の地で国軍としては最強と言ってもよいであろう。『兵法』で知られる孫武（孫子）によって組織され、訓練された呉軍はよく統率が取れて、兵の士気も格段に高かった。しかも、戦略や武器にも最新の工夫がある。

夷の地での両軍の合戦では、両軍睨み合いののち、進軍の太鼓の合図とともに魯の中軍に先行して動こうとした陸家の当主の兵車は、後方から付いてきているはずの中軍の本隊からは、いつの間にか完全に先行して独走状態となって離れてしまっていた。

陸家の当主の乗る兵車からは、後方を望むと、当主には、魯軍本体が後ずさりしているように錯覚して見えたことであろう。「なぜ、自軍は後退しているのか」と、当主には不思議でしょうがなかった。それほど、前方から攻め上がってくる呉軍の進攻は速く勢いがあり、後方の魯軍の隊列の進撃は遅かった。

本隊は呉軍の軍勢に怯んで、徐々に進行速度を遅延してしまっていた。

戦功を焦る陸家の当主の兵車は数十人の従兵とともに、孤立し完全に前線に突出し放り出された形である。そして、敵の軍端に触れると、とうとう当主の戦車に付き従う従兵は、鋭い工具で綺麗に研磨切削されていくように、余計な節や角が取れていき、いつの間にかすべて打ち倒されてしまい、丸裸にされた兵車だけが独走をはじめた。

呉軍の先鋒は、瞬く間に陸家の当主の戦車を取り囲み、戦車は右往左往して蛇行を繰り返し、次第に呉軍のなかに飲み込まれて行ってしまった。幸いだったのは、呉軍は、この陸家の当主の突出を、相手方のデモンストレーションを見るかの如く寛見を持って許す余裕を持っていたのである。最後は、呉軍の進行とともに伴走するが如く堅い包囲ののち、無傷のまま捕獲され、呉軍の軍勢の後方に馬車ごと連れ去られ、姿が見えなくなった。

この戦での魯軍の大敗は明らかで、魯軍の将師の公甲叔子と析朱鉏の二名が捕獲され、呉王に献上された。

ひとり孔夫子のもとを離れ、孔門を去った宰予は、魯に帰国した。

斉侯の公子の寄寓する季孫家に上がる前に、東郭門近くの宰家の自邸に戻り、陸家の槐の樹下で叔琬と会った。

午後も遅めの時間であったせいか、樹下に二人の長い影が伸びて、槐の樹葉の薄い緑がそよ風に舐(な)められ、葉陰から覗く刺すような光粒や葉脈の薄い部分から透かして零(こぼ)れ出る濃淡の陽光とに絡まって、二つの寄り添う陰影が妙に眩(まぶ)しく明るく見えた。

いつもと違って、ひどく消沈する宰予を、叔琬は気遣い、温言で接してくれた。

なぜだか、その理由を問いただしたいはずであろうが、それらしい問いかけはなく、ただ宰予に一言も語らせもせず、叔琬の身辺に起こった最近の出来事を一つひとつ解説と笑いを交えて報告してくれた。

叔琬は、自らの話の途中や、はしゃぐ笑いの合間にも、チラリと、宰予の様子を観察するように、笑顔を向けつつ、しかし、強い目線を放って見上げた。

宰予は、叔琬の徳音を聞きながら、終には涙した。

『詩』の鄭風・有女同車の詩の一節に「彼の美しい姜(よう)の姉(むすめ)　徳音不忘」とある。

「徳音」とは、叔琬の、このような配慮のことではないだろうか。

不覚にも、宰予の目には、大粒の涙が溢れた。

宰予は、ちらと、後ろを伺うようにして、着衣の袖で、その目頭を拭った。


「まあ、不思議だわ。そんなに、わたくしの話が愉快でしたか」

宰予には、叔琬の言葉の響きの一つひとつが、心地よい音楽のようにこころに響いた。

「ええ、とても」

宰予は、素直に応じた。

「では、わたくしは、予さまのお側にいても、飽きさせない話題集めに、ますます精進して参りましょう」

「ははは。それは、ありがたい。愉快になれます」

宰予は、再び、両手で目頭を拭い、叔琬の手を取った。

そのとき、叔琬が驚き、左右に揺れた長く伸ばし束ねた髪の毛の先端が、宰予の頬を撫でるように触れた。香しい叔琬の色香が、ふわっと立った。


「琬のお宅に、婚儀の申し込みに、すぐに我家の家宰を遣りましょう」

叔琬の表情が、一瞬ドキリとしたようであった。

「あ。そうですね。いま、父が戦に出て留守にしておりますので、もし帰宅したら、すぐに家人に報告に上がらせましょう」

　いっとき、二人の話が途切れたとき、槐の樹上に巣を架ける鳥であろうか、ききと一声ふた声鳴いて、乾いた羽音を残して大空に飛び立った。


「そうですか。分かりました。琬の配慮は、とてもありがたいです」

「いえ、わたくしこそ、予さまと、こうして。まるで、夢を見ているようです」

「夢ですか。はは、紛れのない現実ですよ」

「ええ。『東門の槐、その葉は牂牂、昏を以て期と為す。明星は煌々たり』まるで、その詩のようです」

「おや『詩』の一節からですね。陳風の『東門の楊』を『東門の槐』に替えて詠ったのですね」

「ああ、恥ずかしい。すぐに、分かってしまいましたね。以前に、この詩も、予さまから習った詩ですものね」

　東門の水辺に生える楊の木陰で、ひと（恋人）を待つ詩を、叔琬は不意に詠って宰予を慰めたのである。

　しかし、この詩は、本来は「日暮れに会おうと言ったのに、待てども、日暮れを過ぎても、まだ姿が見えない。もう、夜の明星がきらりと輝き出すころなのに」と、待つ人を、待ち続けるやるせなさを歌ったもの。「昏」は「結婚」にもつうじる。待ち人は、夫婦になる誓いをする予定であったのであろう。

　叔琬の替え詩のように、東門に植わる「楊」が「槐」に替わるだけで、詩の内容と趣がまったく変わってしまう。不思議なものだ。

これを、断章取義というが、詩の一部分を引用して、自己流に解釈し直して使用することを、そう言う。


老楊の垂れた細枝は、しっとりした寂しい雰囲気を醸し出しているが、槐枝となると、その枝は胖胖と青々生い茂り、枝葉が陽を求めて上へ上へと若々しく伸びゆくさまを想像させる。まさに、ふたりの目前に、鮮やかに展開している樹影の光景であろう。

また、楊木や楊枝は古来より「別れ」を象徴するが、槐木や槐の盛んな枝振りは「再生」を包含している。新たな生命の伸長が期待されていよう。

たがいに結婚の約束を交わしたふたりの将来に、明星は次第に明るく煌々と輝く。

ふたりは、この、一時の別れを惜しみつつ、名残をたがいに引き取って、とにかく別れた。


宰予は、別れてから、ふと思った。

「琬の巧笑、倩（または、せい）なりしや。嬉し、我が媛たり」と。

「倩」とは、微笑んだときの可愛らしい「口もと」と「えくぼ」のことである。

叔琬が笑うと、その表情に美しい影が差す。

『詩』の衛風・碩人篇の詩を、宰予は叔琬の詩に倣って替えて詠ってみた。

それから、思わぬ運命の悪戯(いたずら)により、このふたりに、過酷とも思える別離の現実が招来することになる。

宰予が、叔琬と別れて、季孫家に上がってみると、待ちかねたように斉侯となった悼公（陽生）からの使者が、公子の壬と驁に斉への帰還を促すために季孫家に到着していた。

公子の傅育を、悼公側近の監止（子我）から依頼されていた宰予は、短期間での交流であったにもかかわらず、とくに学芸に関心と興味の向く公子の壬からも親しく慕われていて、斉への同行を直接に求められた。

宰予は、いったんは同行依頼を辞退したが、公子兄弟はなお同行を求めた。

この場合、宰予にも、辞退の理由はなかった。公子らに同行して斉に行くということは、いずれは斉の公室に関わり、公宮に登ることにもなろう。それは、当然の成り行きである。

出立の前に、宰予は、季孫家の当主である季康子に、これまで世話になった厚情への謝礼と、公子らに付き添って斉へ出立することを報告した。

辞去伺候のために面会した季康子は、まだ若いが魯国の上卿の地位にあり、かつ国事を司る宰相の職務にある。国の大事と運営とに多忙を極める人でもある。

しかし、短期の季孫家での知遇ではあったが、季康子は宰予の斉国への出立を口を極めて惜しんだ。

すでに、宰予の厚い礼儀と博識と能力は、季康子にも十分に認識されていた。宰予の、他国斉への有能な人材流出とも言うべき事態は、魯国には大きな損失に思われた。

季康子は、別れ際に、再度「宰予どの、誠に惜しいことである」と言って、有意の印であると、特別に深紅色を帯びた複雑な細工が施された佩玉（はいぎょく）の飾りを宰予に持たせた。

まもなく、魯都を斉の公子らとともに発った宰予は、孔門に止まる異母弟の宰去（子秋）に頼んで、いったん斉都に落ち着いて居宅や生活に必要な諸環境を整えたうえで、婚儀の申し込みを陸家の当主に伝え、了承後に婚儀を執り行い、宰予自身とともに迎えを寄越すことを叔琬に伝えさせた。

宰予が斉都に発ってのち、宰予の伝言を叔琬は宰家の使者である宰去から聞いた。

叔琬の期待は大きく膨らみ、家人に笑顔を振りまいていたが、いつまで経っても父親である陸家の当主は帰宅する気配がなかった。

叔琬は母に理由を聞いてみたが、曖昧な答えである。

一方の尋ねるべき、陸家の顔の広い家宰は、当主の動静を知り合いに聞き回っていたが、叔琬の質問には、答えなかった。

たまらず、叔琬は、嫁いだふたりの姉に相談に行ったが、姉らにも当主の行方は定かではなかった。

ただし、長姉は不思議なことを言った。

父が戦場で姿を消した、というのである。

どういうことかと疑問に思い、長姉にしつこく問いただしたが、やはり確かなことは分からないという。

そんなある日、家宰が血相を変えて陸家に戻ってきた。

そして、母親となにやらふたりで話し込んでいた。叔琬の母親は、突然に声を荒げて、家宰を詰(なじ)るように、激しく怒鳴り、じきに静かになった。

どうやら、家宰が母を取りなして、すすり泣く母をなぐさめているようであった。

しばらく経って、母の居る奥の部屋から出てきた家宰の前に、たまらず、叔琬は立ちふさがった。

「どうしたのですか」

叔琬の強い声が、母の部屋の前の通路に立った。

家宰は、観念したように叔琬の前で、床に膝をついて、低い声でつぶやいた。

「ご当主が、どうやら呉軍に捕獲されて、連れ去られてしまったようでございます」

「え。父上が、どうして呉軍に。なぜに」

それだけ言うのが、叔琬にはやっとであった。

「はて。先の呉軍との会戦で、捕虜となられたようです」

「まさか。父上が。また、どうしてですか」

「詳細は分かりませんので、どう述べても、しょうがありませんが、主の兵車が呉軍に捕獲されたということを見ていた者がおりました。陸家の従兵は、すべて命を落としたとのことです。たれ一人も、戦場から帰ってきた者はおりませんでした」

「父上だけが捕虜として、生きておいでなのですか」

「主の生死は、まったく不明です。ああ、なんとしたことか」

「どういうことですか」

「ああ。もう、お仕舞いです」

「なぜ、ですか」

「当主なき、陸家を、まだ幼少の五歳にも満たない嬰児の若君が、どういたされましょうか。問われても、答えようがありますまい」

「でも、父上が亡くなって、帰ってこない、という確証はないでしょう」

「はい。ええ、失礼いたしました。つい、取り乱してしまいました。お嬢様や奥様のためにも、わたくしが、もう少し正確な情報を、方々を廻って集めて参りましょう」

「ええ。ええ。そうですね。頼みます」

家宰は、急いで叔琬のもとを去って、表に飛び出して行った。

叔琬は、思いを巡らせて、震える足で、奥の部屋の、多分、大きく取り乱した母のもとへ向かった。

その陸家の当主は、先の大戦で呉軍に兵車ごと捕獲されたのち、呉に護送された。落命は免れたが、鎖に両手を繋がれ、重い足枷を嵌められて、獄中深くに幽閉されて、一筋の希望さえも見えない暗闇のなかに投げ入れられていた。

当主は、自身の失態を恥じ入り、両手にされた鎖と、自由を奪う重い足枷とに、今更ながらに格闘を挑んだが、びくともせず、ただただ手筋や足首に血が滲み、深い痣が刻印されたのみであった。絶望が目前の暗闇のなかから沸き起こり、当主の脳裏を覆った。

斉都に着いた宰予は、悼公の公子らとともに公宮に上がり、いまは斉侯となった悼公に帰着報告のために謁見した。

ふたりの公子に付き添って姿を見せた宰予に、悼公は明るい笑い声を上げた。

「壬も驁も無事に着いたか。待ちかねたぞ。宰氏も、ご苦労であった。斉都はどうであろうか。すこし、ゆるりとしたあと、これからは、われを補佐けて、公宮に出仕いたせ。よいであろうな」

宰予は、悼公より直接の言葉を賜った。

宰予は、目線を伏せ、快諾の意味で拝礼を返して、悼公の前で腰を屈して、跪いた。

御前を退いたのちに、側近の監止（子我）が、待ちかねていたのか、宰予を見つけて駆け寄ってきて、軽く揖してのちに、親しく声を掛けてきた。

「宰予どの。到着されたか。よかった。待ちかねておりましたぞ。ご心配なさるな。すべては、住居から、生活や配下まで手筈は整えますゆえ、ご安心なされよ。公のご指示である。なにか、こちらで困ったことがあれば、私にご相談くだされ。まずは、新邸にわれの配下の者がご案内いたすゆえ、あとで北門の官衙の衛所に立ち寄られよ」

宰予は、監止の言葉に従って、北大門に向かった。途中、公宮内は、正殿のみでなく、幾多の華やかな彩色と飾りに彩られた建物が整然と軒を並べ、道行く宰予の目を引き、驚かせた。

斉都は楽都である。

この時代、中原一の人口と賑わいを持った大都城である。人口四十万とも言われた。

しかも、その大都の政治の中心である、ここの宮廷内はどの建造物も華麗荘厳に飾り付けられている。

この公宮内で執務に当たることができることを本当に嬉しく感じ、宰予の未来への期待は膨らんだ。

ところで、斉の悼公は、季康子の妹である季姫を正妃として魯より斉室に迎えたいという希望を持っていた。

悼公の公子のとき、魯での亡命時期に、季孫家に公子は預けられていたので、季家の邸内で季姫を見初めたらしいのである。季康子は、その妹を、魯に亡命中に、この斉の公子に嫁がせていた。

悼公は、さっそくに、宰予を魯との交渉役に任じ、魯国に遣わして、季姫の迎えの使者とした。

宰予は、新邸に足を落ち着けるまもなく、斉都を発って、魯の国都に向かった。悼公の使者としての宰予の来訪と交渉にもかかわらず、面談した季康子は季姫を、斉に遣らせることに同意しなかった。

宰予と面会した季康子の表情は硬かった。なにか事情があるらしかった。

じつは、季康子は、妹が叔父の季魴侯と私通していることを、妹から聞かされて、この不実不貞の事実により、悼公への正妃として遣らせることに躊躇した。もしも、この事実が悼公側に発覚するようなことがあれば、国家間の紛糾の事態にもなりかねないからである。自身の魯国の執政としての立場も危うい。

なおも、宰予は言語を尽くして、季姫の斉室への入嫁を迫った。

季康子は、渋々に「他言は無しにして、くれぐれも秘密厳守で願うが、相手が宰予どのであるので、打ち明けるが」と、前置きしてから、妹の叔父との私通の事実と、自身の苦いこころのうちのいまの思いを、宰予に伝えた。

このことを知った宰予は、急ぎ斉に戻り、この事実は内密にして、別の理由を仕立てて、悼公に慎重に対処して、時間を引き延ばす作戦で臨むしかなかったが、それではどうにも悼公の気が収まらないらしい。

「どうしたことなのか。魯側は、わが季姫を人質にして斉との有利な交渉に利用するつもりなのか」と、悼公は結論を急ぐあまり、機嫌が悪い。

斉の悼公は、一度こうだと決めたことには、頑なにこだわりを持つ人である。

「であるならば、見ておれ。目にもの見せてやろうぞ」

早急に季姫を斉室に迎えられるように、交渉役の宰予に良き解決策を強く迫った。

しかし、宰予には、奇策はなかった。

そして、いっこうに進展しない魯との交渉に、この年の哀公の八年の夏五月であったが、斉侯はついに待てずに、激しく怒って、執政の鮑牧に軍を率いさせて魯に攻め込ませて、讙と闡の二地を占領させてしまった。

宰予は、大国の傲りともとれる悼公の実力行使に落胆したが、宰予を前に悼公はご機嫌で「これで、ことが順調に進もうな」と、高らかに笑った。

宰予は、内心「これは違う」と思い、苦虫を噛み潰したが、一方では魯の季康子にとっても時宜を得た有利な判断が下せるきっかけにもなろう、と思い直した。

再度、悼公の使者として斉都を発って向かった魯都では、季康子が宰予を待ちかねて、早速に私邸に宰予を招き入れた。斉側の正式な代表として、閭丘明という大夫が宰予に随行した。

「宰予どの、妹を説得して、了承を取り付けてある。これ以上の諍いは望んではおらぬ。どうか、斉侯（悼公）に穏便に話せぬものか」と、季康子から直々に話をされた。

ほぼ、季康子の話は、斉侯の使者である宰予への懇願に近かった。

季康子としては、魯の執政として、自らの家内で招いた失態を、秘密裏に解決に導けなければ、示しがつかない状態であったといえよう。斉の魯領内への介入や国内の政治の混乱は、自身への執政としての評価の低下に直結する。ようやく、季姫にも、そのことが理解されたと言えるであろう。今回は、季姫は、自ら、兄の季康子に、斉室に入嫁することを申し出たのだという。

早速、魯側の講和の代表として、魯侯の名代わりに、大夫の臧賓如が選ばれて、一足先に斉に向かった。

季孫家で、季姫の斉への入嫁の準備が整うのを待つあいだ、宰予は東郭門の近くの自邸に寄り、陸家へと急いだ。

陸家で起こった重大な事態の、おおよそのことを宰家の家宰と弟の宰去から聞くことができたからである。宰予のこころは、酷く混乱を来していた。

しかし、急いて向かった先では、すでに陸家の邸内には、人の気配はなく、広い邸は蛻の殻であった。

邸内は、以前の邸主の遺品はおろか、すでに、隅々まで荒らされた痕跡がある。

それでも、宰予は、叔琬の姿を探して、堂内や部屋の隅々まで歩き回った。納屋や土蔵、厩舎にまで、叔琬が潜んではいまいかと、足を運んでみた。しかし、叔琬の姿は見えず、その痕跡ですら、なにひとつ見つけることはできなかった。

あきらめて邸を後にしようとした宰予であったが、ひょっとしたらと、陸家の槐の大樹のもとに急いだ。

そこで、宰予は、槐の低い枝のひとつに、紅い帛布の結ばれているのを見つけた。

叔琬のものであろう。

まちがいなく、叔琬が宰予のために残していったものに違いない、と宰予は確信した。

枝から解き、手に取った細い帛布には、文様のような細かな刺繍が施してあった。

まちがいなく、叔琬の私物であろう。宰予に知らせるために残されたのであった。

宰予の目には、見るみる大きな涙が溢れた。

宰予は、その溢れ出る涙を拭って、その場を立ち去った。

後ろに見上げた、大きく枝を張った槐の大木を、宰予は瞼に止めた。

邸の当主が代われば、いずれは、この樹も切り倒されるかも知れない。

そう、ふと、宰予は思った。

叔琬との思い出を育んできた樹下で、槐の木魂はなにを見続けていたのであろうか。できれば、宰予は詳(つまび)らかにして欲しい、余すことなく教えてほしい、と大樹に願わずにはいられなかった。

季姫を巡る魯と斉との諍(いさか)いの交渉の当事者とされた宰予は、この間、一時、叔琬との連絡を絶たざるを得なかった。このことが、結果として、叔琬との思わぬ辛い別離に繋がった。

宰予には悔(く)いが残った。

宰予は、斉からの大夫の閭丘明らの出迎えの一行とともに、季姫を引率して、斉都へ向かう途中、道々思いに耽(ふけ)っていた。

馬車の車中より、微かな声が、響いて来た。

それは、宰予に向けられたものであった。

「そなたは、宰予と申すのですか。兄に聞いておりまする。これよりは、わたしを助けておくれ。わたしは、これまで、魯を一度も離れたことがないのですよ」

路中、しばしの休憩のとき、車中よりジッと宰予を見つめていた季姫と思われる女(ひと)の声が、馬車の幌の車窓の敝蓋(へいがい)の向こうから聞こえた。

漸(よう)くにして、宰予はわれに返った。

宰予は「心得ております」と、神妙に答え、揖したのち、軽く拝した。

自分の方からは、季姫の様子は見えないが、車中からはこちらが丸見えなのであろう。気を遣わずともよい、と再び駕籠のなかから柔らかい声がした。

「季姫は、斉公に、大変に慕(した)われておいでです。向こうに着きましても、けっして、お寂しくはございませんでしょう。斉都の賑(にぎ)わいは、きっと、姫君のお気持ちを和ませてくれることでございましょう」

「兄からも聞き及んでおろう。兄は、斉室に着いたら、宰予を頼れ、宰予が万事を助けてくれると申しておりました。それに、異存はありますまいな」

「わたくしを、お信じください。わたしは魯人です。できうる限りに、我が命を賭して、あなた様をお守りいたす所存でございますゆえ。姫君は、ご安心あられませ」

「そうか。ならば、安堵いたした」

季姫を伴った宰予一行は、斉都に向け、休憩を切り上げて、再度出発した。

宰予は、車上にチラと見えた季姫を思い「碩なる人、其れ頎し　錦を衣て褧の衣」と『詩』衛風・碩人篇の句を、自然に口ずさんだ。

麗しきお方は顔容宜しく、あざやかな錦を纏い、単衣の裲襠（うちかけのこと）と、始まる詩である。思い慕る叔琬の輿入れの姿を、見上げた虚空に想像して、宰予は胸が締め付けられた。かならず、そうなるはずであったのに。

戸外で、さらに二三昼夜を過ごせば、今回の目的の地に到着しよう。急ぐ必要もない。路辺の左右の高所の緑が宰予には憂いの色に見え、さらに足下に徐々に、霜が下りるように、降り積もってくるように思えた。夜陰の闇が迫っている。

しかし、宰予はこうしていて良いのかどうか、憂いと迷いの渦中にいた。陸氏邸を去った叔琬の足取りを、どうしても追わねばならない。宰予には、言い知れぬ焦りが見える。

そのころ、叔琬は、母と幼児の手を引き、陸家の邸宅を手放し、いったん荷馬車で南行し、母の実家のある曹の都・陶丘への道を急いでいた。

一方、呉の獄中にいた陸家の当主は、魯と呉の人質交換で、魯に帰還できることを期待したが、この度の合戦では、魯側に捕獲者が多く、呉の捕虜はほぼ皆無であった。しかも、魯側の捕虜のなかには魯軍の将師の公甲叔子と析朱鉏ら軍の大物がいた。当主は、捕虜交換の選には当然ではあるが、漏れた。

陸家の当主は、今後の辱めを思い、絶望の淵に身を潜め置きつつ、自ら首に手を掛け、獄内で一枝一枝ずつ手に取り編んだ足下の荒縄を首に巻き、絶望の淵で縊死(いし)の道を選んだ。

陸家の当主の俘捕の悲劇ののち、陸家の老家宰は翻心して、長年世話になっておりながら、残された叔琬の母を助けようともせず、陸家に仕える家人や下女などを早々に里に帰してしまった。

老家宰は半笑いしながら、叔琬の母の前に立った。

「奥方様、もう、これまでですな。当主への恩は忘れられぬものですが、当主が呉で獄に繋がれる負罪人となり、帰ってこられるあてのないいまでは、酷なようですが、こうするしかございませんでしょうな。われらにも日日の生活がございますゆえ」

そう大言して、叔琬の母に冷淡に告げて、背を向けた。

そして、陸家の家財で高価に売り捌ける物はお金に換えて、半分を母の手元に残して、半分は自分を含め使用人らに分配すると公言して持ち去ってしまった。

その後、家宰は姿をくらませたが、邸内に不逞の輩徒が勝手に出入りを始めるようになり、叔琬らは自邸に止まることもままならぬ事態に陥った。

もはや、叔琬らは一刻も早く、思い出の積もる自邸から離れる必要があった。もしも、そうでなければ、命さえ脅かされかねなかった。

叔琬らは、時間の猶予もなく決意して、母の郷里である曹都へ逃れることにした。なにより、母の希望がそうであった。早々に、六台の荷馬車に手近で必要な家財を積めるだけ積み、落胆する母と、まだ手のかかる幼児を連れ、馬車の積み荷の角に二人を乗せて、叔琬は歩くことにした。母の陸家への輿入れのときに連れてきた下女と従僕、それに普段より親しくしていた奇特な使用人も含め男女の五名が付き従った。

叔琬は、宰予に窮地を知らせることを躊躇しているうちに、事態は叔琬の予想を裏切り続け、綻びを取り繕うことにも追いつけず、使い古しの羊皮の水袋のあちこちの小穴より漏れ出した水を塞ぎ止めるすべさえ持ち合わせていなかった。

結局は、余裕の時間も気持ちの整理もできぬまま、手立てを失って自邸を捨て、追う者に急かされるように、幾揃えもの希少な什器具や僅かな反物の衣服類や持ち出し可能な家財、家廟の祀られた象徴の物品や手近な財貨を荷馬車に詰め込んで出てきたのである。

出際に、叔琬は、邸内の槐の木に気づいて、手の届くぎりぎりの高さにある枝に、自身で刺繍を施した薄い帛布を結びつけて来てから、出発しだした荷馬車の側に戻ってきた。

叔琬は、自身のこころのぽっかり空いた壺中に、独白して、その言葉を投げ込んだ。

「ごめんなさい。予さま。本当に。わたしを、かならず、かならず、このわたしを探し出して。お願い」


宰予は、魯から季姫を引率して来て、斉都に戻り、宮中に昇って悼公に復命の報告を行うことができた。

悼公の歓び様は、周囲を驚かせるほどで、監止（子我）をはじめ側近らは、安堵し、みな胸をほっと撫で下ろした。

宰予は、悼公からの篤い労いの言葉も賜った。

しかし、宰予のこころは晴れない。


「ご苦労であったな。やはり、魯人の宰予どのの交渉力がなければ、今日の喜ばしい事態は起こりえなかったであろうな。まことに、ご苦労なことであった」

悼公の側近に収まっている監止が、宰予の側に寄って来て、丁重な言葉を掛けてきた。

「おや、うかぬ、お顔でござるな。宰氏よ。その美姿雅容に、少々、傷がついておりますぞ」

「ああ。これは、失礼をいたしました。別のことを考えておりました。お気遣いにお応えできず、うっかりいたしておりました。ほんとうに、失礼をば」

「なあに。良き日でござる。気になさるな。それより、なんであるかな。宰予どのの、次のご懸念は」

「はい。その、此度の取り上げた魯領の二地の返還は、叶いましょうか」

「ほほ、それであったか。宰予どのの、ご心配は」

「はい」

「公のご機嫌の良きときに、われからも、それとなく、お諭しいたそう。まあ、急いて、あまり、ご心配なさるな」

「恐れ入ります」

斉の政界に与力の少ない監止としては、斉国外より公宮に出仕を果たした宰予を自派に引き入れておきたいのであろう。宰予への配慮も、つねに心がけているように思われる。季姫の入嫁のための魯国との交渉役として宰予を悼公に推挙したのも、最側近の監止に違いない。


宰予は、早速、悼公より、公宮の廟宮の前堂にて、礼典司会の官位の受命を受け、賜品（官服や賜与品など）と用事用禄（仕える職務と与えられる封地を含む俸禄）の伝達を受けた。斉室の儀礼を司る官庁の長官職のような役どころであった。

周代には司会は、計理とその進行役であった。宰予は、この職を拝して受けた。


季姫が斉室に入妃してのち、悼公の季姫に対する寵愛は厚く、姫は宰予と相談ののち生国魯国の二地の返還を悼公に求め、奪取から七カ月後の冬十二月に斉は魯国と盟を結び、魯国から奪ったこの二地

（譴・闡）を返還した。

これに不快感を露わにしたのが、宰相の鮑牧（鮑子）である。

季姫の国政への意見を悼公が聞き入れたことが気に入らなかった。鮑牧は、季姫に反感を抱いた。

さらに、自身の出師で得た魯の二地の返還が、自身に相談もなく早々に行われたことが気に障った。

この年、斉は、かねてより邾君救出のため呉国と共同で魯を攻めることを、宰相の鮑牧が主導して呉王に提案して、呉も同意していたが、魯が捕らえていた邾君（益）を、先手を打って邾に帰国させたので、予定していた派兵を斉侯は取りやめた。

悼公は季姫を憚って、当初より呉との共同派兵には否定的であったが、魯国に捕らえられていた邾君の帰国で、魯を攻める理由がなくなったのである。

魯の外交には、子服何（景伯）と、その外交顧問の端木賜（子貢）が関わっている。邾への魯卿らの強硬姿勢に、かねてから反対意見を呈していたが、今回は邾君の解放の是非を問うた子服氏とその提言を行った端木賜の意見が魯公に承認されて、呉と斉の共同の軍事介入を事前に回避することができた。

この事態を、面白く思わなかったのは、またしても宰相の鮑牧であった。

徐々に悼公と宰相の鮑牧とのあいだに隙間ができ、あからさまな仲違いが始まったのである。

直接のきっかけを作ったのは、鮑牧の方であった。

亡き先君の景公には公子が多かったが、悼公の即位によって、他国に亡命していた公子たちは、許されて斉都に戻って来ていた。

あるとき、鮑牧は、その公子らを招いて宴会を催した折に、御酒に酔った勢いで、公子らを前に発言を求めた。

「じつは、現君は、わたしが国君にして差し上げたのです。わたしが、次は汝らのうちの誰かを千輛の馬車（兵車）を持つ国の君主にして差し上げますと言ったらば、いかがですかな。もしも、参集の方々のなかで次の国君になりたいとお思いの方がおいでであれば、名告られよ」と。

諸公子らは、帰国を許してくれた悼公に忠誠を誓っていたのである。

「千輛の兵車の国」とは、多少抽象的な言い方ではあるが、当時で言えば斉や晋、楚といった大国のことを指す。一般には「千乗之国」という言い方がある。

平たく言えば、鮑牧は次の斉侯になりたいという公子はいないか、と問うたのである。

これを聞いた、公子らは恐れを抱いた。早速に、悼公に告げ口をする公子が現れた。

ある公子より、これを伝え聞いた悼公は、当然に恐れた。

悼公は、上卿の陳乞（田僖子）に憚って、意見を求めたが、宰相の鮑牧は陳氏に親しく「謀反の意思はありますまい」と伝えてきた。

しかし、悼公の杞憂は去らない。

先手を打たねば、後顧の憂いを断つことはできぬように思われた。

悼公は、ただちに宰相の鮑牧を呼んで、こう打ち明けた。

「大夫のなかには、あなたを、謀反（むほん）を企んでいる、と言って中傷する者がいる。すぐに、調査をする必要があるので、しばらく身の安全のために臨淄郊外の潞（ろ）の離宮に身を潜めておいてほしい」

そして、つぎに悼公は、伸び上がって強い調子で続けた。

「もし、中傷がたんなる中傷ではなく、詳査の結果、事実であったならば、家族を連れて、家産の半分を持って、すぐに立ち去られよ。また、もしも、事実無根であったならば、もとの地位に速やかに復帰させよう」と命じた。

鮑牧は、自邸の門を出るときは、家産の半分ではなく、三分の一を持って出ることを許されたが、途中で、家産の大半を積んだ馬車は護衛の兵に取り上げられて二輛だけに減らされた。さらに、目的地の潞に到着するやいなや鮑牧は捕吏に縛り上げられて、斉都に連れ戻され、獄中で早々に処刑されてしまった。


翌年、つまり魯の哀公九年、斉の悼公の四年春に、悼公は大夫の公孟綽（こうもうしゃく）を呉に派遣して、正式に邾救出のための、対魯への、斉と呉の共同作戦の盟約破棄を通達させた。

季姫の意思を受けて、宰予は、斉の魯国敵視策の変更を悼公と主だった大夫らに、懸命に働きかけてきた成果の一端が、現実として表れた形である。

ところが、外交には、相手がある限り、表があれば裏もある。

呉は、斉の一方的とも取れる盟約破棄の通告に納得がいかなかった。

呉の主役は、もちろん呉王の夫差（ふさ）であるが、いまや夫差を盛り立てているのは、大宰の伯嚭（はくひ）（子餘）である。

この人物がなかなかにくせ者で、呉王・夫差の燻（くすぶ）り収まらない怒りを煽（あお）り、今度は魯と結んで斉を伐つべし、と強く王・夫差に具申したのである。

「昨年、魯への共同での協調介入を持ちかけたのは斉の方であった。なのに、今年に入ると、今度は一転して、一方的に取りやめたいと言ってきたのだ。わが呉王を侮（あなど）り誑（たぶら）かすのか。ならば、こちらから出向いて行って、斉侯の命とその首を貰い請けようではないか」

まことに、話題に上った邾の隠公（益）は無道な君主で、魯に幽閉されたのち、斉との諍（いさか）いを避けるために故国に返された。その後、呉王は邾を管轄下に置こうとしたが、隠公の振る舞いがあまりに常軌を踏み外すものであったために、大宰の伯嚭を派して隠公を攻め、邾城の楼台に幽閉して、その太子を代わりに邾国の政務を執らせた。

しかし、隠公は呉兵による幽閉から隙を見て逃れて、秘かに魯に走り、さらに、斉に遁（のが）れた。

隠公は、一旦逃れてきた魯国に止まることをよしとせず、その理由を「魯は、斉の外甥ではないか」と述べて去ったのである。

「外甥（がいせい）」とは、当時は妻の姉妹、またはその子（おもに男子）のことを言う。甥（おい）のことである。ちなみに、外姪（がいてつ）と言えば、姪（めい）であり、妻方の兄弟の子（女子）のことである。

邾の隠公が、なにを言いたいのかはよく分からないし、発言の事実関係に真意を探すのは難しいが、要は魯は斉の外戚ではないか、外戚のようなものではないか、と言いたいのであろう。その外戚筋を頼るより、本家の斉を頼って逃げるのが本道だと、魯を馬鹿にしたのであろう。当然、この邾公の発言は魯卿らを酷く怒らせた。

翌、魯哀公十年、斉の悼公の五年、斉の身勝手な行動を正さんとする呉王・夫差の率いる呉軍は、魯軍と合流して斉の南郊を攻め、鄎（そく）での大決戦に備えた。

これよりさき、斉国政界内では、悼公の外交策に、賛否両論が巻き起こる。

魯との融和策をとりながら、魯の天敵ともいえる邾公を受け入れていることに対する賛否の声がある。わざわざ、国家間の諍（いさか）いの火種を抱えることもないのに、と。また、そもそも、魯との融和を進めるべきではなかった、という声もある。いまや、南方の大国呉を懐柔（かいじゅう）すべきであって、敵対するのは得策にあらず、という声も強く上がっている。

宰予は、悼公に、魯からもそっぽを向かれ、呉からも疎（うと）んじられている無道な振る舞いの邾公を受け入れ、庇護すべきではなく、斉の国外へ即刻退去させるべきだとの、自らの意見を具申（ぐしん）した。いまや、邾公は斉にとっても疫病神以外の何者でもない。

「分かっておる。まあ、待て。われにも、考えがある」と、悼公はそう宰予に答えた。

悼公にとって、邾の隠公は、十分に同情に値する存在であった。

しかし、このことが、結果的に、悼公自身をも窮地に追い込むことになる。

悼公は、この無道な邾君を、どう利用しようと考えていたのであろうか。いまとなっては、知るよしもないが、悼公には「君子は、危うきに近づかず。また、近づけず」を実践して欲しかった。

宰予には、それが悔やまれる。

孔夫子の言葉に「天下に道の無きときは、則ち隠るるべき」(泰伯)とある。

宰予は、喧騒喧しい斉の政界に慎重な態度を貫いた。


「呉王に義を尽くさず武力の行使を許し、かつ、斉・魯・呉の三国の外交を翻弄する邾君を匿う」という行為は斉を外交上危うい立場に追い込んだと、その責任に厳しい目を向けていたのが、上卿で最実力者の陳乞(田僖子、田釐子とも記される)である。

陳乞は、前年に悼公に殺された盟友の宰相であった鮑牧(鮑子)の無念の顔が頭から去らない。宰相としては鮑氏はいささか軽率ではあったが、最後には、あらぬ謀反の嫌疑を掛けられて捕らえられ、獄殺された鮑牧の事態が、陳乞に必要以上の危機感を抱かせた。

それでなくとも、悼公が入朝し聴政に出向くたびに、御側を固めるのは子飼いの近臣ばかりである。最近の朝議での、議論もいつの間にか、新参の側近が悼公の代弁とご機嫌伺いに終始するような雰囲気である。陳乞以下、上卿や古参の大夫には、必要な発言の機会すらも殆ど与えられない。

「われによって、現君は斉公に立つことができたのであろうに、われらを信用されようとは思われてはおらぬのか。われは、間違ったのか」

陳乞は、こうした悼公の態度に対して、慚愧の思いを深くした。

「このうえは、致し方あるまい」

そして、終に、陳乞は、切羽詰まったと見てか、決意して、行動を起こす。

「呉王が、公の命を差し出せ、というなら、そうせねばなるまい。われらの過ちは、われらの手で正さねばなるまい」

そう、側近に述べて、陳家の武器庫を開かせた。


魯の哀公の十年、斉でいえば悼公の五年春三月、悼公を田氏（陳乞）が深夜に、警護の薄い王宮を、一気に攻めて弑した。そして、この訃報を太史に持たせて、呉の大軍の駐屯する鄎に通告に出向かせ、呉王に申し開きをした。

この訃報を聞いて、呉王・夫差は進攻を一時中止し、軍門の外で三日間、哭礼を行った、と『春秋左氏伝』の哀公十年の段にある。

哭礼とは、死者、この場合は、悼公の死を悼んで声を上げて泣く儀式のことである。悼公の「悼」の諡は、恐らく、薨去後に、斉人が、これに因んで名付けたものであろう。

　悼公の生前の諱は、陽生である。天子や君主の死を「薨ずる」というが、生前には、そのひとの名を諱という。そして、本名を呼ぶことを避ける（避諱という）ために、薨去後は諡を使用するのが礼である。

　宰予は、悼公の訃報を自邸内で聞いて、唸った。すぐに、登朝して、護衛の兵で騒がしい主を亡くした王宮を遠回りして避けて、遠目で観察しながら後宮に回った。

　面会に応じた正妃の季姫は、取り乱してはいたが、大変に気丈であった。

「わたくしは、大丈夫です。問題は、わたくしには、まだ、公の御子がおりませんので、たれが嗣君となられるのかが、心配です」と、宰予に話した。

「さきほど、監止どのにお伺いいたしたところ、太子に立てられている壬が継ぐのが順当であろう、とのことでしたが」

　宰予は、急変する事態に、自身不安を感じつつも、季姫を気遣って、平静をなるべく装って、申し述べた。

「やさしい気心をそなえた壬であれば、よろしかろう」

「はい。わたくしも、そのように思います。ご安心あれ。以降は、逐次、ご報告申し上げましょう」

　宰予は、落ち着きを取り戻した季姫に拝してのち、後宮を去った。

　鄎に滞在していた呉王は、陸路での進攻を極力控えて、将軍の徐承に命じて水路で軍舟を進めて、斉都の河岸沿いを攻めようとしたが、軍備の厚い斉軍が応戦して徐承の率いる水軍を打ち破った。呉軍は、これにより、斉より引き上げた。

もはや、哭礼後の呉王の戦意は薄く、ただし振り上げた拳は振り下ろさずにはおれないのであるから、申し開き程度に、形として斉を遠巻きに攻めて、敗勢となったところで、早々に引き上げることにしたのである。

斉室では、斉公の死去を受けて、急遽（きゅうきょ）、監止（子我）など主だった大夫らは協議して、悼公の子の太子・壬（じん）を公位に就けた。これが、のちの簡公である。このときの年齢は二十歳にも満たない。

また、斉公を誅殺した陳乞（田僖子）は、自らの行為を恥じて、政界での上卿の地位を辞し、後事を弟の陳書に託し所領の田舎に引き籠もり、同時に田家の宗主も引退してしまった。

そして、長子の陳恒（田成子、または、避諱のために、田常とも記される）に、田家の宗主の座を譲った。

簡公の即位後に、宰予は公より指名を受けて大夫に昇進した。

簡公の魯の季孫家での逗留以来、傅育係を務めた宰予への新君主からの信頼は厚い。

斉侯となった簡公への初参朝のとき、宰予は簡公より「君主としての政事に臨む心得」を諮問（と）われた。

「これに。して、われに、申すべきことがあろう。宰氏よ」

簡公は、宰予に明るい顔を向けた。宰予は自然に視線を落とし直視を避けて、深い拝礼ののち揖して、申し述べた。

「我が君に申し上げます。政は、正すということでもあります。わが師であられる孔師の持論でもありました。天下に道を正しく示す、ということであります。天下の道が正しく有れば、政治は大夫など臣下に脅かされるようなことはありません。また、天下に道が正しく指し示されておれば、庶人は政治に不満を持ちません。さらに、仲父（管仲）は、国君の心得を、身を為（＝治）むるより始まり、国を為むるを中として、終には天下を為むるを成就す、と、その道筋を明示されております。まずは、ご自身の修養に努められることです。さすれば、正すべき政の道も、自ずと広く見通せるようになりましょう。これが、わたくしの申し述べたきことです」

「よし。ほかにも、まだ、言いたきことがあろう」

「は、では。古より君子の徳は風であり、小人の徳は草であると申します。草上に広く風が吹き渡れば、かならず草は風に偃し靡きます。よって、正しき風を興さねばなりません」

「ようく、分かった。宰氏よ」

簡公は、快活に破顔して、宰予を下がらせた。


さらに、悼公の側近であった監止は、執政となり、上卿を引き継いだ若い陳恒（田常）と、左右の宰相の立場を相争うこととなった。

簡公の父君の服喪中ではあったが、政界では田氏をはじめとする主戦論を主張する大夫らの勢力が多く、悼公の時の鄎の戦での敗戦への、魯と呉に対する報復論が強まった。

魯の哀公十一年、簡公の二年春一月を迎えると、主戦派の大夫の国書と高無丕が師旅を率いて魯に深く進攻め入り、一気に魯国内陸部の清の地まで侵犯して来て、すぐ間近に魯都・曲阜を伺う位置にまで達して、斉軍は停留した。

このとき、魯の季孫・季康子が、季孫氏の家宰に就任していた冉求（子有）に、事態の深刻さを受けて、対策を諮問した。

「斉軍は、いま清の地に止まっているが、一気に魯都（曲阜）を陥落とす気であろう。これを、なんとか阻止するために、どうしたらよかろうか」

冉求は直ちに、衛に滞在中の孔夫子の所に人を遣り、対策をさらに諮詢した。

このときの孔夫子の危機感は、尋常とは思えなかった。

斉軍による曲阜城の陥落となれば、孔夫子は帰るべき故郷を失ってしまう。

孔夫子は魯都の陥落を恐れて、孔門内での祖国救出のためのミーティングを緊急に開催した。

そして、端木賜（子貢）を、斉への工作役に指名して、正式な魯公の使者として使わした。端木賜は、このとき、まず、魯侯の使いとして、斉の陳恒（田常）と会談を行い、斉魯両軍の一時停戦を実現させた。

そして、次いで、端木賜は、その足で呉に向かい、呉王に直訴して呉軍の魯国救出のための援軍を要請した。

この工作は、上手くいく。

かくて、この四カ月後に斉の国境の地、艾陵(がいりょう)にて、斉軍と魯・呉の連合軍が激突し、大規模な戦闘が勃発(ぼっぱつ)することになる。

その大戦に到る少し前に、魯軍は、斉の魯都に向けた軍事侵攻に対応するために、斉軍の滞在する清へ向けて単独派兵した。この戦いは、大戦前の前哨戦(ぜんしょうせん)となった。魯侯も、斉軍の、自国への侵犯を、ただ黙って見過ごしていたわけではなかった。

しかし、魯軍の動きは鈍い。魯軍と斉軍の激突は魯都郊外で始まった。郎(ろう)という地での両軍の激突となった。

この戦闘では、季孫の家宰で左軍の将を任されていた冉求の活躍が目覚ましかった。本来は左軍の将は宰相である季康子であるが、季孫家の家宰に就いた冉求が代理を任された。季孫家の左軍の甲士(兵士)は七千人であった。

魯軍内には三軍があるが、当初より、叔孫軍(中軍)と孟孫軍(右軍)が、戦意が盛んではなく、及び腰であった。

冉求は、国都(曲阜)は季孫軍(左軍)が守り、右軍と中軍の二軍が魯公に随って、斉軍を迎え撃つべし、と軍議で正論を主張したが、三桓氏はみな難色を示したのである。中軍の将は司馬の叔孫武叔(州仇)、右軍の将は孟孺子洩(もうじゅしせつ)(武伯)である。

しかも、戦闘が始まると、すぐに右軍は進軍を放棄して、逃走を始めてしまった。

これを見た斉軍は、魯の孟孫氏の右軍を激しく追走し、逃げる右軍を攻めた。

この戦闘で、魯軍の将師の林不狃が戦死した。公叔務人（公為、昭公の子）も戦死した。

そんななか、季孫氏の左軍のみが善戦した。

左軍の将師の代理となった冉求の兵車は、管周父が御し、孔門の若い弟子の須（樊遅）が車右を務めた。冉求は左軍の七千の兵を二手に分けて、老幼の兵士を中心に公宮を守らせて、強壮の主力部隊の先陣に武城出身の矛による部隊の三百を配した。魯軍のなかでは、この武城の矛で武装した部隊が唯一大活躍し、郎の地の戦闘で相対した斉軍の甲兵の首八十を獲得した。

斉軍は、これにより、夜になってようやく軍を引き揚げ始めた。

冉求の率いた左軍の郎での目覚ましい活躍で、なんとか魯軍の面目は保たれた。冉求の、咄嗟の才覚による部分が大きかったのである。

季康子は、その直後に、冉求に問うた。

『史記』孔子世家に、次のような対話がある。

「この度の、おぬしの働きはあっぱれであった。おぬしは、たれから戦についての戦略を学んだのか。それとも、おぬしの天賦の才能によるものなのか」と。

これに応じて、冉求は、待ってましたとばかりに淀みなく答えた。

「わたくしは、孔夫子について、それを学びました」

「孔氏とは、いったい、どのような人物かな」

「はい。任用されれば、かならず名誉(ほま)れは高く、人民を遍(あまね)く善導し、それらを鬼神に問い質(ただ)しても、いささかの憾(うらみ)もございません。夫子の求められるのは、徳行の道でありまして、たとい戦勝によって、千社千祀の土地を幾重も重ねましても、夫子は無欲で、そこからは一利たりとも私利を得ようとはなさいませんでしょう。孔夫子とは、そういう清廉潔白なお方でございます」

千社千祀の土地とは、広大な社稷、領土や国家のことで、その領有が末永く千祀に亘っても続くということである。

「ならば、わしは、その孔子を召し上げようと思うが、どうであろうか」

「軽々しくなく、礼を尽くして、お迎えいたされるならば、よろしいでしょう」

季康子は、迎えに尊貴な三名の使者を、滞在中の衛に寄越し、孔夫子を魯に迎えることにした。

こうして、約十四年間に亘った孔夫子の流浪の長旅の生活に、終止符が打たれることになった。孔夫子の喜び様(よう)は、いかばかりであったろうか。

このたびの戦闘で亡くなった孟孺子や公叔務人らに、孔夫子は殯礼(ひんれい)（死者への礼儀）を行って、冉求の成功した作戦を評して「的を射た、まことに当を得たものであった」と述べて、破顔して手放しで喜んだ。

ようやくにして、孔夫子に、永年の望みであった魯へ帰国できる日がやって来たのであった。

宰予は、斉国の宮中にあって、簡公の父君の服喪中は、新任の大夫としての立場は自粛して、簡公の即位後の政事を補佐(たす)けるための素案の策定を急いだ。

また、陸家に起こった悲劇的な事態を受けて、いずこかに遁走(とんそう)した叔琬の探索を、斉から家人を遣り、異母弟の宰去とともに連絡を取って行わせることにした。

叔琬の無事を祈って、宰予は自邸の窓辺から朝夕に無心に太陽に語りかけた。朝焼け夕焼けが鮮やかであれば、叔琬の晴れやかな姿を思い希望が膨らんだ。また、そうでない日には、一日中陰鬱であった。就寝前には、叔琬の顔を思い浮かべて、名をなんども呼んだ。就寝後も、夢で会って、連れ戻したい、と願った。

「輾転反側　枕に伏して涕泗滂沱たり」と、『詩』の替え詩が宰予の口をついて出た。

眠れず、何度も寝返りを打つ、枕に伏しては、涙が止まらない、と詠った。

涕(てい)は目から滴る涙のことで、泗(し)は鼻から出る洟（鼻水）のことである。滂沱(ぼうだ)たりとは、涙と洟の止まらない様のことを形容している。

そのころ、その叔琬は、母の実家のある曹に向かう道中に、盗賊団と思われる集団に襲われた。

魯都からつけてきた十数人の無頼な男どもに、未明の朝方寝起きを襲われ、家財を積んだ馬車をすべて奪われ、付き添いの者が殺され、嬰児が連れ去られた。

叔琬は、かろうじて、母を督して手を引き、夜陰の残る木立の陰に駆け込み、丈の長い叢中に潜み、身を隠すことができたが、殆ど着の身、着のまま、であった。気づくと身体の節々が痛む。かすり傷や打撲による打ち傷があるらしい。落ち着き時間が経過するにつれて、身体のあちこちが、酷く痛んだ。

盗賊らの狙いは、最初から家財にあったらしく、叔琬と母親を執拗に追うような行動は見えなかったので、命だけは救われ、被害を免れることができた。しかし、母が手を引いていた嬰児は、真っ先に母親の手から強引に引き離されてしまっていた。盗賊団の行動は素早く、手際が良かった。偶然ではなく、最初から付け狙(ねら)われて標的にされて、申し合わせた行動にも感じられた。暗くてよく見えなかったが、顔を布巾で覆(おお)ってはいたが、偶然なのかも知れないが、どこかで見たような面容の男の姿もあった。

夜が明けてから、命からがら、ただ恐怖に身を竦(すく)めていた叔琬と母が茂みから這い出してきて、盗賊らの叔琬一行を襲った惨状を目の当たりにして、叔琬は膝を着いて、かろうじて上半身を起こして、その凄惨(せいさん)な状況に呆然(ぼうぜん)として、ただ涙が止まらなかった。

近くにいた母は嬰児の姿の無いことに、気が動転して、すぐに泣き崩れてしまった。叔琬も、嬰児の名をなんども呼んで、その姿の在ることを確かめるように、木立から草むらのなか、岩陰など、目につくところはくまなく探した。しかし、二三の使用人の重なるように死して横たわる先には、踏み越えて、どうしても行くことはできなかった。

ようやく、叔琬は、地に呆然と佇(たたず)む母を抱えるようにして抱(だ)き起こして、自らに言うように強く励ました。

母は、終始気が動転して、まだ幼い嬰児の手を離したことを、なんども悔やんだ。

しかし、陽の高いうちに、宿所のある街まで辿り着く必要があった。当座は、金銭は懐に太帯に結わえ付けてきたものがあり、いざとなれば身に付けた花簪や装玉など銭子に替えられそうなものは幾つかは覚えがある。

まず、亡くなった下人や付き人らの遺骸に手を合わせてから、あられもない骸を覆うように木枝や落ち葉を被せて弔いの代わりとした。

なるべく横たわる人の顔は見ないようにした。その横顔ですら見てしまうと、そのひととの思い出が止めどなく浮かび上がってきて、叔琬の頭を混乱させ、目頭を熱いものがこみ上げてきた。手で口を塞いでおかなかったならば、そこからは感情の激しい渦が迸り出た。

まだ、早朝である。人気が興るまえに、ここから立ち去らねばなるまい。倒れた人の脇から地に流れ出た血糊が固まり、地平より登りだした朝陽に照らされて、異様に黒光りしている。親しみすぎるほど、親しんだ顔のひとたちである。惨い、惨すぎる、と目を覆い、叔琬の頬には涙の無声が伝って零れ落ちるばかりであった。

ふと見ると、母は大樹にもたれて、立ち尽くしていた。哀れであった。声も途切れ、涙も涸れた、と思われた。

叔琬は、意を決して、落胆する母をふたたび励まして、力ない身体に寄り添いながら、街道をよろよろと急いだ。

母の身体は急に老けたようで、しかも鉛のように足運びは重かった。まるで、路に伸びる母の影が、金釘で地に打ち付けられて、長く伸びているようにも感じられた。


魯軍の魯都郊外の郎（ろう）での、侵攻してきた斉軍との戦闘では、魯軍の敗色のほうが濃厚であった。斉軍は、いったん、清の地にまで引き下がった。

しかし、その四カ月後の夏五月、斉軍と魯・呉の合同軍との艾陵（がいりょう）での大規模な戦いは、合同軍の圧倒的な戦勝に終わった。

この戦闘で敗退した斉軍では、将師の国書の首が捕られ、高無丕は戦死し、公孫夏・閭丘明・陳書・東郭書も捕虜とされた。兵車八百輛、兵士の首三千が戦勝国側に献じられた。

しかし、魯国軍はと言えば、当初より、叔孫軍（中軍）と孟孫軍（右軍）が、戦意が盛んではなく、やはり及び腰であった。

合戦の行われた艾陵は斉の国境近くの町で、前回の魯都郊外からは遠い。魯軍は、呉王の軍と合流して、斉地の博から嬴（えい）まで進攻し、艾陵の地で決戦となった。

呉は中軍が王夫差に率いられ、上軍の将を胥門巣、下軍の将を王子姑曹、右軍の将を展如が務め、斉軍は中軍の将を国書、上軍の将を高無丕、下軍の将は宗楼（子陽）であった。

この戦闘では、おもに呉軍の軍事力が優位を決定づけたのである。呉軍の活躍ばかりが目立ち、戦功の殆どは、呉軍のものであった。

戦役には、勝者と敗者があり、それが故に、なんども戦の応酬が続くことになる。一方が他方を凌駕(りょうが)して、相手国を滅ぼすまで続くとみるべきであろう。どこかで決着を図るとするならば、停戦と和平のための盟約を交わさない限りは、両者間には、どこまでも際限なく戦争が繰り返されることになる。

魯の宰相の季康子は、秋になると都城・曲阜の城壁を堅固に修復と補強をし直し、守城のための溝渠を築き、武器類の調達や修理、斉側からの魯都城への侵攻のための主要道の遮断(しゃだん)など、守備を固める対策を講じた。

上卿で宰相を務める季康子は、次のように述べて、前回の戦勝で浮かれた魯国の首脳陣に警戒と備えを喚起した。

「そもそも、小国が大国に勝ったのは、厄(わざわい)のもととなる。斉は、まもなく、再度、我が国に、大挙して攻めてこよう」

もちろん、この場合の小国とは魯のことであり、大国とは斉のことである。

斉公宮の中枢にあった宰予は、まだ若い簡公を盛り立てるために、かつて孔夫子の執政時に行ったさまざまな礼制の改革と行政の効率化に取り組んだ。伝承と慣習が中心の宮中の主要な祭儀は、重要度に応じて手順が改められて、祭器や祭祀の装束まで細かく規定し直し、関係者の役割が職位・職掌ごとに細分化され、次第と段取りが整備し直され、太史に諮(はか)って宮紀として成文化された。

斉室での礼制は、始祖の太公望呂尚以来、簡素と実効を旨とし、創新に重きが置かれてきた。しかしながら、それでいて、従来の慣習も違和感なく取り入れられて、堅苦しさが無く、奔放な面が多分に許容されている。そのため、古習や役職による裁量が幅をきかせ、公私や貴賤や君臣、官位の尊卑、職位における上下の関係、貴族や卿大夫士から庶人に至るまで、その区分を明確には設けず、礼節度に欠けるところがある。しかし、これを正規の礼制に応じて質すとなれば、いくら斉公の後ろ盾があるとはいっても、膨大な労力と手間が必要となり、また教化に人手と期間も要する、と思われた。

しかも、庶人や諸官の感覚で押しつけがましいと感じられるようであれば、やはり、敬遠の的にされてしまおう。また、ここに、逆に、斉室の伝統の良さもあるように感じられる。下手に、強引さを持って矯(た)める必要はなさそうである。

そこで、重要な礼制を取り上げて、新設を名目に、行事の実施とともに、適切な配役を決め、平易な手順書を作り、それを実地に執り行うことで、礼制の意義を認識して貰い、儀式化において威厳を保って際立たせることにした。

たとえば、天地を祭る郊社の祭祀では、冬至に都城の南郊で天を祀り、夏至に北郊で地を祀る重要祭祀であるが、祭事としては規定通り行われていたが、手順や祭器の用い方など細かな点で省略や儀礼に矛盾し、威儀に合わないことが気になった。せめて、君公の執り行う儀礼は諸祭事の儀軌でもあり、儀容に臣下以下も倣(なら)う必要もあるので、これだけでも、堅苦しいかも知れないが、周礼来の儀礼に則って権威と威儀を示すように簡公に提言して正させた。あとの、宮中行事や君臣の間の儀礼は、旧来通りとして、儀制に合わないおかしな点だけを改めさせた。

それにしても、斉都・臨淄の賑わいと華やいだ余裕のような大らかさは、宰予の気持ちを和らげてくれる。この開放的で、多分に享楽を含む華やいだ空気感は、宰予を引きつけて止まないが、いったい、これはなんであろうか。但し、けっして、魯都・曲阜では味わい得ない感覚である。

元来に、斉の地勢は悪い。

『史記』貨殖列伝には、斉地は、元来は「潟鹵(せきろ)」の土地と記されている。つまり、塩分を多く含んだ、塩湿の苦地、作物の育ち難い土地とある。

また、天下の賢臣と謳われた伍子胥(ごししょ)が呉王に、斉を攻めるより越を滅ぼすべし、という諫言のなかで「たとえ、斉の領地を攻略して、その領土を得ても、石ころばかりの田土が手に入ったというだけで、それが、いったいなんの役に立ちましょうか」(『春秋左氏伝』哀公十一年)と述べているほどである。伍子胥とは、宰予とほぼ同時代に活躍し、呉の隆盛を築いた見識の高い名宰相である。

伍子胥に限らず、一般的には、古来より、斉地は耕作条件の良い肥沃な地とは、到底見なされていなかったのである。

しかし、そんな斉を大国に、また、斉都・臨淄を、当時、世界屈指の人口と繁栄を誇る大都市に育て上げる基礎を築いたのは、まさに太公望と管仲の採った諸施策によるところが大きい。

ことに、管仲は、国に物資を豊かにして、農地や都市の開発を積極的に進めた。これを「牧民策」というが、物が豊富な国には遠くからでも人が集まってくるし、開発の進んだ国には賑わいが生まれ、逃げ出そうとするひとはいなくなる、という信念にもとづく政策を実地通りに実行したからである。

また、晏子（晏嬰）の仕えた霊公・荘公・景公の三代の時代は、管仲の執った諸策の結実の結果、爛熟を迎えた時期でもあり、呂氏の斉が最も繁栄を誇った時代となった。

そして、経済的にも中原一の富強国家となった斉を、晏子は名宰相として君主を上手く舵取って、大国としての節度を内外に示し、斉を中原屈指の政治文化面の一級国家に見事に仕上げたのである。

こうした斉の繁栄の基礎は、先ず始祖である太公望の先見による。

自足的で零細な漁村民の営みであった漁業や製塩の産物を広く他国との交易品として流通させ、家内での機織り（はた）を手工業に育て、掘削技術を駆使して鉱山開発を行った。桑の原産は、この地方であるが、養蚕を奨励し、女子の手芸の手仕事を活かして、集団化した。

こうした、地域の細々とした民間の営為を集団化、組織化して、規模を拡大し産業として興したのである。また、国の内外より進賢借能（賢人や能力ある者を採用し任官させた）を挙げて招賢策を行った。このことが、斉に有能な人材を供給し、広く等しく富をもたらし、富強国家としたのである。

斉都の賑わいも「天下の賑やかなところへは、みな利益を求めてやって来る。天下の雑沓しているところへは、みな利益を求めて往く」という当時の諺（ことわざ）があったことを『史記』貨殖列伝には述べられているが、まさにその通りであったと見るべきであろう。

同じく『史記』貨殖列伝には、のちの前漢の時代には「斉の地は、山と海に近接し、肥沃な土地は千里にも渡り、とりわけ桑や麻がよく育ち、人口は多く、彩色豊かな絹布を産し、魚塩に恵まれている」と述べられるほどの、豊かな地とされている。時代が代われば、地勢の見方も、変われば、変わるものである。

魯にない気風が斉の民にまで浸透しており、魯に欠けた工夫が斉の為政者には備わっていた、と見るべきであろう。

また、これら斉都での伝統は、始祖の太公望呂尚に、さらに、その後に現れた管仲の思想と施策が大いに関係していよう。管仲は君公から下々に至るまで「仲父」と呼ばれて、敬称をもって親しまれた。

管仲の名は夷吾で、字を仲という。淮河の支流の水運の商都潁上(えいじょう)の生まれとされる。

管仲は、孔夫子の生誕のおよそ九十年前に亡くなっている。晏子が、孔夫子の生きた時代と重なるのに対して、百年以上も前のひとである。したがって、管仲の補佐のもとで、斉の桓公が春秋期最初の中原の覇者となったのは、孔夫子の活躍期の約二百年前のことであった。

覇者とは、凋落したとはいえ名と偉績を誇る周王朝の信託を受けて、周王に代わって諸侯に号令を発し、会盟を主催して調停役として諸侯国を束ねる盟主のことである。

具体的には、紀元前六五一年の葵丘(ききゅう)の会盟によって東周第六代襄王より桓公へ「文武の胙(そ)」が下賜されたことによって、周王朝の忠実な庇護者として、周の封地内の諸侯を統括する権威の代行が認められたことを示している（『春秋左氏伝』僖公九年）。

「文武の胙」とは、周王朝の実質的な宗祖と目される文王と武王の霊廟の祭祀に供された胙（ひもろぎ）（祭肉）のことで、王の地位の継承者にのみ与えられ、この祭肉を周王より斉の桓公が下賜されたことで、周王の代行者の振るまいが広く天下に許されたことを表している。


しかし、思えば、孔門内での管仲の評価はすこぶる悪い。

孔夫子は「管仲の器は、小なるかな」（八佾）と評して、あるひとが「管仲は倹なるか」と聞くと、管仲は三帰（三つの邸宅）を持ち、下臣には一人一官で兼務をさせなかったというのに、どうして倹約家であったと言えましょうかな、と述べている。

また、ある人が「管仲は礼を知れるか」と聞くと、管仲は邸宅の内側に中塀を造築し、つまり植樹して門を塞ぎ、賓客との親睦の宴のときに広間に献酬の礼のあとに酒杯（さかずき）を置く台である反坫（はんてん）を設けていた。これは、とくに、周王より邦君（諸侯）にのみ許されたことであり、管仲は大夫の身分であるのに、分不相応である。どうして管仲を驕っていたと言わずして、礼儀をよく弁（わきま）えていたといえましょうかな、とも述べている。

ただし、この場合、孔夫子の管仲批判は、人物批評であって、彼の政策や思想に対する根本的なものではない。倹約家ではないとか、不礼な人物であるという見方は、あくまでも、見るひとによっては評価が変わりうる、ごく相対的なものの見方であろう。

だが、宰予は、管仲に対しては、そう非難の対象とばかりは思えないところがある。

斉の大夫となり、政柄の中枢に近いところに位置してみて、やはり桓公の時代に管仲の執った過去の諸施策の成果は、または、その意義は途方もなく大きいように感じられる。斉国内では管仲の残した遺物が政治に関わる人たちだけでなく、その恩恵に浴する庶民にも広汎に行き渡っている。そして、その考えや施策は、いまにも定着しており、斉の遺制や遺風として当たり前のように浸透しており、人びとの普段の生活や日々の行事や風俗のなかにまで生きて、この大都斉都の活況と余裕を生み出している。賑わう経済や華やかで奔放な文化のもとになっている、と感じる。

「為民」は、政治の要諦である。

宰予は、かつて、殷の湯王は、旱天が五年続き作物が不作不収であったため、自ら桑林で雨乞いして「罪があるとすれば我（余）一人に有り、それを万民（万夫）に及ぼさないでほしい」と天に禱(いの)ったことを知っている。

また、周の文王は殷の紂王に西伯としての忠務(つと)めに対し千里の土地の賜与を断ってまで、民のために惨い「炮烙の刑」を止めるように拝稽首（臣下のとるべきお辞儀）して、願い出たことも知っている。

「炮烙の刑」とは、火炙(あぶ)りの刑罰の一種で、銅柱の竿にたっぷりと油を塗り、下から燃えさかる烈火の上に掛けて、その竿上を罪人に渡らせる極刑のことである。紂王は、罪人が竿上で足を滑らせて火中に落下するところを、賓客を招き観賞したとされる。

これらの古来の湯王・文王の二王の行為は「為民」つまり、政治は民心を得る行為である、と『呂氏春秋』季秋紀篇・順民では述べられている。

しかし、時代が降って、春秋期ともなると「為民」の政治も、すっかり様変わりしてしまう。宰予は「為民」は「為政」に取って代わられ、政を為すのに民をどのように養うか、服従させるかが、諸侯国の君臣にとっての喫緊の課題となった、と見ている。

孔夫子は「為政」について、魯の哀公に問われた際に、次のように答えている。

「いかに為さば、すなわち民に、国の政治を納得させられ、素直に服従してもらえようか」（為政）と、哀公が問うた。

孔夫子が、それに応えて上奏(いう)には「正直で、誠実な人を登用して、枉者（邪な人）に交代させれば、すなわち民はみな納得して、服従するようになりましょう。これを逆にいたしましたら、すなわち民はたれも納得もせず、服従はいたしません」と。

孔夫子は、あくまでも国の「為民」の政治は、上に立つ「ひと」の、つまり人物の性質の善し悪しによる、と言うのである。

また、上卿の季康子が、あるとき、孔夫子に「政」について、意見を求めた（顔淵）とある。

孔夫子が、答えて曰く「政者正也。子帥而正、孰敢不正」(政とは正なり。子ひきいて正しければ、たれか敢えて正しからざらん）と。つまり、政は正しいに通じます。上位の地位にあるあなたが、まず進んで正しくあろうと努力なさるならば、たれもが上を見習って、正しくあろうと努めるでありましょう、と答えたのである。

さらに、あるとき、端木賜（子貢）が孔夫子に「政治」の要点を問うと、以下の三点を挙げられた。

「食を足し、兵を足し、信用が大事である」(顔淵）という。

この三要件のうち、どれかを捨てよ、といわれたなら先に捨てるのはどれかと、さらに端木賜が問うと、まず兵を捨て、次に食を捨てると、孔夫子は答えている。

最後に残るのは、つまり、どれが政治にとって一番重要かとの、端木賜の問いに、それは「信」である、と答えられている。

「為政者に信用がなければ、民はたれも付いてこない」と孔夫子は言う。

政治には、民の上に立つ「ひと」の信用、あるいは信頼が、なにより第一だ、というのである。つまり、御上に信用がないと、民は全く安心できないと、強調された。

いっぽう、管仲には「為民」の政治には「牧民」という根本発想がある。

宰予は、次の管仲の言葉に注目する。

すなわち「下令於流水之原者、令順民心也」と、管仲は『管子』牧民篇のなかで述べている。

上からの命令は、下々には、水の流れるが如くに浸透させて、民意に叶った政事を行うべきだ、ということであろう。

そもそも「牧民」とは、牛や羊を続々繁殖させるが如く、人民を扶育することである。

人民を治めて飼い慣らしてよく育てることをいう。

民を、家畜と同一視するのかと非難する向きもあろうが、管仲の考えをもう少し掘り下げてみる必要もあろう、と宰予は思う。

つまり、人民をよく養うには、苦労・貧乏・災難・家族滅亡の苦しみという四つの民に降りかかる悪条件を、かならず除いてやることが為政者の肝要となる。

こう管仲は強調している。

まさに、民草の願うところは、たれしも幾多の苦労を厭う。たれしも汲々たる貧苦を嫌う。たれしも思いもよらぬ災難からは遠ざかりたい。たれしも一族の安寧と永続を望み、自家の滅亡の憂き目は避けたい。

しかし、現実は、往々にして放っておけば、民の願いも虚しく、不運ばかりが降りかかってくる。実の民の立場に立って考えてみれば、そうなろう。

集民が、当時の農耕振興の要である、といえる。諸侯諸国ではいかに民を多く集めて、定着させ、逃れさせないことが、政治の大きな課題でもあった。この時代でも、民の移動は概ね自由であった。民は、少しでも有利な土地と居住条件を求めて国境を越えて移動できた。また、諸侯国同士は、たがいに、国の政策によって、互いに競って民に有利な条件を与え、民を農耕民や住民として定着させ、民の一人ひとりを奪い合う立場でもあった、ということである。

「大寒既至、民煙是利。大熱在上、民清是走。是故民無常処、見利之聚、無之去。欲為天子、民之所走、不可不察」と『呂氏春秋』にあるのが、そのことを指摘している。

民は厳寒には少しでも暖かいところを探そうとし、厳暑には涼しい場所を求めて移動する。このように、民には決まった居場所はない。物が豊富で、利のあるところに集まり、不利な場所からは、早々に立ち去ってしまう。天子たるものは、元来に民衆の志向と動向をよく観察しなければならない、と述べている。

管仲の話に戻す。

民の不幸や心配を除いてやることが、第一に社稷たる国家の果たす役目であると、管仲は考えている。そして、国君が国家という庇護の慈傘を広げて、さまざまな災難より人民を守ってやると保証してやり、安心させることが、正しき「牧民」の条件となる、と言うのである。

宰予の見るところ「為民」とも、重なる発想であろう。

いや、それは「為民」を、具体的に、一歩も二歩も前に進める「為政」の発想であろう。庶人の生活のための営為に配慮し、庶民の隅々にまで施策を浸透させるべきなのである。限りある民の一人までの持てる力を、国家の力に加算していくということなのである。

こうして、国家は着実に富強国家となることができる。こうした、庶民の心理にまで寄り添い民政に通じ、社稷たる国家のはたす役割を重視する思想は、斉の賢臣に共通する。のちの晏子（晏嬰）は、管仲の執った施策と人物を高く評価して「管仲の御者」にまでなりたかった、と述べたという。『史記』で、司馬遷が、そう記している。

『管子』牧民篇では「倉廩実則知礼節、衣食足則知栄辱」（穀倉が満たされていれば、ひとは礼節を知るものであり、衣食に困らず生活上の安心が得られていれば、ひとは名誉と恥辱を知るものである）という言葉ばかりが有名で、一人歩きしがちであるが、この言葉は管仲の物語の「起承転結」の「結（帰結）」にあたる。

「知予之為取者、政之宝也」（与うるは、これ取るためと知る。これは、まさに政治の勘所である）民衆の欲求に沿って、まず与えよ。しかる後に、為政者は、その見返り（取ること）を期待すべきである、という。逆ではない。これが、為政者の執るべき上策なのだという。いや、上策どころか、政（まつりごと）における「宝技」と見なしている。まったく、宰予も同意する。

「必有置也、而後有廃也。必有利也、而後有害也」（廃止するためには、必ず設置することを先にすべきです。害悪を取り除くには、必ず先に利するようにしてからにすべきです）と、中匡篇にもある。同様な管仲の発想法で、これを管仲は忠実に自らの為政の政策に貫いた。

管仲は、なにより民の利益を先にする。孔夫子が「利」を先にせず、使命や仁なる、ないしは徳なる行いとともにしか語らなかったのとは対照的であろう。それは、孔夫子が「利」のみに喩るだけならば、たんに「小人」でしかない、と頑なに考えていたからであろう。

あるとき、桓公は、すっかり管仲のマジック（魔法）に傾倒して、彼への「仲父」の新しい尊称を授けようと、井戸を新たに掘り、柴を炊いて神を祀り、十日間斎戒（身を清め、物忌みすること）してから、管仲を授与式の宴席に呼んだ。

予定どおり管仲が入場すると、妃夫人に酒器を捧げさせて、公自ら酒杯を持ち、三度飲酒を勧めた。ところが、その直後に、どうしたことか、管仲は途中で席を立ち、式を中座して、そのまま会場を後にしてしまった。

これには、桓公は、さすがに怒った。

同席していた鮑叔が、管仲の後を追い、呼び戻した。

当然、桓公の機嫌は悪い。

管仲が再び門を入ってきても、言葉を掛けようともしない。庭の中に進んできても、知らん顔をしている。部屋の中に入ってくると、ようやく、桓公は口をきいた。

「おまえに、祝いの酒を取らせるために、わたしは十日間も物忌みをしてこの身を清めた。礼は充分に尽くしたはずだが、それでも、おまえは、黙って席を立って出て行ってしまった。一体、どうしたのか」

管仲も答えた。

「わたしからも、お話しいたしましょう。むかし、殷の紂王が象牙の箸を作らせたとき、賢臣の箕子は『象箸玉杯』と放言して、紂王の奢侈の止まらないであろうことを恐れた、と聞いております。酒宴の享楽にうつつを抜かして、酒に溺れてしまえば、いずれは、それは憂いとなって帰ってきて、ひとは災厄に苦しむものです。やがては、そのひとの行いはいい加減となり、聴政を怠り、政務に疎かになりましょう。ひいては、国家に害は及び、社稷の祭りを保てなくなるでしょう。どうか、公は、ご賢察のほどを」

殷の紂王に仕えていた箕子が、殷王の食前に、新調された象牙の箸を見て恐れを抱いたのは、世にも貴重な象牙の箸を使うとなれば、いずれ王はそれに見合った玉（翡翠）杯や犀骨杯を用いたくなるであろうし、食事も普段の豆葉のお浸しや藜汁ではなく、かならず水牛や珍獣の肉を盛ろうとするようになるであろう、ということであった。

象牙箸に見合った器や食物、食卓、宮殿までもが求められ、奢侈は止まらなくなるであろう、と箕子は見抜いたのである。それによって民草は大いに迷惑を被り、いずれは、天下はかならず乱れる。

これを聞いた桓公は慌てて、席から立った。

「われとて、饗宴や飲酒が良いとばかり思っているわけではない。おまえの、歳を重ね、永年の労に報いるために、この宴席を設けたのであるぞ」

「ひとは、若ければ懸命に働き、年老いては怠けず気を抜かず、社会の慣習に外れることなく随っておれば、かならず良い生涯を終えることができる、といわれております。むかし、かの三王（夏王、殷王、周王）の末裔（まつえい）が、天下より託された王権を悉く（ことごと）失いましたのも、けっして偶然ではなく、平素の油断が重なり、怠惰と気の緩みが招いたものです。わが公におかれましても、けっして、そのことをお忘れなきように」

そう述べると、管仲は急ぎ足で、再び、この場を退出した。

これを聞き、自ら恥じ入った桓公は、今度は、賓客への礼をとって、再拝して丁重に、去る管仲を見送った。

『管子』中匡篇に見える逸話である。

管仲は、「虚礼」の態度をとって、主君たる桓公を、わざと礼を失した行為を成して、諫めたのである。

宰予は、管仲のこの行為に瞠目（どうもく）する。

管仲は、孔夫子の主張した「人治」による政治に対比すれば、あまり「ひと」の重視に傾斜していない。人の善なるを信用していない、と言ってはいけまいが、自身を信認する桓公にすら、虚礼の態度をとって油断や慢心の不義を諫めたのである。

おそらく、管仲は、孔夫子も唱えた尚賢策は自身も重視したが、一方暗愚な君公の出現による政治の荒廃や、気まぐれな「人治」の限界を知ってもいた。

であるから、ことさらに社稷（国家）の果たせる役割を強調し、民政や経済策をはじめとする「制度化」による国家の傘のもとでの諸施策の実現の重要性を信じていた。

のちの時代の思想家は「法家」の始祖が、管仲を嚆矢（こうし）とすると信じたのは、このこと、つまり実益第一とも言える一種の固い合理主義にもに似た制度重視の強い信念を見てのことであったろう。

また、この思想は「実」や「策」や結果を重視する「兵家」にも影響を与えた。「兵法」で有名な孫武（孫子）や戦国時代の孫臏（そんぴん）は、斉人でもあった。


宰予は、自身では、いまの主君である簡公を前にしてはできそうもないが、管仲の意図的な不敬とも言える行為を、かたや許し受け入れた桓公の度量の広さも認めないわけにはいくまい、と思った。この臣ありて、以て、この君あり、というべきか。


宰予は、簡公の信任のもとで、早速、国家財政の基礎である税収の不公平について検討を始めた。

地租は、特にその要であったが、管仲の時代には、農耕地の面積の大小にとらわれずに、その土地の生産物の収量によって税を課す方法が採られた。管仲は、古い公田制を廃し、農地を一般の良地と開墾困難地に二分して、さらに良地外の後者を沼地・藪・河川・河川近接地・山林・山林隣接地・森林など実情に応じて細かく分類して、それぞれに収穫量を考慮した税率を定めた。また、査定の小改訂を三年ごとに、土地調査を伴う大改訂を五年ごとに実施して、課税を公平に保とうとした。しかし、いまや、時は過ぎ、税の公平感は失われつつある。

こうした状況に呼応して、新興の田氏は自領で二つの升を使い分けて、多くの農民の支持を得ているという。たとえば、自領の農民に種籾を貸し出すときには、大きめの自家升を使い、収穫後の年租の計量には、小さめの斉の標準升（公定升）を使っているという。

当時、公定升は四進法で、四升で一豆、四豆で一区、四区で一釜、十釜で一鍾という公定の標準升を使用していたが、田家の自家升は、五升で一豆、五豆で一区、五区で一釜であったという。また、田家所有の山林から切り出された材木には運賃を加算せずに市場に供出され、田家産の魚塩乾物の類は、より原価に近く市場で安価に販売されたという。

こうした、阿民策が効奏して、田氏の領民になる民も増えているという。『春秋左氏伝』には、そうした田氏についての逸話が取り上げられている。

宰予は、魯の定公のときに、孔夫子の執政策を助けて、農地の地勢に適応(おう)じた耕作物を作らせる適地適作策を提案し、実施して効果を上げた経験がある。

管仲の採用した農地の特性による区分やその収量に応じた課税配分の施策と、適地適作策を組み合わせて、実施する案を簡公に早速上奏して認められたので、地方の官衙に木簡による勅命を冊命として発して、耕作地と作物と既成の課税状況の調査を指示した。もちろん、宰予流の冊書である木簡の余白に、返信の報告欄を設けた。また、適地に応じた種籾などの種苗の安定的な確保や農民への貸し出しなど、国による適切な管理なども併せて実施した。

また、斉では各有力家が、自邑民や他邑からの民に対して通行税のような勝手な特別税を設けて、まるで、斉国内に別の国家があるような振る舞いが横行していた。『晏氏春秋』などの晏嬰の発言のなかにも、そうした現状に対する指摘がある。それにより、各有力家は潤い、結果、毎日のように、有力貴族家の大きな邸宅があちこちに立ち並び、以て、あらゆる享楽は見逃されない、と記されている。

宰予は、斉公の認めた税制以外は設けるべきではないとの立場である。

税制は、なんといっても国家の要諦(ようてい)のひとつでもある。斉公の専権の重要事である。各家が勝手に振る舞い、たとえ自邑内であったとして、自家を利するだけの目的で私的税を設けるべきではない。各家は自邑を通行する際に関所を設けて通行人の所持品に応じて課税したり、と勝手な振る舞いが横行している。

宰予は、邑民らに不利な私税の廃止を各家に、簡公より正式通達させた。こうした実務が、宰予の斉の簡公のもとでの、最初の仕事となった。

それにしても、管仲には、彼独特の合理的精神があり、宰予にとっても、そのことが心地よく感じられる。たがいの志向に類似点があるのか、とも秘かに思う。

また、宰予の大夫として仕えた斉の公宮にも、太史と呼ばれる斉史の記録官がおり、伝承や『管子』のもととなった記録が残されていたはずであり、宰予はそれを自由に閲覧することができた、と見るべきである。

管仲の思想や事績を伝える『管子』という書物は、のちの前漢代ごろに編纂された書物であるとされる。

ものごとに「名」と「実」の両面があるとするならば、どちらかを取るということではなく、畢竟(ひっきょう)、管仲は、迷いなく「実」を重んじるひとである。

その「実」とは、実情や実事、真実、内実、また実績、実効や実需のことである。

また、孔夫子はといえば、なによりも「名」を重んじるひとである。

たがいは、水と油ほどの考え方に違いが見られるのは、間違いない。その違いがあってこその、孔夫子による、さきの管仲批判でもある。

孔夫子は「名を正す」（子路）ことが、政治には先ず、なにより不可欠だ、との立場を貫く。弟子の仲由（子路）が「夫子のそうした物言いは、あまりに、まわりくど過ぎはしませんか。対策を打つことの、すぐに必要な、この窮状においては」と、形に囚われすぎていて、情勢に合わないと反論めいた言い方をすると、孔夫子は仲由を「野哉、由也」と罵倒（ばとう）した。「馬鹿な。おまえさんは、本当に単純だな、分かってないな」と言ったのである。

「君子於其所不知、蓋闕如也」（君子は、其の知らざる所に於いて、蓋し闕如なるや）と、自分のよく知らないことは黙っているものだ、と言うのである。

「闕（けつ）」とは、本来は高く聳（そび）える城門のことをいうが、この場合は、ハッキリしない物事はそのままにして、欠けたまま、現状のままにしておくこと、敢えて触れないでおくこと、という意味である。

「名不正則言不順、言不順則事不成、事不成則礼楽不興、礼楽不興則刑罰不中、刑罰不中則民無所措手足」（名目が正しくなければ、そのことについて語るべき言葉に矛盾が生じるであろう。その発言に矛盾があれば、その言葉の通りに物事を成し遂げることはできまい。事物が成し遂げられなければ、礼楽の道は興らない。礼楽が興らないと、物事にメリハリがつかず、刑罰が適正になされることはない。刑罰が適正でなければ、民は安らぐことができず、普段の民の生活にも迷いが生じて、手や足の置き場にも戸惑いが生じることになる）と、孔夫子の話は続く。

この場合「名」とは「題目」や「指針（設計図）」と置き換えても良いだろうと思う。その名目が道理や大義ある行動に照らしてみて、大概合っているかどうかが重要だ、と孔夫子は言う。

「故君子名之必可言也。言之必可行也」（だから、君子たるものは、名分の立たないことは口にするべきではない。口にしたことは、かならず、それを実行に移す自信がなければならぬのだ）と、愛用の琴瑟を抱きかかえ持って、強く、孔夫子は続けて仰った。

一方、管仲はといえば、桓公が税を新設したいが、なにに課税したらよかろうかと問うと「公が、それほど課税したいとおっしゃるのであれば、鬼神に税をお掛けなさい」（『管子』軽重篇）と、答えている。桓公は「おまえは、人民にもだめ、家屋や家畜にもだめ、樹木に税を課すこともだめだと言っておきながら、どうやって、この世のものではない死者の霊（鬼神）に課税できるというのだ」と顔を紅潮させて怒った。

ふざけて、桓公は、自身が小馬鹿にされたと感じたのであろう。さもありなん。

しかし、答えた方の管仲は、大真面目である。

「厭宜乗勢、事之利得也。計議因権、事之囿大也。王者乗勢、聖人乗幼、与物皆宜」（大概において、物事は、筋道に叶い、その場と時の勢いに乗じれば、そこから利を得ることはたやすいものです。適切な策を立て政治の力を利用して、機会を上手に捉えれば、大いなる成果（牧園）が得られるものです。古より、王者は勢いに乗じて、聖人は慈しみによって、みな事物の良き道理を指し示して参りました）と、管仲は桓公を前にして、真剣、かつ大真面目に答えている。

「囿」とは、動物を垣根で囲って放し飼いにしている牧園（牧場）のことである。

また「厭宜乗勢」とは、道理を押さえて、世の中の活力を利用することである。

「厭」は「圧」と同字で、石で物を押さえること。「宜」は戦の出陣に際して、廟に肉の供え物をして順利を祈ることから、差し障りのないこと、転じて、正しく道筋に叶うことを言う。「勢」は、元来は草木を生長させる力、ひいては、事物や世の中を動かす力、活力源のことである。のちに転じて、他を支配する権力を指すようにもなった。

この言葉は、管仲の施政の諸施策の発想のもとになる考え方、思想である。

では、一体どうやって鬼神に課税するのか、と桓公が再度問うたのに対して、管仲は即座に次のように答えた。

「では、実際に申し上げましょう。つまり、子孫の絶えた功労者の祭祀を復活させて、まず手始めに帝堯の五吏五官（五人の重臣）への途絶えていた祭祀を、我が公が率先して執り行うのです。このとき、春には蘭を献じ、秋には落原（菊花、牡丹など）を飾り、魚を干したものと塩辛にして献げ、さらに小魚を祭祀の器に盛らせてお供え物とすればよろしいでしょう。そうすれば、みなが上に倣い、祭祀によって、市場での魚の需要が増し、値段は値上がりして、その魚からの国への税収（市場税）は百倍にもなりましょう。ですから、現行の税制を変えるまでもなく、これにより国庫は潤いましょう。また、民の通常の生活にも祭礼行事の式目を新たに加えることで、生活の折り目が付き、潤いが生じましょう。このうえ、人民に、さらに課税する必要がどこにありましょうか。これが、鬼神に課税する方法です」

管仲の桓公への助言は、孔夫子のいう名理言行の一致ではなく、道理が合っていれば、なにでも利用し活用しようという功利的発想である。伝統にない祭祀さえ新設すべきである、と主張する。

人民が日日の暮らしにも事欠くようであるのに、その者らに礼節を説いてなんの意味があろうか、まさに馬耳東風であろう、と述べて怯（ひる）まない管仲の着想の妙であろう。

いかにも、孔夫子が知れば、烈火の如くに怒り出しそうな話である。

管仲には、桓公からの問いに対して、かならず、即答すべき解が準備されている。すべてが、考え尽くされている、問いへの解答の予行演習ができていると言うべきか。管仲というひとは、計算がたち、めっぽう頭の回転の速いひとであったのであろう。自信家でもある。感心するのは、世の通性や庶民の考えそうなことが、すべてに理解されており、その顔色や所作、素振りを覗えば、その庶人の懐や財布の中身までもが読めるようである。

宰予は、ときに、唸らざるをえない。自分の新しい居場所は、まぎれもなく、管仲ゆかりの、ここ斉都であろう。管仲に倣うべきなのである。

しかし、のちの世のひとの管仲への評価は、概ね批判的で、否定的ですらある。

あるいは、無視して、敢えて取り上げないという立場が、のちの著名な儒者に多い。また、その批判の多くは、この管仲の執った施策や行動がいささか人倫と形式に欠ける、との意見が多い。儒者や儒学者的な立場に立てば、それも当然で、そもそも宰予に向けられた孔夫子らの不仁批判が、その傾向を如実に物語っているともいえるのである。

宰予の孔門からの出奔も、やむを得ぬものであった、ともいえた。

宰予は、自身で近親感を覚える、管仲の思考にも倣いたい考えだ。ただし、管仲の思考はあくまでも合理的で、宰予の考えとも似ているが、管仲の性格と宰予のそれが異なるのは、管仲は計算高く、節をけっして曲げずに先を見通そうとするが、宰予はたとい計算しても相手と妥協できるところは妥協しよう、という考え方の違いであろうか。

次の簡公への宰予の献策は、斉の国家の歳出に及ぶ。

桓公の治世の時代には、国の一般的な会計の歳出の三分の二が、賓客への接待費に充てられていたという。軍事費や公共的な基盤整備のための投資、人件費など経常的な経費は、全歳出の三分の一から賄われていたという。これを見直したいと管仲は桓公に諫言した。『管子』にも、取り上げられている話題である。しかし、多くは改善されなかった。

この時代、他国との戦争ともなれば、軍事は有力家の私兵や大夫の自邑の賦役兵がほぼ国軍を兼ねるため、国家の支出はさほどない。有力貴族家や士大夫は、国君から食邑という封地を与えられており、自家の運営の範疇に軍事的や賦役の負担はある。

それにしても、もう少し自国民の生活の安定と充実のために配慮した、封地外の都市部などの公共的な土木工事や文化や教育的事業や共益的な施設建設・運営などの事業の拡充のために、国家の予算を割り当てたい。

積極的な、他国に例をみない国を挙げての遇民政策が、富国強兵の基礎的な条件のひとつでもあろう。宰予は、そう思う。

そのためには、管仲の言う「市場に、ものとお金を安定的に供給し、ものを溢れるほどに流通させる」という経済政策は他国からの集民策に有効であり、公益的な開発を進めて道路や水運など人民の生活上の利便性や文化的な趣向を高めれば、更に人民は斉から逃げだそうとはしないであろう。至便で、物に溢れた賑やかなところには、人は次々と集まってくるものだ。人が集まれば、さらに人は人を吸い寄せる。

珍しく、友人の陳亢（子禽）が、斉の大夫となった宰予のもとを訪ねて来た。

魯に亡命していた陽生（のちの悼公）の魯での教師や、その子の壬（のちの簡公）・驁（のちの平公）の兄弟の師傅に宰予が推挙されたもとは、この陳亢の兄・子車への提案からであった。

陳亢は孔夫子の弟子でもあったが、もともと自由人で、魯に帰った孔夫子の学院に暫く居たが、この度は斉国内の実家に戻って来たらしい。陳亢の兄の陳子車は、田氏の一族で、同じく斉の大夫である。宰予も陳亢の兄の子車とは、朝議で顔を合わせ、その前後には親しく対話もする仲となっている。

陳亢は、宰予の方に明るい顔を向けて、丁寧に話し始めた。

「子我（宰予）さま。斉公に厚く遇されておられるようで、お仕えに日日忙しそうですね。私の兄の子車からも、そのご様子をお伺いしていますよ」

「ほう、子禽は、相変わらずの情報通でありますね。いつ、魯から帰って来られたのか」

「三日前ですが、子貢（端木賜）どのが、子我さまのことを、大変に心配されておられましたよ。斉に行ってからというもの、このごろは、なんの連絡も無いといって、不満そうでした。弟の宰去を預かっているが、弟にすら連絡もないと、言っておられましたが」

「ははは、そうか。衛賜（端木賜、子貢の通称）の活躍は聞いておりますよ。ずっと、魯の子服氏のもとで外交顧問として忙しそうでしたが、このたびは、斉都で陳恒どのと会って後、南進して呉越を経て、さらに北方の晋にまで足を伸ばし、特命を受けた行人の役割を立派に果たした、と聞いています」

「そうです。私の見るところ、弱小の魯国は、子貢どのの卓見と巧略と外交力に、大いに救われております」

「子禽は、衛賜がご贔屓（ひいき）ですからね。夫子も魯に帰国を果たされて、有終の美ともいうべき経書の創作に、ますます余念が無いのでしょうね。『礼』のほかに『春秋』などの出来栄えはどうなのでしょうか」

「ええ。かなりのめり込まれているようでした。後世に、わが孔丘の名が知られるようになるのは、この最後の『春秋』の仕事の仕上げによってであろうな、と仰せでしたから。官途や官位で実を残すよりは、いまは文によって名を残す、と意気込んでおられます。しかし、最近、子有（冉求）どののご活躍で、魯国に復帰を果たされたのちは、公宮にも屢々登られて魯公の諮問を受けられたりと、ますますご健勝であられますよ」

「そうか。夫子は、やはり、君臣の道を正すよりは、どちらかと言えば、文や学の創作によって自らの名を残したいとお考えなのであろうな。その方が良いであろうな。いまの世にも、賢なる者や蓄知の者はおろうが、確たる卓越した史実によって過去から現在を照らし出し正道を詳らかにする。その事績によって、将来にまでも名を残す者は、まずおらぬからな。魯国の新しい夫子の学院は、多くの学徒が集い大いに盛況であろうな」

「はい。若い魯国内の子弟が、こぞって入門を希望し、多勢が参加して、随分と新顔の門人の数も増えました。夫子の意欲は旺盛ですが、このごろは、大分お歳も感じられます。一時、子淵（顔回）さまと、伯魚（長男）さまを、相次いで亡くされてから、張り合いをなくされて、珍しく長く落ち込んでおいででしたが、ようやく立ち直られました」

「ああ、それは、まことにな。回（顔回）と伯魚さまのことは、夫子もお気の毒であられたな。それにしても、わたくしも、夫子には、随分と恨まれておろうな」

「それですが、あまり気に煩われますな。夫子は、わたしに会うと、宰我（宰予）は、今ごろ、どうしておろうかと、ご心配もされておりましたから。若い者からいろいろと聞かされて、つい、あらぬ事まで言い過ぎたと、わたしの顔を見て、そう、ほんとうのお気持ちを仰いましたよ。子我さまが夫子のもとより遁走されて、夫子は後悔されたようです。言い過ぎた、周囲の若い者に気を遣いすぎた、と仰っておられましたよ」

「まことに、そうであったか。断りもなく、夫子のもとを去ったことに、これまで、拭（ぬぐ）いがたい悔憾の思いであったが」

「ははは」

宰予の言葉に、陳亢が腕を組み直して、屈託なく、短く笑った。

「子我さまは、あのまま、孔門内に止まって終わるお方ではありますまい。あれでよかったのですよ。現に、斉国に参られ、公宮に昇られて、比類なき見識有る大夫として、立派なお仕事をされておりましょう。子貢どのにも、なんどか申したことがありました。これまでの古参の高弟の方々の、夫子への恩師の礼儀は十二分に果たされておられるので、これからは、それぞれ、ご自身の心向きの仕事も大いに為されよと。子貢どのも、子我さまも、子有さまも、子路さまも、みな、もうそれぞれに、それぞれの道に専心されて、こころと身体を、存分に尽くされればよろしいのではありませんか。いまの孔門の様子を見ておりますと、かつての闊達（かったつ）な夫子も含めた弟子同士の切磋琢磨は、すっかり影を潜めてしまいました。若い者らは、ただ、夫子のお言葉を恭（うやうや）しく拝聴するのみで、工夫して行動に起こしてみようといった者はおりません。元気が有り余っておるのに、ただただ夫子のお言葉を拝聴敷衍（ふえん）し、勝手に仲間内で解釈して、議論に喧（かまびす）しく、そんなことだけで、得心して、いい気になっておるように思われます」

「子禽は、そういう考えであるか。しかし、夫子はどうお考えなのであろうか」

「夫子も、勿論気づいておられましょう。しかし、それをどうとか、いまさらに変えようというお気持ちはお持ちではないようです。もはや、お歳を召して、そのお力も、時間の余裕も残ってはおりませんでしょう」

「夫子も、すっかりお歳を召されたのであろうな。ご自身に残された時間が少ないだけに、最後の人生の仕上げのお仕事に、ただただ脇目も振らずに邁進没頭して、お忙しいのであろうな。周囲にまで、目を向ける余裕もなかろう。夫子のおこころのうちも、察するべきであろうな」

「また、それですか。子貢どのも、わたしがこう言うと、同じように仰います」

「ああ、夫子の薫陶（くんとう）を身近に受けた者は、みな、夫子の慈傘のもとより去り難いのだ」

「そのようですね」

「ところで、子禽はどうなのかな」

「わたくし、ですか。わたくしは、この通り、自由気儘（きまま）な性格が祟（たた）って、いつまで経っても、ただ、うだつの上がらぬ孔門の門前の小僧のままで、夫子からは上達もままならぬ不肖（ふしょう）の弟子として、距離を置いて見られておりますよ」

「子禽は、それが居心地がよくて、丁度よいのであろう。ほんに、自由人であるな」

「はは。恐縮です」

「冉求（子有）は、わたしが去った後、季孫家に上がり、その家宰として、上手く勤めておるように聞いておるが、最近はどうなのか」

「子有どのは、魯国内に名声が聞こえ、季孫氏内の信任も厚く、大変に貫録が増して、よろしいですよ。季孫家での、軍事面でのご活躍があって、夫子の帰国がかなったのですから、もう少し、重きを持って孔門内で迎えられるべきなのですがね」

「と、言うと。どういうことなのだ」

「つい、先頃は、夫子は、子有どのが、季氏を諫めるべきときに諫めもせず、季孫家を盛り立てて、周公よりも富ませておるばかりか、季氏のために税金を厳しく取り立てて収入を増やしてやり、さらに季孫家をますます隆盛にさせた。やつは、季孫家にばかり恩恵をもたらすような働きが過ぎる、とご不満を述べられておられました。『求は、われらが徒にあらず。出師にて、太鼓を打ち鳴らして、攻めるべき敵陣だ』との厳しいご発言までありました。また、先般も『奴は幸いにして、口は上手くないが、過度に計算が立つ人間である。まだまだ、仁者とは言えまいな』などと、夫子は周囲の者に述べられておりました。そんな子有どのの、ご行状をいちいち夫子に告げる者があるようです」

「はは。そうか。冉求であれば、季孫家にて核骨ともなれば、そのくらいのことは難なく出来ように。なにより、夫子自身が、俸禄を得る代わりに、求を季孫家に上がらせることを認めたのだから、仕方あるまいに。子禽よ。冉求が、ほかになにか、夫子の気に障ることでもしでかした、と申すのか」

陳亢は顔を歪めて、咳払いをひとつ放った。

「はい。そのことです。夫子がどうであるというよりは、夫子は、顔回さまを亡くされて以来適切な相談者を欠き、ますます若い取り巻き連中の意見を聞き過ぎておられます。私が孔府を訪れるたびに耳にするのは、夫子の古参の方々への偏った発言ばかりです。まず、子路さまについては、子我さまもご存じの通りでしょうが、夫子の不興な発言も多いのでもう慣れっこです。しかし、他の古参の子弟方への夫子の発言は、わたしには聞いておれないことも多々あります。子貢どのについても『賜は立派な器ではあるが、優れた人との付き合いよりも、劣った人との付き合いが多いようだ。いずれ、丹の容器が朱に染まり、漆の容器が黒く染まるように、日に日に損するであろう』などと仰いました。わたしには、とても、そうは思えません。そろそろ、子貢どのも、子有どのも、子路どのも、これまでの孔門に対して、貢献遠大であられるのですから、夫子にご相談された上で、お勤めもお断りして、孔門より多少の方便(たずき)の返還を賜り、それぞれの独立の道をお歩みになったらよいのです。それぞれ、ご立派に一家を成すだけのご実力をお具えなのですのですから」

「ははは。それが子禽の意見か。先ほども、同じことを言っておったな」

「はい。そうですよ。ですが、子貢どのも、子有どのも、子路どのも、みなさん、わたくしの意見には、賛同どころか『それは、また、あまりに不仁であろう』とか否定的なことばかりおっしゃいます。そこが、わたくしには不可解で、不思議なところなのです」

「そうであろうな。子禽からすれば、なにをそんなに、揃(そろ)いもそろって、みな古くからの弟子らは、夫子の呪縛から離れられず、夫子にこだわるのか、と言いたいのであろう」

「はい。まあ、そうです。予さまは、そう、思われませんか」

「うん。そう、夫子の学府は、いま、季孫家の援助が大半で、あとは衛賜(子貢)や子有(冉求)どのの俸禄が入ってこなければ、いくら弟子を増やしたとしても、その束脩は僅かで、どうなるものでもなかろう。子路（仲由）どのも、衛の孔家に家宰として入られたと聞いたが、魯の大所帯となった学府の維持は大変なのであろう。わたしのように、その席を自ら外した者などは、もとより快くは思われまい。宰予は私利に走った、名より実利を取る悪い病疾が出たのであろう、などと言われ続けるのであろうな」

「そう、思われましょうか。各自の俸禄はすべて献上して、夫子のご恩に報いることが、弟子たる者の勤めであると、みな、そう、お考えですかな」

「うむ。どうか。ただ、夫子は、いままでも、学院の方便にはご興味はあまりお示しなさらず、原憲（子思）や子有（冉求）などの、その方面に通じた弟子任せであった。夫子は、かねてより『老者安之、朋友信之、少者懐之（老人からは安堵されたいし、友だちからは信頼されたいし、若者からは親しくただ慕われたい）』（公冶長）と、こころから願っておられた。つまり、夫子のご関心は、すべてにおいて、亡くなった顔回のような、率先して自らの思考に反応を示す諸先輩やご友人や弟子に向きがちなのだ。それは、まさに年齢にかかわらず、瑞々しい勢いのある若い才能を欲しておいでなのだ。そのように、わたくしには思われた。つまり、夫子は、自身の意欲を奮い立たせ、漲（みなぎ）らせるような、鮮新な刺激を持った才人を常に、自身の傍らに欲しておられるのだ。夫子の張り合いは、自身の旱天の渇望を満たす恵みの雨のような存在であろう。自身が黄金や白金（しろがね）となって輝くためには、自らを燃やして、腐食させ変化させる、そんな発炎材とも触媒（しょくばい）ともなるものが必要なのであろう。かならずしも、その火付け役の才人や賢材者、または弟子の存在の完成が望みではないのだ」

「ほう。子我さまは、そう見ておいででしたか」

「いや。いまになって、ふと、そう思うときがあるのです」

「しかし、わたくしには、いま、夫子のお側に、そのような才人や賢なる者はひとりも見当たらないのですが。夫子の言葉の受け売りばかりで、なにかと言えば夫子のかつてのお言葉を金科玉条の如く持ち出すばかり。能は小粒で、行いに劣り、口の立つ塗説に長けた若造ばかりであるように、見受けられます。弟子のなかで能弁で口が立つと言えば、予さまの事例を挙げて、つねに引き合いに出されるようです。まあ、かりに、夫子がご自身を奮起させるための才能を求めていらっしゃるというならば、その才人はあまりにも不幸ですね。孔夫子はかつて、みなを前に、自ら達しようとするならば、まずその他者の望みを達せるべきだ、とおっしゃいました。夫子は自ら達するために、そのお相手となられた才人から得る以上のものは与えられたのでしょうか。わたしは、顔回どのの死を目前にして、また、死後の対応を見ていて、そんな思いを抱かざるを得ませんでした。それは、わたくしの、思い過ごしでしょうかな」

「相変わらず子禽の見方は、手厳しいな。夫子には、若いということですら、自身には無い、得がたい刺激となっておるのでしょうね。古参の弟子者は、もはや、いくら、その働きや貢献度が優れていても、かりに完成されていても、よく夫子のお役に立っても、夫子の刺激とはならない、ということなのです。夫子にとっては、弟子というのは自身の子どものようなもので、まだまだ、達せざる者たちだ、と夫子の目には映る。世間でも、往々にして、親はみな、その長子には厳しい目を向けるものですよ」

「つまり、それは、夫子を超える才能の育つことは、自身は望まれてはいない、ということなのでしょうか」

「いや。夫子にとって、並び立つ者や超える者は、いまの世には居らぬ。過去においでだっただけなのであろう」

「過去にとは、文王や周公のことでしょうか」

「ははは。まあな」と、述べてから宰予は、思わず膝を打った。

「最近は、夫子は、周公を夢見ることがなくなったと、酷くお嘆きでしたが」

「そうか。それは、また、ご自慢であっただけに、大変、お気の毒なことだ」

宰予は、陳亢に、自邸へのさらなる逗留を勧めて、久しぶりに酒食をともにして、孔夫子のこと、端木賜（子貢）など友や他の子弟のこと、斉での大夫としての執務向きのこと、他国の情勢変化など、さまざまな事態や思いを忌憚（きたん）なく語らうことができた。

陳亢は、田氏という権勢家の庇に守られた自由人らしく、他国にも万国への田氏の通行証を翳（かざ）して往来しては、諸国の高位や名高い有識の者と面談し、さまざまな四方諸国の情報や情勢などを広く見聞し、見知っていた。田氏の一族の上層には、こうした特派員か諜者のような役回りをする者を必要とする見識のある老練の者がいるのであろう。その役回りの一端を、陳亢は担っている。陳亢もまた、自ら、その立場を好んでいるようにも見える。

そのころ、曹都への道を急ぐ二人があった。

女同士と分からぬように、片方は男物の外套を装っている。その比較的に活脚の方のひとは、時おり顔を上げるような仕草の年配者の足下を気遣いながら、相手の腰に手を当てて進めるように慎重に路側を歩いている。

急ぐといっても、年配者の人の足の運びは一定ではなく、縺(もつ)れるように、また蹌踉(よろ)めくような場面もある。もう一方の者の男物の旅装は、いかにも不自然で、目立たぬように目深に麻布を頭から被り、下に浅葱色の装束が覘(のぞ)くが、全体に麻袋に包まれたような出で立ちである。

昼間の日差しは強く、一行は、路傍の木立を見つけては、倒れ込むように腰を下ろし、小休止を取ったあと、携帯した水袋を相手に勧めてから、声を小さく発して立って、一方を励まし、また歩き出すという動作を繰り返しているのであろう。

片方の年配者を励ます人は、ほとんど眠っていない。疲れて重い瞼が閉じかかるときに、一時フワッと眠気が全身を襲った。付きそう老女が眠るときに、周囲を気を掛けながら、少し眠った。それ以外は、寝なかった。あとは、小休止のときと、老女に水袋の水を飲ませるとき、額に現れた雨粒のような汗を拭ってやるときだけ、足を止めて休んだ。痺れた足下から疲労が、じわじわと昇ってくるように感じた。

先を追い越していく馬車に声を掛けて引き留め、老人を乗せて貰えぬかと、なんどか頼んでみたが、どの馬車も取り合ってはくれなかった。もともと、この道は、利用する人も少ないようだ。この二日間のうちに、出会ったのは五組の人と馬や驢(ろ)馬(ば)のみであった。

そこへ、どやどやと乾ききった路面の砂塵を巻き上げ、十八台の荷を満載した馬車の一行が追い抜いていったが、荷送人夫の集団のうちの頭目らしき先頭の一人が、ふたりの様子を振り返りつつ、ずっと姿を追って眺めて行ったのが分かった。

次の遠くに霞む木立までには、かなりの距離を感じつつ、歩を進めていると、太陽はいよいよ中天に達し、顔に手を遣り汗を拭う回数も増えたように見える。一方の支えられた年配に見えるひとの顔色は、ことに暗く悪い。

時間をかけて辿り着いた木立に囲まれた通路に隣接する農家の納屋の庭先のような休息の取れそうな場所が、ふたりの間近に迫る。

活脚のひとが一方を励まして、背を強く押した。

見れば、先ほどの馬車の人夫の一行が、先に着いていて、路端に馬車を連ねて止めて、人夫らがたむろして家の軒先で休憩を取っているらしい。馬車を引く馬の嘶き(いなな)や蹄(ひずめ)の音、騒がしい人夫らの高い話し声も聞こえる。

二人の旅人のうちのひとりは、叔琬である。

農家の木陰に母を休ませてから、疲れ切った母のために、飲みきった水袋の補充を頼みに、騒がしい農家に入っていった。

路傍のこの農家は、道行く人の休息所にもなっているようで、所望すれば食べ物も分けてくれるという。気のよさそうな年配の平らな顔をした団子っ鼻が目立つ女が、水筒から水を袋に注ぎ入れてくれて、行き先を聞いてきた。叔琬は、親戚の家に行くために曹都を目指しているのだ、と伝えた。

「ははあ。そりゃ、大変だね。その足じゃ。曹都だと、ここからだと、あと五六日は充分にかかるかねえ」と、遠くから観察していたのか、叔琬の方にではなく、木陰に休む母の方を見て、その農家の女将は言った。

それから、やおら、歓声や怒声の立った馬車の人夫一行の方に向き直って走って行って、何やら渡した食物のことで難癖を付けられたのか、べつのことでからかわれたのか、かっかと怒って、手振り身振りを交えて、口汚い地元の言葉を発して遣り取りを行っている。立ち寄っているのは、なじみのある通いの一行であるらしい。

叔琬のもとに戻ってきた農家の女に、聞いてみた。

「あちらのご一行は、どちらに向かわれるのでしょうか」

「ああ、あの連中かい。曹都だよ。斉からは、この道を毎回利用するのさ」

「斉からのひとたちですか」

「ああ、塩賈の使いさ。毎月数回ほど衛や魯や曹から鄭に塩を運んでいるのさ」

「曹都にも寄るのですか」

「そうか。ああ、あんたたちも曹に行くんだったね。ところが、連中の話だと、いま、曹では他国の軍隊がやって来ていて、都城の四方の城門は堅く閉ざされているらしいよ。兵による検問も厳しいとか。

他所からの人は近づけぬらしいよ。難儀が予想されるが、それでも、行くのかい」

女の言葉は、この地方の言葉で聞き取りにくいが、案外に道行く人からの情報をえていて、叔琬にも親切であった。

叔琬には、新たな先行きへの不安も芽生えたが、母はどうしても実家のある曹都にこだわっているし、じっさい今のふたりには頼れる先は母の実家しかない。入城は厳しいと言うが、楽観もある。叔琬は思い切って聞いてみた。

「ご一行に頼めば、曹都の近くまでは連れて行ってはいただけましょうか。あの、もちろん、対価は、あちらのご希望のとおりにお支払いしますが」

「へえ。そうかい。まあ、その足では、ねえ。分かった。よし。連中に頼んでみてやろうかねえ、待ってな」

女将は、塩賈の一行の方に行って、先ほどの見覚えのある男に声を掛け、近づいた。


赤銅色の顔の男は豺(さい)と呼ばれていた。

斉からの塩賈の一行は、潘(はん)氏という賈家の塩運搬の使いであった。斉の海浜地で精製された白塩を中原の諸国に運んで商売を行っている。

当時、塩といえば、一般的には湖塩や井塩(せいえん)のことを指した。塩は、ひとが生きる上での欠かせないものであるが、食物の貯蔵と食味としても重要であり、家畜の飼料としても不可欠な交易品であった。内陸部では、塩井という井戸から、岩塩が染み出た塩っぱい塩水（鹹水）を汲んで、釜で煮て、結晶させた塩を採ることも行われていた。

塩は内陸部の中原の地では貴重で、おもに秦国以西の西方から塩湖の湖塩や岩塩が隊商によって運ばれていたが、海水を煮出して生成された白塩は、黒っぽい岩塩などと比べて夾雑物がなく、とりわけ高価で取引できた。海浜部では、漁業とともに、古くからの漁村の収入源であった。これを零細な産業として育成して、振興してきたのが太公望以来の斉であった。


塩運搬の一行を豺は頭目として率いて、衛都や魯都を経て曹都から鄭へと向かうというが、馴染みの気の良い世話焼き女将の申し入れの言葉に素直に応じてくれた。

馬車の荷は満載されていたように見えたが、すでに衛都や魯都で、当初の荷の三分の一を降ろしていたので、積荷を纏めれば、叔琬と母の乗るスペースは十分に確保できた。

叔琬は、曹都までの駄賃として気に入っていた深緑色の美しい飾り装玉を、惜しいが、渡すことにした。あとは、身体の弱った母を連れて、曹都までの道程を乗り切れれば、よいのである。そこで、母の実家に身を寄せることができれば、とりあえず、この逃亡の旅も終えることができよう、と思われた。

快く叔琬の申し出に応じた豺という男も、叔琬の簪（かんざし）の美玉を手にして、とんだ加福が舞い込んだものだ、と喜んだに違いない。

斉では、製塩業は太公望以来の産業である。

一大産業であるとともに、魚介や帛布と併せて貴重な輸出品として斉国の財政に大いに寄与してきた。斉の北西岸部は北海（いまの渤海湾）と呼ばれ「渠展の塩」は有名な地域の産品であった。渠・展は漁村の地名で、この二村が特に製塩業で名前が古くから知られていた。

『管子』軽重篇では、物価対策（物価調整）が管仲の執った経済政策として、おもに述べられているが、軽重篇の「軽」は物価の安いこと「重」は物価の高いことをいっている。

管仲は、桓公に請うて、塩の流通を確立し、いわば「塩の専売制」の基礎を築いたひとでもあるとされる。

「今斉有渠展之塩。請君、伐菹薪、煮水為塩、正而積之」という記述が見える。

沢の草を刈り、木を切って薪を作らせて、海水を煮て大規模に塩を精製させて、塩は国庫に納めさせてはどうかと、管仲は桓公に奏上している。

そして、この塩を、塩の取れない内陸部の国々で、その輸入国でもある梁・趙・宋・衛などに輸出してはどうでしょうか、と提案している。実際、これによって、斉は巨万の富を得たとある。

北海岸の渠・展の地は、天然の遠浅の海浜が広がり、潮の満ち干を利用して大規模な塩田が作られた。海側の塩田に先堤を築き、満潮で海水が塩田を満たし、干潮時に堤の手前に溜まった海水を汲んで岸側の一段高い塩田に移し、天日で水分を飛ばし、濃くなった海水を次の岸側のさらに高い位置の塩田に段々に移して溜めるのである。この天日による塩水の濃縮されていく仕組みは、降雨が少なく乾燥した天日の、ほぼ一年の四分の三以上もの長日続く日の多いこの地域ならではの製塩の仕組みであり、入浜式に近い塩田から汲んだ濃い海水を塩場で大釜（塩竈）に注ぎ入れて、薪で煮て、塩の結晶を得るのである。これを「煮塩」と呼んでいる。

宰予が請われて斉に来て、簡公の就位とともに大夫に任じられて、内政面の聴政に参画するようになって、公室と国家の重要な財源でもあった専塩政策は、君の信任厚い宰予の裁量の範囲となっていた。国は、塩田を国の直轄地とし、塩戸と塩の流通を担う商賈のあいだの取引を適切に管理することによって、そこから取引税を徴収し安定的な財源を確保することができていた。

さて、塩賈の潘家の一行と曹都を目指した叔琬とその母であったが、このとき曹都の陶丘の城塞の四方の門は内から固く閉ざされ、外部からの入場を拒んでいた。また、城壁の周囲を、攻める宋軍の兵馬が厚く取り囲み、周囲に近づくことさえできなかった。

じつは、この宋軍の激しい攻撃によって、曹との攻防で陶丘の城塞は壊滅し、曹国は中原の地から永遠に滅んでしまう（紀元前四八七年）。

叔琬と母は、仮に、このとき曹都に入れたとしても、身を寄せる安住の場はなかったことになるのだが、結局、曹都に近づくことすらもできずに、潘家の一行と鄭を経て、斉に辿り着いた。曹でも、魯でも、すぐに身を寄せる場所がなかったこともあるが、母の身体の具合が不良で、一行と別れては、自身で歩いて、どこにも辿り着くところがなかった。

叔琬としては、さらに落胆の色を滲ませ歩けぬ病気の母をかかえ、とにかく、どこかの地にいったん落ち着き、母の病状の回復を待ってから、塩賈の荷馬車で再び行商に同行させてもらって、魯都の姉らを尋ねてみようと考えていた。

幸いというか、潘家の豺が、荷馬車に同行するならば、そのまま馬車に乗せて行っても良いと言ってくれたし、この一行に同行することで、旅の危険や食糧と飲み水に困ることはなかった。叔琬は、惜しいと思ったが、自身と母の命を繫ぐためには、残りの装玉を豺に渡して、馬車に同乗しての同行の許しを請うた。

また、かすかな希望であったが、潘家の塩配送の一行が鄭より斉に戻ると聞いて、叔琬は、宰予のことを思った。

斉国内に居れば、もしかして、かすかな希望ではあったが、宰予に遭遇する機会が得られるかも知れないと。

しかし、長い旅に同行して、潘家に着いてみると、そこは叔琬のかつて見たこともない海浜の広がる田舎の、人もまばらな漁村で、しかも、斉都のある臨淄からは遙かに遠い地の果てともいえる場所であった。叔琬は、ひどく後悔もし、落胆もした。

斉の権勢の中枢では、田氏が大きな地盤を築き、その勢力を着々と拡大しつつあった。

田氏の先祖は陳からの亡命公子・陳完である。陳の厲公の公子であったといわれ、号は敬仲と言われており、桓公のときに斉に逃れてきて、のちに田完と名を改めたとされる。

その、桓公が、田完の有能を認め、卿に取り立てようとしたが、自らは辞退して、のち「工正」（技官の長）の職位に任じられて登用された、と言われている（『史記』斉太公世家・田敬仲完世家）。

田氏の家には、この陳完（田敬仲）のときに、次のような予言が伝わっていたという。

「鳳と凰と于び飛びて　鏘鏘と和み鳴く　嬀の国の後は　まさに姜の国にぞ育つ　五つ目の世には其れ昌え　正卿と並び　八つ目の世よりの後は　与びて京いなること莫からんや」

この占いの予言は、のちの人が創作したものであろうが、この「嬀」姓の国とは、中国古代五帝のひとりである「舜」の末裔とされる「陳」の国を指す。そして、もうひとつの「姜」姓の国が太公望を始祖とする「斉」である。

斉に亡命してきた初代の陳完から数えて五代目、つまり田無宇（桓子）のときに正卿の地位に並ぶ、つまり、上級の大夫に匹敵する勢力を持つとされた。

また、八代目は田乞（釐子、または僖子）の子の田恒（成子）である。このとき、まさに「与（並）びて京（大）いなる者は莫（無）き」立場、絶対的な権力を手中にする、との予言である。

この予想は実現し、予言は的中したのである。

事実は、田氏は呂氏の斉公に仕えてきたが、荘公に寵愛された田須無（文子）・田無宇（桓子）の親子のときに封地を広げ、勢力を大きくした。さきの予言の通りである。

また、独特の食邑経営で、領民を衆めていた。

特に、田無宇は聡明で、霊公の娘を降嫁されて厚遇され、その妻の同母弟の景公を後見人として後援した。無宇の子は開（武子）と乞で、兄弟で引き続いて宗主となった。

斉には、以前より、田氏、鮑氏、高氏、欒氏、国氏、晏氏、慶氏、崔氏の八家が有望家であったが、まず慶封が荘公を弑した宰相の崔杼を殺し崔家を滅ぼし、宰相よりも位の高い「相国」に就いて、横暴であったので、こんどは四家（田、鮑、高、欒）が共謀して慶氏を追放し、その家財を奪った。ちなみに、欒氏は晋からの、晏氏は宋からの、鮑氏は杞からの亡命貴族であったが、のちに欒氏は追い落とされ没落する。

斉の景公のときに、田乞、田恒と父子で田氏の第七・八代の宗主を継いだ。景公が薨去すると、遺言によって賤妾の子・荼（晏孺子）を国君に立てた。

正妃の生んだ太子が夭折してのち、景公は後嗣を設けなかった。しかし、田乞は荼の擁立を快く思わず、親しく交流のあった別の成人した公子である陽生を立てようとしていた。公子の陽生は景公の次妃の生んだ公子であった。しかし、荼が公位に就くと、陽生ら公子は排斥され、みな魯や衛などの他国に亡命していた。

田乞は、高昭子(高張)と国恵子(国夏)に取り入り、参朝のたびに二人の馬車に同乗し、他の大夫らの荼への公位継承への不満を語り、内乱の可能性を吹聴し、一方、他の大夫らを煽って高氏・国氏を罵り、先手を打って決起を勧めた。

そして、田乞は実力者の鮑牧(鮑子、鮑叔牙の子孫)と手を組み、他の大夫らと兵を引き連れ行動を起こし、時機を見て宮中に進攻した。また、荼を後援している、上卿を務める高氏と国氏を急攻めて、高昭子を殺し、国恵子は国外に追放した。このとき、晏氏(晏圉、晏嬰の子)らも、魯に逃れた。

一方、田乞は、魯に亡命していた公子・陽生に使者を送り、斉に呼び戻し、秘かに匿って公宮に入れさせた。

そして、他の大夫らを宴席に招待して、そこで公子・陽生をお披露目して、主君と認める誓いを立てさせて即位させた。そして、荼は駘の町で捕らわれて殺された。田乞は陽生(悼公)の即位とともに、宰相に就任する。

即位後の悼公の四年に、公は弑されるが、ここの記述に『史記』斉太公世家と同じく同書田敬仲完世家と『春秋左氏伝』との記述に混乱がある。

やや歴史考証的になるが、関連する歴史書の記述を丹念に辿ってみれば、大凡、次のようなことが、見えては来まいか。

『史記』斉太公世家では、政策の違いを巡って悼公と宰相の鮑牧とのあいだに溝が生じ不仲となり、呉と魯が連合して斉に攻めてきた際に、斉公の生命を要求したため、鮑氏が悼公を弑して、呉王に知らせたとある。

また『史記』田敬仲完世家では、悼公の四年に田乞は亡くなり、子の田恒が宗主を継いだとあり、また、鮑牧は悼公と折り合いが悪くなり、悼公を弑したとある。

一方『春秋左氏伝』の記述は、この間の経緯に詳細であるが、悼公の三年目（魯哀公八年）に鮑牧は他の公子らを宴席に招き、酔って悼公を中傷し「汝らのうち、たれかを千乗の国（斉）の国君にしてさしあげるが、たれか名告りでる者はおられぬかな」と他公子の国君への擁立を誘い、公子らはこのことを悼公に知らせたとある。悼公は危惧を抱き、鮑牧を呼んで蟄居を命じ、その後、追放を言い渡し、その途上で捕らえて殺してしまった。魯・哀公八年の段に、こう記載が見える。

悼公は魯亡命中に季康子の妹・季姫を気に入っており、即位後に迎えに行かせたが、季姫の叔父との密通のことがあり、魯は季姫の斉への入嫁入妃の要請を躊躇っていた。

これに対し、悼公は怒って、事態を有利に進めるために、宰相の鮑牧に命じて魯に攻め込ませ、魯の讙と闡の二地を奪ったが、のちに季姫の斉への正式な入妃と引き換えに返還の講和を結ぶ。

以下では、前記の歴史書の記述を踏まえて、真相を類推を交えて述べてみる。

恐らく、前掲『春秋左氏伝』での記載は無いが、宰相の鮑牧は、悼公のこの間の魯国との対応に異議を唱え、強い不満を持ったものと思われる。強い殺意に到る感情を抱いたのであろう。自身の宰相としての立場を侮る扱いだと、受け取っても不思議ではなかろう。

たしかに、悼公に深い恨みを抱いていたのは鮑牧には違いない。悼公は、鮑牧の功績を悉く、水泡に帰してしまったのであるから。

また、悲劇は、のちに、悼公によって家財をことごとく取り上げられ、捕らえられた上に殺されてしまったことであろう。このことは、盟友であった田氏らの同情と悼公への反発を買うこととなった。

翌年（魯哀公九年）春、悼公は前年に、魯が邾の隠公の無道に対して進攻し捕らえたのを正す意味で呉王と共同して魯を攻めたいと大夫を呉に派遣して、正式に申し込んでいたが、魯が邾の隠公を国に返し、魯と季姫の入嫁をめぐる二地返還の講和が成立したことで、呉に再び大夫の公孟綽を派して、一方的に出兵の申し込みの撤回を伝えさせた。

これには、こんどは、呉王・夫差は激怒り、正式な悼公の要請を簡単に変更できるというなら、あまりに身勝手であろう、それならこちらから出向いて（出兵して）、貴君の命を貰い受けようと、さらに翌年（魯哀公十年、紀元前四八五年）に呉は魯軍と邾・郯軍と共同で斉の南から攻め上り、鄎の地に出陣したのである。

このとき、斉人は危殆の事態を招いてしまった悼公を弑して、その訃報を呉王に通告した。呉王は、これを聞いて、軍門外で、悼公の死に対して三日間の哭礼を行った、とある。これらの経緯は、以前に詳細したとおりである。

悼公を弑した斉人がたれか、『春秋左氏伝』には、氏名の記述がない。

しかし、通常『伝』に「斉人」と記される場合は大夫のことを指し、かりに「斉子」と記されれば斉侯のことを云う。

『史記』田敬仲完世家にも同書斉太公世家にも、悼公の四年には田乞は亡くなり宗主の座を子の田恒が引き継ぎ、鮑牧が悼公を弑した、と明記されてある。西暦では紀元前四八五年となっているので、魯哀公十年のことであろう。実際の悼公の弑殺事件は、魯哀公の十年（紀元前四八五年）のことである。『史記』の両世家の「悼公の四年」の記述は「悼公の五年」の誤りであろう。

『春秋左氏伝』哀公八年（紀元前四八七年）の段の記載では、悼公の三年には、鮑牧は悼公によって、すでに捕殺されており、鮑牧が、その二年後に悼公を弑することに加担することはできない。

のちの史書では、いずれも「鮑牧が悼公を弑した」との説を採るが『史記』太公世家の注釈者は、鮑牧は田氏の誤りだとしている。『春秋左氏伝』哀公八年の段の記述を重く見るからであろう。

おそらく、類推するに、これらの史書の記載の混乱は、実際の悼公に深い恨みを抱いていたのが宰相の鮑牧であり、事実として悼公弑殺に手を染めた田氏や田乞を庇うための後の記述ではないか、との疑いが生じる。

しかし、『史記』田敬仲完世家の記載を信じるならば、悼公の四年に田乞は亡くなったとある。ただ、この記録にも疑問が残る。

『春秋左氏伝』哀公十一年（紀元前四八四年）の段には、斉軍と呉・魯合同軍との艾陵での戦役の際に、一年前になくなったと『史記』に記されている陳僖子（陳乞）本人が弟の陳書に対して「そなたが、この度の戦で、いっそ、戦死してくれれば、我（自分）と我が家の望みは達せられようぞ」と戒めに言った、と記載がある。

「悼公の四年」に亡くなったはずの陳乞の名と重要発言が、唐突に『春秋左氏伝』に出てくるのである。以上の史書の記述と状況からして、改めて、次のような類推が成り立つ。

田乞は「悼公の四年（紀元前四八六年）」に亡くなったのではなく、子の田恒（陳恒）に宗主の座を譲り渡すが、この時、同時に、自身は引退していたが、権勢は依然維持しており、引退後に悼公を弑殺（魯哀公十年、紀元前四八五年の事件）して、宗主のまだ若い子の田恒に系累の及ばぬように、ことを進めたのであろう。

したがって『史記』の両世家の「悼公の四年」に、田乞が亡くなったとする記述は、単純な誤り（死亡ではなく、引退のこと）か、意図的な改ざんの跡、または結果だ、と考えられよう。

そして、さらには、田乞は自身の弟（陳書）を、艾陵の戦いの時の田氏一族の軍の代表に据えることで、他有力家からも宗主の積極的な参戦を煽ったのであろう。

不利と分かる強勢な呉軍連合軍との戦役に、事実、国氏の宗主・国書が中軍の将として、高氏の宗主・高無丕が上軍の将として担ぎ出されている。

そして、田乞の目論み通りに、斉軍は艾陵で呉連合軍に大敗を喫し、高氏と国氏は戦死し、他家の有力者も多くは捕虜となった。田乞の弟の陳書も、この時、呉軍に捕らえられて捕虜となっている。

これにより、斉の有力家は次々と当主を亡くし、その名家は勢力を失い、奇しくも田家のみが温存されて、ほぼ田乞の当初の思惑通りに、田氏は斉政界での相対的な力を伸ばしていくことができたのである。田乞の、戦役に出向く弟に対して云ったとされる「我の望み」(『春秋左氏伝』哀公十一年)とは、恐らくこの田氏による「斉国の乗っ取り」の野望のことであったであろう。

あとは、斉の政界には、悼公亡き後、君位に立った簡公の側近の、うるさ方の監止(子我)が、田家と新宗主・田恒の前に立ちはだかっているだけであった。

いわば、その直後に勃発した「田恒の乱」は、あとから見れば、父の田乞によって仕組まれた、名門他家没落後に残った監止らの君権復古派を追い落とすための、必然的に起こるべくして起こった事件であった、とはいえまいか。

斉国に入った叔琬は、塩運搬の人夫頭の豺の計らいで、母と自身の塗口の足しにでもなろうと潘家の塩田での下働きを始めた。

しかし、叔琬の母の定まらぬ病状の変調は、日に日に酷くなり、叔琬を困らせた。母は逃亡中に嬰児を失ったことを日頃大変に悔やんでおり、叔琬以外の他人を恐れ、口数は極端に少なくなった。手放してしまった嬰児のことや失踪してしまった父のこと、陸家を守り通せなかった自身のことなどが次々に母の脳裏に蘇って来て、病気の母を益々苦しめているようであった。

また、母は一気に歳をとった。自分を強く責めて独言が増え、急に叔琬に怒鳴ったり、叔琬に向かってきたりと、突発的な発作のような症状が表れて、自身を抑えられず、その場の些細な出来事に一喜一憂するような感情に流されるような行為が頻発した。また、突然に、激しく皮膚を掻き毟るような行状に及び、自身の身体を傷つけてしまう自傷行為を繰り返すようになり、体じゅう傷痕だらけとなっていた。

そんな母を叔琬は諫めてみても、余計に気の毒で、母を苦しめてしまうような気がした。

叔琬には手に負えず、ある日、潘家の人夫頭格である豺（さい）に相談した。潘家には出入りの医者があるという。一度見させたらどうか、と好意をもって言ってくれた。

そして、数日ののちに、豺の口利きで、母を医者に診せた。

悁気（けんき）の悪血と鬱悒（うつゆう）の気が原因だという。母の容体を診察した老医者は、症状の落ち着く処方薬を勧めた。処方された数十種の薬草を配合した薬は高価で、叔琬の手持ちの財銭はそれで大方は尽（つ）きた。

しかし、この薬によって母の自傷は落ち着き、おとなしくなり、横になって寝る時間が増えた。ようやく、叔琬は一息ついた思いであったが、母を落ち着かせ、発作を和らげさせるには、医者の処方するこの薬が必要であると思われた。しかも、薬は希少な高山僻遠の地に産する薬草を数種類も配したもので高価である。この薬草類をなん度かに分けて、土鍋に入れ水を加えて数時間掛けて煮出した濃い薬液を、母に服用させる。

叔琬は、少しでも多く稼ぐために、潘家の管轄の塩田の番小屋での仕事を覚えて、終日働くようになった。

ここからが、叔琬のさらなる不幸な日日の始まりであった。

病気の母の薬代は、五六度までは豺に快く借りることはできたが、叔琬の塩田での働きでは、三回分の薬代にも満たない。葯債の不足はかさんでいく。

その葯債の催促に来た豺に、叔琬は懐の家財を処分した財銭を支払い、足りなくなったら自身の残った装玉や帛布や余分な衣服を渡し、さらには、母の持ち物にも手をつけざるをえなかったが、いよいよ支払いに回せる手持ちの持ち物も尽きた。

豺は、甲斐甲斐しく、叔琬のもとに、老医者の処方した母の薬を届けに来たが、その薬代の葯債は、みるみる膨らんだ。叔琬もどうしてよいやら、不本意ながら、足掻くことも身動きもままならなくなった。自身での裁量の範囲を大きく超えていってしまった。

ある日、母の薬を持って催促に来た豺に、叔琬は支払いの猶予(ゆうよ)を頼んだ。頭を床に擦り付けんばかりに下げて頼んだ。その様子を、豺は冷ややかに見た。

和(にこ)やかで丁寧だった豺の態度が一変(か)わった。

「もう少し、お支払いの猶予を」という叔琬の言葉を、聞かずに無視するようだった。

豺は、ジロリと叔琬の身体を上下になんどか、ゆっくり繰り返し見回した。

「対価なら、ちゃぁんと、あるじゃないか」

叔琬は驚いた。と同時に、身体じゅうに大きな震えが来た。あとから、悪寒が走った。

「まあ、よく考えてみろ。また来るからな。それまでにな」

豺は、叔琬の俯(うつむ)いた顔を覗いつつ、投げられた薄気味の悪い言葉とともに、戸外に出て、呪(のろ)わしい言葉をもう一度残して帰って行った。

「じゃあ、また来るからな」


叔琬は、自身の運命を呪った。

しかし、どう考えても、母のためには、選択の余地はないと悟った。思考の堂々巡りに、正直疲れ果てた。病気の母の薬代のためには抗(あらが)いようはなかった。こころも体も自分のものとは思えなかった。千尋、あるいは千仞の谷に身を投げる思いであった。しかし、寝床に伏せる母には黙っていた。

次の日に、豺に連れられて、叔琬は不承不承に付いて行った。

叔琬は涙を流しながら、豺の言うまま、されるがままに身体を許した。叔琬に諦めと覚悟があったとはいえ、叔琬の身体は一旦は硬く閉ざされ拒絶を示したが、結局拷問のように無理矢理に身体をこじ開けられていたぶられ、豺に弄ばれた。

豺は目的の行為を済ませて「はっ。おまえさんは」と驚いて言って、あとは無言で、叔琬を手振りで追い返すように家に帰した。

豺は、この女が、自分が、初めての男であったことを知った。これは得がたい獲物であったかと、秘かに、ひとりになって、後からほくそ笑んだ。

しかし、別の考えにも思い至った。

純なひとの特別な怨みは深い。この女には、とくに、そんな思いを抱かせる。一度だけであれば、なにかの過ちや事故として許すが、なんども要求して強いるようなことは、逆効果を生む。葯債とはいえ、女の持ち物をすべて奪った上に、女自身をも差し出させたのである。女の怨みも積もってもいよう。よし、もうこれ以上は、この女に深入りはすまい、と思った。

以前、女から聞いたところによれば、魯国の陸という士族の出であるということであったが、二十歳を過ぎていように、男も知らずに来たのか、と思った。惜しい気持ちも勿論のことあったが、女の深い恨みを買うべきでない、と悟った。なにより、借財をネタに無理強いして関係した娘である。もっと深入りしたいならば、豺としては、飯酒場で男相手に笑みと品を作って、自身を売り物にする女を相手にした方が面白い。しかも、豺には、このところ、葯債と称して遊財を得て、毎夜店に遅くまで入り浸り、馴染みの遊び慣れた目を付けた女がいる。

それよりも、葯債のカタで、こう成り至ったのである。世間では、薬利の高いことを「薬価九層倍」ともいうではないか、この女から、葯債は何倍にしても取り戻せばよい、と考えた。豺の頭に浮かんだのは、自身の仕える潘家の三男がまだ帯妻していないことであった。それには、大きな理由と不都合な事情があった。

大店の潘家の三男の季弁は、知能や行動に欠陥があると思われており、三十歳にも達しようというのに、商売にはまったく関心を示さず、家に閉じこもり、生活ぶりはまるで隠栖者のようであった。当主も我が子ながら、商売は順調で、長男次男は家業を盛り立てて満足であるのに、三男の有様が、ただ一つの悩みの種でもあった。

あるとき、人夫頭の豺に、潘家の当主は「たれぞ、季弁に、よき妻を紹介してはくれまいか。そうすれば、少しは、仕事方面にも精も出ように」と、打ち明けたことがあった。

そのことを、主人の近くで知る豺は、何倍もの値で葯債のカタを潘主に支払わせて、代わりに三男の季弁に叔琬を娶らせよう、と考えたのである。

それ以降、豺は叔琬の家に立ち寄っては、以前の通り愛想よく医者からの母への薬を届けに来た。叔琬は、以後は豺の顔を真面に見ることができなかったが、再度身体を要求されることのなかったことを、少しほっとした。


宰予は、斉の簡公の側近として、内大夫に就任して、十分な俸禄の得られる条件の良い食邑（封地）と、自家の家来となる数十の従者を得た。家僕や使用人も数人を新たに雇い入れた。また、都北に位置する都城の雍門の近くに大きな邸を構えた。

簡公からの信任も厚く、重任を得たものの、叔琬への懸念は去らない。なんとしても手掛かりを辿るべく、数名の家人を、これまでも、叔琬の探索に振り向けてきた。

魯の陸家の探索では、邸を去ったのは叔琬とその母、さらに幼い嬰児、家人や従僕が男女の五名ばかりであることが、近隣の聞き込みなどや元陸家の使用人の口から聞き出すことができた。

また、叔琬らの家財の持ち出しは馬車五、六台程度と、それほど多くもなく、出立の前にはすでに多くの財産が処分されたとのことであった。さらに、その老家宰から渡された分け前は、使用人一人ひとりには僅かばかりであった。しかし、永年の奉公関係が良好であったので、離職を余儀なくされた奉公人らは、たれも文句が言えず、やむを得ず故郷に戻っていったという。

また、もとの陸家の老家宰は、間もなく他家に移っていたが、探し尋ねた使者の話では、随分と羽振りが良さそうであったという。叔孫家の分家の食邑の邑宰となって、多くの家人を抱えて、本人も余裕のある暮らしぶりであったらしい。

「陸家に永年お世話になっていたご縁で、いまは叔孫氏の族家に拾われたのです。ありがたいことに、その当主から信頼を得て、いまは、こんな大きな采邑を任されております。陸家のご当主は、誠にお気の毒なことではあられましたな。しかし、これも、結果は、災難や不運としか言いようもございますまい。わたくしに関しては、辛うじて、いまがあるのも、常日頃、陸家のご当主(あるじ)に厳しく教え躾(しつ)けられたことのお陰であったろうと、感謝いたしております。陸家のことは、ご当主共ども、残念なことに相成ったが、致し方なきことでございましたでしょうな」と、屈託なく笑ったという。

元家宰には、叔琬らの出奔の経緯と行き先を聞いたが、早くに家宰の任を解かれたために、僅かな禄を受け取り、陸家を去ったのだという。それでも文句はなく、いったん故郷に戻ったという。したがって、自分はその経緯は一切知らないのだ、という。ただ、叔琬らが頼ったのが、叔琬の母方の曹の実家であるらしいことは、元家宰であった者からの話からも分かった。

しかし、魯を出立した叔琬の足跡の痕跡は、その母方の実家のある曹都の陶丘に向かったところで途切れている。

しかも、その向かったとされる曹都は、その時まさに、宋軍に攻められ陥落寸前で、陶丘の城内はおろか、城門にすら近づくことさえできなかったはずである。その曹都の頼ろうとしたであろう母方の親戚を探し、近在で聞き込みをさせても、なんの手がかりも得られなかった。

そんななか、探索に当たった家人のひとりが、曹都に繋がる何本かの道路を丹念に調べていた。そして、その一本の道上で、二年半前に起こった殺人と盗難の事件のあったことを町の役所の記録から調べてきた。その事件のあった路上で、旅人一行の荷が奪われ、五人の陸家の使用人らしき男女が賊に殺された事件のあったことが、近在の聞き込みからも分かった。

近くの官衙で問い合わせると、魯でも有名な盗の賊の仕業とされていたが、その手口は残忍で、一刀のもとに男女数人が殺害されていたという。ただし、不審な点は、その死体には草や木の葉で覆われた痕跡があり、盗の賊の仕業にしては、死体をわざわざ隠すような小細工は不自然に思われた、という。

しかし、不幸な事件ではあったが、幸いなことには、そのなかに、叔琬らしきひとの死骸はなかったのだ、という。つまり、叔琬と、その母親と嬰児は、かろうじて、難を逃れたのであろうか。

探索から帰ってきて、この報告をした家人から、宰予は大きな不安と、僅かだが、膨らむ叔琬との再会への期待を抱いた。居ても立ってもいられぬ気持ちを抑えて、宰予は思いを巡らせた。

惨い盗賊団の仕打ちに直面して、叔琬はどんな気持ちで、その場をやり過ごしたのであろうか。盗賊団は、叔琬らの荷や馬車を奪って去ったはずである。金品や足に代わるものが奪われ、叔琬はどうやって、逃走を続けているのであろうか。

かりにも、この路上に続く先の道筋を丹念に辿れば、もっと、叔琬の行き先への手がかりが得られるであろう、と宰予には思われた。


斉では、北海（渤海湾）側の漁村では、漁業とともに、遠浅の海岸線で潮の干満の差を利用し、日照の長い自然条件の整った場所では製塩が盛んであった。年間を通して、晴天が続き、降雨が限られていたことも製塩の好条件となっていた。

そして、塩田は国の直轄ではあったが、塩戸と呼ばれる漁村民の生業となっていた。また、製塩後の塩の流通を商賈に委ねていたが、その塩の流通課程で、塩戸と呼ばれる生産民から特定の元締めの商賈へ、その特定の商賈から行商や市場への卸売りを手掛ける商賈へと渡る流通過程を経ることになっていた。独立の塩戸もあったが、多くは、有望商賈が直に零細な塩戸を囲い込むことで、塩精製の商売から販売までを手掛け、大きな利益を生む仕組みを構築していた。

そして、斉では、その課程で二重に取引時に課税を行っていた。貴重な国の財政源でもあり、また一方は斉公室の直接的な収入源でもあったので、のちの漢時代に始まる専売制度とまではいかないが、塩田の適切な維持や管理と、闇取引や粗悪品を除くために国による監督・管理と監察が厳しくなされていた。特に、特定の大商賈は、斉公室の許可制ともいうべき権益を握っており、この元締め的な商賈を適切に管理することで、安定的な税源がえられる仕組みであった。

斉で上卿の立場を確保し継承し続けることで名前の知れた鮑氏は、漁業と魚の加工、および塩の販売を大規模に手掛ける商賈の元締めとして君臨して、名門家としての地位を確立・維持していた。もちろん、斉での勢力の伸長著しい田氏もその一角を占めようとして権益の確保に努めていた。

そして、宰予は斉の歳費などを管轄する内務担当の大夫として、製塩業を監察する中央での官衙の管理責任者でもあった。

宰予は、たまたま海浜の海岸線に沿って広大に広がる塩田を視察中に、大きく褶曲した海浜の入り江の岬の近くまでに、ほぼ等間隔に点在する番小屋の末端と小高い丘の見渡せる場所までやってきた。塩賈の各家への監察は午前と午後の早くに終えて、日が陰り出すまでの間でと、海浜近くの塩田と製塩の現場の様子を見て回っていた。

ここの入り組んだ湾内の塩田は規模が大きく、ちょうど遠浅の海の潮が引いたときで、塩田は遠くの海上近くまで干上がっていた。潮の満ち引きの差の大きい遠浅のこの広い湾内は、塩田に格好の場所となっている。

海水を煮沸して結晶した塩を取り出す方法は、古くから伝わっており、伝説時代の黄帝のときに、帝に仕えた宿沙という臣下の者が、帝にその方法を伝えたと言われている。

塩戸の製塩の小規模な加工場である番小屋では、煙が小屋ごとに立ち上り、塩田のいちばん手前の海水漕の濃い塩水を、大釜で薪を焚いて煮て塩の結晶を取り出す作業をする小柄な人夫の出入りする姿が見える。小規模ながら、このほかにも、番小屋の数は、海岸に沿って相当数が、限られた場所を取り合うように点在している。

その海に突き出た小高い丘の近くの番小屋から人が出てきて、丘に登っていくのが車上から見えた。宰予の乗った馬車が、その丘を見下ろせる崖上の場所にまで来たときに、気になって、宰予は御者に車の停止を命じた。

すでに、大きな太陽は水平線の向こうに傾きかけており、もう半刻もすれば、海上から消えてしまおう。沈みかかった真っ赤な夕陽に海は焼けて、濃い朱や橙色が遙か向こうの海上の二層の長い帯のように棚引いているように見えた。海上に揺らめく楼閣のような蜃気楼がかすかに立ち昇っている。

むかし「蜃（しん）」は、海水中に住む巨大な龍神とされ、蜃気楼は、この海獣「蜃」の大きく吐く息が、海中より昇華されて出来上がる楼閣だ、と信じられてきた。

宰予は、海上の絵巻のような広大なパノラマとして展開する夕景色に、しばらく目を奪われて見入っていた。

光景に見飽きるということはなかったが、不意に、ふと目を落とすと、崖下の蜘蛛のようなモノの動く姿が、次第によく見えるような位置に来て、馬車はゆっくりと停止した。

宰予が目を凝らすと、崖下の小高い丘に向かって這い上がる動くモノが、宰予の目に止まった。人影であった。その人は、地味な黒っぽく染まったような粗末な麻服らしい上服を着て、外貌から見て、男であるか女であるかは判断が付きかねたが、その緩やかな動作と、柔らかい体つきから、女か子供であろうとは思われた。

眼下の舞台の袖のように半月状にせり出した小高い丘の上には、やや間隔を置いて大小の二つの白っぽい石が立てられ、女は、その前で拝して軽い哭礼のような仕草をとったのち、地に膝を着いて頭を垂れた。宰予には女だと判断された。小丘の頂上に置かれた大小の石は女の縁者の墓の標しなのであろう。

この小高く見える丘は突き出た岬で、三日月状に見えることから月崎と地元の人は呼んでいるようである。満潮時でも、大嵐でもないかぎり、この黒い険しい岩場の崎下までは海は迫ってくることはない。

宰予は、墓参してから、いっとき海を見て佇む女を認めた。

その丘には、先端の岩間に大きな松木が数本生え立っている。女は、その幹に手を掛けてから海の遠くを見て佇んでいる。

まるで、絵画のなかの一場面のように思われた。

さらに、宰予はその女に目を凝らした。それは、かつての陸家での槐の樹下で初めて会った女の姿と見まがうほどであった。大小の小岩に向かって、哭礼の形を執り、喪に服した女は、黒装の麻服の上に麻縄を腰に巻き、麻糸のヒモで束ねた髪を結わえているのであろうことが分かる。

そこまで悉（つぶさ）に、遠くのひとを観察することは珍しい。どうして、宰予は、このひとに、目を引かれたのか、と不思議に思った。

宰予は、斉都に戻ってから、朝政の席で、二人の左右の宰相である監止（子我）と陳恒との、厳しい議論の応酬、激しい意見の対立のあることを知った。

当初は、若い陳恒は父の陳乞の影に隠れていて、朝議での発言も少なく、監止の発議にも、遠巻きに静観を決め込んでいたのである。

しかし、父の突然の引退後は、左右の宰相の一人に昇り、持論を求められ披露する機会が増えて、一方の宰相の監止を畏（おそ）れるような態度も減ってきていた。

なんといっても、政界の要職である大夫の限られた席は、田氏の一族だけで、その約半数が占められている。劣勢著しい名家鮑家や名門高氏や国氏の大夫の席も、いまでは田氏の一族が大半を占めるようになっている。

さきの艾陵での魯・呉合同軍との攻防で、大変な痛手を被り、斉軍は中軍の将軍、国書は捕獲され首を討ち取られ、上軍の将、高無丕は戦死し、公孫夏、閭丘明、陳書（陳乞の弟）、東郭書などおもだった有力家の宗主である将軍らが捕虜となり、兵車八百輛、甲士三千の首が捕獲されるという大敗を喫していた。

斉の政界を牛耳ってきた名門五家のうちの、鮑氏はすでに鮑牧（鮑子）の謀殺以降は衰滅し、晏氏は内紛によって国外に去り、最有力家であった国氏や高氏の力も僅かなところまで削がれつつあった。兵力の温存に努めているのは田氏の家兵のみである。この度の戦役では、田氏の軍隊は陳書（陳乞の弟）の軍のみの出兵であった。田氏の宗主である陳恒の軍隊は、斉都防備を理由に無傷のまま温存されたのである。

それにもかかわらず、陳恒は、なお主戦論を展開している。一方、監止は、魯と呉に対して、早期の休戦協定を結んで、斉公のもとでの内政の立て直しを主張していた。

また、国軍の弱体であった責任を巡っても、無謀な主戦論が敗北の原因であると監止が主張すれば、陳恒は戦略・戦術の無策を許した国氏や高氏などの国軍の怠慢を指摘して、双方の責任のなすり合いと主張の対立が激しくなっていた。

宰予は、政治の危殆さを痛感して、国内の政治の安定を優先し、もっと巧みな他国との戦闘を回避できるような外交交渉に力を注ぐように、簡公に意見を具申し述べた。

むしろ、いまは、他国との戦闘は避けて、外交交渉によって他国に対しての優位な立場を作り出す、そんな高度な政治的な手法が必要であろうと。

宰予は、外交交渉に於いて、端木賜（子貢）のようなスペシャリストが、斉にはいないことが残念に思われた。


宰予は、ある日の朝議のあとに、監止を呼び止めて、意見を交わした。

「宰予どのよ。お分かりか。田恒らの企みは見えておる。主戦を煽って、他家を陥れ、君権に与する者を弱くして、この国を思いのままにしたいのであろう。われらは、この国を、そうそう彼の者の意のままにさせてはなるまい。しかし、われらは、力と財で劣る」

「監止どのは、どうされる、おつもりか」

「あくまでも、斉公をお守りして、田恒らの主戦論に大義の無いことを、天下に明らかにするまでのことだ」

「田家は、大小の升を使い分けて、自領に暮らせば楽ができると、領民を広く集めていると聞きます。かつての晏子の諫言にも、当時の景公は聞く耳を持たず、田氏の勝手な振る舞いを認めてきた習いが、いまに至って、田家の勢力を高らしめて参りました。最近は、討ち取られた鮑氏の権益をも浸食して、塩業や漁業にも勢力を虎視眈々と伸ばしてきておりますゆえ」

「それ、それ、そういうことである。田恒はまだ若いが、父の田乞が豪腕で抜け目がなく、兄の田開から宗主の座を奪ってからは、田家の伸長の軌道を着々と敷いてきたのだ。悼公のご不幸のあとである。まだお若く、経験の浅い壬さまは、なんとしてでも、われらでお守りせねばなるまい」

「おっしゃるとおりですが、あまり、性急に田氏と争ってはなりませんぞ」

「分かっておる」

「くれぐれも」

「宰氏どのの博識と内務の能力と、われらの君公をお守りする強い力が合わされば、かならずや斉は強勢な幾万乗の国、となろう。そのためには、東郭氏などのほかに、有力なわれらの勢力の地歩を築いていかねばなるまいよ。高氏や国氏などの旧有力家は、ほぼ、この国からは、田氏によって壊滅させられた。怨みのある者も多い。われらと利益が共通する者も、勢力は小さいが、多い。たがいに、我らも協力せねば、この国にはおられぬか、田家の飼い犬や家畜と成り下がるしかあるまい」

「はは。あいかわらず、監止どのの舌鋒(ぜっぽう)は鋭く、思いは熱いですね。やり過ぎぬように」

「なんの。分かっておる」

宰予は、監止邸までの道を馬車で同行し、別れた。


宰予は、国政の騒々しい事態や議論に巻き込まれることを嫌って、管仲に倣った斉の財政の立て直し策に力を注ごうとした。軍事力のみに頼った外交ではなく、礼儀に則った国外からの貴賓を招き、接待に力を尽くし、文化的な優位を披瀝し、四隣に配慮すべく努め、大国として外交的に相対的な優位を作り出せるようにすべきだと簡公に提言して、そのための財源の確保の必要性を説いた。

宰予は、太公望が興し管仲が始めた大規模な製塩業とその流通事業であるが、さらに事業の規模の拡大による財源確保の可能性を簡公に直訴して、その方策に取りかかった。

そんな折に、魯から異母弟の宰去が端木賜（子貢）の使いで斉都にやって来て、帰途に宰予邸にも尋ねてきた。また、前後して、魯方面に放っていた叔琬探索の使者のひとりが、新たな報告を携えて宰予邸に戻ってきた。

宰去は、斉国の外交方針を探りに来た。端木賜は、魯国の大夫で外交を担う子服氏の外交政策顧問として、微妙な立場にある魯国の重要な外交の舵取りを補佐し、さらには、自らが交渉役としての働きを担っていたが、さきには呉や越に行人として出向き、大きな外交的な成果を上げていた。

「兄上、斉は田氏に、いずれは牛耳られるであろうとの、子（端木賜のこと）の見立てでありますが、どうなのでしょうか。兄上のお立場は大丈夫なのでしょうか」

「はは。去よ。それは、贔屓目（ひいきめ）のない衛賜（子貢）の見方であろう。恐らく、そうかも知れぬし、そう為らぬかも知れぬ。勢いを味方にできたものが、事を成せよう。わたしは、なるべく中立の立場で、こころを真ん中に置き、いま斉公に仕えるようにしておるが」

弟の宰去は、いかにも、不安げな、という渋い顔をした。

「ところで、別に、兄上に伝えたきことがありました」

「ほう、なにかな」

「陸家のことです。わたくしは、子（端木賜）に随って呉に参りました。そのとき、さきの戦役で捕獲され呉軍の俘虜として投獄された陸家の当主の動静について聞き出すことができました。大変にお気の毒な話ではありますが、当主は解放の見込みがたたないことを酷く悲観されて、獄中で自決自害されたとのことでした」

「まことか。それは。痛ましいことであるな、それは。このことは、陸家の叔琬らに知らされておったのか」

「いいえ。ご存じないはずです。そのまえに、叔琬どのは陸家より遁走されましたから」

「去よ。なにか、叔琬の行方についての手掛かりはあるのか。なんでもよいが」

「それが、さしたる情報はないのです。ただ、陸家のその後の惨状は、もとの家宰が原因を作ったとの、もっぱらの噂があります。当主の呉軍による拘留をよいことに、陸家の家財を略取せんと計ったというのです。ただし、噂の域を出ず、その証拠には乏しいのが現実ですが」

「そうか。分かった。なにか、有望な叔琬どのの行方に関する報があれば、また知らせてくれぬか」

宰去は、宰予邸をあとにして、魯へ帰って行った。

また、宰家の探索の使者の方は、叔琬の行方に関してかなり有力な情報を掴んでいた。

早速、宰予は、はやる気持ちを抑えて、その報告の詳細を使者から聞いた。

叔琬らが魯からの遁走後に遭遇したであろう盗賊団の襲撃後、その道から曹都の陶丘へ至る幾つかの道路を丹念に辿ってみたが、そのひとつの道路上のある農家の停息所の女将の話を聞くことができたという。

宰予の使者が、人物像を説明し、曹都に向かっていた経緯を述べると、たしかに、その女の二人連れらしき者を覚えているという。叔琬と思しき若いひとがその連れの老女を支えて、丁度二年半前くらいに、ここに立ち寄ったという。たった二人っきりで、嬰児は連れて居なかったという。

求めに応じて、水袋に飲み水を満たしてやり、休憩していた若い方の女と会話したという。旅のふたりは歩くにも難儀で、たまたま休息を取っていた商賈の荷送運搬の一行と話を付けてやり、馬車に乗せてやって、曹都まで運んで貰うように計らったという。

さらに、宰予の使者は、その道を曹都に向かうまで辿って来たという。その道の側道の休息場では、叔琬の寄った痕跡を聞き出すことができたが、曹都に到着すると、残念なことに、その行方はぱったりと途絶えた。

曹都は、このとき、宋軍の総攻撃に遭って、壊滅状態となっており、叔琬の母の実家の建物も関係者も消えていた。曹という国自体が、このとき消滅したのである。

報告を聞いた宰予は、天空を見上げて、ため息をついた。

叔琬は、その先、どこに消えたのだ。

宰予は、また天を仰いだ。熱い涙がこみ上げてきた。

そのころ、塩田の番小屋に叔琬の働く姿があった。

財の姦計に翻弄されて、潘家の三男の季弁(きへい)という男のもとに、菂債のカタ代わりと言われて、妾稼させられたものの、季弁という男は、いかにも気色の悪い男であった。ひょろりとした体つきではあったが、諸々目立つ部位、たとえば顔の額や鼻、唇、頬、顎、首筋などは、ポッと腫れぼったい感じのする男であった。曲がりくねった口からは、滅多に言葉は聞かれず、ただ窪んだ暗い目をして、人を避けるようにして生きていた。

毎日、働きもせず、部屋にばかり閉じこもって、叔琬の顔を見ても出ても来なかった。

ただ、夜になると、黒目のギラギラした目で、叔琬のあてがわれた部屋に静かに入ってきたが、身体を触るばかりで、叔琬が拒絶すると、強い力で叔琬の身体を打ち据えた。

しばらくたって、実際の女を知らぬのか、身体を弄ぶのに厭きると、明け方前には部屋から出て行った。毎夜、これの繰り返しであった。叔琬は、季弁に与えられた、まるで玩具の人形のような扱いであった。

昼間になると、男は自身の部屋に内から閂(かんぬき)を掛けて閉じこもり、なにをしているのか分からないが、終日まったく外へは出てこなかった。

それで、叔琬は、日中は安心して、母のもとに帰り、そのうちに、ひとりで塩田の番小屋に入って、他人との接触の少ない終日の仕事を始めた。

病床の母は、叔琬の生活の変化を不思議がったが、病は依然重く、床から起きあがるのも、口をきくのも、ようやっと、という有様であった。

そのうちに、叔琬は自身の身体の異常に気づき、食べ物も、水すらも喉を通らなくなり、熱っぽく、喉が渇き、見るものですら気分を悪くした。叔琬の妊娠が発覚した。

身体の異変に戸惑う間もなく、叔琬は、昼夜の苦行とも言える境遇に耐えていた。

それでも、懸命に、他の幾つもの番小屋での、おもに男人夫達の仕事に倣って働き、仕事を終えてからは病床の老母を励まし、寝起きの食事や着替え、排泄など細々した世話をやき、いつまで続くとも知れぬこうした日常と、刻々変わる自分の身体の微妙な変化に、押し潰されそうになっていた。

不安は募るばかりで、目前より去らず、かつ、叔琬の繰り返される毎日は、いつまでという期限すら見通せず、そんな日常が常態となり、延々と終わらない。そして、さらには、自身を励ましてくれる人は、叔琬の側には、たれもいない。

当初、叔琬は一日中立ちっぱなしの労働にも馴れず、種火や薪や柄杓（ひしゃく）の扱いはおろか、塩水の満たされた重い木桶すらも持ったことのない普段の魯国の自邸宅内での、なに不自由の無い生活であったのに、最初は苦労・苦行・苦痛の三重苦の連続だと思われた塩田での作業も、環境や状況が変わり、時間が経ち、慣れが加われば、やるうちに、ひとはなんでも適応できるものなのだ、ということがよく理解できた。

慣れるのに一苦労ではあったが、苦役だけであったならば、身体を睡眠や休息によって癒やすのは、比較的に容易いことだと理解されたが、身体の異変をともなう心境面の不安や苦悩は、一時の休息程度では癒やしがたかった。

頻繁に母の薬を届けに来ていた豺の姿が、その後、突然に消えた。叔琬はほっとしたが、聞けば、潘家を急に出奔して、理由も言わず、仕事も投げ出して昼中逃げていった、というのである。

潘家では、叔琬に季弁の子ができたとの風評が立って、根も葉のない周囲の噂が叔琬を苦しめた。叔琬に無関心であった潘家の当主の見る目が変わった。ときどき、叔琬を呼び止めて、ひと言、声を掛けるようになった。それまでは、潘家では、叔琬に一食の食事が出されていたのが、二食に許された。また、世話をする下女まで付けてくれた。

しかし、当の叔琬は、気味が悪かった。夜になると、季弁は部屋に入ってきて、叔琬の身体に触って弄ぶこともあるが、打ち据えられることが怖くて、叔琬はされるがままに耐えたが、腹に宿る子は、間違いなくこの男のものである、とは思えなかったのである。

叔琬は昼間、ときどき、塩田の向こうにまで広がるいつもの青空を見上げて、自身の身の上に起こったことを嘆じた。

「ああ。悠悠蒼天、曷其有所。ああ。悠悠蒼天、曷其有極。ああ。悠悠蒼天、曷其有常」

叔琬の口をついて出たのは『詩』唐風・鴇羽の詩の一連、二連、三連の、いずれも最後の二行の詩句であった。

ほんらいは、粛々と空を飛ぶ鴇（ほう）（野雁）の姿を眺めて、故郷の老父母を思って征役の兵士が嘆く詩であるが、叔琬は心境をいまの自身のこころのことと受け止めた。見上げた蒼空に、思いを語るしかないときもある。

叔琬は孤独であった。


ああ、仰げば遙か遠い青き空よ、いつになったらば、落ち着ける場所のあることか。

ああ、仰げば遙か遠い青き空よ、いつになったらば、この境遇が極まり止む日のあることか。

ああ、仰げば遙か遠い青き空よ、いつになったならば、こころ落ち着き寛ぐ日のあることか。


叔琬のこころの嘆きは深く悲壮であった。

「悠悠」はこころが揺らぎ、愁（うれ）える気持ちを現している。

「蒼天」は、抜けるような青空のことであるのに、見上げれば、ただ高く、遙か遠い青空と言わざる終えない。

叔琬の淡い希望は遠い。手の届きようもないほどの、抜けるほどの遙か上空にある。

しかし、物事、いや事態は、いつかは極まる。そう、信じたい。

その日は、はたして、叔琬の短い一生のあいだに起こりうるのであろうか。心許ないが、その極まった先には、叔琬の望む日日は訪れることは、あるのであろうか。

この絶望的な事態が極まる前に、自身の生命が極まってしまうのではあるまいか。

当然に、その不安もある。

見上げた蒼天は、身体が突然に吸い上げられ、よろよろと揺れて、目がくらむほどの、環海に広がる遠い蒼い空であった。


また、病気の母が、叔琬の身体の異変に気づき、次に妊娠に気づいた。

悪いことに、母は、自分のせいで、叔琬の望まない事態が、叔琬の身に起こっていることを自然に悟った。

ある日、母は、手を取って、叔琬に向かって大粒の涙を流して、自身を詫びた。

母は、すべてを自身から起因し出来したことだと思い込んだのである。

もちろん、叔琬は否定した。強く抗ったが、老母の覚醒は確信で満たされているようで、叔琬の言葉は、そのすきに入り込む余地も無いほどであるように見えた。不注意から嬰児を失い、家までも無くし、蒙病によって叔琬に過分な負担を強いている自身を、もはや母は自身で自分を許すことができなかった。

「琬よ。ああ、許しておくれ。わたしが、この母が、至らないばっかりに、陸家の大切な嫡子を失い、おまえにまでも、望まぬ苦しい目に逢わせてしまった。すべて、わたしのせいである。ああ、ほんとうに、許しておくれ」

もはや、叔琬が、どう取り繕い、否定し、慰めても、母の固い表情は変わらなかった。母の深い皺が、現在の和らぐことのない苦悩を物語っていた。

そして、別の日の、叔琬の居ないときを見計らって、よろよろと寝床から抜け立って、家から這い出た。どうやって、辿り着くことができたのか、母の行き先は、月崎の小高い丘の上に、であった。

斉都から塩田のある海浜部に出かけることの重なった宰予に、ある日の光景が思い出された。それは、いつか見た塩田が海に広がる侘しい漁村で見た、丘の上で夕陽を見ながら佇んでいた塩戸のちっぽけな女の姿であった。たしかに、あれは女に見えた。

海に面した寒村のひとであったが、とても寂しげで、松樹に凭れて夕陽を眺めていた。

日日に忙しく、食事にも事欠くであろう漁村の塩戸の人がそんなことを、果たしてするだろうか。いや、暇さえないであろう。それを思うと、その風景のなかには、似つかわしくない人に思われた。

宰予は、ふと、先般報告に来た使者の言葉で、見逃していた点のあったことに気づいたのである。

叔琬らは、曹都に向かうのに、商賈の商品運搬の荷馬車を利用した、と使者が言ったことを、である。

叔琬らを途中で乗せた商賈の馬車は、はたして、どこから来て、どこへ向かい、なにを商って、どこへ帰って行ったのであろうか。

この点が、解明されれば、叔琬の捜索の方途が大きく開かれるはずである。早速、宰予は、新たな使者を発して、曹都へ向かう側道の農家の停息所の女将のもとへ向かわせた。女将は、その商賈と面識があったはずである。だから、叔琬らを同乗させる交渉が、その荷搬送の一行とできたのであろう。もっと、詳しいことが聞き出せるはずである。

宰予は、そんなある日、登朝して早々に、簡公に問われた。

『詩』に詳しい宰予に、質問があるという。

簡公は、年少の時より、学問に熱心であった。とくに、宰予が季孫家で傅役を仰せつかってより、宰予の教える『詩』が気に入って、三百余のすべての詩を暗唱し、諳(そら)んじるほど親しんでいた。

その簡公の宰予への質問は、魯で一時父君に順って亡命生活していたときに、宰予から『詩』を学び「黍離(しょり)」の詩をともに諳んじたが、その詩のことについて、あらためて知りたいという。

黍稷(しょしょく)の揺らぐ畑と成り果てていたのは、周都の、かの成周の都のことであったか、それとも前の宗周の郁都のことであったか、との質問である。

宰予はすぐに、勉学に聡い簡公に、次のような答えを返した。

「王風・黍離」の詩には、のちに「序」が附されており「黍離は宗周の都を閔(いた)むなり。周の東遷后、大夫が行役のため訪れて、宗周のかつての周王の宗廟宮室の跡は、悉く禾黍(かしょ)（キビ）が繁る畑となり果て、かつての賑やかな周王朝の都の昔を閔み、彷徨し立ち去るに忍びず。よって、この詩を作す」とある。

「彼黍離離　彼稷之苗　行邁靡靡　中心揺揺　知我者　謂我心憂　不知我者　謂我何求」

もち黍はふさふさと垂れて、うるち黍の苗も伸びに伸びたり。行けど進まず、こころはしきりに揺らぐ。その様子を見て、われを知る者は気遣い、あなたの心はかくも憂うかと言い、われを知らぬ者は不思議に思うのか、あなたはなにをそれほどお探しか、と問う。

「ほう、そうであった。東遷の後の、相次いだ内乱によって打ち棄てられた宗周の都のことであったか。かつての華やかな王都ですら、黍畑と成り果てた。まるで、夢を見ておったようじゃな。儚いとは、このことであろうな」

「公は、若き頃より『詩』をよく解されました。詩風を理解されておられますな」

そして、この詩の最後は、こう終わる。

「悠悠蒼天　此何人哉（仰げば遙か遠い青き空よ　これなんぴとの為せる仕業なるか）」

蒼天を春の青空、旻天は秋の青空のことを指し、たがいに濃い抜けるような高い青空のことを言うが、蒼天は盛んに草木の生い茂るような深い色の空であり、旻天は豊実を得た後の行く秋を惜しむような暮空のことであろう。

宰予は、宮中の天空に広がる深い、吸い込まれそうなほどの青い空を見上げた。

宰予は、簡公に揖してのち、拝して、御前を退いた。

「悠悠蒼天か、ああ」

宰予は、正殿の天空に広がる透きとおるような青空を感慨をもって、ふたたび見上げた。

数日ののち、宰予は、塩賈の監察のために、海浜部の件の塩田の広がる漁村にやって来ていた。

宰予には、この地で、気になっていたことを確かめておきたいという気持ちがあった。

宰予のこころは急く。が、しかし、まずは斉都より同行している監察吏たちとの仕事をあらかた片づけてから、自分の時間を作りたい、と逸る気持ちを制して考えた。


宰予には、確信があった。いつか見た女が、叔琬そのひとであったろうと。

斉都を出立の前日に、宰予の発した使者が、思わぬ良き報告をもたらしていた。

曹都に向かった叔琬らが路辺に立ち寄った農家の停息所の女将の証言で、叔琬を乗せた塩運搬の塩賈の馬車が、この地の潘氏の一行のものと判明したからである。

潘氏は、斉のこの地から、白塩を衛都や魯都を経て、曹や鄭にまで運搬して商いを行っていた。その塩荷を積んだ馬車に、叔琬らは同乗して、曹都に向かったが、目指した曹都は戦乱による壊滅状態で近づくことすらもできずに、なんらかの事情で塩賈の一行と鄭を経て、斉に随行して来たのであろう。宰予は、そう推測した。

しかし、実際に、自身の目で、確かめてみるまでは、宰予には不安があった。もちろん、大いなる期待もある。

じっさい、宰予が、海辺の塩田の番小屋で見た女の近くに寄ってみては、多分、叔琬とは容易には認め得なかったであろう。それほど、いまの女は身体は細り、頬は痩(こ)け、日に焼けすぎて、どす黒い顔容を見せていた。以前の面影はとうに失せている。その異様な黒さは赤黒(しゃっこく)ともいえて、屋外での強い日差しと海浜の照り返しによる日焼けのみならず、番小屋での大釜の薪の強い火力と竈(かまど)から立ち上る熱い湯気に煽(あお)られて、太陽と火力と蒸気焼けで、頬はつねにひび割れたような醜い蚯蚓腫れと火傷痕があり、むくんだように押印のような文様が刻まれ、首もとまでも膨らんでいた。

仕事をあらかた終えた日から、さらに、宰予は、ひとりで、この場所に出向き、二日の間、塩田に通って、遠くの崖上の物陰から女を観察した。

この日の塩貨の賈家への監察は、斉都より同行してきた従者に任せた。

その女は、日中は、番小屋で、千畳田の一番手前の畝で小区画の囲いのある雨除けのされた塩水大壺より丸木桶で濃い海水を柄杓(ひしゃく)で汲み、天秤棒で水桶を一つずつ前後に肩にしょって、ヨロヨロとしながらも番小屋に帰り、大釜に桶の塩水を張る。そのなん度か繰り返される動作は意外にしっかりした動きであった。この労働を反復しながら、ときどき別の炊かれた大釜の火を絶やさないように、薪を数本素速く竈に投げ入れる。そして、こちらの海水に満たされた釜にも、薪をくべて、燃え盛る別の竈から火の付いた薪を取って、大竈に新たに火をつけた。その動作は、まことに手際がよかった。

女は、吹き出る汗をなんども拭いながら、すっぽりと上から被った麻服をずらして、少し空気に晒してはだけた胸に、首に巻いていた長布を突っ込み、肩口の方まで回し、また額に手を遣り汗を拭ったあと、その布を首に巻き、今度は大竈のなかを覗き込んだ。火力の具合と薪を投げ入れる次のタイミングを見ているのであろう。その動作を何度も繰り返している。

番小屋のなかは、草臥(くたび)れ潮風にでも吹き飛ばされたのかボロの布切れのような小屋の骨木に掛けられた暖簾(のれん)のような筵(むしろ)の覆の下半分が裂けて、外からは所々丸見えである。幸い、宰予は、崖上の遠くからでも、その小屋内を隈無く手に取るように見ることができた。

ときどき、多分午前に一回と午後の一回か二回、駄馬に曳かれた粗末な荷馬車に乗った老人が現れて、しばらく番小屋の中を出たり入ったりして、積載してきた荷の薪束を積み、置き場に補充してから、一、二袋の麻袋の塩荷を車台に積み終えた馬車を駆って、さらに別の番小屋へと向かって行った。

宰予は、とぼとぼ、よろよろと巨体を揺すり、長い尻尾を振り、重い足を引きずるようにして、来た砂道を帰って行った駄馬を見て、ふと「塩車憾(えんしゃはん)」を思った。「塩車の怨み」である。塩車は、馬にとっても重労働であろう。かつて、千里を一気に駆けるような良馬であるにもかかわらず、現役引退後は駄馬と同様に、重い塩を運ぶ馬車を引かされる使役に付くことを怨み嘆くさまを、このように昔から表現する。篤志有能な人物が、いかにも社会の片隅で不遇な待遇に置かれている不幸を嘆く譬えでもある。宰予にも、理解できる。官衙にあっては、不遇な能ある官夫によくあることだからである。

宰予は小高い丘が間近に見える岩陰に身を潜めて、遠目に眺めて、ときどき空を見上げた。海上に浮かぶ大きな太陽が眩(まぶ)しい。涙が止まらない。なんども駆け寄って、そのひとが本当に探人そのひとであったならば「叔琬」と声を掛けたい衝動に駆られたが、ぐぐっと我慢して二日間を過ごした。まったく、叔琬以外の人には思えない。叔琬に違いない。そう確信できるまで宰予は、見届けようと思った。しかし、このときは、まるで延々と続く苦行のようで、宰予の胸は深く抉（えぐ）られ張り裂けそうな長い時間であった。

海の水平線の先に紅い太陽の落ちかかる夕方になって、ようやく女は、何十回も飽くことなく繰り返された仕事を切り上げてから、交代の老人の女と入れ替わるように番小屋を後にした。苦役で、疲労困憊して、痩せ細った身体にもかかわらず、草臥れ果てた重い身体を引きずるようにして、とぼとぼと宰予のいる反対側の小高く見える岬の丘の方に登って行った。

そこには、先端に岩が迫（せ）り出し、手前に松樹が数本生えており、猫の額ほどの平らに見える場所に大小の二つの白い石が置かれているだけであった。女はそこで、立ったまま、なにかを一言二言しゃべってから、跪（ひざまず）いて頭を垂れた。

そして、ややあってから起き上がり、丘の先に生えた、痩せた松木に凭（もた）れて、夕日を眺めているようで、またもと来た道を降って、家路に就いたようである。

あとは、女は僅かな粗食と冷水で軽く口中を潤したあと、寝床に倒れ込むようにして、夢もみることなく眠り転（こ）けるのであろう。宰予には、そう想像できる。

宰予は、息を潜めて、終始無言で一部始終を舐（な）めるように見て、女を見送った。

このとき、宰予は、あらん限りに想像力をたくましくして、叔琬にともに寄り添い、挙措の一挙一投足にまで思考を巡らせて、先程来までの疑似体験を試みた。

叔琬は、自らの身を極に苦しめ、思考を排して、追われるなにかの幻影に背を向け、たれかの掛ける声から逃れるように、日日を過ごしている。

ただ、仕事の終わりに、あの小高い丘の上から樹木に凭れて眺めた夕陽の落ちかけたひとときの光景のなかだけに、自身のほんとうの姿を一瞬吐露したのであろう。

宰予も、ただ一日の甲斐のない、先に終わりの見えない、一所に繰り返されるだけの毎日の労働に、くたくたになって、がっくりと肩を落とし、膝を地に着いて、ただ疲れ果てて、寒村の陋屋に戻って行く叔琬を見送った。

『詩』にある「涕泗（ていし）、滂沱（ぼうだ）たり」とは、そのときの宰予の様子で、咽（む）せて宰予は両手に顔を埋めて、罪ある我を恥じ入って、その場で膝をわなわなと震わせて、さめざめと泣いた。


翌日、宰予は塩田の視察と、おもだった商賈の表の商店（たな）と、裏の倉庫を順に訪ねて、最後に潘（はん）氏という商賈の大店に立ち寄った。

宰予らを出てきて迎えて、如才ない様子の主人が、盛んに斉都からの監察の使者をもてなそうと、差し障りのない会話なのに、ことさらに口を極めて商売の話と、お上の施策の適時に正当なるを、唯々を諾々と述べ立てた。

そして、主人は最初から、遠路斉都から来たという中央の役人への礼儀と思い、伏し目で顔を上げずに喋っていた。しかし、普段と違う相手が気になったのか、ちらと、主人はひときわ溢れ立つ光の光源のような宰予の存在の有り方を覗うように下目で盗み見た。

喧しいほどだった主人の声が止んだ。

ちらと目にはいった、そこに立つ貴人は、簪纓・簪紱（高官の礼装）の気高い麗人とも見えた。

立ち会っていた側吏が、商賈の主人に大夫の名を告げてから、宰予に発言を促した。

「分かった。もう、よろしい」

そう述べてから、宰予は本題を切り出した。

「ところで、潘主よ。お宅で、名を琬という魯国出の、もと陸氏の家人の者を二年前から預かっておろう。すでに、版籍によって地元の官衙での調べはついておるが、念のために聞く。どうか」

宰予の述べた版籍とは、戸籍簿のことである。

主人の潘氏は、一瞬びくりとした。

「はあ。まさか、それは、聞いたこともありませんが、どのような女でしょうかな」

「主人よ。わたしの言ったことに、まったく心当たりがないと申すのか」

潘主は、言葉に違えて、今しがた、心当たりがあると見えて、その者が「女」である、と認めたのである。

「お待ちください。大夫どの。我が家の版に入りたるもので、魯人の琬などと申す女は聞いたことがございませぬ、と申し上げたのでございます。なにかの、お間違いではありませぬか」

「よろしい。二年前に、この地の販に入りたる盌なる女は、いかなる者か」

「ああ、その、盌ですな。その盌なるその者は、たしかに、我が家の末男の先妾のことでございますな。しかし、魯人と聞いたことはございませんでしたが。そうですな、盌は、たしかに、以前に人夫頭であった使役の者から、事情があって婦のない末男の季弁にどうかと薦められて娶った者でございましょう。この者には、少々込み入った事情がございまして、手短に申せば、その女には病気の母がおり、他に身寄りはなく、その薬代のカタを立て替えるとの条件で、請われるままに、末男の季弁の婦妾として迎えたのでございます。まあ、その、言ってはなんですが、いわば、人助けですな」

叔琬らしき女について話す潘家の主人の言葉は、まことにたどたどしいものであった。

「ほう。して、いくらほどで請け負ったのか。この者には、魯国の陸家より探索の嘆願が出ておる。二年前に曹都の家人の縁者を訪ねる道すがら、人攫いに会い、それが、いま斉国内の塩賈の家にいるとの訴えである」

「人攫いですと。そんな、また、それは、存じ上げませんでした。前の人夫頭からも、こちらに来た事情などは、仔細は、なにも聞かされておりませぬが。ただ、ただ、知らずに、薬代の借財に困って、代金を立て替えて、人助けをした、と思い込んでおりましたのに。弱りましたな。さて、事情を聞けば、当家にとってもやっかいな問題を、いまさらに抱え込むようなことはしたくもないのですが。まあ、言っては悪いが、女も病み、病んだ母も先に亡くなった由、当家にても手に余してもおりまして」

「そうか。まあ、そうであろうな」

　宰予は、こう述べてから、こころのうちにふつふつと怒りがこみ上げてきた。

「大夫どののご評定がなされ、知らなかったとは言え、当家としては事情に鑑み、良き方向で解決できれば、それでよろしいのでございます。あとは、残る薬代の借財の分さえなんとかして片づけて貰えさえすれば、のちは、女は、魯国に返すなり、なんなり自由にして頂ければ、と思いますが。当方といたしましては、借財の返済をもって、このことは、すべて、片づいたものといたしましょう」

「そうか、潘主よ。よく分かった。借財については、陸家より、ここに三百金を持たせてあるが、どうか。それでよかろうな」

「はあ。ええ、ええ。三百金も。なに、それほどの薬代には、たしかになっておりませんが。三百金とは。まあ、それは」

　賈魂の逞しい潘主は、黄色い出歯を出して、声を抑えて破顔した。

「まあ、よい。これで、陸家に、その者を自由にして、即刻に引き渡せば、それでよいであろう」

「はあ。三百金ですな。確かにな。もう、よしなに」

「あとは、この控えの者と話してもらおう」

「はい。違わず三百金であれば、もう。よしなに、話すなり、約するなり、なんなりと」

　宰予は、後を振り返ることなく潘家の門を駆け出た。一刻もここには止まりたくはない思いがして、走るように足が遠のいた。涙が溢れ出た。

潘家では、叔琬は「盌」と呼ばれていた。「琬」と同じ発音の名である。盌は「碗」とも書かれる。丸くて真ん中が窪んだ器、陶器製の小鉢、または小型のお碗のことである。

この家で、叔琬は、多くの祭食器のなかで、一碗の小鉢ほどでしか、価値を認めてもらえなかったのである。当然ではあろうが、好いように利用されて、たとえば、淵が欠けたからといって、ケチを付けては、当主はお払い箱にしたいのであろう。借財さえ取り戻せるのであれば。

それにしても、気がかりである。潘主は、叔琬が病を得たと言った。大丈夫なのであろうか。宰予は、徐々に足を速めて、馬車に辿り着くやいなや、即刻に出発させた。

宰予にとっての、永年の伴侶となるべき女が、その「一碗」で呼ばれ、ぞんざいにしか扱われなかったのである。宰予は、それもそうかと思いつつも、無性に哀しかった。無性に口惜しくて、涙が出た。どうして、もっと早くに叔琬を探し出してやることができなかったのか、悔やまれた。


叔琬は、潘家に斉都より監察の役人が来ることを聞き知っていたが、当日はやっかいなことがないように、使用人や家卑らは昼間は本家に近づかないように、暇(いとま)を言い渡されるか、仕事場で待機するように申しつけられていた。

家人より「盌よ」と呼び出されて、その伝言を伝えられていた叔琬も例外ではなかったが、海辺の番小屋での仕事は、この日も休まなかった。

それは、叔琬が身籠もってからも、仕事はただの一日も休むことはなかったのである。その結果、大釜の前で突然具合が悪くなって、股下から鮮血の混じった羊水がどっと足先まで溢れ出て、腹の子は滑り出すように流れ出た。番小屋で苦しみのあまり気絶して倒れているところを薪を運んできた老人が見つけて、医者の所に担ぎ込まれた。瀕死の状態から、ようやく三日目に目覚めたが、叔琬の身体は普通の女の身体ではなくなっていた。

この日、潘主家には、叔琬は日日の粟穀の方便（たずき）を受け取る用事があって、仕事を終える夕方には一度立ち寄ってから、自家に戻りたかった。

この方、叔琬は葯債があるため、五日に一度の食べる分だけの穀類の支給だけを受けてきた。それも、定時に主家に受け取りに行かなければ、他の使用人に配り終わられてしまう。叔琬の分だけを取り置きしてはくれないのである。

自家に戻る前には、亡き母の墓にも参っておきたかった。そうしないと、単調で重労働の仕事は叔琬の身体を徐々に蝕み、とても気分が落ち着かず、その日の寝床に就くことができなかった。斉都からの巡察の役人も昼間の仕事であるので、夕方には潘家を立ち去っているであろうと、叔琬には思われた。

叔琬が仕事を老婆に引き継ぎ切り上げて、主家に近づいてみると、いつもと違って潘家の外は静かであったが、まだ潘家内は慌ただしい雰囲気で、斉都からの巡回の監察の役人らの乗ってきた立派な、雉の羽の飾り付けられた豪勢な飾り幌付きの馬車が家門の外に見えた。高貴な貴人の乗る馬車であることが分かる。

それを見て、叔琬は主家に寄るのを諦めて、面倒ではあるが、また明日にしようと、来た道を戻ることにした。

とって返そうとしたときに、叔琬は家門からひとりの役人らしき美装の男が急ぎ足で出て来るのが見えた。ちらと後ろ姿しか見えなかったが、背があり、花冠が輝いていた。普通のときどき見る冠帯者の出で立ちとは明らかに異なる。

そのとき、ふと、叔琬は、なぜだか宰予を思った。官人の背格好と頭の位置が、自分から見て、覚えがあるように身体が勝手に反応したのである。

「予さまも、きっと、あんな立派な馬車に乗って公宮に上がられているのであろう。ああ、予さまの雄姿が、車上にあるとき、それは勇壮な、優雅なお姿であろう。わたしは、この地に、予さまの仕える天子の大地にいます。ああ、それだけで、そのことだけで」

そう、叔琬が思ったのは間違いない。

その叔琬の目の前を、家門から勢いよく出て行った貴人は、優美な鳥羽の花冠のひとは、悠然と飾りの幌付き馬車に乗り込み、去って行った。

その後ろ姿を認めた叔琬は、はと気づいた。

「もしや、予さま」

しかし、その考えを、叔琬はすぐに頭から消し去った。

「まさかそんなことが、あろうはずがない。ここは、斉都からは、うんと遠い海辺の小さな田舎町よ。まさか、そんなことがあるはずがない」

叔琬は、来た道を引き返して、まだ太陽は海上の水平線よりだいぶ高い位置にあるが、母の墓参に出かけることにした。

叔琬は、こちらに来てからは水平線に沈む夕焼け空の景色が唯一好きである。

こちらの浜辺の魚村の生活で、このときだけが、叔琬のこころを満たし、無くした感情の過去の欠片を取り戻した。亡き母や生まれ出でなかった命に祈りを捧げ、そして、この夕陽の入りを、どこかで同じように眺めているであろう男(ひと)を思って、いっときの充実をえてきたのである。

月崎の小丘の上の松樹の幹に寄りかかって、海に沈む夕焼けの鮮やかな景色を遠く見て、溜まった涙が瞼から溢れ出た。

「適彼楽土。楽土楽土、爰得我所」

かの楽土に行かん。楽土へ、その楽土へ。そこに、我が居場所を変えん、と思わず、叔琬の口をついて出た。

かつて、学び憶えて、なんども口ずさんだ『詩』魏風・碩鼠(せきそ)からの有名な一節であった。

「適彼楽国。楽国楽国、爰得我直。ああ、適彼楽郊。楽郊楽郊、誰之永号」

かの楽国に行かん。楽国へ、その楽国へ。そこでは、のびのび、のんびりできるのよ。

ああ、かの楽郊に行かん。楽郊へ、まさに、その楽郊へ。たれが、いつまでも嘆き悲しんでなんかいられようか。

叔琬の口ずさんだ『詩』は、原意は、かつての愛した男（鼠に例えられる）から別れる思いを詠った詩である。

しかし、叔琬は、この一節だけが特に気に入って、本来の意味からはかけ離れるが、自身の思いを込めて、普段に口ずさんできた。

「楽土」や「楽国」や「楽郊」は、いずれも安楽な暮らしのできる豊かな土地や楽な暮らしの約束された国家、安らかで雅（みやび）な都を臨む郊外の隣接地・別荘などと、言えるであろう。しかし、厳密に区分して表現されているのではなく、それぞれ望みうる理想の豊かな場所のことを指しているのであろう。

いまの叔琬にとっては、その行くべき場所が、どこかにあって欲しい。いつまでも望みうる希望の場所であって欲しい。あるいは、手の届きそうな手近な場所であって欲しい。そう願うのみである。

いま「楽土」や「楽国」「楽郊」が、どこにあるのかは、さしあたり、分からない。また、どうやって行けばよいかも分からない。いつ行けるとも、杳（よう）として分からぬ。行けぬかも知れぬ。しかし、それらの地が、たしかに、どこかにはあって、望みうるだけでもよいのだ、と思えるようになった。

「一に、ただ、望めば、叶う」

そう、叔琬は信じた。

叔琬は、ひとり祈りのとき、呪文や呪いの言葉のように、なんども繰り返して詠じた。

「この詩も、あのひとに、教わったのだわ」と、思い出した。


宰予は、御者に仕事の終わりを命じ、宿泊する旅籠に向かわせた。

また、それとともに、別の馬車で、従者に重要な言付を言いつけてあった。

その宰予の従者は、海辺の塩田の番小屋の近くまで続く、細い道を、馬車を一直線に走らせた。小道から逸れれば、段差で車体が大きく傾くこともあったが、乾燥した下地で地面にひび割れができているほどで、車輪が嵌まり込むこともなく、畑地内を遮ってでも難なく進むことができた。

馬車を駆る従者の眼前に、ぱっと明るい海が広がり、水平線が彼方に大弓の婉曲のように見えた。燃えるような太陽は海上に引き寄せられるように、落ちかけている。

晩夏、季節柄、たくさんの蜻蛉が空を舞って、海からの風がその集団を追い払うかのように吹き抜け、赤い蜻蛉の小さな羽を一斉に揺らしていった。その蜻蛉の輪が大きく乱れて、また瞬時にもとの輪ができた。

御者は、ここぞという場所に急いで馬車を止めて、両馬の手綱を木立の太枝に繋ぎ、眼下に見える小丘の付け根にまで、一気に急勾配を降り立った。さらに丘の下には、遙かに海浜と塩田が広がり、岸辺に沿って番小屋が無数に立っているのが見えた。遠くには点のように多くの同じような小屋が犇めくようにある。小屋からは、煙突や破窓から、幾本もの黒く細い煙が立ち上っている。

宰予の従者は、主人の言付けどおり、丘の上まで進み、置かれた大小の二つの石の前で跪く人を目がけて、一直線にゆっくりと大股で歩んで近づいた。

佇む女は、白く見える小石に向けて一身に祈りを捧げているようであった。

次に、近づく人に気づいたのか、女が、その気配を感じて、顔を上げて鋭く身構えている。自分に用事があるとも思われないのに、近づく男に明らかに警戒して、後ずさる動作が見えた。見たこともない男であったからでもある。

男は、慌てて高い声を発して、手で相手の行動を制した。

「ああ、これ、これ。ご安心あれ。わたしは、官衙の者です。安心なされよ。人を、あるひとを探しております」

女は、そのよく響く太い声を聞いて、少し警戒を緩めた。官衙の人間が、自分になにを問うのか。ごく手短に、ぞんざいに答えて、さっさと追い払おう、と女はすぐに思った。

男は、相手の警戒を解こうと、身振りを交えて話し出した。

「あの。じつは、ここにある、この品物の持ち主を探しております」

男は、女の顔を見据えたまま、話し出した。極力、穏やかな笑顔を意識して。

「お心当たりはあるまいか。この品なのですがね」

官衙の者だと名告った男は、懐から包んだ布きれを差し出し、女に渡そうとしている。

女は、凝視はするが、手が出ない。男は、さらに、足を小幅に、交互に、ゆるりと滑らせて、女に近づき、その距離を少し縮めた。

「なに、これなんですがね。持ち主を探しているのですよ」

さらに、強く差し示された男の手から、女は男の胸元から取り出された布包みを、恐る恐るに、ようやくにして、受け取った。小さな包みの品物からは、男の体温で暖められて、柔らかい温もりが伝わってきた。

その手に伝わった温度に、なんとなく安心したのか、改めて女は両手で抱えるように受け取り、捧げ丸めた掌手のなかで布を緊張しながら、片方の手を品物から離して、ゆっくりと包みを開いてみた。

そして、布包みを受け取ってすぐは、女は関心を向けるともなしに、ただ受け取っただけであった。

しかし、暫（しばら）くすると、女の顔には、驚きの表情が浮かんだ。

なお、まじまじと、開いた紅い布片を見つめている。そこには、かつて、女自身の帛布に施した見覚えのある複雑な刺繍がくっきりとあり、帛の布は紛れのない見覚えのある色形であった。

それは、かつて魯都を慌ただしく追われるように発った日に、思い止まって、自邸の槐の高枝に、宰予に分かるようにと、高く背伸びしながら結わえてきた女の帛布であった。間違いなかった。

「これを、どうして。これは、たれが」

女は、自問したようであった。これだけ言うのが、やっとという有様であった。あとは、呼吸が乱れ、喉が閊（つか）えて言葉にならない。

官衙の男の顔は、それまでの弱ったという顔を改めて、慈父のような柔和な表情に変わっていた。

「この品物の、持ち主を、わたしは探し当てた。これを、そのお方に渡してほしい、との、我が主の依頼によるものです。そのように我が主に、わたくしは頼まれました。これは、間違いなく、あなたの持ち物ですね」

女は、叔琬は、そう言った男の顔を見上げて、小さく呟いた。

「主とは、そのお方は、まさか。あのお方が」

「そうですよ。そのお方こそ、あなたをお捜しの、そのお方こそ、わが主の宰氏さまです」

「あっ」

女は、不思議な顔をした。

「え、どうして」

「もう一度よくご覧ください」

叔琬は、手元の帛布に包まれてあった、もうひとつの深い赤みを帯びた丸い複雑な形をした細工の美しい佩玉を見た。

「宰氏さまが、あなたさまを、お迎えに参られています。その意味を、あなたさまは、よくお分かりですね」

「ああ、予さまが」

叔琬は、放心の体で、男の言葉を自問した。

叔琬は、この塩田の広がる漁村に連れてこられて以来、本来の笑顔を失った。「盌（わん）」という呼び名に、名もこころも改めた。歓びや悲しみといった起伏のある独特の女としての表情は、以後は封印してきた。叔琬は、病気の母を終には亡くした上に、身ごもって、無理な辛い仕事で、孕んだ腹の子も流産（なが）れ、一時自身の健康も害して、生きていく気力さえ消えかけた灯火（ともしび）であった。生死の境を彷徨（さまよ）って、われを忘れた。

また、暫くは、潘家の季弁の玩具のようであった叔琬も、子どもが与えられた遊具にいずれ厭きるように、ぞんざいに扱われ、結果、放置された。関心の対象ではなくなって、棄てられたといってもよいであろう。

叔琬は、それはそれで安堵したが、潘家の扱いも、急に野良犬や棄て猫でも見るような扱いに堕とされて、食事はおろか、部屋の明け渡しも強要された。一気に、使用人や家婢と同等か、それ以下の扱いとなってしまったのである。

そのこと以来、無表情が、女の無愛想と周囲からは、見なされてきた。必要以外は、まったく無口でもあった。極力、身体は目立たせず、男のような服装を身に付けて、麻色と地味な黒っぽい色で身体を包んできた。昼間は、ひとりでできる塩田の番小屋での仕事に汗まみれになって、大半の時を働いて過ごし、決まったところ以外には出向いて行かず、外部の人との接触を極力避け、所用を言いつかっても、みな断った。

叔琬の頭には、さまざまな苦い思いが去来しては、また、もとの思いに巡り戻った。記憶は、忌まわしい記憶だけが、頭中を回転している。くぐもった靄に付いてまわられ、先がどうしても開けては行かないもどかしさがあった。昏い、深い洞窟のような通路の、その先に明かりがあるかどうかも見通せないのである。門は堅い門で閉じられ、鉄鎖で強固に結わえられている。

「ああ。ああ、予さま」

遠くにあった、本当に消えて無くなりそうな、そんな懐かしい名前を、音の響きの端緒を頼りに身近に引き寄せた。亡くなった母の憂顔とともに、その側にあった記憶の奥のその名のひとの尊顔を思い浮かべた。叔琬にとっては、なん度でも希望と期待を抱かせてくれた名であったはずである。叔琬の恋い焦がれたひとの名である。ふと、そのひとの端正な顔立ちと優しげな笑ったときの容姿が、くっきりと思い出された。

叔琬は、心臓の張り裂けそうな思いで、そのひとに、ふたりの姉たちに促されて、その憧れのひとに目がけて、思いを込めて赤い山査子の実を投げた。その実が、幸い、そのひとの肩口に当たって、小さく弾けて、紅い実は真っ直ぐに地に落ちた。

これを見届けた叔琬の歓びようはいかばかりであったろうか。跳び上がらんばかりであった。そのひとは振り返って、叔琬を見つめた。思わず、逃げ出しながらも、恥ずかしさで、叔琬の顔は見るみる朱色に染まったかのように思われた。

佩玉は、男の腰に付けられる飾り瓊玉である。むかし、投果の儀式では、女が見初めた男に果実を投げて、それが当たった男は、同意であれば、つまり相思相愛となれば、男はその女の思いに応えるという意味で、男の腰に付けた瓊（玉）を返事代わりに、女に握らせて与えるのである。『詩』衛風・木瓜に「投我以木桃　報之以瓊瑶　匪報也　永以為好也」とある。

貴方は、山査子をわたしに投げて、その偽りのない素直な思いを伝えてくれた。それでは、わたしは、その真心に報いるために、この佩玉を貴方に贈ろう。これで良いかい。これよりは、ともに、末永く誼をなさん、とある。

叔琬の顔容が、血流を増したように、仄かに朱色に染まってきた。

「そうよ。ああ、わたしの思いを込めたあの日の投果に、あのひとは、いま、自身の佩玉を、この、わたしに贈って寄こし、ようやく応えてくださるんだわ」

もう、叔琬は声にならない声を胸に仕舞い、尋ねてきた男に促されて、馬車に乗せられた。遠い記憶を胸に抱きつつ。重い鉛のような憂いは、いまは去った。晴れやかとまでは言えぬが、叔琬の心臓は小気味のよい鼓動を始めた。

宰予に引き取られてから、斉都の宰予の自邸で、叔琬は、日に日に、元気を取り戻していった。

叔琬の顔の赤黒い色も薄まったようで、頬の気味の悪いひび割れた文様も姿を潜めた。朱い血気が戻ってきた。寛ぎの表情が、塩田での無口にとって代わり、無表情と無愛想も改まりつつある。なにより、小声を上げて笑えるほどになった。

若き日の、叔琬の笑ったときの、明るい頬に倩たる美しい影の差す一瞬が頻繁に戻ってきた。

しかし、叔琬は、他人が自身の肌に触れることは疎か、極度に近づくことにも、驚きと拒絶の小反応を示し、かつ極端に警戒し恐れた。

叔琬がなに気なく振る舞う普段の行動にも、それは散見された。急に近づいてきた宰予に対しても、びくりとして、急に震え出すことがよくある。ときに、声を荒げて感情的になり、乱暴な言葉さえも口にすることもあった。

「ごめんなさい。予さま。わたしでないものが邪魔をして、わたしの言うことを聞かないの。ほんとうよ、ごめんなさい」

そう、叔琬は、涙ながらに、変な弁明をした。

まるで、自身のなかに、別の人が住んでいて、覚えず勝手な振る舞いをしてしまうようにも感じるときがあるという。

「いいんだよ。琬や。こうして、一緒にいて楽しく、たがいにこころが通じ合い、親しく話すだけで、いいんだよ。陸家の垣根の傍らにあった立派な槐の木のたもとで過ごした時間は、わたしと琬にとってなによりのかけがえのないものであったね。ねえ、そうだ。思い出したかい。それが、また、ここで、こうして戻ってきたんだ」

宰予は、こころを込めて、そう言うようにしている。

宰予は、叔琬と同じときと場所を過ごすうちに、このひとが自身の伴侶となるべきひとであったと、つくづくと感じた。叔琬から徳音を聞き、薫香を嗅ぎ分けることができた。

たがいに、夢にまで見た、幸せだと実感できる日日が、ふたりのもとに厳かに訪れた。

「予さまの御子が産めない、わたしを許してください、ああ」

ただ、そう言って、急に顔を手で覆って、叔琬は泣き伏したこともあった。

宰予は、叔琬の腕を取り、徐々に自身の胸元に引き寄せた。

叔琬は、このごろはようやく、宰予のさり気ない、包み込むような優しさに、素直に馴染むことが出来るようになった。適度な距離を感じつつも、自身を暖かく見つめてくれる宰予の配慮ある態度を、心地よく感じるまでになった。

しかし、拭えぬ不安も、ときに感じてしまい、急な身体の震えが止まらず、自分自身を責めてしまう。

この時代、婦女の多産は夫婦好仲と家庭円満の秘訣と考えられていたのである。そのことを叔琬は恥じているのであろう。あとからも、さめざめと、顔を両手で覆って泣いた。

『詩』の周南「桃夭(とうよう)」の「桃之夭夭」で始まる詩は婚儀を祝福する詩として有名だが、その灼華(しゃくか)（燃えるような花）、蕡実(ふんじつ)（たわわについた実）、蓁葉(しんよう)（盛んに繁った葉）は、嫁いだ娘が子を多くもうけて、一家団欒、子孫繁栄を祝し願ったものである。

同じく召南「鵲巣」でも「維鳩居之」「維鳩方之」「維鳩盈之」は、小鳩を多く産む親鳩が、入巣し、仲良く寄り添い、小鳩（子ども）が巣に賑やかに盈つる、氏族繁祥を詠っている。

同様に、周南「螽斯」では「螽斯羽　宜爾子孫」と、水稲を大群で食い荒らす蝗虫の夥しいほどの繁殖力に譬えた、子孫繁栄を祝福祝称する詩である。

「いいよ。琬よ。もう、いいよ。わたしが、迎えに行くのが遅かったのが、悪いのだ。自分自身を責めてはいけないよ」

そんなとき、宰予は決まって、そう言い訳して、自分を責めて、叔琬を慰めた。

叔琬も応じた。

「そんなこと。いま、こうして、予さまと一緒にいられることが、琬のこころから望んだ、幸せなのですから。じっさい、こうして、予さまのお側にいられるのですから。まるで、夢のようです。かつて、魯にあったとき、琬は『中谷有蓷』の詩の一節を、予さまと別れたあと、飽くことなく、よく口ずさんでおりました」

宰予は、その詩の一節を思い出していた。

「おお。そうか」

宰予は、詩を諳んじた。

「中谷有蓷、暵其乾矣」

「山深く谷間に育つやくも草、乾いて萎れた哀れさよ」

呼吸を整えて、続けた。

「有女仳離、嘅其嘆矣、嘅其嘆矣」

「思うひとと別れし女は、嘆きのみこそ果てしなし。嘆きのみこそ果てもなし」

叔琬は、その詩に、こっくりと、笑顔を添えて頷いた。


「そうであるな。さらには、こうかな」

「中谷有蓷、暵其湿矣」

「山深く谷間に育つやくも草、しぼみ萎れし哀れさよ」

「有女仳離、啜其泣矣、啜其泣矣」

「良き人と別れし女は、すすり泣くよりすべもなし。すすり泣くよりすべはなし」

叔琬は、いつのまにか、涙袋に満たした涙を拭いつつ、ひとつ大きく頷いた。


「ええ。中谷の蓷（やくも草＝めはじき）は、わたくし。つまり、紛れもなく、琬自身、そのものでした」

「有女仳離、嘅其嘆矣、嘅其嘆矣。有女仳離、啜其泣矣、啜其泣矣」

「甘酸っぱい記憶とともに、思い出しました。ああ、恥ずかし。ああ、懐かしや」

『中谷有蓷』は『詩』王風にある詩で、夫との別離を嘆く詩である。

「蓷（たい）」は、くちびるばな（シソ）科の二年草である。益母草（やくもくさ）とも書かれ、別名メハジキと呼ばれることもある。

おもに谷間や山の峡間に生息するが、日当たりの良い路傍に多く自生して、花は夏の終わりに茎と長葉の生え際に咲き、小さな薄紅色の花弁を複数付ける。草の葉茎に活血作用や利尿の薬効がある。また、婦人用の漢方薬でもあり、血行を促す浄血剤としても用いられる。一般には、古代より中国では「子宝の薬草」として知られている。


叔琬が、そのあと、しみじみと語った。

「海辺の寒村で、ひとりぼっちで、どんなに寂しいときでも、悲しいときでも、落ち込んで、先の見通せぬ絶望の淵にあっても、予さまに教わった『詩』のさまざまな言葉が、琬のこころの代弁をしてくれているように思われました。それらの言葉には、真実が語られており、どれほどの力があり、どれほどの勇気を奮い立たせ、わたくしを諦めさせることなく、立ち直らせてくれたことか。行き詰まり、落ち込んで、死を考えたことも一度や二度ではありませんでしたが、そのときも太古よりの庶人の詠った『詩』の一節が口元を悦ばせ、その言葉が頭のなかを水が満ちるように潤わせ、頑なこころを言祝(ことほ)ぐしてくれるようでした。それは、言葉にして言い尽くしようもないほどでした」

「うん、うん。そうであろうな」

「はい。もしも、琬が、かつて、偶々、運命の思(おぼ)し召しによって、予さまに出会わず、さらに、予さまより『詩』の数々を教わることがなかったとしたならば、お父様のように琬は自身の命脈を簡単に諦めていたことでしょう」

宰予は、叔琬の言葉に感動を覚えた。叔琬の実感からの発言であろう。

「そうであったか」

「はい。『詩』には、太古よりのひとびとの、ほんとうのこころの声が閉じ込められております。どれほど、その多くのひとびとの思いに同感させられて、その声に助けられ、その言葉に励まされてきたことか」

「うん、うん。そうであろうな。『詩』における風は、みな民草の歌う謡の音のことだ。音は風にのって広くこの世の中に響き渡り、風はものやこころを揺るがす。風によって木木は芽吹き、草草は若葉を繁らせ、土虫は堅い殻から化し、四季の始まりが興り、すべてのいのちあるものは、励まされて、刺激を得ることで背中を押され、動きを得て、盛んになる。われらも出会い、親しみ合い、ともにあろう、と誓い合うてきた」

「予さまとふたたび、そのことについて語り合えることが、この琬にとっての、ほんとうの喜びとなりました。予さまと、いま、ともにあることが、これほどにも嬉しく、どんなに苦労のし甲斐があったことか」

そういえば、宰予はまだ若く、孔夫子の孔門に入りたてのころ、孔夫子が口癖のように弟子らを前に語っていた言葉を思い出した。叔琬の話が、それをまざまざと思い出させた。

日ごろ、宰予ら弟子たちの学習を督励してやまない孔夫子が、次のように『詩』を学ぶことを軽視しがちな弟子を嘆いて、その意義の重要性を語る場面がある。
「小子何莫學夫詩、詩可以興、可以觀、可以羣、可以怨。邇之事父、遠之事君、多識於鳥獸草木之名」（陽貨）

おまえたちはどうして『詩』を、もっと真剣に学ぼうとしないのか。この『詩』には、世の中のさまざまなことへの興味を惹起させる力があるし、世の中に巻き起こることをよく観察することもできるようになるし、さらに、近親はもちろん、隣人や周囲の人びとと仲良く暮らせるルールを理解することもできよう。また、世の中への不平不満ですら客観的に捉えることができるようになる。身近なところでは父親に奉仕し、さらには目上のひとに対して適切に対処したり、広く捉えれば君主にお仕えすることの正しき意義をも理解できよう。また、さらには、鳥獣草木の名称や特色・意義すら覚えられて、博識にもなれるのになあ、と。

つまり、孔門の教科書としての『詩』は「以て言うべき」もの、つまりは、世の中の森羅万象を理解した上での、さらに人生の一歩を踏み出す表現のための修辞の基礎学であり、ついでには鳥獣草木の名を知る博物知識の教本でもあった。

人生のなんたるかを学ぶ教科書、そのものであるのだ。

そのことが、ようやくにして、この年になって身に染みて身近に感じられる。孔夫子は先達として、これを伝えて、当時はまだ若かった宰予らに教え諭したかったのであろう。

孔夫子は、そう述べて、宰予ら若い弟子たちへ、古人（いにしえびと）の経験と知恵と知識の集積でもある『詩』を学ぶことの意義を、強調されたのである。

「わたしの若いころ、それはちょうど、わたしが陸家の槐の下で琬と出会ったころ、孔夫子は我ら若き弟子らに『詩』の意義を、さまざまな古人（いにしえびと）の経験と知恵が集約された人生の教本である、と強調されていた。齢を重ね年輪を経て、いまになって、ようやくにして、そのことが理解できることなのだね」

「まあ。まさか。予さまにして、そうなのですか。しかし、わたくしは、とっくに、気がついていましたよ」

「そうか。ははぁ、驚いた。琬は、勁（つよ）くなったな」

「ええ。わたくしの辛い経験も肥やしとなり、やがて、芽を吹かせ、蕾を開かせ、開花の後には青々とした若葉を茂らせました。路辺の名もない花花でさえも一斉に咲かせ、のちに果実を付けさせるのです。『詩』のなんたるかを知る者は幸いなのです。たとえ、絶望の淵にあっても、その時は物事が見通せないにしても、その先には、きっと光明のあることを力強く知らせてくれています。物事には、絶望であってもいずれは極まるものだと、教えてくれています。あとは、予さまとともにあれば、もう恐れるものは、なにもないほどです」

「うん、うん。そうか」

こんな会話の繰り返しであるが、宰予も、叔琬のこころも、ともに満たされた。ふたりの失われたときを取り戻すように、ようやく宰予邸では充実した住人の時が刻まれた。

しばらくすると、魯から、すぐに異母弟の宰去がやって来た。宰予を追うようにして、孔夫子の学府に弟子入りしていたが、いまは友人の端木賜（子貢）のもとで活動している。

叔琬も、宰予の使いでなんども会っているので、懐かしさもあって喜んだ。宰予も、とくに、この異母弟を可愛がった。

「たまには、兄に会いに行けと、子貢どのから言われて参りました」

「はは。来たくないものを、衛賜に言われて、無理に来たと申すか」

「あ、いえ。そのようなことは、けっして。お兄さまを前にすると、言いたいことも言えません。むかしから」

「おまえは、それほど面食いであったかな」

うしろで、叔琬が、くくっと小さく笑った。

「そういうわけでは」

「では、どうしたのか」

「はい。やっと、お兄さまの願望が叶って、叔琬どのとともに居られること、お目出度く存じます。ただし、わたくしの、なんの力も及ばなかったことを、自ら責めて、どう言い訳しましても、致し方もございませんが」

宰予も、叔琬も、一緒に声を上げて笑った。

「なにを、かしこまっておる。琬よ、なにか、この生真面目な弟に、言ってやってはくれまいか」

叔琬は、あらためて義弟の宰去を見た。叔琬のまなざしは暖かい。

「少し見ぬ間に、ご立派になられましたね。さぞや、ご苦労もあったでしょうに。しかし、良きご兄弟であられますね。『詩』に『常棣之華　鄂不韡韡　凡今之人　莫如兄弟』（小雅・鹿鳴之什・第四）と、兄弟の燕楽と固い絆を称える歌がありますが、琬から見れば、うらやましいかぎりですね」

この叔琬の取り上げた「常棣（じょうてい）」の詩は、華やかに咲き乱れたる庭桜、この世に兄弟（はらから）に如くものはなし、と歌う。

『詩』の「小雅」の「雅」は、もともとは「からす」の意味で、仮借文字であるが、大序に「雅は正なり。王政の由って興廃するところを言う」とあるとおり、王朝の朝廷内で饗宴時などに楽官によって奏楽せられた正統な音楽を指す。この場合「雅」は「正しい」「中央」という意味である。『詩』には「大雅」と「小雅」の二編がある。

すかさず、宰予が答えた。

「なに。去は端木賜のもとに居て、役に立つようになれば、一人前であろう。あらためて、よく見れば立派な風格が備わりつつある。声変わりもして、一段と声に張りが出てきたな。ところで、呉越が盛んになりつつあるようだが、衛賜（端木賜の通称名）に付いて行って、どのようであったろうか」

照れて、頭を掻きつつ、宰去が畏まって答えた。

「まあ、その話はのちほど、ごゆるりとお話しいたしましょう。ともかく、お兄さまも、叔琬どのも、本当に宜しかったですね。愚弟のわたくしが力添えできなかったことが悔やまれてなりません。お兄さまの執念が、土中深く埋もれ、石や岩にも化しつつあった叔琬どのを、まこと、探し出したのですね」

「まあ、わたくしは、地中深くに住む土竜のようでありましたか」

叔琬が口を挟んだ。

そして、三人は、大笑いになった。

あとで、酒食しながら、宰去から、呉越の話を、宰予は大きな関心を持って聞いた。

とくに、越王の勾践のもとに集う范蠡や大夫種、計然などの有能の士の活躍で、一時苦境にあった越は、勢いを盛り返し富強の大国となる風格を増してきているという。一方、呉王の夫差は、いまや伍子胥や孫武などのかつての尚賢をことごとく遠ざけて、阿諛と奸計に秀でた大宰の伯嚭を重んじて、強盛であった国勢を消耗しつつあるという。

弟の宰去の実際に見聞した話を聞きながら、宰予は、斉の次の外交の方向を改める必要性を感じた。かつての南方の大国・楚は、新興の呉に勢力を奪われ、また、呉はかつての討ち滅ぼしかけた宿敵・越に、油断している間に脅かされつつある。

一方の、宰予の属する斉は東の大国として君臨してきたが、有力家のお家争動が政界内に持ち込まれて、君権をつねに脅かしてきた。勢いに乗じて田氏は、太公望を祖とする呂氏の君権を意のままに牛耳ろうとしている。

宰去は、数日、宰予邸に滞在して、三人で寛いだ時を過ごしてから、端木賜のもとへ帰って行った。

また、頻繁に、陳亢（子禽）が、宰予邸を尋ねて来るようになった。

新たな伴侶をえた宰予を祝福して、婚儀を執り行えなかったふたりのために、ささやかな祝儀を催して、宰予と新婦である叔琬を真心から和ませて、よく笑わせた。

「なぜ、わたしに、琬どののことを言ってはくれなかったのですか。知っておれば、もっと早くに、わたくしがお救いできたのに。わたくしを、友達の甲斐もなく、お頼りにならなかった宰予どのを恨みますぞ」

まず、そう言って、陳亢は、夫婦の労苦を労（ねぎら）った。

そして、かつての、みなで諳んじた『詩』の一節を詠って、その思い出をしみじみと語り合った。こころ安らぐときであった。

哀公の十四年（紀元前四八一年）の初夏の四月、陳恒の乱が起こる。

田常（田恒は、避諱のため田常とも記される）の乱、とも記す、歴史書（『史記』など）にも詳細な記述がある。

この内乱は、簡公の五年の出来事で、宰予が、四十三歳になったばかりのときのことであった。

陳恒の乱の端緒は、陳恒を宗主とする田氏一派と君権復古派の先鋒であった監止（子我、闞止と記す記録もある）らとの対立がもとであった。

監止は、悼公以来の側近として、その子の簡公にも重用されて、執政を賜っていた。これに反発を覚え、奇異の目を向け続けていたのが、実力者の田乞の後を承けて田家の当主となった若き陳恒であった。

簡公に「陳（陳恒）と闞（監止）とは、左右の相としてたがいに相容れない間柄であるので、どちらかを遠ざけるべきです」と、進言する近臣（大夫の田鞅）もあったが、簡公としては、基盤の定まった両実力者を容易には排除することもできず、どうすることもできなかった。

一方、父親の陳乞（田乞）の跡を継いだ陳恒は、戸惑っていた。簡公に信頼され、重く用いられる監止の存在が、不快に感じられ、かつ、朝議での議論ともなれば、舌鋒鋭い監止を恐れた。

参朝のたびに、朝議での発言ともなれば、鋭く正論を主張して譲らない監止に、反論しないまでも「気に入らぬやつよ」と恨めしく、反発の眼差しを向け続けていた。

そんなある日、監止が、夕方に登朝する際に、田氏の一族で陳逆（子行）という暴横で素行の悪い男が、酔って、激しい言い争いの末に、街中で庶人を殺害する現場に遭遇し、その場で捕らえ獄吏に引き渡した。

これに対して、田氏一族は結束して、陳逆救出に動き、獄中の陳逆に病気の振りをさせ、獄吏や看守に見舞いと称して酒や食事を与えて、酔わせた隙に、監視の獄吏らを殺して、陳逆を脱獄させた。

こうした、一連の田氏の対応に危機感を抱いた監止は、宰予などの意見を聞き入れて、一旦は田氏の宗主との和睦に動いて、両者の対立は一時は止んだ。

また、これより先に、監止に、陳豹（ちんほう）という田氏の枝系の者を臣下にと推挙する公孫なにがしという大夫がおり、誠心で温厚な人柄を知り、これを監止は、自派に与する者がひとりでも多く欲しかったのか、家臣として重用した。

そして、監止は、穏やかな人柄の陳豹がいつの間にか気に入り、気の緩みか、つい軽口を叩いてしまう。

「われが、田氏一族全員を他国に追放して、もしも汝を田氏の宗主に立てると言ったら、どういたすかな」

陳豹は恐縮して、冗談だと受け取ったが、いかにも陳豹は口の軽い男らしく、後日、この話は田氏一族の家内に広く伝わり、当主の陳恒の耳にも入った。

ここで、監止に、投獄以来の怨みを抱いていた陳逆が、血相を変えて当主の家に駆け込んで来て「あれ（監止のこと）は、君（簡公）の信任が厚いのですよ。先手を打たねば、当主（陳恒）に禍が及ぶでしょう」と訴え、いち早く行動に訴えて、自らも公宮内に潜り込み、自陣を秘かに敷いた。

夏四月壬申の日（『春秋左氏伝』では夏五月と誤記されている）、陳恒は兄弟八人と四輛の戦車に分乗して公宮に向かった。

監止も、これを、あとから知って、急ぎ行動を起こしたが、陳恒らは公宮内に入って、内から宮門を固く閉めてしまった。宮城内では、公宮を警護する侍人（宦官）が武器で抵抗したが、後方から陳逆の軍勢に挟まれて、次々に殺された。

このとき、簡公は檀台（ビャクダンの間のこと。堅い木質で、独特の良い香りがする。祭祀をおもに執り行った部屋）という楼台で、婦人と酒宴を催していたが、陳恒は君公と婦人を正殿へと、督して移動を促した。

瞬時に危険を察した簡公は、自ら戈（ほこ）を手にして、侵入者に応戦しようとした。太史の子餘（田氏の一族）という者が、簡公を制して「この者らは、公に狼藉を働こうとする者どもではありません。国君の前にある害悪を除こうとする者たちです」と、弁明を試みた。

それでも、簡公は堂々と戈を持って、乱入してきた賊に立ち向かおうとした。

『詩』の邶風（はいふう）・簡兮（かんけい）に「簡兮簡兮、方将万舞」（威風堂々として、まさに万舞を舞う）とあり、堂々としたこのときの戈を持った簡公の振る舞いを指して、のちに「簡」の諡号が贈られたのかも知れないが、まさか、それでは軽々に過ぎよう。

陳恒らは、いったん公宮を出て、近くの府庫にて夜を明かしたが、君がまだ怒っていることを聞かされた。

陳恒は宗主にしては、まだ、いかにも若い。後悔していたのである。

「出国しよう。たとえ、どの国に行ったとしても、従うべき国君は、かならず居られようよ」と、周囲に気弱く告げて、公宮城を出て他国へ亡命をしようと、自ら行動を起こそうとした。

このとき、またもや、件の陳逆が、宗主の陳恒の前に進み出て、長剣を抜き、訴えた。

「ご当主よ。我が言上を、謹んでお許し下され。ご当主よ。このごに及んでは、グズグズなさっている場合では、ありませんぞ。もしも、ご当主よ、あなたが退出されるのであれば、一族のなかの別のたれでも、代わりに田家の宗主となることはできるのです。どうしても、お逃げになられたいのなら、あなた様を、この場で切り殺してでも、わたしは挙を成し遂げて見せますぞ。ああ、田家の歴代のご宗主よ、この、われを、よく、ご覧になられて、不義不敬であれば罰し給え」と祖先に固く誓ったので、やむなく、陳恒は他の兄弟から制止されて、出奔を思い止まった。

この危急の事態に、監止も、いったん自邸に戻り、私兵を参集させて、武器庫を開かせて武具を整えてから、与力の東郭氏などに同一行動を促す使者を発して、再び公宮へと向かった。

急行した公宮の宮門は、田氏の勢力によって、すでに固く閉ざされており、周囲を守備する田氏側の兵との戦闘になった。

しかし、監止軍は、与力の軍勢もようやく加わり、猛烈に、何度も攻め掛かったが、正門はおろか、東西南北の大門や小門ですら攻め落とすことができなかった。

攻めあぐねた監止は、ついに、万策尽きて諦めて、自身が賊軍とされることを恐れ、他国への亡命を図って、出奔した。

一方、宰予は、公宮の緊急の事態を知り、数名の家人や部下とともに冑甲(ちゅうこう)を纏(まと)い装具を整え、武器を手に取って、すぐに宮廷に駆けつけた。

しかし、宮門は固く閉ざされ、どの大小の宮門も田氏の軍勢に押さえられて、近寄ることすらできないでいた。

宰予は、もしやと思い、限られた宮廷の官人しか知らない目立たぬ地下を脱ける後門の方に回ってみた。この臨時の門は脱出専用で、外からは開けることができないが、そこに、ちょうど、宮中から隙を見て逃れる者があり、門奥中より潜り戸を開いて出てきた。顔見知りの後宮の役人らであった。引き留めて、宮中の様子を聞いたが、田氏の手の者があちこちに配置されており、宮殿を占拠しているという。宰予は、その者らと入れ替わるように、後門を潜り抜け、密かに宮中に忍び込むことができた。

宮殿は、物々しいほどの多勢の田氏の私兵で囲われていた。

宰予らは、宮城内の物陰に潜んで、一時周囲の様子を窺っていた。

宮室内も、室扉が壊されていたり、多くの兵が踏み込んだあとの、慌ただしい靴跡などの痕跡が隈無く残されている。

しかし、程なくして事態が急変するのが分かった。宮門に監止らの兵が到着して、田氏の兵との本格的な戦闘が始まったのである。

東西南北の宮門を巡って、突破を図ろうとする監止側の私兵と、それを死守する田氏軍が争ったが、兵数の上でも、装備の面でも上回る田氏軍が次第に優勢となり、監止側の兵を押し戻し、宮門を突破させなかった。

しかし、次第に監止軍は敗色濃厚となり、兵が徐々に退却を始めた。それによって、田氏軍が、勢いを得て宮門外に押されて雪崩れの如く出て行った。残兵も急くように、どっと、宮門の方向へと向かい、総崩れとなった監止軍を追って、掻き出されるように出て行った。まるで、宮廷内に取り残されたひとには関心がないようで、門外に退く監止軍を追って、大潮が引くように多勢が外へ出て行くのが見えた。

この機会を、逃すことはできまい、と宰予は思った。

宰予は、まず、後宮の季姫のもとを訪ね、臨時の後門より外へ逃れるのを助けてから、宮殿の正殿裏手に回った。田氏の軍兵は、殆どが引き上げた後で、難なく正殿内に入れた。

正殿内からも、すでに、田氏の兵は消えていた。しかし、用心のため、正殿にも裏手側の後室から入って前堂に出てみた。

簡公は無事で、婦人を伴って、戈や剣を手に、闖入者（ちんにゅうしゃ）と格闘もあったのであろう。武器は、君の手前に投げ出されており、ふたりは目立たぬように、互いに手を取り合いながら物陰に蹲（うずくま）っていた。

近侍の寺人や侍従らもあったであろうが、恐れをなして逃げたのか、田氏の兵に殲滅（せんめつ）されたのか、宰予が入室したときには、近くにはたれも他には居なかった。

宰予は、簡公に分かるように、大声を発して、なん度も、自身の名を名告った。

簡公も、聞き覚えのある宰予の声に気づいて、声を上げられた。

「おお、宰氏。宰氏か。宰氏が来てくれたのか」

簡公の前に、宰予は従者とともに現れた。

「公も、ご無事でしたか。なによりです」

勇壮に武具を纏った背のある宰予が、簡公には、凛々しく、頼もしく思えたであろう。

「宰予よ。突然の、狼藉者らの仕業に、どうしてよいやら、戸惑っておったわ」

「もう、ご安心くだされ」

宰予は、無理にでも、簡公を励ます必要性を感じた。

「外は、どうなっておるのか」

簡公の問いに、宰予は、おおよその、ことの顚末と現状を手短に説明した。

「いま、我（監止のこと）は、陳恒の兵と戦っておるのか」

「はい。すべての兵は、城門に集結して、たがいに戦闘を繰り広げております」

「陳恒は、血迷ったか」

「恐らく」

「われらは、なんとしたらよいであろうか」

「わたくしが、城外の安全なところに、お連れいたしますゆえ、ご安心くださいませ」

「そうか。ここも、もう、安全な場所ではないのだな。分かった」

簡公は、公宮からの出立の準備の必要性を感じたのか、傍らの若い姫妃を促して、埃を払って立った。

宰予は、従者とともに、簡公らを伴って、城門の戦闘から遠い通用の後門を脱け、秘かに城外に去った。


宮門での戦いに敗れた監止は、田氏の追っ手に追走されて、私兵の多くを失いつつ、弇中(えんちゅう)という峡谷の地で行き先に迷ってしまい、その先の豊丘という所に辿り着いたところで、地元民から通報を受けた田氏の追尾の軍兵に包囲され、ついに追吏の手で捕獲されて、郭関という関所で処刑されてしまった。豊丘という邑は、田氏の封地内の町であった。


田恒は、五月庚辰の日に、斉都から逃れていた簡公を、大がかりで、執拗な探索の上、徐州（舒州）で捕らえた。

翌六月に陳恒（成子、田恒のこと）は、その国君の壬（簡公）を徐州で弑殺した。

『春秋左氏伝』哀公十四年の段には、そうある。


簡公が、田氏の兵と追吏に囲まれたとき、宰予と叔琬らも一緒であった。

斉都の公宮から秘かに逃れて以来、宰予は叔琬らを伴って、簡公に付き添って来た。

宰予らは魯への亡命を試みたが、すでに斉国境の他国へ逃れるための主要な道路や関所は封鎖されて、厳しい検問を行っていた。各関所は多数の田氏の私兵によって守られていた。田氏の打った追討者探索の手は早かった。

簡公を伴った宰予らは、徐州（舒州）という地で、農家に隠れて、追尾の難しい高低差のある山間の地を経て、西の衛から晋に逃れる機会を覗っていたが、地元の農民に密告されて、ついに田氏の軍兵に取り囲まれてしまった。

このとき、叔琬は、若い公妃とともに昼食の準備をしていた。

鍋の熱湯に蒸かされたもち黍を捏ねた団子を、宰予が二三個を素速く杓子ですくい取り、味見と称して簡公に勧めた。

「うん。美味い」

簡公は、まだ熱い団子を手に取って、素速く頬張りながら、宰予に問うた。

「われは、どうすれば良かったのだ。こんなことにならぬように、田鞅の言に素直に従って、陳恒か監止のどちらかを宮殿から遠ざけておれば良かったのか」

「いえ。公は、迷われますな。後悔が、おありですか」

「いや。宰予よ」

「公は、ご立派であられました。ですから、こうして、わたくしも付き従って参ったのでございます。なにを恐れられますのでしょうか。かりに、公の非を正す者があるとすれば、それは鬼神のみでありましょう」

「そうか。宰予は、じつに、われにとっての仲父（管仲）のようであった。ついぞ、われを迷わすことはなかったな」

「お言葉、恐れ多きことに、ございます」

「われは、なにも恐れてはおらぬ」

叔琬は、団子を平器に盛り、宰予の後に控えて、毅然とした態度を取っていた。誇らしげでさえあった。


宰予は、監止の一派に近いと、田氏側からは見做されていた。ないしは、簡公に近く、君を擁護する君権復古派の一味と見なされてきたのであったろう。

陳恒としては、この際、内乱を利用して、自派と悉く対立してきた監止らの君権復古派を、斉の政治の舞台から一掃したい、と考えていたのであろう。

『春秋左氏伝』には、治世について「徳によって、民を安定に導く」とは聞くが「乱を利用することによって、安定する」とは聞いたこともない、などとの記述が見えるが、陳恒はまさに、このとき、自ら起こした「乱を利用」したのであろう。

宰予は、確かに、簡公を公宮から隙を見て逃がし、匿った罪によって、簡公とともに捕獲されたが、罪状はそれほど重くもないと当初は考えられていた。

簡公も、自分自身よりも、自身を助けてくれた宰予と叔琬の夫婦を哀れんで「宰予に罪はない。われが無理に連れてきたのである」と、捕吏に申し立てた。

しかし、結局、捕獲幽閉より一カ月後の六月に、簡公とともに徐州で獄吏の手によって処刑された。宰予だけでなく、叔琬も同時に処刑された。本人らの最期の希望によって、ともに処刑され、そのふたりの遺骸は一つの大きな鴟夷(しい)の革袋に収められて、河中に投げ捨てられたのである。

最期に、叔琬は宰予と、捕捉されながらも、獄中で、狭い獄舎の柵越しに、互いに両の手を取り合って、たがいを温めあい、獄吏の目を盗んで、短い会話をなん度も交わした。

「琬よ。琬まで、まきこんでしまって、ごめんよ」

「なにを、おっしゃられますのか。この琬を、また、ひとりぼっちにする気でしたのか」

叔琬は、恐れていた。

「いや」

宰予は、強く否定した。

叔琬は、安堵した。

「予さまは、ご一緒の斉公を、これまでも、公私にわたり、よくよく支えて、君の信頼を得られたことを誇らしく感じていますわ。それは、予さまにしか出来なかったことですわ。わたくしとて、なんの後悔がございましょうや」

「琬は、そう言ってくれるのか。ありがたいよ」

「まあ。なにを、いまさら、おっしゃいますのか」

しばし沈黙のあと、叔琬が静かに語り出した。

「琬は、わたしの陸家で起こったことや、塩田でのことや、いままでの不慮不測の出来事を通して、一つの大きな教訓を学んだわ。しかも、それは、予さまに出会い、詩を学んだことで、得たことよ」

「それは」

「それこそは、願いは、いっしんに望めば、かなうということよ。それまでの、幾多の試煉は、そこに到る確かな道程にあたるわね。代償無しでは望めないものね」

「ああ、琬は、よく、そう言うね」

「でも、願いは、果たしすぎないってことよ。希望(のぞみ)は、次にも少し取って、残しておかないとね」

「残す、とは」

「予さまが、わたしを塩田から救い出して下さったあとの斉都の邸宅での生活は、本当になにものにも代え難い、幸せであったわ。若いころに槐下で出会い、たがいに語り、学び、高めあい、相手を思いやり、認め合ったわ。それは、琬の、思い描いていた以上の幸せな日々だったわ。そのことを思い出すたびに、こころが解(ほぐ)れ、踊り、口もとに微笑すら浮かべさせるわ。予さまも、そうでしょ」

「ああ」

「得難い幸せも、いつかは、潰(つい)えるわ。いつまでも続けよ、と強く望んでも、終わりはやって来るものよ。ものも極まれば、かならず止み、もとに返るし、いつまでも続くということもないでしょ。まさに『詩』の説くところよね。願いは、次の機会のためにも、少しは残しておくべきだわ。欲張ってはだめ」

「琬の言うとおりだね」

叔琬は、あらためて、宰予の方に向き直った。

「これで、最期まで、わたしたちは、添い遂げられましょう。幸いなことです」

「ああ、たしか、琬は、最期まで添い遂げた夫婦は、死後の世界でも、かならず再会できると言ったな」

「はい。そうです。かならず」

「また会えるとは、楽しみなことだ」


ある日、ふたりのもとに、獄吏と刑執行人がやって来た。

すでに、ふたりには、覚悟があった。

「予さま。後悔はありません。いつかのお約束どおり、最期を添い遂げられました。死して、琬は新しい清い身体を手に入れて、ふたたび、予さまのもとに戻って参りましょう」

「琬よ。次は、われも、けっして、離しはせぬぞ」


宰予は、簡公を補佐けて、君命を明らかにして、祭祀や経済・行政策に力を尽くした。

おそらく田氏による弑殺後の「簡公」の諡（おくりな）には、二つの意味が考えられる。

父君の悼公は田氏によって弑殺されたのち、斉の大夫らによって呉軍に通達された。それを聞いた呉王によって厚い「哀悼」の意を示されたことから、斉人より「悼公」と諡されたのである。「斉人」とは、斉の大夫らのことを指すのである。

一方、その子の継君である「簡公」の諡の「簡」は、書簡や文書を表す意味がある。

「簡」は一般に竹片のものをいい、木片を「札」や「牘」と呼ぶ。

また、比較的幅の広い木簡や竹簡を「牘」と呼び、簡はそれよりも細いものを、そう呼ぶ、ともいわれる。

しかし、それらの総称は「簡」である。「簡書」と言えば、一般的には、この時代、君公からの命令や任命の書、つまり「冊書」のことである。

ほかには、この「簡」には、簡易や短い、省く、質素、つましい、緩い、諌める、などの意味がある。

簡公である壬の在位は、僅かに足かけ五年間であった。その父君である悼公の在位も足かけ五年であった。

もっとも、斉公として、その在位の短かった君公もあったので、たんに在位が「短い」という理由での、その意味の諡があてがわれたとは思われない。

諡号は、死後に、そのひとの生前の功績や名声や人徳に因んで名付けられる。特段に、愚行や自国の傾国や転覆の原因を作ったなどの理由がなければ、のちの薨去後の命名は、そうなる。

とくに、君公の死後の場合、後に即位した君公が有識な臣下に命じて、諮問してのちに、名付ける習わしである。

簡公の場合、次に斉公として即位したのは、その弟の驁である。驁は平公と、のちに諡号されるが、この平公が臣下に諮問して、兄の簡公の諡を決めたのである。けっして、悪意や、その人物を軽んじて、この名を決めたのではないことは想像に難くない。

宰予は、壬と驁の兄弟の在魯時の師でもあり傅でもあった。たがいの性格をよく知るものである。ふたりは、ときに喧嘩はするが、もとは仲の良い兄弟であった。とくに、壬は、性格も穏やかで、読書や学問を好んだ。一方、驁は弓と玉遊びを好んだ。性格は異なるが、ふたりは親しみ、よく遊んだ。

簡公とは、その在位の短さだけでなく、つましい性格や読書好きや「簡書」に因んだ諡号であった、と考えられる。

「文公」や「昭公」「穆公」と諡号をのちに贈られる君公は、生前の大いなる功績を称えられて、その国の歴史に名を刻んだ名君であったことが分かる。

「桓文」といえば、斉の桓公と晋の文公のことを指し、ともに春秋期を代表する二大覇者である。しかし、のちの孟子などに代表される儒学者は「桓文」のことを語り問題にすることを憚った。つまり、帝道や王道は重んじたが、春秋期に現れた覇者による「覇道」を低く見る傾向があったからである。

話を戻すと、君公には文武に秀でた諡号がよく贈られる。「桓」は「武」と並び、武勇に秀でた偉大な君公の諡号に使われる。

また「文」「昭」「穆」は文武の、もう一方の「文」に秀でた諡号として使われている。その「文」「昭」

「穆」の次の位に位置づけられるのが「簡」ではないかと推測する。

ただし、どの程度「文」に準じて、位が下なのかは、分からないのだが、けっして侮るべき諡号ではない、とだけは言える。

しかし、ものの資料には、その根拠を記したものは、差しあたり見当たらない。

宰予は、魯亡命中は壬と驁の兄弟の師、あるいは傅として養育係や後見役を任され、斉の大夫としては、簡公の政治を大いに補佐けた。

けっして長い治世とはいえないが、宰予の献身的な働きで、往時の桓公と管仲のときのような、君命が斉国内に津々に届き、多くの簡書が発せられたのである。内政面に力を尽くしたということであろうか。在位期間が短く、その功績が国中に定着する前に公位を終えてしまったので「文」はおろか「昭」「穆」には及ばなかった。しかも、その最期は田氏に弑殺されたのであるから、なおのこと及ぶはずもなかったのであろう。

宰予は、実務に非常に秀でたひとであった。

それは、孔門内でも図抜けており、魯の定公のときの孔夫子の執政を補佐けて、大きな功績を短期間で挙げさせてきた。

このときの経験は、斉の大夫となり、簡公の治世に、その聴政の補佐役として、大いに発揮されたのである。また、宰予自身も、再びの活躍の場を斉の政界に求めてきた。その宰予の功績に大いに与って、斉公は弑殺後に、その目立った功績を偲ばれて「簡公」と、のちに諡号が贈られた、と考えたい。

『史記』仲尼子弟列伝の「宰予」の段には、斉の臨淄の大夫となり、田常の乱に加わって、最期は一族滅殺されたとあり、孔夫子は、これを聞いて、恥とされた、とある。

また、別に『孔子家語』七十二弟子解篇には、宰予について「斉に仕え、臨淄の大夫となった後に、田常の乱に加わり、宰予の三族は夷（皆殺）せられた。孔子はこのことを深く恥とされて、周囲に弁明した。世の中には、利に悟る病があるというが、宰予は此の病気ではなかったか、と」とある。

孔夫子は、はたして宰予が孔門を去り斉に走った理由を、自身の俸禄を孔門へ差し出すことを惜しみ、私利私欲を満たすためだ、と考えていたのであったろうか。

孔夫子は、陳恒の乱後、三日間斎戒（身を清めて物忌みすること）して、魯侯である哀公に斉国を討伐することを三度請うた（憲問）。孔夫子が七十二歳の時の出来事である。

『春秋左氏伝』哀公十四年の段には、陳恒の乱を受けて、斉の討伐を、哀公に直訴した孔夫子に、このとき哀公は「魯はこの所、斉国に苦しめられて弱体しているが、それでも、あなたが攻めろというのには、なにか、確実な勝算がおありなのか」と問うている。

これに対して、孔夫子は、次のように答えている。

「陳恒は、その国君を弑したが、これに賛同していないものが斉の国内には半数あると聞いております。魯国民の全体と斉の半数を足せば、十分に打ち勝つことは可能です」

哀公は、孔夫子の具申に唖然とする。多勢であるとか、多数決によって争いの勝敗が決するなどという単純な事態でもないであろうと、まったく話にはならないと、思った。想像ではあるが。

そして、自身の判断を敢えて避けつつ、厳かに「このことを、季孫（季康子）に話してほしい」と、孔夫子に宣告して言った。

しかし、孔夫子はこれを断ったとある。

退出後、孔夫子は「われは、大夫の末席に連なるものであるから、敢えて申し上げないわけにはいかなかったのだ」と、まわりの者に弁明したとある。

関連して『論語』（憲問）では、同様に、哀公は、孔夫子の斉討伐の申し出に「かの三子（三桓氏の当主）に告げよ」と答えている。

そして、孔夫子は「われは、大夫の末席に連なる者であるので、敢えて申し上げざるをえなかったのです」と述べている。

その後も、孔夫子の哀公への提言は繰り返された。都合、三度請うた、とある。「三度」とは、多頻度ということであろう。

この「陳恒の乱」のときの孔夫子の「不敢不告也（敢えて、告げないというわけにはいかない）」の二重の繰り返しにも、単純な感情表現を極端に削ぎ落とした記述が、かえって、孔夫子の深い感情の吐露として感じ取れる。

隣国の斉で起こった事件にしては、孔夫子の対応はいささか大げさに過ぎるというものであろう。これは、孔夫子にできる、陳恒の乱に対する最大限の抗議行動であった、と見てもよかろう。ほかに、孔夫子が他国での内乱や事件に対して、これほどの関心を、三日間の斎戒をしてまで、幾度も抗議する姿勢を示したのは、殆ど他に例がない。

孔夫子の、この隣国の事件に対する魯公への告訴後は、公宮からの退壇時に、階段から足を踏み外して打撲以上の痛打を受けて、孔夫子の寿命を縮めた、との落ちまでついた。

孔夫子は、息子の伯魚（鯉）を亡くし、そのショックもあってか中気（中風、脳卒中のこと。後遺症が残ったと言われている）を患われたが、それ以来の身体的な打撃であった。

景公のときに、高氏と臣下の契りを結んで、斉での仕官を望んで二度に亘る謁見を経たが、晏子（晏嬰）の反感を買い、さらに田氏の配下に付け狙われたりして、結局は用いられず、田氏の門前に鴟夷子皮を掲げて去ったと、のちの『墨子』非儒篇にある。ひょっとすると、孔夫子には、田氏への私怨（恨み辛み）があったのかも知れない。

ほんとうは、孔夫子は、なにに、酷く憤慨していたのであったろうか。

幸い叔琬を救出しえた宰予は、この陳恒の乱の起こるまえに、自身と叔琬の死後に入るために墳墓を造ることにした。

のちに、たがいに死しても、共に在りたいということを、生きているうちに形にしたかったのである。当時、狡猾で抜け目のなさそうであった塩賈の潘家の当主は、ちょうど半年前に、慣れない楚国での塩取引の大きな失敗がもとで、身代と家門の傾いた所を、新興の田氏の一族の経営する塩賈家に商売と、その権益を接収される形で、塩を扱う商売からは撤退していた。大きな利益を産む塩の商売にも、田氏の勢力は地歩を築き、持ち前の豪腕で伸長してきている。

叔琬は、潘家に使役せられていたのであったが、その形跡も今となっては完全に消えた。潘家と、そこでの生活は、叔琬にとっては忌々(いまいま)しく苦い思い出であった。

この宰氏の家墓を、宰予は、斉都より遙かに遠い大海に望む、塩田を見下ろす月崎の小高い丘の上に築くことにした。叔琬は当初、よりにもよって、この場所に自身も葬られて、ともに入る陵墓を造築(きず)くことを嫌がった。

この塩田の場所に、叔琬の良い思い出はなにもなく、辛い日日や出来事を思い出すからであった。しかし、叔琬は、宰予とともに、ふたたびこの地を恐る恐る訪れてみて、丘の上にあった二つの小石は草に覆われ、土に埋もれかかっていた。いかにも、亡くなった母が不憫に思われた。母も、叔琬と一緒に人生を翻弄されてきて、この崖上から身を投げて果てたのである。

「叔琬や、おまえの人生を台無しにしてしまって、ごめんよ。この母を許せ」

そんな亡き母の声が、月崎に響いたような気がした。

涙が出て、止まらなかった。また、海の向こうに沈みかかった夕陽を、かつて松樹に凭れて眺め、詩を詠じるひとときが、叔琬の唯一の希望であったことを、まざまざと思い出し、ふたりの墓をここに定めることに同意した。

なにより、ここに墓がなければ、亡くなった母と、生まれ出ることなく逝ってしまった小さないのちが、不憫に感じられた。

一年の大半を、穏やかな海の風景が望めるこの場所こそが、宰予と叔琬の歿後の静かな安住の場所であろう。

宰予は、この場所を財貨を支払って買い取り、陵墓を築き、見事に育つかどうかは分からなかったが、ふたりの思い出の深い槐の苗木を、墳樹として植樹するため、ともに鍬を振るい、土を盛って植えた。

そして、その側に、二つの叔琬の母と水子のお骨を丁寧に納めて、小さな墓を置き墓碑を刻んだ。

海浜の清々しい独特の空気と、鮮やかに三方を見通せる小丘での風景は、いまや叔琬にとっては、思い出よりも、明日に生きる勇気と希望を与えてくれる。

造墓ののち、宰予は、叔琬を見知っていると言っていた気の良い地元の塩戸の老女に、十分すぎるほどの金銭を渡して、恐縮する老女に、次代に継ぐ墓守の世話を頼んでおいた。

さらに、のちの話になるが、友人の端木賜（子貢）が、孔夫子の歿後、三年の服喪ののち、さらにもう三年の服喪を重ねた。それからは、魯と衛で大夫の重席を務め、後進の育成にも尽力したのち、魯と曹の間の地で商賈として大きな成功を収めたが、晩年に斉に居地を移し、その斉の国老待遇で招かれた。

そして、簡公を補佐けて行った宰予の事跡を辿って、その簡書に整理され残された仕事の膨大であったことに感嘆した。「宰席無暇暖」であったことを知った。宰予は、斉で、簡公を補佐けて、大夫の席を温める暇も無く、多忙を極め矜持（きょうじ）を持って職務に専念して、ただただ実務に邁進したのであった。

そして、毎年、宰予と叔琬の亡日を宰予夫妻の命日として、宰予の弟の宰去（子秋）と友人の陳亢（子禽）を伴って墓参に、必ず訪れた。

後年、その端木賜が、宰去と陳亢とともに、宰予夫妻の死刑を執行した獄吏のひとりを探し出し、宰予と叔琬の遺骸が一つの鴟夷（しい）の革袋に詰められて、投げ捨てられたという徐州の河を浚（さら）って、革袋中の骨を拾い集めて、新しい骨袋に詰め直し、塩田の広がる月崎と地元で呼ばれる小丘の孤墳に納め、もともとあった墓石の墓誌をあらためて刻み直し、宰予の賞賛されるべき功績を称えるものとした。

宰予が造墓の際に植えたとされる槐の木は、降雨の少ないこの地に根付くことはなかったようである。その代わりに、杏木の若木を墳樹として植えた。

「兄と琬どのは、ここに槐の木を墳木として植樹したはずです」

宰予の弟の宰去（子秋）が、しみじみと語った。

「ほう。槐の木には、なにか、宰予に由来があったのかな」

「はい。兄と琬どのの出会いには、実は槐の木が深い深い縁としてありました」

「それを、去から聞く前に、ここには杏の木を植樹しましょうな。ご墳木といたそう。どうであろうか、亢よ」

「はい。子貢どの。それが、よろしい」

かつて、魯都・曲阜の郊外にあった孔府には立派な杏の老木があった。

その孔門の学び舎で、端木賜も宰予も、ともに机を並べて孔夫子の講義を受けて学んだ。ふたりとも、紛れもない孔夫子の優秀で真面目な子徒である。

「杏壇」とは、孔夫子が講義を行った教壇のことで、孔子の学府をこう呼ぶこともある。

思えば、宰予と叔琬が、若き日に出会い、親しく教え、かたや学び合った陸家の生垣に植わった大木の槐の樹下は、孔府の「杏壇」に擬えれば、それは、ふたりにとっての「槐壇」とも言えた。

そのことを唯一知る、弟の宰去（子秋）が、端木賜と陳亢に、ふたりの馴れ初めと恋愛の困難を伴った紆余曲折の故実を涙しながら披露した。

端木賜も、陳亢も、心打たれ、落涙し、しばし沈黙して、深い感動を隠さなかった。

「今日、去に聞くまで、予に、そんなことがあったとは知らなかった」

「子我どのは、なんと情け深いお方であったのか」

話を聞いた二人は、眼下に広がる晴朗なる大海を見つめて、たがいに絶句した。

また、三者は、時どきは、魯にいた冉求（子有）を誘い伴って、墓参に訪れることもあった。冉求も、杏壇のもとで、ともに『詩』や『尚書』を学び、礼の稽古を積み、ともに若き日に『詩』の一節を諳んじた、かつての朋友であった。

「朋（友）あり、遠方より来たる。また楽しからざらんや」

『論語』学而篇の最初に、この有名な一節が見える。

亡き宰予は、端木賜や弟の宰去、陳亢、冉求の、かつての親しい友や弟の来訪を、破顔して、声を発し、手を打って、叔琬とともに楽しんでくれているであろう。墓石の上方より、しんとした空気のなかに、姿はないが、呵呵と快活な鳥の鳴き声が響いた。

『呂氏春秋』仲冬篇・長見には、次のような逸話が採録されている。

周の武王より、太公望呂尚は斉に封じられ、周公旦は魯に封じられた。ふたりの二君は、たがいに互いを認める大の親友であった。

ふたりは協議して「いかに国を安らかに治めるか」を話し合った。

太公望が言うには「賢人を尊重して、功績を上げるべきだ」と断じた。もう一方の周公旦が言うには「身内を大切にして、その恩に報いることだ」と応じた。

太公望は、さらに言った。「それでは、いずれ、魯は消滅してしまいますよ。それでもよいのですか」と。周公旦も、負けずに言った。「魯は弱小になるかもしれないが、斉とていずれは必ず、呂氏に取って代わる者が現れようぞ」

その後、斉の国力は日ごとに増して大国となり、ついには、桓公は、春秋期に天下の最初の覇者（覇王）となった。しかし、二十四代続いたところで、田成子（陳恒）が呂氏から君権を奪い取った。

一方、魯は日ごとに衰退の道をたどり、領土は周囲の大国に蚕（むし）られ、削り取られて、名目だけの国家として存続していたが、同じく二十四代で滅亡した。

以上が『呂氏春秋』のなかの逸話の内容になる。これに、多少の補足を加えれば、さらに、次のようになる。

のちの歴史書の記録では、魯の滅亡は、戦国時代後期の紀元前二四九年、頃公を最後に、南方の大国の楚に併合されて滅亡した。

孔夫子が亡くなって、ちょうど二百三十年後のことである。

一方、呂斉（呂氏斉、または羌斉）は、紀元前三九一年、康公のときに、田氏によって君権を簒奪（さんだつ）されて、田斉に代わった。田和が、田氏斉の初代の太公となった。

したがって『呂氏春秋』の「田成子（陳恒）が呂氏から君権を奪った」という記述は、正確ではない。

陳恒の乱は、紀元前四八一年の出来事であり、そののちの田斉の成立とは約九十年間の大きな開きがある。

この陳恒の事件で、君権復古派の監止（子我）一派を退けた陳恒は、弑殺した簡公のあとに、簡公の弟である驁（ごう）を平公として斉侯の位に立てる。

そして、陳恒（田恒）は有力家や反対勢力をようやく力でねじ伏せ、斉の宰相の地位を盤石にして、斉の政治を思いのままにする。

また、さらに、田氏は平公より、安平の地から東の土地、つまり斉の東側半分の広大な国土を封地として認められ、自領とすることになる。

田氏斉は一時斉の往時の繁栄を取り戻したが、紀元前二二一年、王建のときに秦の始皇帝によって滅ぼされた。

斉という国家は、呂氏斉（呂斉）から田氏斉（田斉）に入れ代わったが、秦の始皇帝による中華統一の直前まで存続し、魯よりも、さらに二十八年間長く続いたことになる。

これをもって、覇者の跋扈（ばっこ）した春秋戦国の時代は終わり、中華中原には秦という統一国家が誕生することになった。その後の、秦の衰退により田斉は一時復活するが、秦の後に興った前漢の成立とともに完全に滅亡する。


（了）

■孔子・宰予関連年表

西暦（紀元前）	魯暦	孔子に関連する出来事	年齢	宰予の出来事	年齢	斉国ほかの出来事
552 (551?)	襄公 21	曲阜郊外の昌平郷・陬という田舎町で生まれる 父は、孟孫氏に仕える下級軍人・戦士の孔氏・叔梁紇。母は巫女であった顔氏・顔徴在。父七十歳、母十六歳の時の子であった 孔子は、姓を孔、名を丘、字を仲尼といい、父方には腹違いの兄・孔孟皮と九人の姉があった	1			
550	23	父・叔梁紇が七十二歳で死去	3			
536	昭公 6	母・顔徴在が三十二歳で死去	17			
534	8	宋国の幵官氏と結婚	19			
533	9	長子・鯉（伯魚）が誕生	20			
523	19	周都に南宮敬叔と礼法を学ぶために遊学 その際、老子に会ったと言われている	30	宰予誕生	1	
522	20	斉・景公が晏嬰（平仲）を伴って魯を訪問し、孔子と会う	31		2	鄭の子産が没す
517	25	昭公が三桓氏を除こうとクーデターを起こすが失敗、斉に亡命する 孔子はこの事件に触発され、斉に赴き仕官を試みるが、斉・景公の側近晏嬰の反対に遭い、実現せず	36		7	

518	26	孔子、斉国より魯に戻る。曲阜の郊外に私塾を開く	37		8	
501	定公9	陽虎が三桓氏に追われ魯国より斉に亡命。孔子は公山弗擾に招かれ費に行こうとしたが、子路に反対され断念した 定公に、中都の宰（長官）に任じられる	52	宰予は孔子の私塾に入門し、孔子の中都での実務を補佐する	23	
500	10	中都での実績が定公に認められ、司空、次いで大司寇に昇進する 夏、夾谷の会盟に、孔子は儀典長補佐として参加する 斉国の謀略より定公を守り、実績を評価される	53	孔子の政務秘書を務める	24	斉の名宰相・晏嬰が没す
497	13	前年、孔子は宰相代行となるが、魯国政を乱していた少正卯を処刑して退ける 孔子は、三桓氏の勢力抑止を定公に進言して、居城の破壊に着手する。しかし、孟孫氏の居城の取り壊しは果たせず、目論見は失敗する	56		27	
496	14	斉・景公は魯に女楽士八十人、馬百二十頭を贈り、魯の政治を混乱させる 孔子は政治に熱意を失した定公に失望し、官を辞して、弟子らとともに魯国を去り、衛に亡命する 孔子、衛の霊公と謁見するも任用されず、衛を去る	57	孔子の魯国亡命に、多くの弟子とともに同行する	28	

西暦（紀元前）	魯暦	孔子に関連する出来事	年齢	宰予の出来事	年齢	斉国ほかの出来事
495	定公15	孔子は再び衛に戻ったが、霊公夫人の南子に邪魔され、衛での任用は実現しなかった 孔子は衛を去り、曹から宋に向かう 孔子一行は宋の司馬・桓魋におそわれて宋を去り、鄭から陳へ至る 夏五月、定公が亡くなった	58		29	
494	哀公1	魯国の哀公が即位する	59		30	
493	2	孔子、陳を出て、魯国への帰国を願う 夏四月、衛の霊公が亡くなった。その孫が出公として立つ 晋で反乱が起き、仏肸に招かれたが、弟子の子路に引き止められる	60	この頃、宰予は斉の公子・陽生の魯国での師となる	31	
492	3	弟子の冉有が季孫家の家宰に招致される	61		32	
491	4	孔子は陳より蔡へ行く	62		33	
490	5		63		34	斉国・景公が死去
489	6	孔子は蔡より楚国へ向かう。楚の昭王に任用されることを期待したが、途中、陳と蔡の間で楚国入りを阻止しようと両国の大夫が徒党を送り、孔子一行を包囲 楚の昭王は孔子一行を救済するために軍を派遣し、二週間に及んだ徒党による包囲は解かれた	64		35	魯に亡命中の陽生が斉に帰国する

		楚・昭王は孔子を登用しようとしたが、令尹の子西に反対され断念。昭王はこの年末に亡くなった 孔子は衛に向かう。その後、衛に約四年間滞在する		宰予は衛滞在中に孔門を去る		冬十月、国君（悼公）に立てられる
485	10		68		39	三月、斉の悼公卒す
484	11	弟子の冉有の軍功により、孔子の魯国への帰国が許される 季孫氏の使者が孔子を訪ね、孔子は十四年ぶりに魯へ帰国する この年、実子の鯉が五十歳で病死	69	宰予が斉の大夫となり、政界に参与する	40	
482	13	弟子の顔回（子淵）が四十一歳で病死	71		42	
481	14	孔子は、魯の年代記『春秋』を編集した 魯の哀公が狩りをして麟を獲る。孔子は将来を悲観 斉で田恒の乱が発生し、孔子は斉を討伐することを哀公に進言するが受け入れられなかった	72	宰予が田恒の乱に関与して死去	43	四月、陳恒が乱を起こし、国君主（簡公）を舒州で捕らえた 六月、陳恒は簡公を弑した
480	15	弟子の子路が衛の王位をめぐる争いに巻き込まれて死去。孔子は子路の死を悼み、塩漬け肉を捨てさせた	73			
479	16	弟子の子貢の帰りを門前で待ち、自らの死期が近いことを詩にして歌った その七日後に、孔子は死去	74			

■参考資料（おもな、入手の容易なもの）

『論語』金谷治訳注　岩波文庫
『現代訳　論語』下村湖人訳　ＰＨＰ研究所
『史記』世家・列伝　小川環樹ほか訳　岩波文庫
『春秋左氏伝』小倉芳彦訳　岩波文庫
『孔子家語』宇野精一訳・古橋紀宏編　明治書院
『論語物語』下村湖人著　講談社学術文庫
『本当は危ない論語』加藤徹著　ＮＨＫ出版新書
『周』佐藤信弥著　中公新書
『詩経』目加田誠著　講談社学術文庫
『管子』松本一男訳　徳間書店
『孟子』小林勝人訳注　岩波文庫
『呂氏春秋』町田三郎訳　講談社学術文庫

ほか

【著者紹介】
古林 青史（ふるばやし・あきふみ）

山口県宇部市生まれ。山口大学文理学部文学科卒業。IT企業勤務を経て起業独立し、食品等の輸入販売業を営む。廃業後、中国古典や歴史などを題材に創作を行う。著書に『天開の図画楼　雪舟等楊御伽説話』がある。現在、埼玉県三郷市に在住。

E-mail : linling.co,ltd@jcom.zaq.ne.jp

宰予（さいよ）——孔子から不仁な者と呼ばれた弟子の物語

2021年12月31日　初版第1刷発行

著　　者　古林 青史
発 行 者　関根 正昌
発 行 所　株式会社 埼玉新聞社
〒331-8686 さいたま市北区吉野町2-282-3
電話 048-795-9936（出版担当）
印刷・製本　株式会社 クリード

©Akifumi Furubayashi 2021 Printed in Japan
本書の無断複写・複製・転載を禁じます。

ISBN978-4-87889-528-9 C0093
※定価はカバーに表示してあります